suhrkamp taschenbuch 1978

Immer wieder ist die »kunstvoll poetische Einfachheit« an den von Miguel Barnet überlieferten Lebensgeschichten von Kubanern bewundert worden. Auch in Julian Mesas Geschichte – er ist der Kubaner in New York – artikuliert sich ein ganzes Menschenleben im Zusammenprall zweier Welten. Aufgewachsen zwischen Zuckerrohrfeldern, hat er sich später durchgeschlagen im Halbweltdschungel Havannas und lebt nun, als einer der vielen Latino-Einwanderer, in seinem *Barrio* in New York. Er erzählt mit der warmen, humorvollen Stimme eines Menschen, der vieles erlebt, erlitten und zu seiner eigenen Erfahrung gemacht hat. Seine Neugier auf das Leben ist nicht geschwunden, aber durch seine Erzählungen schimmert die Sehnsucht nach etwas in der amerikanischen Fremde unwiederbringlich Verlorenem: »Es gibt kein Zuhause in der Fremde.«

Miguel Barnet, geboren 1940, ist Romancier, Lyriker, Essayist und Ethnologe. Er lebt in Havanna. Im Suhrkamp Verlag erschienen seine Bücher *Der Cimarrón* (st 346), *Das Lied der Rachel* (st 966) und *Alle träumten von Cuba* (st 1577).

Miguel Barnet
Ein Kubaner in New York

Roman

Aus dem Spanischen
von Monika López

Suhrkamp

Die Originalausgabe erschien 1984 unter dem Titel *La vida real.*
Umschlagfoto: Gerhard P. Müller

suhrkamp taschenbuch 1978
Erste Auflage 1992

Druck: Nomos Verlagsgesellschaft, Baden-Baden
Printed in Germany
Umschlag nach Entwürfen von
Willy Fleckhaus und Rolf Staudt

1 2 3 4 5 6 – 97 96 95 94 93 92

EIN KUBANER IN NEW YORK

LANDLEBEN

Magere Hunde fangen überall Flöhe.

Jeder Mensch ist eine Welt für sich. Manchen ist von Geburt an ein gerader Weg vorgezeichnet, und andere treibt es dahin, wo der Wind weht. Zu denen gehöre ich. Mein Leben war ein einziges Hü und Hott. Darum habe ich, obwohl mir das Abenteuern im Grunde gefällt, jetzt nur noch eines im Sinn – ausruhen. Wenn ich ehrlich bin, muß ich sagen, ich habe mich dem Strom überlassen. Und ich bereue es nicht. Was mir beschieden war, war mir beschieden, und da muß man durch.
Wenn ich zurückdenke und mir ansehe, was ich alles durchgemacht habe, was ich für Menschen gekannt, wie ich gedarbt und in welchen Gefahren ich mich befunden habe, dann meine ich, das Leben hat sich mir wirklich von allen seinen Seiten gezeigt. Das Leben ist eine ernste Sache. Mir war die Gefahr von Geburt an auf den Fersen, und Angst haben nützt da gar nichts.
Außerdem bin ich mein Lebtag vor Feuersbrünsten hergerannt. Wäre meine Mutter nicht gewesen, ich könnte heute gar nicht davon erzählen. Es war wirklich so, ich erzähle da keine Räuberpistole. Die Flammen sollen noch hundert Meilen von unserer Hütte zu sehen gewesen sein. Das Feuer züngelte zu den Ritzen in der Bohíowand herein. Meine Mutter warf alte Handtücher und Decken darauf, um es zu ersticken. Es war ein höllisches Geknatter, und es wehte eine solche Hitze herein, daß ihre Haut verschmorte. Ich war gerade drei Monate alt, und als das Feuer schon nah an meinem Bett war, schlug sie wie von Sinnen mit ihren Tüchern drein, um es von mir abzuhalten. Gleich darauf roch es nach verbrannten Haaren, und das war ihr eigenes. Da rannte sie zu meinem Bett, riß mich hoch und stürzte aus dem Haus. Mit mir auf den Armen lief sie wie eine Irre schreiend zu allen Hütten in der Nachbarschaft. »Unser Haus! Unser Haus!« Aber niemand hörte auf sie, den meisten Nachbarn erging es

wie uns. Darum sage ich ja immer: Ich bin in die Gefahr schon hineingeboren. Und Angst nützt da nichts. Dabei jagt mir der Gedanke an Feldbrände noch heute Schauer über den Rükken. Eine brennende Zuckerrohrplantage ist ein grauenhaftes Erlebnis, weil die Blätter beim Brennen so laut knattern und weil die Feuerwalze über einen hinwegrollt. Wir kauerten alle auf einem Stück freiem Feld, meine Mutter, die Nachbarn, die Onkel, die Tanten, sämtliche Verwandten, kurz, die ganze verstreute Siedlung, und als mein Vater dazukam, brachte er nur eines hervor: »Verdammt, Fefa, hast den Jungen gerettet!«

Von meiner Mutter habe ich diese Geschichte immer wieder gehört. Sie erklärte mir damit, warum mein Vater mich so besonders gern hatte. Er zog mich vor, ich war sein Lieblingskind, daraus machte er nie ein Hehl. Auch als meine beiden Geschwister kamen, erst Yara und dann Pascual, wollte er meistens mich um sich haben. Er schenkte mir Holzpferdchen, geschnitzte Schießgewehre, Strohhüte. Ich kam immer zuerst dran. Einmal, als meine Geschwister schon größer waren, ließ er sich mit einer Frau in Pozo Prieto ein und war einen Monat lang verschwunden. Sogar ein Kind soll er von ihr bekommen haben, und was sonst noch alles erzählt wird. Aber eines Nachts, als meine Geschwister schliefen, ist meine Mutter ihn mit der Petroleumlampe holen gegangen. Beherzt, wie sie schon immer war, hat sie an die Haustür geklopft, wo er mit dieser Frau lebte, und hat gesagt:

»Jacinto! Julián, dein Junge, hat Fieber und jammert die ganze Zeit nach dir!«

Da konnte die andere heulen, soviel sie wollte, ihn beim Namen rufen, ihn anflehen, nicht zu gehen, konnte ihn am Hemd festhalten. Sogar geschlagen hat sie ihn, aber er hatte dafür weder Augen noch Ohren. Blind trabte er hinter meiner Mutter her, stumm trat er ins Haus, wickelte mir ein Handtuch um den Kopf, nahm mich auf den Arm und hetzte los. Zwanzig Kilometer weit, denn ich war dem Tode nah, ich hatte die gemeinste aller Krankheiten, Typhus.

Ich wurde mit Schwefel und gestärkten feuchten Umschlägen behandelt, sie desinfizierten die Wohnung, sie zogen den gelben Wimpel auf, und sie brachten meine Geschwister solange auf dem Hof von Freunden meines Vaters unter. Mein Leben verdanke ich einer weisen Frau und meiner Mutter. Und die andere Frau, die ihn bezirzt hatte, bekam meinen Vater nie auch nur mehr von weitem zu sehen. Er ist nie wieder einer anderen nachgestiegen. Und das will was heißen, denn meine Mutter hat zwar nur drei Kinder, aber von meinem Vater wird behauptet, daß er uns dreien noch zweiundzwanzig weitere Geschwister beschert hat.

Genaueres erfährt man nie auf dem Land. Die Leute verstehen sich da aufs Schweigen. Fest steht, daß mein Vater öfter mal von zu Hause wegblieb, und wenn er dann nach einer Weile wiederkam, todschick gekleidet, verteilte er Bonbons und brachte uns Spielzeug und bunte Heiligenkalender mit. Manchmal, wenn er zu lange nicht mehr bei mir war oder wenn ich seine Mitbringsel vermißte, konnte ich einfach nicht mehr anders und fragte meine Mutter, wo er denn bleibe.

»Kind, der Herr dieses Hauses ist auf Arbeit«, lautete ihre Antwort.

Sie sagte nie »dein Vater«, und das brachte mich mit der Zeit auf den Gedanken, daß sie vielleicht nie in Frieden miteinander gelebt haben. Wir wohnten in der Nähe einer Zuckerrohrplantage, das grüne Röhricht und die Erntearbeiten hatten wir praktisch vor der Nase. Zur Erntezeit bekamen wir den aus den Kesseln strömenden Geruch des ausgekochten Saftes nicht aus den Kleidern. Sogar unser Reis schmeckte süßlich, wie alles im Umkreis der Zuckerfabrik. In der toten Saison zogen die Arbeiter fort und suchten woanders nach Arbeit. Diese Zeit war es auch, in der mein Vater immer wegblieb.

»Dir geht wohl nichts über die tote Saison, Jacinto Mesa!«

»Weib, was verstehst du schon davon!«

»Mehr als du denkst, Jacinto! Mehr als du denkst!«

»Du mußt dir nur eins merken: Wer hier die Hosen anhat, bin

ich, und wer hier das Geld ranschafft, bin ich! Und wann hat es uns jemals an einer Schüssel schwarze Bohnen gefehlt?«

»Deine Kinder und ich, wir sind manchmal nahe daran, sogar ums Wasser betteln zu müssen! Und das weißt du, tu bloß nicht so!«

Wenn es doch bloß das Wasser gewesen wäre! Aber manchmal kamen bei uns monatelang nur Reis mit geröstetem Mehl und gekochte Süßkartoffeln auf den Teller. Von unseren Tieren konnten wir ja keines schlachten, sonst hätten meine kleinen Geschwister auch noch ihren Liter Milch entbehren müssen. Auf dem Land stand man die harten Zeiten nämlich nur durch, indem man sich alles durch den Austausch seiner Produkte besorgte.

Und jetzt erzähle ich, wie ich davor bewahrt wurde, mit dem Namen Cayetano durch die Welt laufen zu müssen. Häßlicher kann man ja wohl nicht heißen. Meine Mutter wurde Fefa genannt, war aber auf Endulfa getauft worden, was ich noch schlimmer finde als Cayetano. Aber zumindest gab es für sie die rettende Kurzform Fefa, die sich leichter spricht und auf dem Land gang und gäbe ist. Cayetano hieß mein Großvater, ein mulattenbrauner Bauer, sehr fleißig, aber ein ungehobelter Klotz. Der bestand darauf, mir seine Strafe von Namen anzuhängen. Kaum war ich zur Welt gekommen, am zwanzigsten August 1920, da verkündete meine Mutter:

»Der Junge soll wie sein Großvater heißen.«

Die Hebamme sah mich und meinte, ich sei unserem Großvater wie aus dem Gesicht geschnitten und für mich gäbe es keinen passenderen Namen. Aber die gütige Vorsehung und unsere Armut haben mich gerettet. Da nicht einmal Hemdchen und Windeln für mich da waren, bat mein Vater den Leiter seiner Schnitterkolonne, ihm Geld für Babywäsche und Nahrung zu leihen. Als der Mann uns daraufhin besuchen kam und sich über mein wackliges Bettchen beugte, sagte er:

»Ich wäre gern der Taufpate dieses Kindes.«

Mein Vater reagierte schnell, er war nicht auf den Kopf gefallen:

»Teufel auch, Julián, das nenne ich echte Freundschaft!«
Und von einem Cayetano ließ keiner etwas verlauten. Der Name war sofort vergessen, und bald hieß ich für jedermann wie mein Pate.
Damals unterschrieb ein Patenonkel nicht einfach ein Blatt Papier, kam zur Taufe in die Kirche und fertig. Nein, ein Pate kümmerte sich sein ganzes Leben um einen. Nennt man auf dem Land jemanden seinen *Compadre*, so hat das ein ebensolches Gewicht, wie wenn man zu jemandem *Bruder* sagt, ein Wort, das überhaupt alles enthält. Meine Schwester hingegen hat einen patriotischen Namen, und den hat sie von meiner Großmutter väterlicherseits, von Dolores Mesa. Die sagte immer:
»Wenn ich mal eine Enkeltochter bekomme, soll sie nach unserer Unabhängigkeitserklärung in Yara heißen.«
Und so geschah es. Mein jüngerer Bruder heißt Pascual nach dem heiligen Pascual, dem, der auf den Werbekalendern der Versicherungsgesellschaften abgebildet ist. Mir hat der Name immer gefallen, er klingt so heiter, so musikalisch, aber da ich keinen Sohn habe, erlischt unser Familienname mit meinem Bruder. Mesa heißen wir alle, weil wir nie erfahren haben, wer auf Seiten meines Vaters unser Großvater war. Es heißt – aber Zeugen gibt es keine, und meine Großmutter ist seit über fünfzig Jahren tot –, daß es ein älterer Herr war, aber noch gut beisammen. Der soll immer auf einer Lore durchs Fabrikgelände gerollt sein und gebrüllt haben:
»Ich habe hier irgendwo einen Sohn!«
Dann soll meine Großmutter meinen Vater schnell hochgenommen und ins Haus gebracht haben, damit seines Vaters Blick nicht auf ihn fiele und er ihn womöglich mitnähme. Bis der eines Abends, so geht das Gerücht, mit knarrenden Ledergamaschen aus der Lore stieg und über den windenberankten Zaun vor dem Bohio zur Hütte hineinrief:
»Dolores! Dolores! Ich bin's!«
Da war mein Vater schon zehn Jahre alt und hätte seinen Erzeuger, so denke ich mir, sicher gern kennengelernt. Doch

es sollte nicht sein. Meine Großmutter griff stumm nach einer frisch geschliffenen Machete und trat vors Haus, um ihn wie eine Löwin anzugreifen. Sie hieb ihm das Ding in die Schulter, und man hörte nur sein Gebrüll, dann suchte er das Weite, denn sonst hätte sie ihn in Stücke gehauen. In Stücke!
Wie es wirklich war, habe ich nie erfahren. Aber wenn in meiner Familie in irgendeinem Zusammenhang dieses Herrn gedacht wurde, hieß es immer nur: »Diese Kanaille! Dieses Miststück!«

Was soll ich über meinen Geburtsort sagen? Ringsum Zukkerrohrplantagen, welliges Gelände, Bananenhaine, ein Fluß, der eher ein Bach war, und jede Menge Armut. Eine gottverlassene Gegend, seit jeher. Meine ganze Kindheit habe ich keinen Arzt und keinen Friseur gesehen. Was das war, wußte ich überhaupt nicht! Uns wurden einfach die Haare geschoren wie bei Tieren. Von einem Kino oder ähnlichen Dingen ganz zu schweigen. Die Arbeitersiedlung um die Zuckerfabrik war ein Kleinod im Vergleich zu dem Kuhdorf, in dem wir wohnten. Im Zirkus war ich allerdings mehrere Male, wenn man das zerschlissene Zelt und die halbverhungerten Tiere, die bei uns anrumpelten, so nennen kann. Wenn der Zirkus kam, gab es jedesmal einen Riesenwirbel, und keinen hielt es zu Hause. Die Vorstellungen ließ sich niemand entgehen. Auch wenn der Standort weit weg war – dann ging man eben zu Fuß hin oder fuhr im Erntewagen. Egal wie man hinkam, den Zirkus verpaßte man nicht, und wenn man aus dem letzten Loch pfeifend ankam. Ich sehe ganze Kolonnen von Bauernkindern vor mir, die bei strömendem Regen – das waren Wolkenbrüche! die reinste Sintflut! – ausgelassen dem Zirkusvolk entgegen durch die schlammigen Wege stapften. Aus der damaligen Zeit stammt mein Wandertrieb. Wie diese Artisten bei der Sache waren! Sie arbeiteten in unserer gottverlassenen Gegend genauso wie auf einem Platz in der Hauptstadt. In zusammengestückelten Kostümen aus billigen Stoffresten, besetzt mit Samt und Flitter, und das bei der

Hitze! Ohne Pause vollführten sie da ihre Kunststücke – alle Achtung! Der Zirkus stachelte meine kindliche Phantasie an. Ich sah mich mit der Truppe schon durch die Dörfer zigeunern. Ich träumte im Wachzustand, das habe ich immer getan, das kostet nichts, sage ich immer. Wenn Kinder so träumen, ist es jedenfalls normal, eine alltägliche Sache. Schließlich war träumen das einzige, was ich völlig ungehindert tun konnte. Unmöglich, sich in unserem Krähwinkel ständig nur an die nackten Tatsachen zu halten.

Meine Lieblingsfigur in dem Zirkus war Black Man, von uns Blackamann ausgesprochen. Der hypnotisierte mit Hilfe von Zuckerrohrschnaps Krokodile und steckte dann seinen Kopf in ihren Rachen. Wir Kinder schrien vor Entsetzen und schlugen die Hände vor die Augen. Blackamann trug einen schwarzen Anzug mit Seidenjackett, und er hatte eine Lederpeitsche. Wenn er auf die Kinder zutrat, fixierte er sie mit großen gelben Augen. Das habe ich nie vergessen. Der Zirkus besaß keine jungen Tiere, nur klapprige alte Gäule und ein paar zum Davonlaufen aussehende Affen. Manchmal zogen sie auch einen Elefanten hinter sich her, ein Weibchen, grau, alt und faltig. Klatschte einer der Requisiteure dem Elefanten mit der Hand auf die Flanken, puffte Staub und Schmutz aus den Hautfalten, und wir mußten niesen. Nicht immer gelang es ihnen, ihn auch ins Zelt zu bekommen. Der Elefant lief nur auf ebenem Terrain, und natürlich hatte er sein eigenes Tempo. Ihn mit Süßigkeiten zu füttern, war verboten, aber meine Schwester und ich kauften trotzdem altbackenen Guavenkuchen und gaben ihn ihm zu fressen. Mit dem Gebäck handelte ein Kanarier mit Namen Telésforo, die Packtaschen an den Flanken seiner halb lahmen Stute waren vollgepackt mit Süßem. Manchmal war der Kuchen schon zwei Tage alt und hart wie Stein. Aber Kuchen war auf dem Land eine Kostbarkeit, und für Kinder erst recht.

Der Eindruck, den dieser Zirkus bei mir hinterlassen hat, ist unauslöschlich, und als ich später die großen Zirkusse erlebte, mit zwei oder gar drei Manegen, aber keine Rumbatänzerin, kein Feuerschlucker, kein Blackamann, da war es eine Enttäuschung. Zu einem echten Zirkus gehört für mich eben ein Orchester mit Sambarasseln und Kesselpauken, und er muß mit einem zerschlissenen Zelt durch die Dörfer zuckeln. Kurz, ein echter Zirkus ist für mich ein Zirkus der unteren Klasse.

In meinem Kaff gab es Tag und Nacht nur eines – Klatsch und Eintönigkeit. Aus beidem entsteht meiner Meinung nach nichts Gutes. Nie habe ich später Menschen wieder so hart arbeiten sehen wie damals die kubanischen Bauern. Regelrechte Packesel waren das, regelrechte Zugochsen. Mein Vater kam in Schweiß gebadet vom Zuckerrohrschlagen nach Hause. Er übergoß sich mit einem Eimer Wasser und fiel ins Bett – schließlich ging es schon um vier wieder raus, um auf der Plantage die Morgenkühle zu nutzen. Die Arbeit auf dem Zuckerrohrfeld ist das Härteste, was es gibt, aber einmal daran gewöhnt, wird man süchtig. Ich weiß nicht, ob sie auch gesund ist, aber jedenfalls hatte mein Vater nie einen Schnupfen oder auch nur Bauchweh. Er starb beim Löschen eines brennenden Feldes. Eine verkohlte Leiche. Die anderen Arbeiter hatten in ihrem Eifer, das Feuer zu stoppen, übersehen, daß er zurückblieb. Er war um und um von Flammen umgeben, er fand keinen Ausweg. Als das Feuer am Abend nur noch schwarzer Qualm war, suchten sie ihn im verbrannten Rohrstroh, aber er war von Erde schon nicht mehr zu unterscheiden. Er war praktisch zu Asche verbrannt, der Arme. Das war im Jahr 1932, als im ganzen Land eine schreckliche Wirtschaftskrise und hoffnungsloses Chaos herrschten. Wir Kinder wurden zu unseren Großeltern mütterlicherseits in Obhut gegeben. Die hatten zwar auch nur gerade mal ein Dach über dem Kopf, aber wenigstens waren es Blutsverwandte. Meine Mutter nahm all ihre Kraft zusammen, und auch von unseren kanarischen Nachbarinnen, den Cristinillas, und von dem Zuckerrohrpflanzer Tomás Duarte bekamen wir Unterstützung und kamen so wieder ein bißchen auf die Beine. Wenn ich an meine kleinen Geschwister denke und wie sie über unseren toten Vater weinten, stockt mir noch heute das Blut in den Adern. Meine Mutter weinte nicht, was bei Landfrauen selten ist, aber damals gewöhnte sie sich an, leise vor sich hin zu reden und immer mal wieder ohne jeden Zusammenhang den Namen meines Vaters auszusprechen. Ich sage ja, arme Leute haben nur die Wahl zwischen Heulen und Zähneklappern.

Lino Returrete war auch ein Zuckerrohrpflanzer. Er ritt öfter mal durch die Gegend, und wenn er bei uns vorbeikam, wollte er Kaffee. »Lino ist da!« rief er. »Meinen Kaffee!«
»Gleich, gleich, kommen Sie herein, Lino«, antwortete meine Mutter. Er steckte uns ein paar Centavos zu und ritt wieder ins Dorf, wo er sein Auto stehen hatte. Er war ein schon ziemlich aufgehellter Mulatte, sehr gutaussehend. Meine Großmutter meinte: »Was dieser Lino für einen Schick hat!« Er trug nämlich wie ein Gutsbesitzer immer cremefarbene Guayaberas. Er ließ nur etwas zu sehr die Muskeln spielen. Einmal soll er versucht haben, meine Mutter nach Manzanillo zu entführen, habe ich gehört, aber sie soll gedroht haben, dann haue sie ihn mit der Machete in Stücke. Ich weiß nicht, was wahr daran ist, aber er hatte es in sich, der Lino hatte es in sich!
Wir führten praktisch ein Bettlerdasein. Wir hielten nicht einmal Tiere. Meine Mutter verstand nichts von Vieh und Geflügel. Ich liebte Tauben, ich züchtete welche. Das Taubenhaus hatte ich auf einem Anonenbaum, aber zu meinem Unglück fing es durch ein Versehen von mir eines Tages Feuer, und meine Tauben, sieben oder acht an der Zahl, stoben in alle Winde. Wir sahen die Ärmsten später noch über dem Baum flattern, ein obdachlos gewordenes graues Geschwirre. Sie flatterten und flatterten da oben, als suchten sie Hilfe. Ich brach in Tränen aus, ich hatte doch nur meine Tauben. Ich streute ihnen Erbsen hin, danach sollten sie picken, damit ich sie einfangen könnte. Da sie aber kein Quartier hatten, flogen sie fort aus unserer Gegend, und so

viel ich auch suchte, ich fand sie nicht wieder. Und mich ereilte das Mißgeschick aller armen Leute – arbeiten gehen zu müssen. Im Alter von zwölf Jahren fing für mich die Rackerei an. Ein bißchen Lesen konnte ich mir noch selber beibringen, Schreiben erst später. Ich malte dazu einfach die Buchstaben ab. Unterricht, was man richtigen Unterricht nennt, hatte ich keine Stunde. Erst in Havanna. Wenn ich zurückblicke, wird mir das Herz schwer und ich kann nur sagen: Ach, Kuba!

Wäre nicht Tomás Duarte gewesen, wir hätten verhungern können. Der hat uns zu Arbeit auf der Zuckerrohrplantage verholfen. Meine erste Arbeit bestand im Stapeln von Zuckerrohrstengeln. Mit dem Spielen war es damit aus. Mein Bruder Pascual konnte noch mit der Flinte im Gebüsch Jäger spielen, aber ich spielte nie mehr im Leben. Mit dem ersten Stapel Zuckerrohr war meine Kindheit zu Ende. Für die alten Neger ist die größte Erfindung der Menschheit die Zuckermühle, weil die Stengel da nur noch ins Rohr gesteckt wurden, und heraus kam der Saft, der Guarapo. Aus meiner Sicht aber waren die Ochsen das Allergrößte, denn ohne sie hätten wir die beladenen Erntewagen selber zur Fabrik und die Wassertanks zu unseren Häusern ziehen müssen.

Die Arbeit im Zuckerrohr ist am Morgen noch einigermaßen erträglich und menschenwürdig. Wenn die Sonne senkrecht herunterbrennt, ist es die Hölle. Wie habe ich mir da meinen Vater zurückgewünscht! Er mochte ein Schürzenjäger gewesen und oft von zu Hause weggeblieben sein, er mochte dem Rum zugesprochen und wegen jeder Kleinigkeit genörgelt haben, aber ein tüchtiger Arbeiter war er gewesen. Von morgens bis abends hatte er geschuftet, für seine Familie. Und nun mußte ich seinen Platz ausfüllen, bei der Plackerei auf dem Feld und zu Hause, damit war ich mit meinen zwölf Jahren überfordert, das überstieg meine Kräfte.

Die Cristinillas wollten meine Schwester adoptieren, dazu sagte meine Mutter natürlich nein, aber sie ließ sie immerhin für ein paar Wochen zu ihnen. Meine arme Schwester, sie kam bald zurückgejapst, in dem Haus wurde nämlich von früh bis spät gebetet, und jeden zweiten Tag mußte sie mit in die Dorfkirche und weiß der Himmel was beichten. Sie bekam den Mund nicht auf, und: »Stille Wasser sind tief«, interpretierte Pater Eugenio. Bei Yara predigte er aber tauben Ohren, bis sie eines Tages mit einer der Cristinillas in der Kirche war und vom Pfarrer beim Kuchenessen ertappt wurde. »Kein Christenmensch«, tadelte er sie, »kann mit vollem Bauch beichten.« Das beherzigte Yara und zog von da an, wenn sie in den Beichtstuhl sollte, ein Törtchen, eine Banane oder einen Salzkeks hervor und mampfte. Die Cristinillas kniffen sie dafür in die Arme und zwangen sie, zehn Vaterunser zu beten. Bis zu dem Abend, an dem Yara bei ihnen ausriß. Sie kam heulend bei uns an und warf sich aufs Bett meiner Mutter, die damals schon mit Tomás Duarte angefangen hatte.

Die ersten Monate auf der Plantage waren für mich eine Tortur. Danach gewöhnte ich mich an die morgendliche Kälte und an die Knochenarbeit. So bekam ich schon als Zwölfjähriger Muskeln und hatte im sonnenverbrannten Gesicht, da wo der Hut saß, einen weißen Streifen auf der Stirne. Man geht ja auf dem Land überhaupt von Geburt an mit Hut, anders kann man's nicht sagen.

Zur Zeit Sumner Welles', auch »der Vermittler« genannt, weil er nach Kuba entsandt war, um einen Kompromiß mit Gerardo Machado zustandezubringen, verdiente ich am Tag zwanzig Centavos, und mein Arbeitstag dauerte zwölf Stunden. Das Faß war vorm Überlaufen, jeden Moment konnte es zum Knall kommen. Die Landarbeiter verdienten einen Spottlohn, der Weltmarktpreis für Zucker war im Keller, und nirgendwo zeigte sich ein Ausweg aus der Misere. Von Machados Regierungszeit waren die Kubaner bis ins Mark getroffen. Um diese Zeit gingen die Pachtkündigungen für Bauern und die Landvertreibungen los. Menocal wollte die entstehende Gegenbewegung als ehemaliger Staatspräsident zum Sturz Machados nutzen, aber das ging ins Auge. Auf

dem Realengo 18 kam es zu einem richtigen Guerrillakrieg. Die Bauern machten da gegen die Gendarmerie Front. Der Himmel über uns war in diesen Jahren schwarz verhangen. Wo man auch hinsah, Not und Verzweiflung, keinerlei Perspektive. Das war schon kein Land mehr. Ach, Kuba! kann ich nur sagen, wenn ich daran zurückdenke.
Zudem beehrten uns in regelmäßigen Abständen junge Männer namens Mesa mit ihrem Besuch und stellten sich so vor:
»Ich bin ein Sohn von Jacinto Mesa.«
Aber damit gewannen sie gar nichts. Meine Mutter ließ sie zwar ein, und wer Unterkunft brauchte, durfte auch bei uns übernachten, aber das blieb auch alles. Fast alle Halbgeschwister, die ich auf diese Weise kennenlernte, waren einige Jahre älter. Obwohl mir auch zu Ohren kam, daß mein Vater es noch kurz vor seinem Tod anderswo getrieben hatte.
Meine Großmutter mütterlicherseits machte sich in der Gegend langsam einen Namen, wieso, verstehe ich eigentlich auch nicht. Aber wo ich auch hinkam, wurde ich auf sie angesprochen: »Die Stille Juana. Die Stille Juana.« Sie redete nämlich wenig, weil sie stotterte, das war ihr peinlich. Ihre Heilkünste machten sie berühmt. Darum kamen so viele Menschen zu uns. Großmutter wohnte in ihrem eigenen Bohío, hinter unserem, nur ein paar Schritte weiter, aber die Leute kamen erst mal zu meiner Mutter, um vorzufühlen. Großmutters Spezialfach waren die Unterleibsmassagen. Sie massierte bei allen möglichen Erkrankungen und erzielte damit Heilerfolge. Wer eine Blinddarmentzündung hatte, kam so natürlich auch nicht mit dem Leben davon, aber bei verdorbenem Magen oder Verstopfung fühlten sich die Kranken danach wie neugeboren. Bandwürmer, oder Tenia saginata, wie sie medizinisch heißen, waren auf dem Land gang und gäbe. Meine Großmutter hatte dagegen ein Wurmmittel, das radikal wirkte – unfehlbar. Schon nach wenigen Tagen begann der Wurm Glieder abzustoßen, und nach einem Monat kam der vollständige Kopf raus. Meine Großmutter verständigte sich mehr gestisch als sprachlich. Und erzählte

dabei unentwegt Spukgeschichten. Sie sah die Geister mit eigenen Augen. Oder sie hörte sie und bekam Schüttelfrost davon oder wurde nachts an den Beinen von ihnen gezogen. Kurz, sie lebte der Erscheinungen wegen ständig in Angst und Schrecken. »Mir hilft der Indianer«, sagte sie, und dazu ist eine Erklärung nötig. Der Indianer war eine Reiterfigur aus Gips, die stand auf dem Lande in jeder Hütte. Großmutter zufolge war es ein mächtiger Schutzgeist, besonders hilfreich bei Kämpfen. Wegen des bunten Federhaupts auf dem Kopf des Indianers kleidete auch Großmutter sich farbenfreudig, mit Vorliebe in grüne und rote Stoffe. »Der Indianer mag es bunt«, sagte sie häufig. In jungen Jahren hatte sie sich einmal einen Zopf abgeschnitten, und der lag dann vor dem gipsenen Indianer. Eines Tages aber war Großvater ohne einen roten Heller und in einer Saulaune nach Hause gekommen, hatte den Zopf gepackt und ins Feuer geworfen. Als er auch nach der Gipsfigur griff und sie zerschlagen wollte, hatte Großmutter geschrien:
»Wenn du den kaputtmachst, zünde ich mich an!«
Ihr Mann war aus dem Haus gelaufen und eine ganze Weile nicht wiedergekommen. Er wußte schließlich, wie inbrünstig sie den berühmten Indianer Geronimo verehrte, und auch, daß sie tat, was sie sagte. Als er dann wenig später mit etwas Geld und einem Hahn wieder auftauchte, renkte sich alles wieder ein. So eigensinnig und reizbar er war – von ihr ließ er sich um den Finger wickeln.
Großmutter hatte die sonderbarsten Visionen. Sie sah Feuerbälle, geköpfte Reiter, Ziegenböcke, Seelen armer Sünder, Pfaffen, Skelette, Sarabanda-Nixen, Irrlichter, Negergnome, angekettete Hunde, Bettücher, tausenderlei Gespenster. Auch ihren Vater, der seit zwanzig Jahren tot war, sah sie, und das alle Tage. Ihr Vater hatte im Unabhängigkeitskrieg gekämpft und dann unter José Miguel Gómez als Soldat gedient. Er war bei einem tätlichen Streit umgekommen, von Schüssen zersiebt worden. Wenn sie morgens Brennholz zum Kochen sammelte oder Milch holte, erschien er ihr auf einem

Anonenbaum. Zuerst mit der Machete der Partisanen des Unabhängigkeitskriegs, dann in der Khakiuniform der Armeesoldaten und zuletzt als geschweifte Feuerkugel. So verzischte er in den Büschen. Ein andermal sah sie einen Sarg, von vier großen Kerzen umstanden, darauf lag ein Berg von den kleinen weißen Blumen, die bei uns Hexenblümchen heißen. Immer war es stockdunkle Nacht, wenn sie seiner ansichtig wurde.

Das seltsamste ihrer Gesichter aber, von dem ich sie am liebsten erzählen hörte, das hatte meine Großmutter im Sumpf am Tümpel. Trübes stehendes Wasser voller Frösche und Kröten. Die Stelle wurde von jedermann gemieden. Wenn meine Großmutter aber den Ruf vernahm, mußte sie hin, sie sagte, sie würde wie von einem Magnet gezogen. Der Magnet sei der Herrgott, der wünsche ihren Glauben zu stärken. Sie konnte ahnungslos Kaffee kochen oder im Mörser Mais stampfen – wenn diese Macht von ihr Besitz ergriff, lief sie wie an der Kandare ans sumpfige Ufer. Da sah sie Sachen! Zuerst eine Mutternixe, die den Kopf aus dem Wasser hob und Tropfen von sich schüttelte, dann den Mann in Weiß, der über den Tümpel lief, und schließlich einen Hasen mit Hörnern. Alle diese Erscheinungen waren nach ihrer Meinung Existenzbeweise Gottes und Prüfungen ihres Glaubens.

»Hör mal, Juana, so viel kannst du einfach nicht sehen«, zweifelte einmal eine Nachbarin, »du willst doch nicht etwa, daß ich das glaube?«

Der zeigte meine Großmutter die Türe. Eine andere empfahl ihr, einen großen Nagel in ihre Schlafzimmertür zu hauen, so einen, wie sie für Bahnschwellen benutzt werden. Der verscheuche die Toten, wenn sie dazu sage: »Nagel groß, Nagel schwer, mir erscheint kein Toter mehr.« Doch kaum hatte meine Großmutter den Spruch aufgesagt, als ihr auch schon ein Negergnom erschien, dem die Algenhaare ins Gesicht hingen. Wer sehen will, sieht eben, und wer wie ich nicht daran glaubt, sieht nicht einmal seinen eigenen Schatten.

Großmutter war kaum der Sprache mächtig, doch was sie halb stotternd, halb mit Händen und Füßen erzählte, wäre ausreichend Material für ein Märchenbuch gewesen. Noch Jahre später, als ich schon in Havanna wohnte, wurde ich bei Straßenbegegnungen mit Leuten aus meinem Dorf jedesmal gefragt:
»Sag mal, Junge, bist du nicht ein Enkel der Stillen Juana?«

Wenn ich meinen Patenonkel besuchen wollte, mußte ich von uns bis zu seinem Grundstück zwanzig Meilen zu Fuß laufen. Ich ging barfuß, und ich kam mit Schwielen an den Füßen an, marode und erschlagen. Ich ging überhaupt nur hin, weil meine Mutter mich schickte, in der Hoffnung, er werde mir etwas zustecken. Er drückte mir tatsächlich ein Taschengeld in die Hand, aber es war nicht berauschend, er war schließlich auch nur Vorarbeiter einer Schnitterkolonne und lebte von der Hand in den Mund wie wir alle. Manchmal schenkte er mir auch ein Huhn oder eine Büchse Bohnen oder eine Tüte Malzbonbons; dann holte er Freunde dazu, damit seine Großzügigkeit auch gewürdigt werde. »Der Junge ist ein Kind von Jacinto Mesa«, sagte er, »aber er heißt nach mir.«
Bei ihm bekam ich reichlicher als bei uns zu Hause zu essen. Wenn die Sonne unterging, setzte er mich in einen Güterzug und schickte mich ohne weitere Diskussionen nach Hause. Die ersten Schuhe in meinem Leben habe ich von Julián geschenkt bekommen. Es waren rindslederne Stiefel, wie man sie liebte in den damaligen Jahren. Sie müssen mir mehrere Nummern zu groß gewesen sein, denn so spielend ich reinkam, so höllisch scheuerten sie dann beim Laufen. Ich hatte Funken vor den Augen vor Schmerzen, unmöglich, mit so harten Stiefel zu laufen. Ich rieb sie mit Schmalz ein, ich hängte sie ins Fenster. Da hingen sie jahrelang und lachten sich eins ins Fäustchen. Bei uns zu Haus trug als einzige meine Schwester Schuhe. Meine Mutter ging immer barfuß. Ihre Füße waren hart wie Hufe geworden, die Ärmste, nie zog sie sich einen Dorn ein. Darum kann ich mir nur an den Kopf

fassen, wenn ich höre, was inzwischen alles anders ist in Kuba. Es kommt mir wie ein Traum vor. Ja, wie ein Traum, weil wir damals nicht nur an den Füßen, sondern bis zu den Zähnen verdreckt waren. Wenn ich nach Hause kam, schüttelte ich als erstes den Staub aus den Haaren, reinigte meine Fingernägel mit Spiritus, schrubbte mich mit der Bürste sauber. Von Kopf bis Fuß hatte sich einem der Staub eingefressen. Unsere Kleider waren, auch wenn sie zwanzigmal gewaschen wurden, immer erdig vom Ackerboden. Sie rochen nach trockener Erde. An den Füßen klebte ein Erdschorf, den man nur mit Kernseife und festem Scheuern abbekam. Manchmal scheuerte ich mir dabei die Sohlen blutig. Da ich ein etwas pummeliges Kind war, glich ich mit meinem Dreckgesicht und den erdroten Haaren einer Kartoffel. Da konnte man vom Fluß noch so viel Wasser holen – Süßwasser wäscht gut –, diesen porösen Erdfilm wurde man nie los.

Meiner Großmutter haben wir es zu verdanken, daß wir als Kinder selten krank waren. Wir hatten wohl schon mal Würmer, aber die wurden von ihr sofort kuriert, ebenso wie die Grippe. Auf dem Land heilt man alles mit Tees und mit Kräuterauszügen. Hier in New York sind jetzt Kräuterläden und damit Naturheilmethoden wieder in Mode. Alle Welt kuriert sich mit Hausmitteln aus den Zeiten Ñaña Serés. Ich muß lachen, wenn ich an solchen Geschäften vorbeikomme. Ich denke an mein ländliches Zuhause und daran, wie meine Großmutter in ihrem Milchtöpfchen ständig neu erdachte Arzneien zusammenbraute. Ausschließlich aus wildwachsenden Kräutern, versteht sich. Sie sammelte sie in Jutebeutel und stellte Kräutermischungen zusammen. Sie hatte das Gedächtnis eines Elefanten. Jedes Kraut kannte sie beim Namen, von jedem wußte sie, wozu es gut war. »Juana, die wandernde Apotheke« war einer von Großmutters Beinamen. Ich könnte noch heute eine Menge Wildkräuter aufzählen, die ich damals gelernt habe. Oriente war ein Mekka des Spiritismus und des Kräuterwissens. Aber dann käme ich nie zum Ende.

Immerhin weiß ich noch, für Schnupfen und Husten war ein Aufguß aus Zweizahn, Limonensaft und Bienenhonig am besten. Wollte das Fieber nicht weichen, kochte man die Rinde vom Balsambaum aus – für mich tat sie es einmal –, nahm ein heißes Bad damit, und weg war das Fieber. Überhaupt läßt sich jede Krankheit, zumindest Hautausschlag und Nesselfieber, mit Bitterbesen vertreiben. Und bei Magenbeschwerden geht nichts über Manzanilla. Manzanilla heilt achtzehn verschiedene Krankheiten. Meine Ohren eiterten nachts immer, weil ich soviel Dreck darin hatte, was manchmal richtig weh tat. Meine Großmutter träufelte mir dann Saft von der haarigen Klimme hinein, der hat eine sehr starke Wirkung, der wirkt unfehlbar. Bei uns gab es keine vom Arzt verschriebenen Ohren- oder Augentropfen. Der Arzt der Landbewohner, das waren die Kräuter. Mit einer Königs- und einer Kokospalme wurde so ziemlich alles, was anfiel, behoben. Die Königspalme ist überhaupt rundum nutzbar. Der zu Brettern geschnittene Palmstamm ist auf dem Land das Bauholz. Ist ein Bohío nicht gewissermaßen eine zerlegte Königspalme? Sogar das Viehfutter kommt von der Palme. Und die Neugeborenen wurden, ach du lieber Himmel, mit Kokosmilch gewaschen. Als ich zur Welt kam, tat man mir Kokosmilch auf Kopf und Füße. Auch Nierenentzündungen, Tripper und Blutarmut sind mit Kokosmilch heilbar. Außerdem wirkt sie abführend, und sie kräftigt den Haarwuchs. Die Mittel der Dorfmedizin gehen ins Uferlose, sie verwendet Stauden und Baumzweige, Samen und Kerne, Wurzeln und Rinden. »Ein Heiler ohne Jiba-Wurzel heilt gar nichts.« So lautete ein populärer Spruch in der Gegend, wo ich herkam. Die Jiba-Wurzel heilte nämlich alles. Den Kräuterkundigen zufolge splitterte sie und wurde wirkungslos, wenn man sie ausgrub, ohne zuvor die gewünschte Wirkung zu beschwören. Als erstes mußte man also nah an sie herantreten und ihr zuflüstern: »Wurzel des Jiba, heiliger Strauch, du sollst den und den bitte von dem und dem heilen.« Dann mußte man sie, an einem Stück, herausziehen. Bei uns hing gegen den bösen Blick und Erkrankungen der Mundhöhle und der Knochen immer, zusammen mit einer Muskatnuß, ein Kreuz aus dem Holz des Jiba. Der Jiba-Strauch half gegen alles: Tuberkulose, Würmer und Syphilis, Lungenentzündung und gegen die auf dem Land wegen der glühenden Sonne so häufige Migräne mit den stechenden Schmerzen. Die geht auch mit Eiswürfeln nicht weg, wenn ein Hitzschlag sie ausgelöst hat. Neben den krankheitsheilenden gab es auch noch bannende Reiser. Auf die verstanden sich die Spiritisten besonders. An erster Stelle rangierte da der Persische Flieder, auch Paternosterbaum genannt, weil er Glück bringt. Mein Vater hat mit Zweigen des Persischen Flieders zeitlebens den Beistand der Einsamen Seele erbeten. »Paternoster, Paternoster!« beschwor er, »laß mein Glück so hoch wachsen, wie du bist!« Trotzdem waren wir immer vom Pech verfolgt. Am Los unserer Familie konnte auch Persischer Flieder nichts ändern. Das lag an den Verhältnissen auf dem Land, das war das Los der Zuckerrohrbauern, die, ständig von Gutsbesitzern und mächtigen Pflanzern bedroht, immer am Rand der Enteignung lebten. Viel hatten wir ja nicht zu verlieren, da wir arm waren wie eine leere Scheuer, aber viele andere Familien, die wir kannten, mußten zu Zeiten, da zwangsgeräumt wurde, vor der Gendarmerie fliehen. Vom Realengo 18 ist viel geredet worden. Mit gutem Grund, denn da überschritt Lino Alvarez die von Batista gezogene Schneise und schloß unter der Losung »Land oder Tod« die Bauern zu einer kämpferischen Front zusammen. In San Felipe de Uñas kam es zu einer ähnlichen Erhebung. 1932 organisierten sich Landverteidigungskomitees zum Kampf mit dem Staat und den reichen Leuten, die den Landarbeitern, Kleinbauern und Fuhrleuten, denen, die die Zuckermühlen in Gang hielten, die den Zucker weitertransportierten und auf Schiffe luden, denen, die die ganze Arbeit verrichteten, den Arbeitssklaven, die Atemluft nehmen wollten. Mehr Prügel als die Landbewohner mußte in Kuba niemand einstecken. Die Städter wurden zwar auch gedrückt wie ein armes Feldbett, aber zum

Ausgleich gab es in der Stadt doch auch einige Vorteile. Die Städter hatten immerhin Stromanschluß, konnten was erleben, probieren – auf dem Land war alles ein trist dumpfes Einerlei, sonst gar nichts. Kaum eine Provinz kann eine so lange Liste von Kämpfen vorweisen wie Ostkuba. In Virama konnten sich die Eigentümer der Zuckerfabrik Jobabo Hunderte Caballerías unter den Nagel reißen, aber in anderen Gegenden flogen beim bloßen Versuch schon die Fetzen. Da kamen sie nicht durch mit der Flurbereinigung, da gab es einen starken Verband der Comuneros, der erbitterte Gegenwehr leistete. Ein Kind wie ich konnte sich daran noch nicht beteiligen. Vor allem aber war ich ja zum Zuckerrohrhäufeln gezwungen. Immerhin hörte ich, was um mich geredet wurde, ich bekam schon mit, was vorging. Streiks an allen Ecken und Enden, überall Hungermärsche. Es war ein Inferno.

Tomás trug die Nase hoch, wenn er zu uns kam, er hielt sich für den Herrn im Hause. Dabei war er nur ein kleiner Zuckerrohrbauer, allerdings mit einem Heer Frauen in der Umgebung. Meine Mutter war ihm zu Willen, damit wir halbwegs zu Brot und zu Milch kamen. Wenn ich durchgeschwitzt und verdreckt nach Haus kam und dieser Nichtstuer trank bei uns Kaffee und witzelte auch noch: »Aschenputtel ab in die Küche!«, bekam ich Lust, ihm meine Jäthacke auf den Schädel zu knallen. Doch ich nahm mich zusammen. Landleute fressen ihre Wut in sich hinein, anders als Städter, die das Maul aufreißen und groß krakeelen, und hinterher ist alles nur Wind gewesen. Ich hatte nicht wenig Lust, die Tür dieses Saustalls hinter mir zuzuschlagen. Aber wie hätte meine Familie dann existieren sollen? Meine Schwester war noch ein Kind, auch wenn sie schon abwusch und Holz hackte und meine Arbeitshosen wusch und meine aus Sackleinen genähten Hemden.

Kurz nachdem ich Schnitter geworden war, begann auch mein Bruder damit, das Zuckerrohr mit Ochsen vom Acker

zu fahren. Vorbei war die Zeit, da wir in den Ästen der Pflaumenbäume hingen und auf Palmwedeln den Berg runterrutschten. Pascual war immer einsilbiger als ich gewesen, immer mehr nach innen. Er redete nicht, kein Mensch wußte je, was er dachte. Pascual war ein echter ungeschliffener Bauer. Von Yara dagegen darf ich behaupten, daß sie ein ausgelassenes Kind war. Sie sang mexikanische Schlager, flocht täglich ihre langen Zöpfe und wartete so auf ihren Traumprinzen aus den Serien im Radio. Mit dreizehn hatte sie ihren ersten Freund, und auf einem anderen Blatt steht, in was sie unsere Familie damit reingeritten hat. Jetzt erst mal weiter mit meiner Mutter und diesem Tomás Duarte. Es war in einer Johannisnacht, am vierundzwanzigsten Juni, als gerade die Judaspuppe verbrannt wurde. Nur zu Johannis gingen wir auf das Dorffest; Weihnachten feierten wir immer auf dem Stück Weg zwischen unserem Bohío und dem Bohío meiner Großeltern. Es war stets eine Freßorgie armer Leute, im Grunde traurig, weil unser Vater fehlte und Großmutter für Feste nichts übrig hatte. Habe ich schon gesagt, daß Großmutter eine sonderbare und eine dominante Frau war? Stille Juana – der Beiname paßte ausgezeichnet.
Wie der Wolf, so kann auch der Teufel Kreide fressen, er bleibt doch der Teufel. Tomás war ein berechnender Mensch, und er war unersättlich. Wie wir da saßen – ich werde es nie vergessen – mitten beim Feiern, kommt in der Nähe plötzlich ein Streit auf, und ich höre jemanden schreien. Duarte, die Kanaille, versuchte, meine Schwester aus der Gruppe zu locken, um sie dann im Wald zu vernaschen. Yara schrie natürlich um Hilfe, und als er sich ertappt sah, gab er, feige wie er war, Fersengeld und verdrückte sich seitwärts in die Büsche. Yara fiel meiner Mutter um den Hals, mein Bruder und ich liefen hinter Duarte her, doch wir bekamen ihn nicht mehr zu fassen, der Hund war so flink wie eine Hutia. Der Vorfall verbreitete sich wie ein Lauffeuer in der Siedlung. Teilweise wurde hinterher noch gestichelt, daß meine Mutter sich heimlich mit Duarte treffe, aber das halte ich für voll-

kommen ausgeschlossen, denn wenn meine Mutter jemanden liebte, dann war es Yara. Als wir Brüder von der Verfolgungsjagd wiederkamen, heulte Yara noch immer, und meine Mutter hastete zwischen Herdstelle und Hof hin und her und barmte, sie würde am liebsten im Erdboden versinken.

Wenn die Einkünfte in unserem Haushalt sechzig Centavos am Tag betrugen, so war das schon reichlich. In unserer Gegend bestand das Leben nur aus Sorgen und Mühsal. Gottes Fügung, wie man so sagt, war es, daß Pascual und ich überhaupt die Arbeit auf der Plantage hatten. Lesen lernte ich erst in Havanna. Zum Rechnen nahm ich wie fast alle bei uns Murmeln oder Steinchen, je nachdem, was gerade zur Hand war. Und meinen Namen schrieb ich auf gut Glück von den Papieren ab. Das J in meinem Namen – ein leichter Buchstabe – und das M konnte ich fast mit geschlossenen Augen. Unterricht aber nahm ich erst in Havanna, nach meinem ersten Kontakt mit Städtern, mit weltläufigen Menschen, die unangestrengter sind als die Landbewohner. Dafür sind sie aber auch komplizierter. Landleute mögen abwegiges Zeug im Kopf haben, im Herzen aber sind sie uneigennütziger, vornehmer, und das kommt von der Natur, von der Erde.

Als Kind war ich trotz meiner Betriebsamkeit mit den Gedanken ständig woanders. Oft sah ich zum Himmel hinauf. Was die Bauern zum Beispiel von den Wolken sagen, ist richtig. Nimmt man sich die Zeit, sie genauer anzusehen, erkennt man, daß die Wolken jede auf der Erde bei den Menschen vorkommende Form nachbilden: Pflüge, Leiterwagen, Ochsengespanne, Frauen im Liegen und im Sitzen, Hunde, Geier – sie bilden alles nach, wenn der Himmel klar und die Wolken weiß sind.

Auch ein guter Zuhörer war ich. Ich konnte alle Geschichten auswendig, die bei uns zu Haus oder im Zuckerrohr erzählt wurden. Es waren phantastische Geschichten, und viele wurden später in Liedform, als Décima oder Punto, gesungen. Darum bin ich der Meinung, die Guajiro-Melodien enthalten die Philosophie, die Lebensauffassung der Kubaner vom Lande. Eine Geschichte zum Beispiel, die immer wieder vorkam, erzählte von der Tochter des Soundso, die mit einem schnauzbärtigen geschniegelten Herrn in Weiß im eleganten Wagen in die Stadt abreiste und später im Zusammenhang mit einem Skandal um die Bordelle im Colón-Viertel in der Zeitung stand. Solche Geschichten produziert das Leben am laufenden Band, sie sind so alltäglich wie Wasserholen. Darum ließ meine Mutter kein Auge von Yara und band sie quasi ans Tischbein. Yara hatte zu schöne Augen, und die wanderten ständig an den Zugang zu unserem Grundstück. Genau dorthin, wo immer wieder einer dieser Gauner mit Angelrute stand, die auf Mädchenfang in die Weiler hinauskommen. Erst versprachen sie so einem jungen Ding das Blaue vom Himmel, dann zogen sie ab mit ihr, und zum Schluß überließen sie sie ihrem Schicksal, wenn sie sie nicht sogar in einem Puff unterbrachten. Aus Scham getrauten sich solche Mädchen nie mehr zurück in ihre Familien. So erging es auch einer meiner Kusinen. Wunderschönes schwarzes Haar hatte die und so braune Haut, daß sie im weiten Umkreis begehrt war. Eines Tages war sie ausgeflogen, und ihre Mutter erzählte, sie sei zu einer ärztlichen Behandlung nach Havanna gefahren. Kein Mensch weiß, wie sie es geschafft hat fortzukommen. Manche wollten wissen, daß sie als alte Frau verkleidet einen Güterzug genommen hat, und anderen zufolge wurde sie einfach aufs Pferd gehoben und an der Landstraße abgesetzt, wo es im Lastwagen weiter nach Holguín ging. Wieder andere behaupten, ihr Stiefvater habe sie sich gegen zwei oder drei Kühe abhandeln lassen. Der wirkliche Hergang blieb bei derlei Affären immer im dunkeln. Sicher ist nur, daß diese Kusine, Emelina Mesa Castillo, zur Zeit der Ermordung Guiteras' in einen blutigen Zuhälterstreit verwickelt war. In unserer Siedlung gab es damals kein anderes Gesprächsthema mehr als den Mord an Guiteras und Emelinas Bild in *Carteles,* auf dem sie mit schreckgeweiteten Augen unter lauter frisch in die Großstadt gekommenen und ebenso entsetzten jungen Dingern steht. Wenn meine Schwester darauf verfiel, einen Verehrer vorstellen zu wollen, warnte meine Mutter sie immer: »Denk daran, Kind, was aus deiner Kusine Emelina geworden ist. So was darf dir nicht passieren.«

Yara war immer ein fleißiges Mädchen gewesen, aber sie hatte kein Glück mit ihrem Ersten. Sie sank zwar nicht so tief wie Emelina, aber schwer zu sagen, was schlimmer ist. Meine Schwester wurde nämlich sitzengelassen und hatte das Nachsehen. Der Kerl hatte sie schon nach wenigen Monaten entjungfert und machte sich dann aus dem Staube. Zu Hause ließ Yara nichts verlauten, sie wußte, daß meine Mutter und meine Großmutter sie umbringen würden, aber ihr Bauch wurde täglich dicker. Wie ihr zumute war, kann ich mir vorstellen, die Arme mußte das Gefühl haben, glühende Kohlen im Bauch zu tragen. Bis zum siebten Monat konnte sie ihre Schwangerschaft geheimhalten – und muß Höllenqualen erlitten haben. Schließlich fiel es Großmutter auf. Yara hängte eines Tages, ganz entspannt, weil sie sich unbeobachtet glaubte, Wäsche auf, als Großmutter einen Schrei ausstieß, von dem Yara das Herz stillstehen mußte:

»Yara, Yara, bloß das nicht! Ich sehe wohl Gespenster?«

Meine Schwester duckte sich wie ein Hündchen und stürzte ohnmächtig zu Boden. Ich war noch auf dem Feld, mein Bruder aber war schon zu Hause. Als ich heimkam, kroch meine Schwester mit tränennassen Augen auf den Knien. Die Großeltern blickten todernst und waren stumm. Großmutter war ganz versteinert, und meine Mutter hörte nicht auf zu wimmern: »Könnte ich doch in der Erde versinken! Könnte ich in der Erde versinken!« Pascual wandte sich an mich:

»Julián, nimm dich bitte zusammen. Das Mädchen greift sonst noch zum Strick oder zum Petroleum. Wir wollen ihr lieber helfen. Was passiert ist, mag schlimm sein, aber wir haben nur eine Schwester.«

Zur nächsten Zuckerrohrernte wurde Cayetano Andrés geboren. Den Namen bekam unser kleiner Neffe von Großmutter verpaßt. Wir waren in Feststimmung, auch wenn nicht gefeiert wurde. Wie sollten wir uns nicht freuen, wo unsere Schwester so ein herzensguter Mensch war und mit so schmachtenden Unschuldsaugen dreinschaute, wo sie so hübsch und so lieb war? Man mußte ihr einfach verzeihen. Da ich selbst keinen Sohn habe, denke ich an Andrés bis heute immer mit Zärtlichkeit und Rührung. Später hat meine Schwester einen anderen Mann kennengelernt, mit dem ist sie nach Holguín gezogen und hat weitere Kinder bekommen. Andrés aber ist immer mein Lieblingsneffe geblieben. Es heißt ja, wem Gott einen Sohn versagt, dem schenkt der Teufel einen Neffen. Und Andrés ist wirklich irgendwie auch zu meinem Kind geworden. Heute ist er übrigens – wenn es auch nicht hierhergehört, aber ich bin stolz darauf – leitender Ingenieur in der Zuckerfabrik Urbano Noris. Einer der größten, wie ich gehört habe.

An den Abenden vertrieben wir uns die Zeit damit, Geschichten zu erzählen und um die Wette zu lügen. Ich kam immer hundemüde nach Hause, weil ich es inzwischen so weit zur Plantage hatte – furchtbar weit, hin und zurück mußte ich eine große Strecke laufen. In der näheren Umgebung war der Boden mehr für Obst und Gemüse geeignet, darum wurde das Zuckerrohr weiter entfernt angebaut und an eine mittelgroße Raffinerie geliefert. Aber sowohl von den wahren als auch von den erfundenen Geschichten habe ich bis heute einen ganzen Sack voll behalten. Wir schliefen praktisch ein über den Geschichten, die uns Verwandte, zu Besuch bei unseren Großeltern, erzählten. Jeder trug immer noch dicker auf als sein Vorgänger. Mit Witzen, Lügengeschichten und Zungenbrechern unterhielten wir uns Stunden über Stunden. »Wenn ich viel Kakau kaute, würde ich viel Kakau kaufen; da ich kaum Kakau kaue, kaufe ich kaum Kakau.« Wer konnte das hintereinanderweg aufsagen, ohne zu stocken? Der Mulatte Nano kannte eine Unzahl Witze und Geschichten, und Zungenbrecher schnurrte er mit einer unglaublichen Leichtigkeit herunter. Einer von Nanos Zungenbrechern ging so:

»Schaut, die Braut traut sich ins Kraut; ja schaut, was macht die Braut wohl im Kraut?« Sieht leicht aus, aber nur scheinbar, denn man mußte es, ohne sich zu verhaspeln, dreimal hintereinander aufsagen. Hier eine der schönsten Anekdoten, die ich von Nano gehört habe: Ein kleiner Bauernjunge wollte partout nicht essen, da sagte seine Mutter: »Eustaquio, wenn du nicht ißt, kommt der Teufel und holt dich.« Das Kind sah seine Mutter verdutzt an und fragte: »Mama, ist der Teufel ein Mann?« Worauf die Mutter antwortete: »Nein, Kind, viel schlimmer.« Darauf klein Eustaquio: »Dann ist es also eine Frau?«

Oder eine Fabel: Ein Kater und eine Kuh warfen sich in Schale und gingen frohgelaunt zum Tanz. Unterwegs mußte die Kuh, penetrant wie sie ist, den kleinen Kater wieder mal ärgern: »Ha wie komisch, ein solcher Kümmerling mit so einem Riesenschnurrbart!« Worauf der Kater erbost entgegnete: »Aber du erst! Ein solches Riesenvieh und hat keinen BH an!«

Außerdem gab es noch Geschichten von faulen Bauern, von Dorftrotteln, Hexen, Pfarrern und von Gendarmen. Am Schluß, wenn Nano sich müdeerzählt hatte, behalf er sich immer mit dem Truthahn. »Habt ihr immer noch nicht genug?« fragte er. »Also dann die Geschichte vom Truthahn: Es war einmal ein Mann, der lebte auf einem Hof allein mit seiner Frau. Die beiden fragten sich: ›Wo bleibt nur der Truthahn? Ja, wo bleibt nur der Truthahn ...‹«

Und wir bettelten:

»Weiter, Nano! Wie ging es weiter mit dem Mann und der Frau?«

Er aber antwortete: »Erst müssen wir abwarten, bis der Truthahn kommt.« Und wieder fragte er: »Wo bleibt der Truthahn? Wo bleibt nur der Truthahn?« Bis wir, todmüde, endlich schlafen gingen.

Nano und meine Großeltern kippten ihre Stühle draußen gegen die Hauswand, und wenn ihnen gegen die nächtliche Langeweile absolut nichts mehr einfiel, besannen sie sich auf die Spukerscheinungen, die sie gehabt haben wollten. Da kamen dann Geschichten wie die der kanarischen Hexe zum Vorschein, die sich bei Nano eingekleidet hatte. Sie hatte sich den erstbesten Besen geschnappt und den erstbesten schwarzen Fummel ergriffen und sich alsdann, um in Fahrt zu kommen, Pottasche unter die Achseln gerieben und sich zischend in die Lüfte erhoben. Am Himmel zog die Hexe eine gelbe Spur, eine Art Lichtschweif. Oder der Chor der Engel, der eines Nachts hinter einem Strauch hervorgetreten war und wunderbar gesungen hatte, bis meine Großmutter sich leider nach ihm umsehen mußte. Wenn ein Mensch die Engel sehen wollte, entschwanden sie augenblicklich hinter den Bäumen. So etwas gab in unserer Familie Anlaß zu vielen ängstlichen Erörterungen, und für Wochen wurde dann vorerst nicht mehr über Geister gesprochen. Auf dem Land wird die Phantasie von der Natur zu Übersinnlichem inspiriert. Darum flunkern Bauern beim abendlichen Geschichtenausdenken so viel. Irgendwie muß ja etwas Kolorit in das Einerlei gebracht werden. Hahnenschreie, Privatfehden und Eifersuchtsduelle mit der Machete um attraktive Frauen reichten dazu allein nicht aus.

Einen Steinwurf von uns entfernt wohnte Juvenal Cateura, ein hochgewachsener Bauer mit vorspringenden Augenbrauen und glatter, gelblicher Haut. Er hatte eine Frau, die Schöne Zoila genannt wurde, und drei Töchter. Sie wohnten in der Hütte, seit Machado einen Hungermarsch gegen die Unternehmer auseinandergeschossen hatte. An diesen Wirren hatte Juvenal sich an vorderster Front beteiligt und besaß davon den Ruf eines wagemutigen, gerechtigkeitsliebenden Mannes. Er baute Jams, Kartoffeln, Malanga und Maniok an, und mein Bruder half ihm beim Ausliefern im Dorf und beim Pflanzen. Seit Tomás Duartes schmählichem Abgang waren Juvenal und meine Familie uns näher gekommen, und gelegentlich schickte er uns Brötchen oder Kuchen und wenn es reichte, auch mal ein gutes Stück Rindfleisch. Wir hatten ein freundschaftliches Verhältnis, auch wenn ich höchst selten hinging, weil Juvenals Töchter immer so schick aufgemacht waren, mit Blumen im Haar und gestärkten Röcken, wogegen ich, wie ich erzählt habe, ständig vom Ackerstaub verdreckt war. Eitel war ich von klein auf, und so wie ich aussah, wollte ich nicht vor die Mädchen treten. Nur sonntags ging ich unter die Leute und ließ mich in der Nachbarschaft sehen. Die Schöne Zoila hatte milchweiße Haut und große Augen und bis zur Hüfte reichende Haare. Sie ähnelte einer Madonna. Leider vernachlässigen Männer auf dem Land ihre Partnerinnen schnell, und wenn sie geheiratet und Kinder bekommen haben, meinen sie gern, damit sei es getan für den Rest ihres Lebens. Juvenal war mit Zoila zur Ruhe gekommen, aber es hieß auch, daß sie bei ihm allerhand durchzumachen hatte. Juvenal war zwar solide, aber dafür hatte er für Hahnenkämpfe und Rohrschnaps zuviel übrig. In der Arena und in der Kneipe verjubelte er im Handumdrehen, was er verdiente. Kam er aus dem Dorf zurück und wollte Zoila dies oder jenes von ihm haben, so bockte er: »Verdammt, stellst du Ansprüche! Ich hab doch fast nichts eingenommen. Da, nimm!« Und was Juvenal ihr in die Hand drückte, reichte für keine Haarschleife. Doch seine ebenfalls bildhübschen Töchter sahen, obwohl sie ständig dieselben Sachen anhatten, allezeit so adrett aus, als trügen sie Sonntagskleider. Juvenal rückte zu Hause einfach kein Geld raus. Obwohl die Mädchen also nicht viel auszugeben hatten, winkten sie jedesmal den Libanesen Amin mit seinen Galanteriewaren zu sich aufs Grundstück. Ein fahrender Händler mit soviel preiswertem Modetand und Krimskrams in den Packtaschen machte in unserer abgelegenen Gegend Furore. »Der Mairegen kommt«, sagten die Leute, wenn er auf seiner Stute daherkam. Der Araber war friedfertig und wie ein Grab so verschwiegen, aber auch Schlitzohrigkeit war ihm ins Gesicht geschrieben. Die Leute mutmaßten, daß er sich in eine der Cateuraschen Töchter verguckt hatte und darum so häufig bei ihnen herumflatterte. Auf welches der Mädchen er es abgesehen hatte, wußte mit Sicherheit niemand zu sagen, was aber keinem auch nur in den

Sinn kam, war, daß es ihm um die Mutter ging, um die Schöne Zoila. Ich habe es mir auch oft überlegt, aber darauf wäre ich nie gekommen. Mir ist auch nicht klar, ob es war, weil sie Juvenal satthatte oder weil der Araber vielleicht monatlich etwas zu ihrem Haushalt zuschoß. Ich weiß es nicht. Von dem Ereignis habe ich durch meine Mutter erfahren. Da schleppte ich gerade einen Eimer Wasser; ich ließ ihn fallen und raste los, hinüber zu unseren Nachbarn. Alle drei Töchter drängten sich um Zoila wie Küken um die Henne, und es herrschte ein einziges Heulen und Wehklagen. Juvenal war durch den Hintereingang angetrunken zur Hütte hereingekommen und hatte den Araber dabei überrascht, wie er Zoila am Busen tätschelte. Zumindest war das die Version, die später von Unbeteiligten erzählt wurde. Juvenal hatte die Machete gezogen und Amin den Kopf abgehauen. Als ich ankam, war die Gendarmerie noch nicht da, um ihres Amtes zu walten, und Amins Kopf lag noch wie eine aufgeplatzte Ananas neben dem Brennholz. Aus dem Rumpf sprudelte noch Blut, und Zoila, ihre Töchter an sich drückend, wimmerte: »O Gott, o Gott!«
Pascual steckte den Kopf des Arabers in einen Sack, und er war es auch, der den Gendarmen erklärte, wie alles gekommen war. Zoila und ihre Töchter standen stumm mit aus den Höhlen quellenden Augen und trauten sich keinen Fußbreit vom Herd weg. Von Juvenal wurde natürlich im weiten Umkreis nie wieder eine Spur gesehen. Später wollten ihn welche in Banes unter den Zuckerrohrschnittern oder auch in Havanna als Losverkäufer wiedererkannt haben. Die Gerüchteküche dampfte, es entstanden unzählige Versionen. Wenn jemand die vier Frauen aushorchen wollte, gaben sie immer die gleiche Antwort: »Den hat die Erde verschluckt.«
Um eine der Töchter Juvenals und der Schönen Zoila hat, eine ganze Zeit später, mein Bruder Pascual geworben. Doch meine Großmutter lag ihm pausenlos mit einem Sprüchlein in den Ohren: »Laß die Finger davon, Junge. Auf deren Haus liegt ein Fluch, und alles darin riecht nach Blut.« Pascual

hörte nicht auf sie, er war verliebt. In die Mittlere, die wie die Mutter Zoila hieß und auch fast genauso schön war. Dieser Vorfall war jedenfalls eine der blutigsten Auseinandersetzungen zwischen Männern. So ging es leider zu auf dem Land. Darum wollte ich ja nichts wie weg dort.
Durch auf dem Feld stehendes trockenes Zuckerrohr zu müssen ist schlimmer als durch Dornengestrüpp zu laufen. Jede Arbeit im Zuckerrohr ist im Grunde unmenschlich. Heute ist das natürlich nicht mehr so. Die modernen Schneide- und Lademaschinen bringen eine große Entlastung. Früher stand der Mensch allein vor dem Rohr. War dann überdies bei ihm zu Haus auch noch Schmalhans Küchenmeister, hat er sich wohl oft genug einen dritten Arm gewünscht, um mehr Rohr schlagen zu können und so mehr zu verdienen. Mein Großvater baute noch Knollenfrüchte an. Er besaß sogar einmal eigenen Boden, hat ihn in der Regierungszeit Menocals aber wieder verloren. Darum waren wir jetzt so übel dran. Großvater hätte sonstwas darum gegeben, daß ich nicht mehr Rohr hätte schlagen müssen. Ich war nämlich vom Naturell her eher ein Säer und Pflanzer, aber als Kleinbauer war eben nichts zu verdienen. Die Zuckerrohrernte war auch meine letzte Arbeit, bevor ich mich aufmachte nach Havanna. Verschiedentlich half ich bei anderen Leuten auch beim Dachdecken aus – ich zerschnitt Palmblätter, oder ich band die Palmbaststreifen am First an. Der Abschluß des Daches und das Richtfest machten mir Spaß, weil dazu alle Nachbarn aus der Umgebung samt ihren Compadres kamen. Es wurde dann Rum getrunken und Schweinebraten am Spieß und frittierte Hutia gegessen. Essen und Getränke stellte der Bezieher des neuen Hauses. Manchmal brachte ein Bauer auch seine Gitarre mit und sang kubanische Puntos und mexikanische Rancheras. Es waren riesige Feste – auf denen leider am Ende mitunter auch Blut floß. Ich habe durchaus nicht nur das Schlechte in Erinnerung, aber so waren die Verhältnisse auf dem Lande. Sie waren von der Art, daß man schwer ein

beschauliches Leben führen konnte. Einfach zu viele Schikanen.
In der freien Wildbahn geraten die Menschen leichter aneinander. Männer vom Land lassen sich zum Beispiel nicht gerne Spottnamen verpassen. Wer sich darüber hinwegsetzte, riskierte Kopf und Kragen. Bei geselligen Anlässen, wie dem Hausbau, wo viele Verwandte zum Arbeiten zusammenkamen, mußte man sich besonders vorsehen. Ich habe es erlebt, und wenn ich lüge, soll mich der Judasfluch treffen. Pascual, mein Großvater und ich halfen Bertino Mola beim Dachdekken. Ich zerschnitt gerade Palmblätter, als ich Bertino seinen Schwippschwager ermahnen hörte:
»Marcial, laß den Mann in Frieden. Sprich ihn nicht an.«
Der erwähnte Mann war Gendarm. Ausgerechnet ein Gendarm auf dem Richtfest. Er war geritten gekommen, um Rum und eine Scheibe Schweinebraten abzubekommen. Vielleicht auch, um uns auf die Finger zu schauen. Nur war der Mann arrogant und machte sich auf Kosten der Leute ein schönes Leben. In den Gehöften galt er als Schnorrer und als Spanner. Ein Nichtstuer war er! Der flankte nun über die Itamorealenhecke und blieb einen Schritt von uns stehen. Er bat um Rum und bekam welchen, er verlangte eine Portion Hutia und bekam sie. Aber er erbot sich nicht, mit anzupacken. Die Cristinillas waren sogar einmal von ihm bestohlen worden. Bei denen hatte er mehrere Stück Geflügel und sogar Handtücher von der Wäscheleine mitgehen lassen. Das wußte jeder. Darum war er so verhaßt, darum war er regelrecht verfemt bei den Leuten. Er hatte einen Spitznamen, der »Hühnerklau«, angehängt bekommen, aber ins Gesicht sagte ihm den keiner, weil er bis an die Zähne bewaffnet war und weil er kriminell werden konnte. Doch als er aufs Pferd stieg, um wieder davonzureiten, brüllte ihm Marcial nach: »Hühnerklau, unverfrorener!« Langer Rede kurzer Sinn – der Kerl zog die Pistole aus dem Halfter und jagte Bertino zwei Kugeln in die Schläfe. Wir standen erst wie benommen da, dann rannten wir ihm, der auf seinem Pferd davonflog, hinterher. Das Verbre-

chen ist nie bestraft worden. Der Mann wurde zwar versetzt, in eine andere Provinz wahrscheinlich, aber wir wagten uns nicht einmal auf Bertinos Begräbnis. Zwei Tage und zwei Nächte hatten wir den Gendarm gesucht, überall, bis in die Höhlen der Frettchen. Von einer Justiz war auf dem Land nichts zu merken. Erst heute, dessen bin ich mir nach allem, was ich gehört und gelesen habe, sicher, ist es da anders.

Wenn ich mich aufs Land zurückträume, taucht jedesmal ein Bild vor mir auf – die Cristinillas, wie sie, die Köpfe wegen der grellen Sonne mit dicken Handtüchern umwickelt, meine Schwester Yara zum Beten abholen kommen. Warum geht mir das nur nie aus dem Sinn? Inzwischen lebe ich schon ein halbes Leben in New York, und trotzdem, wieder und wieder rollt diese Szene vor mir ab wie im Film. Erinnerungen müssen ein Teil der Phantasie sein. Und darin bleiben die Bilder, wenn auch verzerrt, über Zeit und Entfernung hinweg haften. Mein Patenonkel zum Beispiel, seine Art, mich anzusehen, seine Gestalt, ja, seine Stimme, all das ist nie von mir abgefallen. Julián war, was man in Kuba einen *Jabao* nennt – ein Mulatte mit blauen Augen und Haaren so gelb wie Anonenfrüchte. Im Norden Orientes sind die Rassen ja besonders bunt durcheinandergewürfelt, und selbst Amerikaner haben dort ihre Spur hinterlassen. Ich werde oft gefragt, wieso ich mich beklage, ein schweres Leben gehabt zu haben, wo mein Landkreis doch gut dran gewesen sei, ja, richtig wohlhabend sei der gewesen. Wir hätten Zuckerraffinerien gehabt, amerikanische Plantagen und die dazugehörigen Bungalows und was sonst noch alles. Darauf antworte ich: Sicher, das gab es, aber nur in den Siedlungen der Raffinerien und bei Bergwerken wie Nicaro und Moa. Das Land, wo ich wohnte, aber war abgelegen, flach und öd und von Gott und der Welt verlassen. Noch ärmer war allerdings, das gebe ich zu, der Süden Orientes, der Schwarzerdestreifen um Manzanillo, Pilón, Guantánamo und Baracoa. Und natürlich die Sierra Maestra. Dort herrschte wirklich grausames

Elend. In manchen Küstendörfern lagen die Friedhöfe direkt überm Meer auf dem Steilufer oder sogar gleich am Strand, so daß die Toten fast im Wasser begraben oder bei Flut ins Meer gerissen wurden. In meiner Siedlung hatten wir wenigstens auf einer ehemaligen Koppel einen richtigen kleinen Friedhof. Nur zur Schule war der Weg so weit, daß die Kinder schon zerschlagen zum Unterricht kamen. Mein Patenonkel hat mich bei seinen sporadischen Besuchen oft zu überzeugen versucht, zur Schule zu gehen:

»Wenn Ochsen pflügen lernen, warum solltest du nicht lesen lernen können?«

Aber ich war dem Studieren damals abhold, ich wollte Geld verdienen, um tun und lassen zu können, was ich wollte. Julián hatte eine Kolonne Haitianer unter sich, die schlugen Zuckerrohr wie die Teufel. Die legten so ein Zuckerrohrfeld im Gewaltmarsch flach. Vor Arbeitsbeginn kippten sie irgendein Gebräu in sich rein, damit ergriff ein Zombie von ihnen Besitz und steigerte ihre Leistung. In ihnen arbeitete praktisch der Zombie. Mit dem Zombie sprachen sie auch, und sie preßten Zuckerrohrsaft über dem Feldboden aus, den sollte er trinken. Wie die sich ins Zeug legten und hinterher vom Feld stiefelten, als ob sie ausgeruht wären, das konnte nicht mit rechten Dingen zugehen. Mein Onkel nahm zum Zuckerrohrschlagen deswegen am liebsten Haitianer. Es gab sie ja in unserer Gegend, also griff er zu und stellte seine Kolonne aus ihnen zusammen. Die Haitianer begingen auch ihre *Ra-Ga-Feste*. Dazu gehörten Wimpel an Stangen, Trommeln mit Spannreifen und prunkvolle Tänze. Sie hoben einen Tisch mit den Zähnen hoch, sie fuhren sich mit der Machete über die Zunge, sie waren unverwüstlich. Sie sagten Julián, daß die Kubaner ebenfalls ihre Zombies hätten. Es schlagen ja auch viele Kubaner, die es gewöhnt sind, Zuckerrohr, als hätten sie den Satan im Leib, so daß mitunter nicht einmal die Haitianer Schritt halten können. Ein Zombie ist ein Geist, der auf Haitianer niederfährt, auf Alte sowohl wie auf *Küken*, wie die Haitianer ihre schon in Kuba geborenen jungen

Landsleute nannten. Ob nun mit oder ohne Zombie, bei der Ernte hatten es Haitianerkolonnen in sich. Gelegentlich gab es auf den Plantagen ihretwegen auch böses Blut, kam es zu Reibereien mit den Kubanern, weil sie für Niedrigstlöhne arbeiteten und den Einheimischen die Arbeit wegnahmen. Von meinem Patenonkel wurden sie auch nicht übel ausgenommen, dank ihrer konnte er was auf die hohe Kante legen und mir bei der Verwirklichung meines sehnlichsten Wunsches helfen – von dort wegzugehen.

In meinem Leben auf dem Land war, obwohl es nicht lange gedauert hat, denn mit sechzehn war ich weg, schon ein beträchtlicher Schatz an Erfahrungen zusammengekommen. Ich war ein aufmerksamer Beobachter, ich ließ mir nichts entgehen. Nur als Kind war ich recht geistesabwesend, verträumt, mehr kontemplativ veranlagt. Mein erstes geschlechtliches Erlebnis, das sage ich frei heraus ohne Scham, war, wie damals auf dem Land üblich, ein Schock. Ich ging, wenige Monate vor meinem Weggang, einmal nach Virama, in der Nähe von Victoria de las Tunas. Dort sah ich unterm Vordach eines dem Gewerbe dienenden Schuppens ein Freudenmädchen. Davor wurden Lagerbier und Zigaretten verkauft, und dahinter standen, knallige Blumen in den Haaren, grell geschminkt und gekleidet, die Damen. Sie kamen mir alle irgendwie gleich vor, nur eine war anders. Sie sprach mich ohne zu zögern an, ich ging zu ihr und sagte:
»Ich seh mich hier nur mal um.«
»Dazu kommt man nicht hierher. Aber ich lege gar keine Wert auf so junges Gemüse.«
Ich ging schon wieder weg, da rief sie mich zurück und sagte flüsternd:
»Ist dir auch klar, was deine Freunde dann sagen werden?«
»Nein.«
»Daß du ein Waschlappen bist, daß du schwul bist ... Hast du etwa kein Geld?«
»Doch«, sagte ich.

»Dann geh, kauf eine Flasche Lagerbier und bring's mit.« Und schon war sie dabei, unterm Kleid ihren Büstenhalter aufzuhaken.

Ich holte das Bier und trat mit ihr in ein Kabuff mit eiserner Liege und fleckigem Spiegel.

»Du kriegst noch Haarausfall«, sagte sie leise, »wenn du ewig den Hut aufbehältst.«

Und ohne weitere Umstände warf sie die Kleider ab. Ich hatte aber keine Courage. Es war das erste Mal. Davor hatte ich es, um ehrlich zu sein, nur mit Genaros Ziege getrieben. Genaro besaß junge Ziegen, die hießen bei uns die *Keuschen,* weil wir sie zu unkeuschen Zwecken benutzten. Wir wuschen sie vorher mit Toilettenseife und besprengten sie mit billigem Kölnischwasser. Jetzt aber hatte ich ein Mädchen vor mir, das zudem bildhübsch war. Ich erstickte an diesem Abend vor Hitze, und der Schweiß floß in Bächen an mir herunter. Ich hatte die schlimmsten Gedanken. Mir ging durch den Kopf, was eine redselige Freundin meiner Mutter, eine Haitianerin, immer sagte: Nutten hätten keinen Bauchnabel, weil sie Satansbrut seien. Ich hatte nur Blicke für den Bauch des Mädchens. Und ob es nun eine optische Täuschung war oder die Wahrheit, jedenfalls konnte ich wirklich keinen Nabel entdecken. Ihre Haut war an der Stelle so glatt wie bei einem Ball. Als sie die Arme um mich legen wollte, wich ich ihr darum aus und druckste:

»Da, nimm das.«

Ich warf zwei Pesos, mein ganzes Kapital, auf ihr Bett und war wie der Wind aus dem Zimmer. Tags darauf stichelten meine Freunde:

»Hast es ja toll getrieben, Julián. Wir haben draußen auf dich gewartet, aber du kamst ewig nicht wieder. Bist ja ein ganz Wilder, Mann o Mann! In dir schlummert ja allerhand.«

»Wenn sich die Gelegenheit bietet, sperrt auch der Ochs sein Loch auf und fängt Fliegen«, brummte ich und zwang mich zu einem freudlosen Lachen.

Diesen Abend konnte ich jedenfalls nie vergessen. Ich war

danach in meinem Leben mit sehr reizvollen Frauen zusammen, doch nie wieder mit einer Dirne. Gekannt habe ich durchaus welche, in Havanna hatte ich mit ihnen Umgang, und in New York sehe ich sie in der East Side täglich in Pulks zusammenstehen. Doch nach einem zweiten Erlebnis dieser Art war mir nie wieder zumute. Sex ist meiner Ansicht nach das Öl im Getriebe des Lebens, und darum sollte man es nur mit Lust und ohne äußeren Druck tun, oder?

»Bruderherz, du bist so sonderbar, du hast doch etwas.«
Yara war ein ernsthaftes und früh erwachsen gewordenes Mädchen, sie sah mir an, wie sehr ich darauf brannte, von zu Hause wegzukommen.
»Nichts hab ich, Schwesterchen, ich sehe nur keine Perspektive.«
Darauf wußte die Ärmste natürlich nichts zu erwidern. Sie wandte, wie jemand, dem das Herz weh tut, ohne daß er die Ursache kennt, den Blick nicht mehr von mir. Während der letzten Wochen arbeitete ich in der Raffinerie an den Kesseln. Da brauchte man wenigstens nicht zwölf Stunden zu schuften und nicht in der Sonnenhitze. Ich sah doch, wie mein Bruder mit seinen fünfzehn Jahren schon einem kleinen Packesel ähnlich wurde. Ich sah, wie meine Schwester den Wolken nachstarrte und keines Gedankens mehr fähig war, weil mit den Jahren jeder abstumpft. Und meine Mutter sah ich, wie sie sich immer mit den gleichen Arbeiten abrackerte, Feuerholz sammeln, kochen und waschen, und wie ihr die Decke auf den Kopf fiel. Wir hatten unseren Bohío zwar äußerlich ein wenig verschönert, aber drinnen war er unverändert – ein Friedhof mit Fenstern. Zu trist das Landleben, zu trostlos für eine Natur wie meine. Ich brauchte wenigstens einen Hauch von Abenteuer! Ich hatte es satt, zu nachtschlafender Zeit aufzustehen und gleich nach Sonnenuntergang wieder ins Bett zu müssen. Ich hatte auch den Regen satt, der einem in die Knochen kroch, die Dürre, das Krähen der Hähne, alles. Heute, in der Erinnerung, finde ich das alles wunderbar, und

es ist ja auch wunderbar, weil es gesund ist und lebensfördernd, aber damals hat es mich nur verbittert, und ich empfand es als qualvoll. Nur das Pfeifen des Zuges gefiel mir. Ich hörte es schon von weitem, und dann wurde ich ganz zappelig. Durch das Pfeifen des Zuges kam ich überhaupt auf die Idee, nach Havanna zu gehen.

»Hör mal, lieber Patenonkel, ich will nach Havanna und dort Arbeit suchen.«

»Es zwingt dich keiner hierzubleiben«, war seine Antwort.

Und im selben Atemzug drückte er mir zwanzig Pesos in die Hand.

»Deinen Großeltern und deiner Mutter sagst du, du fährst etwas für mich erledigen.«

Als ich klar zur Abreise war und nur noch den Großeltern und meiner Mutter Bescheid sagen mußte – für Yara und Pascual war es längst kein Geheimnis mehr, daß ich im Begriff stand, mich auf die Socken zu machen –, da brach bei uns das gewaltigste Feuer meines Lebens aus. Um ein Haar hätten die Flammen auch auf unser Haus übergegriffen. Alles Zuckerrohr weit und breit verbrannte zu Asche. Die Tiere hetzten von einer Richtung in die andere. Es war, als ob der Leibhaftige selber sich aller Zwänge entledigt hätte. Ich half beim Löschen. Mit Macheten schlugen wir eine Schneise, um ein Gegenfeuer zu legen, aber riesige Flammen schossen aus dem Röhricht. Solch eine Flammenfront läßt sich nur durch Gegenfeuer bekämpfen. Was das bedeutet, kann nur ermessen, wer je umgeben von Rohrfeldern in der Einöde gewohnt hat. Die Schneise muß rasch und knapp überm Boden ins Zuckerrohr, und die Stengel müssen sofort weggeräumt werden. Dann läßt man beide Flammenwände gegeneinander ankämpfen. In diesem Zweikampf kommen auch Menschen um. Ich habe erlebt, wie Bauern in dem dicken Qualm erstickt sind und wie andere starben, wenn die Feuergarben ihren Körper trafen. Mein eigener Vater ist verbrannt bis auf die Knochen. Wenn ein Feuer erst einmal losrast und sagt: »Jetzt komme ich!«, dann bekommt keine Macht der Welt den

Brand mehr unter Kontrolle. Auch das gehört zum Landleben: mitten im Frieden Gewalt und Terror. Ein Mensch kommt ums Leben, und weiter hatte es damit keine Bewandtnis. Man trauerte höchstens eine Nacht um den aufgebahrten Toten oder die Tote – denn auch viele Frauen starben den Erstickungstod in den brennenden Zuckerrohrplantagen Orientes.

Ich verabschiedete mich von fast niemandem. Wenn auch mit schlechtem Gewissen, denn ich hatte bei einigen Menschen Grund, mich für etwas, Freundschaft oder Arbeit, zu bedanken. Ich dachte auch: ›Ab jetzt stehe ich ohne sie da. Aber was macht das? Sind nicht auch die Hunde allein auf sich gestellt und bleiben doch am Leben?‹ Wenn ich meine Erinnerungen Revue passieren lasse, ersteht vor mir ein grüner, sehr grüner Acker, auf dem dicht das junge Zuckerrohr steht, und dahinter der Schornstein der Raffinerie, dann der Trampelpfad, der zu unserem Bohío und zur Großmutter führte, und die Hecke um unser Grundstück, berankt mit großblättrigen Winden, und warmer, sonnendurchglitzerter Regen, diese Feuchtigkeit auf dem Land, von der man bis auf die Knochen naß wird. An meinem Abreisetag fiel Dauerregen, aber da ich es mir nun einmal in den Kopf gesetzt hatte, hielt ich, als meine Mutter aufgestanden war und ihr Tagwerk begann, nicht länger hinterm Berg mit meiner Überraschung:
»Ich fahre heute nach Havanna.«
»Was sagst du da, Julián? Träumst du?«
»Nein, ich träume nicht. Ich geh nach Havanna.«
»Yara! Pascual! Kommt mal, euer Bruder hat den Verstand verloren!«
»Und zwar noch heute. Ich fahre heute nach Havanna.«
»Heilige Mutergottes! Ach, mir bleibt aber auch nichts erspart!«
Sie war keine schlechte Mutter, auch wenn ihr der Herd näher stand als ihre Kinder. Wir bekamen von ihr zu essen, nur fand ich ihre Liebe immer … Jedenfalls verlor sie an diesem Tag

die Nerven. Ich hielt mir aber innerlich Augen und Ohren zu, und meine Geschwister schwiegen. Yara lächelte mir zu, und Pascual machte ein Pokergesicht, damit man ihm seine Gefühle nicht anmerkte. Meine Mutter fiel in furchtbaren Jammer. Sie setzte sich auf einen Stuhl, ließ den Kopf sinken und vergaß sogar, Kaffee zu kochen. Ich hatte meine besten Sachen an, ein weißes Baumwollhemd und eine fertig gekaufte Hose. Pascual lief zu meinen Großeltern, um auch ihnen Bescheid zu sagen. Als erste gab Großmutter Juana mir Segenswünsche. Sie band mir eine schwarze Schnur um den Hals und stotterte: »Möge dein guter Geist dich beschützen.« Großvater sah mir kühl in die Augen und wünschte mir Glück.

»Gib ein Telegramm auf, wenn du ankommst. Das gehört sich so unter Christenmenschen.«

Dann kam Carolina, die haitianische Freundin meiner Großmutter, durch den Regen gelaufen. Ich war praktisch startbereit, als sie auf dem Trampelpfad ankam. Ich erschrak ein wenig, denn sie galt als Unglücksbotin, wenn nicht sogar Schlimmeres. Zu mir allerdings war sie immer sehr herzlich.

»Mach's gut«, brabbelte sie, »mach's gut.«

Während ich sie ansah, mußte ich daran denken, wieviel Zuckerrohr diese Frau in ihrem Leben geschlagen hatte, und ich nahm sie in die Arme. Der Regen ließ jetzt nach, aber aus der Umgebung kamen noch ganz durchnäßt Kinder mit Handtüchern auf dem Kopf angelaufen, um sich zu verabschieden oder um Neuigkeiten zu erfahren. Meine Schwester lief die Nachbarn informieren, und es fehlte wenig, und die ganze Einwohnerschaft hätte sich vor unserer Haustür versammelt. Als meine Mutter ihrer Erschütterung nicht mehr Herr wurde, fiel auch sie mir weinend in die Arme. Ich versprach ihr Geld zu schicken und auch ein paar Zeilen, sobald ich schreiben gelernt hätte. Mein Großvater sollte es ihr dann vorlesen. Die Kinderhorde drängelte sich gierig vor unserer Türe, und eines erklärte dem anderen, was drinnen vorging. Meine Mutter verjagte sie mit Klapsen, und sie witschten wie aufgeschreckte Mäuse über den Feldweg. Großmutter brachte Kaffee; den tranken wir schweigend. Der einzige, dem ich zum Abschied Grüße ausrichten ließ, war Julián, mein Patenonkel; er hatte es einfach verdient. Dann zog ich im Nieselregen los. Ich sah mich nicht um. Wer am längsten neben mir herlief, war Yara – bis ich sie aufforderte umzukehren. Natürlich versprach ich ihr goldene Berge und hätte auch gern Wort gehalten, aber ich wußte von vornherein, daß ich ihre Wünsche nicht würde erfüllen können. Aber Träumen kostet nichts ... Und für Versprechungen gilt das gleiche.

Ich stapfte durch den milchigen Schlamm und durch die vom Regen aufgeweichten Furchen und war überzeugt, daß ich hierher nur zu Besuch wiederkommen würde. Meine Kleider waren bald verschwitzt, die Sonne brannte senkrecht auf uns herunter. Eine Regensonne und trotzdem heiß. Wenn es in Kuba zugleich regnet und die Sonne brennt, besagt eine Redensart: Der Teufel feiert Hochzeit. Ich habe dafür nie eine Erklärung gefunden. Volksweisheiten sind mysteriöser, sage ich immer, als die Weisheiten der Weisen. Zur Umkehr forderte ich meine Schwester an einem freien Feld kurz vor der Bahnlinie auf, das *Dicke Alte* genannt wurde. Bis dahin hatte Yara mir noch nie einen Kuß gegeben. Jetzt tat sie's. Ich flehte sie an: »Geh, Yara!« Etwa dreimal rief hinter mir der alte Alonso, Inhaber des Dorfladens und Zechkumpan meines Patenonkels: »He du, Bengel!« Als er bei mir war, trat er ganz dicht an mich heran und raunte: »Willst dich also toll amüsieren, was? Haderlump, du!«

Yara sagte, die Augen voll Wasser, den Satz, den ich bis heute nicht vergessen habe:

»Mann, Bruderherz, gehst weg, wo der Teufel heiratet – paß bloß auf dich auf!«

AUSZUG

Erst die Füße machen den Weg.

Zwischen dem Wiesengrundstück und der Bahnlinie war nichts mehr außer Aas fressenden Geiern. Es war noch immer nicht völlig Morgen. Ich fröstelte ein wenig, während ich auf meinen Zug wartete. Die Waggons des Zuges, der mich nach Santa Clara bringen sollte, waren aus Holz, und der Zug war alt und klapprig, dafür hatte er aber einen Pfiff, den man in zehn Meilen Entfernung noch hörte. Die Anwohner im weiten Umkreis teilten nach diesem Pfiff ihre Zeit ein. Alles wurde an dem Pfiff gemessen. Erhängte sich in einem Gehöft beispielsweise einer, so fragte man: War es vor oder nach dem Pfiff der Lokomotive? Maßstab war jedenfalls der Pfiff, gleichbedeutend mit dem Vormittagskrähen des Hahnes, weil auch der Zug täglich zwischen zehn und halb elf vormittags vorbeikam. Eine wichtige Tageszeit für Bauern. Die Zeit, wo einen die Arbeit am sauersten ankommt, weil die Zwölf-Uhr-Pause erst noch bevorsteht. Als der Zug pfiff, hatte ich eine Erleuchtung. ›Wozu sollst du die Fahrkarte bezahlen?‹ sagte ich mir, ›wenn du auch hinten auf den Postwagen aufspringen kannst? Da versteckst du dich, ein Paket unter Paketen, und die Reise ins Glück kann losgehen.‹ Also steckte ich das bißchen Geld, das ich mithatte und mit dem ich den Stier bei den Hörnern packen wollte, wieder weg. Wollte ich mich nicht in die weite Welt hinauswagen? Dann mußte ich auch Mut beweisen, denn auf etwas anderes als meinen Mut konnte ich mich bei meinem Unternehmen nicht verlassen. Tausenderlei Bilder zogen an mir vorüber. Verwandte, die, auf Arbeitssuche nach Havanna gegangen, gleich an der nächsten Ecke von Trickdieben um ihre Ersparnisse gebracht worden waren und nun das Geld für ihre Rückfahrkarte zusammenverdienen mußten. Meine Kusine Emelina Mesa Castillo fiel mir ein, wie sie sich zur Zeit des Mords an Guiteras in eine Bluttat hatte verwickeln lassen. Oder der Sohn Eleuterio Vegas, der sich für zwei Tage im Hotel Isla de Cuba einquartiert hatte und dem sie sein Geld aus der Brusttasche der Guayabera gestohlen hatten. Der Ärmste, er hatte vor Kircheneingängen betteln müssen. Als er aus dem Gröbsten heraus war, mietete er sich in einer Männerpension ein und schlief, um nicht abermals bestohlen zu werden, jahrelang mit den Schuhen an den Füßen. Alle diese Histörchen im Kopf, lief ich geduckt, damit mich die Wagenbegleiter nicht sähen, über die Gleise. Der Zug hielt die übliche Zeit, ließ ein Paar mit zwei Kindern zusteigen, und als er wieder anfuhr, schob ich die Postwagentür auf, warf mein Bündel ins Innere und sprang auf. Während der Wagen anruckte und der Pfiff der Lokomotive im Ohr gellte, machte ich es mir zwischen Säcken und Paketen einigermaßen bequem und merkte erst mehrere Sekunden später, daß der Zug schon in Fahrt war. Ich war bis dahin noch nie richtig mit der Bahn gefahren. Ich genoß es, wie die Strommasten und die Bäume in Bruchteilen von Sekunden auftauchten und verschwanden. Das Gefühl, etwas hinter sich zu lassen, von dort zu scheiden, wo man seit jeher gelebt hat, ist zugleich traurig und beglückend. Man wirft einerseits alles hin, um den Sprung in die Welt zu wagen, und hat andererseits das Unbekannte, das noch ungeöffnete Lotterielos vor sich. Ich war überzeugt, daß ich Havanna im Sturm erobern, daß ich es schaffen würde auf Biegen oder Brechen. Der Zug hielt wohl hundertmal auf der Strecke, und bei jedem Halt schlug mir das Herz bis zum Halse. Auf einem Bahnsteig kaufte ich mir ein Pfund Brot, eine Büchse Kondensmilch und packte mir Malzbonbons in die Taschen und dachte: ›Damit stelle ich meinen Bauch bis Havanna zufrieden.‹ Aber Fehlanzeige. Nach acht oder zehn Fahrstunden meldete sich abermals der Hunger. Ich stellte Klimmzüge an, um mich abzulenken. Bei einem kurzen Halt in einem Provinznest in Las Villas stieg ich aus, ich weiß es noch wie heute. Ich kaufte mir ein belegtes Brötchen, und ich ging zur Toilette. Als ich wiederkam, stand die Waggontür, die ich nur einen Spaltbreit offengelassen hatte, sperrangelweit auf. Ich wollte in einen Personenwagen ausweichen, wurde aber an beiden Armen gepackt und ohne daß einer auch nur meinen Namen wissen wollte, zur Gendarmerie geschoben. Es war eine elende Bude, wo Kerle im Unterhemd Domino spielten. Ich verlangte nach meinem Koffer und meinen Kleidern, in dem Moment meine ganze Habe, wurde von dem Dienststellenleiter aber sogar am Sprechen gehindert. Sobald ich den Mund öffnete, sah er mich mit so drohender Miene an, daß die Angst selber Angst bekommen mußte.

»Du bist nicht koscher!« sagte er. »Du bist nicht koscher!«

Als er sich endlich zu der Frage entschloß, woher ich denn käme, gab ich zur Antwort:

»Ich will nach Havanna, einen Beruf lernen.«

»Das kannst du jemand anders erzählen! Du mischst entweder bei was Politischem mit, oder du bist ein Taschendieb, oder du hast eingebrochen. Sieht man doch, ohne hinzugukken.«

Den Hunger oder die Angst mochte man mir meinetwegen ansehen, aber daß ich für einen ordinären Dieb gehalten würde, hätte ich mir fürwahr nicht träumen lassen. Ich zeigte meine Hände mit ihren Schwielen vor, Schwielen vom Handhaben der Machete, Hände wie sie ein ausgewachsener Mann hat. Ich erklärte:

»Ich schneide Zuckerrohr.«

»Du schneidest Kehlen durch!« gab der Leutnant zurück. »Komm mir nicht damit!«

Sechs oder sieben Tage mußte ich für meine Verpflegung deren Dreckbude saubermachen. Sie beorderten mich zum *Abortdienst,* das heißt, sowohl zum Leeren ihrer Latrinen als auch zum Ausmisten ihrer Pferdeställe. Ich diktierte einen Brief, in dem ich meinen Patenonkel um Hilfe bat, aber ob der je angekommen ist, ist fraglich. Jedenfalls warnte man mich bei meiner Entlassung:

»Solange du lebst, setzt du besser nie wieder einen Fuß in diese Gegend.«

Um keine Prügel zu riskieren, suchte ich sogleich das Weite, ohne zu wissen, wohin ich mich wenden sollte. Nach ein paar

Stunden ziellosen Umherirrens in Hatuey, so hieß der Landkreis, begegnete ich zwei Männern, die unterwegs zur Zuckerrohrwaage waren, um sich als Schnitter zu verdingen. Ich merkte sofort, daß es zwar etwas abgerissene, aber einfache, arbeitende Menschen waren. Als ich denen von meinem Pech erzählte, sagten sie: »Dann komm mal mit.« Ihr Ziel war die Zuckerfabrik Washington, dort wollten sie Arbeit finden. Einer der beiden, ein gutaussehender kräftiger junger Neger, lief – mag es auch ausgedacht klingen – den ganzen Weg nur mit einem alten Schuh an den Füßen.

»Warum haben Sie nur einen Schuh an?« wollte ich wissen.

»Weil ich keinen zweiten habe«, hieß die Antwort.

Es waren bettelarme Leute, die nichts zu lachen hatten und die, wie ich schnell mitbekam, zu allem Unglück auch noch Kommunisten waren. Ein Kommunist galt damals als gleichbedeutend mit dem leibhaftigen Satan. Ich tat aber, als ob ich nichts mitbekäme. Mir ging es um einen Job, ums Geldverdienen, um eine Fahrkarte in der Tasche, damit ich, sobald es irgend ging, nach Havanna weiterfahren konnte. Der Neger wurde von dem anderen Matanzas genannt, und er war ein Hüne. Der andere hieß Plaza, war aber bekannt als Placita. Unter Kommunisten waren Tarnnamen üblich, denn ihre Lage war damals alles andere als rosig. An der Waage angekommen, wurde uns rundheraus erklärt:

»Es wird nicht geerntet.«

Das war eine herbe Enttäuschung! Ich wollte den ganzen Weg sofort wieder zurück, und sei es, daß ich zu Fuß gehen müßte, die beiden aber redeten mir zu:

»Julián, bleib über Nacht hier.«

Also blieb ich. Ich war ohnehin hundemüde.

Placita und Matanzas wohnten in einer Arbeiterbaracke in der Nähe des Gutsdorfs. Um dahin zu kommen, mußten wir bei Vollmond durch eine morastige Zuckerrohrschneise. Die schien kein Ende zu nehmen. Die Unterkunft war ein rechteckiger Schuppen mit nur einem Fenster und war gedacht für

zwei Menschen. Dort hörte ich sie reden, von der Situation im Land und der Schinderei des Alltags und von einem gewissen Manolito Andares. Dieser Andares legte schwarze Listen an und ließ in der Zuckerrohrbranche alle Kommunisten im weiten Umkreis verfolgen. In einer solchen Schlechtwetterfront konnten sie kaum eine Bewegung machen. Das wußten sie auch, und darum rieten sie mir, mich so schnell wie möglich zu verziehen. Aus Knochen, aus der Abfalltonne einer Metzgerei gefischt, und aus ein paar Kartoffeln kochten sie eine Suppe, die mir so gut schmeckte, als wäre es eine nahrhafte Kraftbrühe. Ich hatte entsetzlichen Hunger, und die Suppe beruhigte meinen Magen, und sie gab mir die Energie, mich erneut auf die Beine zu machen. Zusammen mit den beiden war kein Durchkommen möglich, sie waren noch schlimmer dran als ich, die Ärmsten. Sie konnten ja nicht einmal hoffen, sich in Havanna durchzuschlagen. Trotzdem geriet ich nicht ins Schwanken. Ich hätte in dem Schuppen noch ein paar Tage bleiben und die unglaublichsten Geschichten zu hören bekommen, aber ich kniff die Augen zu und ermahnte mich: ›Julián, du wirst doch nicht vor dem Regen fortlaufen, um in der Traufe zu landen!‹ So redete ich zu mir, und im Leben kam es dann doch ganz anders.
In meinen Plänen jedenfalls brachte ich soviel Energie nach Havanna mit, daß mir die ganze Welt zu Füßen fallen mußte. Ich ging zu einem nahen Fluß und ließ Wasser über meinen Schädel laufen. Schön warm war es, so daß ich mich auszog und lange badete. Beim Schwimmen in dem Fluß kamen mir tausenderlei Ideen. Die erste war, Mangos zu klauen und am Straßenrand zu verkaufen. Aber da hätte ich zu viele Konkurrenten gehabt, überall an den Landstraßen standen Obstverkäufer. Etwas wurde man schon los, aber nicht genug, um davon zu leben. Außerdem war ich inzwischen sechzehn, also kein Kind mehr, und zum Anhalten reizten nur die kleinen Bauernbengel mit ihren Strohhüten, die für ein paar Centavos Mangos in aus Palmblättern gedrehten Tüten verkauften. Auch aufs Schuhputzen verfiel ich. Ich könnte mir einen

Schuhputzerkasten zusammennageln und mich auf diese Weise bis nach Havanna durchschlagen. Das war es! Ich besorgte mir Schuhbürsten, Polierleder, ein Sortiment Cremedosen und sogar Fläschchen mit Lederfarbe, und mit diesem Gepäck nahm ich Abschied von meinen Bekannten, die mehrere Teller Knochensuppe mit mir geteilt hatten. Ich zog los, um die zu den nächstgelegenen Zuckermühlen gehörigen Siedlungen abzuklappern. Mit meinem Koffer und dem Schuhputzerkasten auf dem Buckel glich ich einem bepackten Esel. Da mich in dieser Gegend niemand kannte, machte es mir nichts aus, mal unter dem Vordach eines Wohnhauses, mal unter einer Stegbrücke zu übernachten. Was mein Pate mir mitgegeben hatte, würde in Havanna nicht mal drei Tage reichen. Ich tastete meine Hosentaschen ab und spürte noch immer nichts von der wohltuenden Wärme des Geldes. Eines Tages stand über einem Hügel ein wunderschöner Regenbogen, und ich mußte an meine Großmutter denken. Die hatte gesagt, wer an das Ende eines Regenbogens pinkle, auf den würde das Geld vom Himmel herabregnen. Ich Idiot marschierte auch los, sicher ist sicher. Aber ich kam und kam nicht zum Berührungspunkt zwischen Bogen und Erde. Todmüde setzte ich mich schließlich unter einen Baum und schlief augenblicklich ein. Als ich wieder aufwachte, war von einem Regenbogen nichts mehr zu sehen.

Dank der gütigen Vorsehung hatte ich ja noch meine Schuhputzerausrüstung und meinen Koffer. Ich war getröstet. Was für ein Kindskopf! Wenn ich daran denke, muß ich laut lachen. Ein Schuhputzer ist wie ein Friseur, insofern man bei beiden seinen Seelenmüll ablädt. Die Menschen drängt es, ihnen ihr Leben und den Dorftratsch zu erzählen. So bekam ich einiges mit – Insiderinformationen, die oft nichts mit mir zu tun hatten, und einen Einblick in die akrobatischen Überlebenstechniken der Leute. Wenn ich mir rückdenkend überlege, was mir damals innerhalb von fünf Minuten alles an Wundersamem und Alltäglichem anvertraut wurde! Einer hatte den Verdacht, von seiner Frau hintergangen zu werden, andere hatten ein Kind, das mongoloid war, wieder andere bekannten, aus Hunger gestohlen zu haben ... Wenn ich mir überlege, wie zugeknöpft dagegen die Amerikaner sind, kann ich nur zu dem Schluß kommen: die Kubaner sind doch unvergleichlich! Wer sonst, sage ich mir, wäre so aufrichtig und so hochherzig? Ich bin kein Lokalpatriot, aber mir verkrampft sich das Herz, wenn ich sehe, wie man in diesem Land lebt, wo einem Verletzten auf der Straße nicht eher geholfen wird, als bis die Polizei kommt. Ich habe schon oft blutende Menschen mitten auf der Fifth Avenue gesehen, und die Umstehenden riefen nur: »How sad! How sad!«, aber keiner rührte einen Finger. Das ist hier so, damit muß man sich abfinden, sonst kommt man nicht mehr zur Ruhe.

Als ich das Schlafen auf Parkbänken und unter Brücken satt hatte, besorgte ich mir Bretter und nagelte mir einen Schuppen zusammen, um wenigstens für eine Zeit ein Dach überm Kopf zu haben. Die Kleinstadt Camajuaní hatte es mir angetan, ich blieb dort zwei oder drei Monate. Ich wichste Schuhe und diente dem Besitzer eines Taxiunternehmens, der zugleich der Dorfpotentat war, als Mädchen für alles. Von einem zwei Meilen entfernten Bauernhof holte ich frische Kuhmilch für ihn, ich paßte auf sein Haus auf, und ich wusch seine Wagen, offene Fords mit Stoffverdeck, Trittbrett und Anlasserhebel. Ich baute meinen Schuhputzerschemel und zusätzlich einen Verkaufsstand für Rohrzuckerraspel und braune Makronen vor seiner Haustür auf. So läpperte sich langsam das Geld für meine Fahrkarte nach Havanna zusammen, und ich machte Bekanntschaften, die mir noch nützlicher sein sollten. Außerdem wollte ich für ein paar Monate mal an einem Ort bleiben.
Der alte Horacio war dick und hatte einen mächtigen Schädel. Er wurde Fred Feuerstein genannt, weil er keinem traute, der alte Knasterbart. Er stand vor seiner Haustür, mampfte Brot mit Ziegenbraten und massierte vor aller Augen seine Wamme. Da er wohlhabend war, grüßten die Leute: »Wie

geht es Ihnen, Horacio?« Worauf er seinen Bariton erschallen ließ: »Bestens, liebe Leute!« Leise aber, für mich unmißverständlich, knurrte er: »Verdammte Faulpelze! Nichtstuer und Neider!« Wenn über jemandes Leiche gegangen werden mußte, so tat er's, er hielt mit niemandem Frieden. Wenn jemand auszunehmen war, so wurde er von ihm ausgenommen. Allmählich hatte Horacio sich so zum Herrn über ganz Camajuaní gemausert. Sogar einen Zirkus kaufte er, von Servando Picayo, einem asturischen Impresario, der mit einem durchlöcherten Zelt und halb verhungerten Tieren landauf landab zog. Horacio sagte zu dem Asturier:
»Hörn Sie, ich kauf Ihnen Ihren Laden ab, Sie stolzer Spanier. Damit die Affen und Hunde bei Ihnen nicht krepieren. Glauben Sie mir das, aus keinem anderen Grunde.«
Und der Spanier:
»Na na, Sie bekommen da ein Kleinod!«
Durch den Zirkus veränderte sich mein Leben. Eine Weile vergaß ich darüber sogar Havanna. Den Requisiteur zu spielen war eigentlich nicht lustig, da war Schuhputzer noch besser. Aber durch den Zirkus kam ich zum ersten Mal mit der Welt in Kontakt, ich kam unter normale Menschen. Verteufelt ist es nur, wenn wir so was erst der Armut verdanken.
Horacio möbelte den Zirkus wieder auf. Er ließ ihn neu streichen, er ließ das Zelt flicken, damit es nicht mehr hineinregnete, er päppelte die Tiere auf, er gab tüchtig Geld aus für die Sanierung. Aber selbst dabei bediente er sich selbst mit dem größeren Löffel: Die Gage erhöhte er keinem. Und ich wurde als einziger neu in die Truppe aufgenommen. Und auch das nur, weil ich frisch und unverbraucht war und wegen meines Arbeitswillens. Seinen Sohn machte er zum Geschäftsführer, sich selbst zum Chef des Ganzen, und ab ging's, quer durch die Provinz Las Villas. Nicolás war seinem Vater völlig unähnlich, ein hohler Kürbis mit Krawatte. Aufs Tippen im Lotto versessen, verlor er am laufenden Band, konnte die Narretei aber nicht lassen. Hatte er verloren, kam

er an und ächzte: »Oh, ich hab einen Stein in der Leber!«, haute sich in die Federn und schlief seinen Rausch aus. Außer Wetten und Zechen brachte der nichts zustande.
Es ist ein bewegtes Leben beim Zirkus, und man lernt dabei eine Menge Neues. Vom vielen Koffer- und Kistenschleppen wuchsen mir Bizeps, wie ich sie mir auch in Liedermanns Turnverein nicht hätte antrainieren können. Meine Beinmuskeln wurden steinhart, weil wir ständig von einem Standort auf einem verwilderten Grundstück zum nächsten zogen. Wenn wir Station machten, schlug ich die Zeltanker ein, baute die Sitzeinrichtung und das Trapez auf und kümmerte mich um die Requisiten der Artisten, schrottreifes Gestänge, auf dem sie Kopf und Kragen riskierten. Wenn alles an seinem Platz war, hängte ich mir mit Riemen zusammengebundene Holztafeln über die Schultern und warb für unsere Vorstellungen. Ich wanderte als Sandwichmann durch Gehöfte und Dörfer, und wenn ich wiederkam, tränkte und fütterte ich die Tiere. Nicolás war ein Faulpelz, mit dem es so leicht keiner aufnahm. Für die Finanzen seines Vaters interessierte er sich nicht die Spur, unsere Tageseinnahmen gingen für Schnaps drauf. Kam ich zurück, meist mit hängender Zunge – bei der Hitze einen Nachmittag lang mit zwei umgehängten Plakaten herumzumarschieren war eine Strapaze –, so hatte Nicolás schon an drei oder vier Kinder, nur weil sie den Tieren Wasser gebracht hatten, Eintrittskarten verschenkt. In einem kleinen Dorf war ein Zirkusbesuch gleichbedeutend mit einem Paar neuer Schuhe – auf dem Land in den Jahren damals das einzige Vergnügen. Zu den Hahnenkämpfen waren Kinder nicht zugelassen, und die Frauen mochten, abgesehen davon, daß sie ebenfalls nicht eingelassen wurden, das Blut nicht sehen. Wir zockelten erst wenige Wochen durch die Lande, da bekam Nicolás eine halbseitige Lähmung und mußte im Auto nach Camajuaní zurückgefahren werden. Wir blieben die Zeit über im Gutsdorf der Zuckerfabrik El Santo in der Nähe von Encrucijada. Der Clown Germán und ich kümmerten uns darum, daß der Laden weiterlief und nicht auf den Hund

kam. Wir gaben zwei Vorstellungen am Tag, der Eintritt kostete zehn Centavos, Damen hatten freien Eintritt, und es kamen etwa hundert Zuschauer pro Einlaß. Ich half Germán vor jedem Auftritt beim Umkleiden. Er trug ein Universalkostüm, unter dem immer neue, andersfarbige Kostüme zum Vorschein kamen. In die Manege trat ich zum ersten Mal als sein Assistent bei der Ball- und Hundenummer. Ich lernte Tiere dressieren, und mit denen verstand ich mich besser als mit der Belegschaft dieses Flohzirkus. Germán war der einzige feine Kerl in der Truppe, er half mir auch mal auf die Sprünge. Weil er noch jung war und auch sang und tanzte, war er die Hauptattraktion in dem Zirkus. Die Kinder gerieten bei Germáns Gags außer sich vor Jubel. Bei jedem Clown, den ich danach gesehen habe, in großen, modernen Zirkussen, habe ich an ihn denken müssen, und bei keinem zweiten habe ich eine solche komische Begabung erlebt, wie Germán Pírez sie hatte. Er kannte nichts als das Zirkusleben, und er genoß es. Alles, auch die kleinste Kleinigkeit, machte er gründlich. Schon beim Aufstehen rieb er sich die Hände mit Sägemehl ab, er war vor allen anderen fertig, er schminkte sich um elf Uhr vormittags, er aß geschminkt zu Mittag, ja, er spielte sogar in voller Montur Karten. Der Zirkus war sein Ein und Alles. Wenn auch nur vier Zuschauer auf den Bänken saßen, arbeitete er mit dem gleichen Elan wie bei vollem Zelt. Als Nicolás wiederkam und erneut den Boß spielen wollte, forderte er ihn auf, sich mal zu ihm zu setzen.

»Der Junge ist Gold wert«, sagte er, und damit war ich gemeint. »Darüber möchte ich einmal mit deinem Vater sprechen.«

Ich bekam die Gage auf fünfzehn Peso im Monat erhöht. In der Zeit Miguel Mariano Gómez' war das für ein junges Bürschchen wie mich eine ganz annehmbare Summe. Aber ich wollte noch weiterkommen, und ich wollte immer noch Neues ausprobieren. Germán brachte mir auch etwas Tanzen bei und wie man im Einklang mit dem Orchester einsetzt. Nun ja, Orchester ist ein Witz, es war eher eine Kochtopfbatterie mit Trommel. Ich tanzte, während Germán die Hüte wechselte und die Hunde aus der Manege ließ. Ich sang sogar, französische Musiknummern, darunter Chançons wie »Dein ungewaschenes Gesicht, dein ungewaschenes Gesicht«, bei denen sich die Kinder mit den Fingern über die Wangen strichen und dann ihre Hände anstarrten. Zusammen mit Toribio, einem zweiten Clown, der so alt war wie die Festung Cabaña, zauberte Germán auch, er machte Taschenspielertricks, und sie tanzten, das Tamburin schlagend, spanische Jotas und spielten für die Kinder kleine Geschichten. Wenn Geld in der Kasse war, kauften wir Malzbonbons und warfen sie in das Publikum auf den Bänken und Stühlen. Im Kreis Cienfuegos kam unser kleiner Zirkus wieder auf die Beine. Da kaufte Horacio Pferdchen, die bei Münzeinwurf hüpfen, und eine Zuckerwattemaschine. Kurz danach schwoll aber Nicolás' Bauch furchtbar an, und wir rasten mit ihm in die nächstgelegene Klinik. Wenige Tage später starb er, natürlich an Leberzirrhose. Die Vorstellungen liefen trotzdem weiter, nur jetzt unter einem Partner Horacios als Geschäftsführer. In Cienfuegos richtete der Zirkus sich für längere Zeit ein – mit Karussell, Zuckerwatteverkauf, Bierausschank und Buden mit gebackenen Maultaschen und gebratenem Ferkel auf Brötchen. Landfrauen kamen mit bauchigen Tonkrügen voll Milchbowle zu uns und verkauften davon an unsere Besucher. Ein unglaubliches Gegacker gab das auf dem Zirkusgelände. Horacios Teilhaber, Felipe Luna, kannte sich aus im Gewerbe. Er war seit jeher in der Zirkusbranche tätig und war selbst ein Allroundman. Er balancierte so akrobatisch wie keiner auf dem Hochseil, er machte am Trapez den Flieger, er schluckte Feuer, er lag auf dem Nagelbrett, er machte mit einer für sein Alter erstaunlichen Leichtigkeit Flickflacks. Nur einen Fehler hatte er – er mißtraute jedem. Und wem er nicht grün war, dem gönnte er keine ruhige Minute. Der mußte sich wahllos Beschimpfungen wie »Du Lumpenhund!« oder »Arsch mit Ohren!« anhören. Sein Lieblingsschimpfwort war »Roter!«; im spanischen Bürgerkrieg zog

Franco nämlich gerade gegen die Kommunisten vom Leder und Barcelona war soeben gefallen.
Eine Saulaune hatte der, einen verdammt ruppigen Umgang. Wurde gleichsam von einem Bandwurm zerfressen. Giftig wie eine alte Jungfer. Nicolás hatten wir hinter uns; dafür hatten wir nun Felipe Luna. Wir waren also vom Pech ins Unglück geraten. Eines Abends kreuzte Felipe mit zwei reizenden jungen Dingern im Zelt auf, einer Weißen namens Rosa und einer Mulattin namens Palmira, die er uns als seine Kusinen vorstellte. Bauernlümmeln wie mir, die nur unverfeinerten Sex kennengelernt hatten, blieb vor solchen Mädchen der Mund offenstehen. Ich hätte nie gedacht, daß ich mich derart verknallen könnte. Da ich immer nur darauf aus gewesen war, meine Brötchen zu verdienen, hatten Frauen in meinem Leben noch überhaupt nicht Eingang gefunden. Darum geriet ich bei Palmira ganz aus dem Häuschen. Plötzlich fiel ein ganz anderes Licht auf die Dinge. Die Zirkusse meiner Kindheit und das Bild, das ich mir vom Wanderleben des fahrenden Volks gemacht hatte, wurden wieder vor mir lebendig. Germán merkte es, und er sagte warnend:
»Luna ist ein Raffer, paß auf, Ziegen und Stuten werden dem nicht genügen. Der wird beide Kusinen für sich beanspruchen.«
Palmira schwang die Kürbisrasseln und tanzte Rumba zum auf Kisten getrommelten Rhythmus, und Rosalía sang und tanzte auch. Zusammen brachten die beiden Stimmung in die Manege. Horacio ließ sie kostenlos einkleiden und verpflegen. Als Ziel schwebte ihnen vor, ihr Glück in Havanna zu versuchen. Palmira träumte davon, in einer Damenband auf der Freilichtbühne auf dem Prado aufzutreten, und Rosalía war, wenn sie dafür das nächtliche Geglitzer sehen könnte, zu allem bereit. In den Kinos war gerade »Romanze unter Palmen« der Kassenschlager, und die beiden machten sich auch Hoffnungen, Schauspielerinnen zu werden. Bei wem eine solche Idee einmal im Kopf sitzt, den bringt keine Himmelsmacht davon ab. Palmira war eine dezidierte Person,

Rosalía weniger. Rosalía war mehr ein Reflex ihrer Freundin, aber gegenseitig feuerten sie sich an, denn sie waren schon zusammen aufgewachsen. Da ich inzwischen achtzehn war, lief mir so ein Kribbeln durch alle Glieder. Die Haare auf meinen Armen richteten sich auf, wenn ich an Palmira vorbeikam, ich mußte sie unentwegt anstarren, und ich zog sie nackt aus mit meinen Blicken. Danach warf ich mich bäuchlings auf meine Pritsche; ich genierte mich vor meinen Kollegen, daß ich meine Gefühle so wenig verbergen konnte. Doch je mehr ich dagegen ankämpfte, desto weniger wollte es vergehen. So scharf war ich auf dieses Mädchen. Hätte man mir mit einem Senatorenposten im Kapitol gewinkt – in diesem Moment hätte ich sogar ein solches Angebot ausgeschlagen. Ich hatte für nichts Augen außer für Palmiras Mund und Palmiras Haut. Und ihre Beine! Wenn ich sie tanzen sah, mußte ich wie ein Schaf glotzen. Aber Felipe Luna, der Nimmersatt, war mit einer Braut nicht zufrieden, er wollte sie alle beide. Damit begann mein Unglück. Abhalten ließ ich mich davon allerdings auch nicht, ich war zu sehr entbrannt, Palmira mußte ich kriegen, koste es, was es wolle. Was für einen bestimmt ist, ist eben für einen bestimmt.

Eines Abends kippte ich vier Flaschen Lagerbier und ging nach Cruces in die Pinte, in der sie an den Wochenenden spätabends bediente.

»Was machst du hier, Junge?«

»Ich komm dich besuchen.«

»Wenn dich Felipe erwischt, fliegst du aus dem Zirkus.«

»Ich flieg schon nicht raus, oder willst du es ihm melden?«

»Ich nicht, aber die anderen ...?«

»Du hast die gleichen Augen wie meine Schwester Yara.«

Auch aus ihren Augen sprach die Lust, denn ich war jung, und Felipe war für Palmira ein Tattergreis.

»Warte zwei Straßen weiter auf mich, Julián.«

Ich wartete in der Calle Banderas unter einem Zinkdach auf sie, ungefähr eine Stunde. Als sie schließlich ankam, das

Haar noch vom Duschen naß, flatterte sie vor Angst, Felipe könnte ihr nachspionieren.
»Wohin willst du mit mir?«
»Das weiß ich nicht – wollen wir ein Stück da reingehen?«
»He, ich stamme nicht von Buschnegern ab! Damit du Bescheid weißt!«
Sie ging aber doch mit, tief in die Büsche. In diesen an die Zuckerrohrpflanzungen angrenzenden Gehölzen ist es feucht, warm und still. Kein Mensch verirrte sich dahin. Ich sah sie neben mir gehen und konnte es selber kaum glauben. Ich zog sie an mich, ich küßte sie am ganzen Körper, ich entledigte sie dabei ihrer Kleider. Im Dunkeln sah ich nichts, aber ihre Haut war glatt, und sie faßte sich fest an. Ich ertastete und erstreichelte sie mir mit Händen und Lippen vom Kopf bis zu den Füßen. Ich konnte nichts anderes tun, es raubte mir den Verstand, so verrückt war ich nach ihr. Eine ganze Weile mußte ich sie schon so geküßt haben, da sagte sie überraschend:
»Julián, das wird nichts Richtiges, wenn du dich nicht auch ausziehst.«
Ich war aber wie benommen, ich konnte mich nicht von ihr lösen. Ich küßte sie weiter, ich flüsterte verliebtes Zeug, bis sie die Initiative ergriff und mir erst das Hemd und dann alles übrige auszog. Schließlich gingen wir seitlich des Weges zu Boden, und da wälzten wir uns, ohne zu merken, wie die Zeit verstrich, Stunden um Stunden. Wir waren beide sehr jung. Palmira mochte zwar drei oder vier Jahre älter als ich sein, aber sie hatte eine warme und straffe Haut, und sie sah jünger aus. Zu meiner Ehre darf ich sagen, daß wir als Mann und Frau beide aneinander Gefallen fanden. Ich war bis dahin noch nie so mit einer völlig nackten Frau zusammengewesen, und ich meine, ich habe nicht schlecht abgeschnitten. Wenn zwei sich mögen, fallen die Hemmungen weg, darum klappte es auch so wunderbar zwischen mir und Palmira. Um drei Uhr morgens etwa kamen wir wieder aus unserem Versteck, und Palmira bat mich, damit sie keinen Verdacht erweckte,

sie allein ins Dorf zurückgehen zu lassen. Einige Feldwege konnten wir noch zusammen gehen, aber dann lag die Ortschaft vor uns. Als mir bewußt wurde, daß ich mich von ihr würde trennen müssen, verlor ich die Fassung, ich umschlang ihren Hals und begann sie von neuem zu küssen. Palmira mußte mich von sich schieben, um den Rest des Weges allein zu gehen. Ich stand wie betäubt und starrte ihr nach. Am liebsten wäre ich gerannt und hätte sie zurückgeholt, aber ich rief mich zur Vernunft und nahm schließlich den Bus zurück nach Cienfuegos. Während der Fahrt kam es mir so vor, als ob die ganze Welt strahle. Ich war nicht müde. In meinem Kopf herrschte ein tolles Treiben. Palmira bewohnte zusammen mit ihrer Kusine einen Schuppen am Bahnhof. Die Miete bestritt natürlich Luna. Daß darüber getuschelt wurde, ließ ihn kalt. Er war ein Leuteschinder und ein wüster Mensch. Ich nahm mir vor, aus Palmira wieder einen ordentlichen Menschen zu machen und sie nach Havanna mitzunehmen. Jeden Tag versprach ich ihr das, aber sie weigerte sich, es zu glauben. »Leere Versprechungen, Julián«, sagte sie, »hast doch selbst kaum das Notwendigste zum Leben.«
Ich arbeitete die ganze Saison über wie ein Pferd. Die Energie kam von innen. Von dem Glück, eine Freundin zu haben. Bei ihr wurde es, glaube ich, langsam auch Liebe. Und sie gehorchte mir aufs Wort. In unsere Romanze eingeweiht war als einziger Germán. Als wohlmeinender Ratgeber lag er uns in den Ohren: »Macht euch aus dem Staub, Kinder! Macht euch bloß aus dem Staub!«
Wie Palmira es fertigbrachte, unser Verhältnis vor Rosalía geheimzuhalten, werde ich nie erfahren. Wenn Frauen etwas für sich behalten wollen, können sie so verschwiegen sein wie jahrtausendealte Gräber. Ich trieb viel Sex mit Palmira, und ich versprach ihr die Sterne vom Himmel. Ich behauptete sogar:
»Ich habe Verwandte in Havanna. Besser können wir es nicht haben.«

»Du bist ein Schwindler.«

Wir sahen uns zwar schon rein beruflich jeden Tag, aber unter der Woche wechselten wir kaum drei Worte. Erst samstags und sonntags holte ich sie in Cruces ab und ging mit ihr in das an der Ausfahrt zur Landstraße gelegene Gasthaus Ventura. Die Arbeit im Zirkus erledigte ich nun spielend, weil mir so leicht ums Herz war, obwohl mir der Rahmen, in dem sich unser Verhältnis abspielte, auch Sorgen machte. Aber der jugendliche Leichtsinn ... Ich war verblendet. Nicht einmal auf Germán wollte ich hören, sondern raunte Abend für Abend Palmira mein Versprechen in die Ohren:

»Ich hol dich hier weg.«

»Ach, Julián!«

Aber meine Brieftasche wurde nicht wesentlich dicker. Ich mußte ja damit rechnen, daß wir in Havanna, ehe sich Arbeit für mich fände, erst einmal beide in einer Pension wohnen würden. Es war noch die Zeit der unstabilen Regierungen in Kuba, und die Wirtschaft lag darnieder. Man konnte den Sprung schon wagen, nur eben unter enormen Risiken. Der Zirkus lief nicht übel, und Horacio hatte das Geld, ihn über Wasser zu halten, es war sein Steckenpferd, nur daß da auch noch dieser Widerling Felipe Luna und meine Verliebtheit war – damit wurde ich nicht fertig. Es wurde ein Kampf bis aufs Messer. Wenn der Palmwedel einem auf den Kopf fallen soll, kann auch kein Kanarier ihn mehr kappen. Nur zu wahr, dieses Sprichwort, der Palmwedel knallte mir nämlich voll auf den Schädel. Ich beging einen großen Fehler. Ich werde es erzählen, vielleicht werden ja jüngere Leute klug aus meinem Schaden. Ich begann Felipes Gewohnheiten auszuspionieren. Jeden Abend kassierte er die Tageseinnahmen und tat das Geld in eine runde Büchse für Sodakekse. Die Büchse verwahrte er in einem vorsintflutlichen Schrankkoffer, den Platz merkte ich mir. Als Palmira mich wieder einmal nach unserer Flucht fragte, antwortete ich:

»Morgen, Schatz. Morgen geht's los.«

»Ach, Julián!«

Germán warnte mich noch, aber ich schlug seine Ermahnungen in den Wind. Er muß etwas geahnt haben, ein Zirkusclown gleicht einem Hellseher wie eine Königspalme der anderen. Nacht für Nacht war ich hinter Luna hergeschlichen, bis er in seinem Schuppen verschwand, und war grübelnd zurückgetrottet. So kam Germán schließlich darauf.
»Das nicht, Julián! Zu dieser Sorte Menschen gehörst du nicht!«
Aber Palmira zog mit mehr Macht an mir als ein Gespann Ochsen. Und ihr Spruch klang mir in den Ohren: »Gehn wir weg von hier! Gehn wir weg von hier!« So geschah es also. Ich sah meine Chance in Felipes tiefem Schlaf und wollte es ganz schlau anstellen. Ich wartete ab, bis Mitternacht vorüber war, denn davor war Felipe Luna immer beschäftigt – mit der Tagesabrechnung, mit dem Zusammenstauchen von Mitarbeitern oder mit dem Vernaschen junger Mädchen. Den Rest der Nacht schlief er, und zwar meistens allein. Ich streifte die Schuhe ab, und wie eine Katze war ich mit einem Satz im Innern des Schuppens. Ich tat alles im Alleingang, nicht einmal Palmira ahnte von meinem Treiben. Felipes gewaltiger Bauch überragte das Bett; würde er erstochen, müßte der Bauch hinterher getrennt auf einer Schubkarre abtransportiert werden. Vom tänzerisch leichten, beweglichen Felipe der ersten Zeit war nichts mehr übrig. Ich landete fast auf seiner Nase, er aber schlief nichtsahnend weiter. Ich hatte Katzenpfoten, und er hatte einen bleiernen Schlaf. Für Sekunden stand ich starr neben ihm, bereit, ihn zu knebeln und seine Arme zu fesseln, sollte er auch nur schniefen. Einen Menschen zu verletzen, dazu wäre ich außerstande gewesen. Ich hatte nur ein Ziel – die Tageseinnahmen an mich zu bringen und mich damit sofort in Luft aufzulösen. Ich suchte im Dunkeln nach dem Koffer, ich kramte darin, ich fuhr mit dem Arm unters Bett, ich sah in der Hausapotheke und in jeder Ritze nach – nichts. Blieben nur noch Felipes Hosentaschen. Aber an die kam ich nicht heran, weil der ungehobelte Klotz nämlich in Kleidern schlief. Stand ich also vor der

Frage, wie ich da wieder herauskommen sollte, ohne selbst an der Lage der Staubkörnchen etwas zu verändern. Ich setzte den Fuß auf die Bettkante und dann auf das Kopfende des Bettes; ich wollte mich am Fensterbrett hochstemmen und auf der anderen Seite herunterfallen lassen. Aber zu meinem Unglück machte Felipe eine Bewegung, und mir standen die Haare zu Berge. Ich erstarrte zur Salzsäule, ich konnte keinen Finger mehr rühren. Mein Gesicht war gelähmt, meine Beine versagten, eine Ladung Strom jagte durch meinen Körper, und mein Magen verkrampfte sich zu einem Knoten. Ich hatte in der Finsternis nicht einmal pieps sagen können, und doch schnellte Felipe hoch und bearbeitete mich mit Fäusten. Er wußte überhaupt nicht, auf wen er da einschlug. Ich machte noch einen Versuch, mich durchs Fenster zu schwingen, aber er bekam mich an der Hüfte zu fassen. Da fuhr ich herum, packte seine eiserne Pritsche und hielt sie vor mich wie einen Brustschild. So konnte ich einige Schläge abfangen, aber ich quetschte mir zwischen Bettgestänge und Wand die Finger. Ein einziges Mal brüllte Luna: »Dir Dieb versalz ich die Suppe!«

Mich umbringen konnte er aber nicht, dazu war ich zu kräftig, dazu hatte ich in meinem Leben zuviel Zuckerrohr aufgeladen. Ich knallte ihm sein Eisenbett vor den Latz, dabei muß er wohl gestürzt sein, denn in den nächsten Sekunden folgten keine weiteren Schläge. Ich sprang aus dem Fenster und wetzte davon wie ein Schwein vor dem Schlachtermesser. Ohne Geld, ohne Palmira, mit leeren Händen und mit der Beschämung, von einem Kriminellen wie Felipe Luna laut »Dieb« genannt werden zu dürfen. Als ich zu den Bahngleisen kam, war mir zum Sterben zumute. Außer den Kleidern auf meinem Leib hatte ich nichts bei mir, keine Papiere, keinen Peso. Ich stand so nackt da, wie ich das Licht der Welt erblickt hatte. Ganz deprimiert sprang ich auf den Güterzug nach Santa Clara auf. Alle meine Gedanken kreisten um Palmira. Ich konnte an nichts anderes denken. Nicht einmal die Ortschaften, durch die der Zug fuhr, könnte ich nennen.

Als ich in Santa Clara ankam, war ich fix und fertig. Ich sprang aus dem Waggon und trank auf dem Bahnhof erst einmal Wasser.
Einen Steinwurf vom Bahnhof entfernt war Germáns Bruder, ebenfalls Clown in einem Provinzzirkus und ein Bekannter von mir, zu Hause. Ich fragte und suchte bis in die Nacht nach dem Clown Morita, und schließlich fand ich ihn auf der Steinbank vor seiner Haustür sitzend und versonnen ins Weite blickend. ›Der weiß noch nicht, was auf ihn zukommt‹, dachte ich und fragte:
»Erkennen Sie mich nicht, Morita?«
»Junge, aber klar doch! Was hat dich hierher verschlagen?«
»Morita, ich muß Ihnen etwas erzählen ...«
Ich klärte ihn von A bis Z auf, ohne die kleinste Auslassung. Morita konnte die Spreu vom Weizen trennen, er wußte, Felipe Luna war eine giftige Natter. Er sprach mich nicht frei, das könnte ich nicht behaupten, aber er war sehr anständig zu mir. Germán und ich waren gut Freund geworden, und die beiden Brüder hielten in allem zusammen. Morita gab mir den Tip:
»Vergiß Palmira und fahr so bald wie möglich nach Havanna.«
Den ersten Rat zu befolgen, war mir unmöglich, aber das Reisegeld für Havanna begann ich mir mit dem Straßenverkauf von Karamellutschern zu verdienen. Die stellte Moritas Frau her; sie gab mir einen vollgepackten Bauchladen, und schon am nächsten Tag klapperte ich halb Santa Clara ab mit meinen Karamellen. Nach sechs Stunden hatte ich meinen Bauchladen leer. Da ich die Stadt nicht kannte, war ich aufs Geratewohl kreuz und quer und auch zweimal durch dieselben Straßen gelaufen. Auf Santa Claras zentralem Platz wimmelte es von Runden drehenden Flaneuren. Ein Gesumm wie von Bienen – im äußeren Kreis die Schwarzen und im inneren Kreis die Weißen. Das war so gesetzlich geregelt von den damaligen rassistischen Regierungen. In anderen Provinzstädten galt dieselbe Regel. So war es üblich, und niemandem

fiel es ein, dagegen zu mucken. Da ich trotz eines Viertels Negerbluts als Weißer durchgehen konnte, schob ich bei den Weißen mit und konnte so einiges an Ware absetzen. Bei Negern reichte es in der damaligen Zeit ja knapp zur Seife, wie hätten sie sich da noch Lutschstangen leisten sollen!

Mehrere Tage lang saß ich vor Angst, Felipe könnte hinter mir her sein, wie auf Kohlen. Moritas Frau war beträchtlich jünger als er, und sie assistierte ihm bei den Vorstellungen. Sie reichte ihm in der Manege die Instrumente – Morita war Musikclown –, und ab und zu trat sie die Fußtrommel. Ihre Haut hatte den gleichen Farbton wie die Palmiras, aber ihre Augen sprangen mehr hervor, und sie hatte Locken. Von ihr erfuhr ich, was über mich geredet wurde.

»Es geht das Gerücht, daß du Felipe überfallen hast.«

In diesen Provinznestern ist der Buschfunk der schnellste Weg der Nachrichtenübermittlung. Neuigkeiten verbreiten sich eher per Zunge als per Post. Immerhin wußte Gott sei Dank niemand, wo ich mich versteckt hielt. In der Version, die Moritas Frau zu Ohren gekommen war, hatte ich Felipe den Colt auf den Rücken gesetzt und gedroht abzudrücken, falls er den Packen Geld nicht herausrücke. Außerdem hatte ich die Tat mit einem Komplizen verübt, der wie ich aussähe, die gleiche Hautfarbe, die gleiche Statur, und Germáns Hunde seien auf uns gehetzt worden. Du liebe Neune, blühender geht's nicht! Was sich die Menschen nicht alles aus den Fingern saugen! Eine Erklärung dafür aber, wie ich überhaupt darauf gekommen war, Felipe zu berauben, die hatte keiner, so wie auch keiner wußte, wohin ich mich gewandt haben könnte. Das beruhigte mich. Ich war schließlich nicht in flagranti ertappt worden, über Beweise verfügte niemand. Das einzige – und natürlich zutreffende – Indiz war, daß ich mich aus dem Staub gemacht hatte. Ansonsten hatten die Leute nicht die leiseste Ahnung, unter welche Bananenpalme ich gekrochen war.

Von Palmira war nicht die Rede, keins der Gerüchte brachte sie mit mir in Zusammenhang, und Germán war zu verschwiegen, er redete auch nicht. Letztendlich kam mir die Vergeßlichkeit der Menschen zugute, und da ich mich nirgendwo häuslich einrichtete, war es unwahrscheinlich, daß man meiner je habhaft werden würde. Von einem Tag auf den anderen war ich wieder vergessen. Ich lebte wie ein Zugvogel damals, ich flog heute auf den einen Baum und saß morgen auf dem nächsten. Von den Vögeln unterschied ich mich nur dadurch, daß ich schwarz auf Güterzügen fahren mußte. Hätte ich Flügel gehabt, dann hätten sie mich mal sehen sollen!

Und da, wer gehen kann, auch springen lernt, stand ich bald vor dem nächsten Aufbruch. Arg bedrückt, weil ich meine Liebste zurücklassen mußte, aber gewillt, nach Havanna zu gelangen. Dank der Karamellen hatte ich etwas Geld sparen können, davon kaufte ich mir eine Jacke, und ich dachte: ›Mag Frankreich kapitulieren – ich kapituliere nicht!‹ Über derlei Scherzen war eine Zeit ins Land gegangen. Von meiner Familie wußte ich nichts. Meiner Schwester hatte ich versprochen, nur eigenhändig zu schreiben und nicht fremden Leuten Briefe zu diktieren. Sie vertraute mir, sie wußte, daß ich über kurz oder lang meinen Weg machen würde. Mag sein, daß sie nicht darüber nachgedacht hatte, wie schwer ich es haben könnte, in meiner Gegend machte man sich überhaupt keine Gedanken. Wer ein Kofferradio besaß, hörte schmalzige Serien, in denen noch der letzte Penner einen Wagen besaß und in denen das reale Leben nicht vorkam. Der Rundfunk war mit schuld daran, daß die Bauern ein so versponnenes Weltbild hatten und daß sie, wenn sie nach Havanna kamen, über jeden Stein stolperten, der auf dem Weg lag.

Venancio Prado war es so ergangen. Eine traurige Geschichte. Venancio hatte sich nämlich von seinem Ersparten, das er mit dem Stapeln von Zuckerrohr erarbeitet hatte, ein Radio gekauft und war auf diesem Weg süchtig nach den Abenteuerserien geworden. Also hatte er zu träumen begonnen, er ginge nach Havanna und begegnete dort einer blonden Gutsherren-

tochter, die ihm ein Leben in Saus und Braus ermöglichen würde. Ein frommer Wunsch! Nachdem er mit seinem Köfferchen, den Sonntagsstrohhut auf dem Kopf, im Bahnhof eingetroffen war, quartierte er sich in der Calle Revillagigedo, wenige Schritte von der Calle Monte entfernt, in einer Männerpension ein. Er bezahlte die zwanzig Centavos für die ersten beiden Übernachtungen, machte es sich so gemütlich, wie er konnte, und schob den Koffer unter seine Bettstatt. ›Attila vor Rom!‹ muß Venancio angesichts des Verkehrsgewimmels, der Straßenbahnen, der modernen Autos, der vollen Gemüsestände auf den Plätzen und der schönsten Frauen der Welt gedacht haben, wie Attila muß er sich gefühlt haben. Da sichtete er einen Demonstrationszug mit roten Fahnen und stürzte sich ins Gedränge. Es waren Kommunisten, die da Lohnerhöhungen und Gerechtigkeit für die Hafenarbeiter und die Zigarrendreher forderten. 1938 war die Kommunistische Partei gerade zugelassen worden, und das gab ihr natürlich Auftrieb. Aber Venancio hatte ja von Tuten und Blasen keine Ahnung und reihte sich trotzdem ein in die marschierenden Massen, die allerdings wußten, worauf sie sich einließen. Langer Rede kurzer Sinn, der arme Venancio bekam den Knüppel zu spüren. Seine Beine schwollen an, es wurden zwei dicke Wülste. Er humpelte in seine Absteige zurück, und dort kam erst das Tollste: Er mußte erleben, daß sein Koffer gestohlen war, mitsamt seinem feinen Strohhut. Einen Geldschein, im Wert von fünf Peso, hatte er zum Glück noch in der Hose. Es reichte für eine Rückfahrkarte nach Camajuaní, wo er nach seiner Ankunft wüst über die Hauptstadt schimpfte. Seitdem wurde er immer aufgezogen, man stellte ihm die Frage:
»Venancio, wie hat es Ihnen denn gefallen in Havanna?«
Venancio trottete dann resigniert zur nächsten Schnitterschicht auf dem Rohrfeld, und die Lust, sich zu prügeln, war ihm für den Rest seines Lebens vergangen. In den Bergen von Guamuhaya entstand sogar ein Lied über Venancios Havanna-Abenteuer. Das ging so:

Venancio kommt nach Havanna:
Was kostet die Welt?
Hat die Taschen voll Geld,
kauft sich gleich ein We-Ce:
Lausiges Kaff du, ade!
Eine Kubanerin will er freien,
doch das Erwachen war bitter,
was Gold schien, war Flitter,
und die schöne Bekannte
ein Hundehaufen, der dampfte.

In dieser Art wurden viele Geschichten von armen Schlukkern erzählt, die auszogen, in Havanna reich zu werden, und in der Gosse und am Bettelstab landeten. Im Martí-Theater habe ich zu diesem Thema später Schwänke gesehen. Da stapften Bauern, den Strohhut auf dem Kopf und die Machete am Gürtel, spuckend durch die Straßen und nahmen vor den Autos Reißaus, als wären es fauchende Katzen. Vieles wurde im Theater verzerrt dargestellt, und über die Tragik der Bauern, die als Witzfiguren herhalten mußten, machte man sich dort lustig. Spanische Einwanderer und Neger kamen nicht besser weg. Natürlich ist das Theater nicht schuld daran, sondern diejenigen, die so dachten und die hingingen, um darüber zu lachen, und die es beklatschten. Wenn aber einer wie ich sich so ein Stück ansah, lachte er wohl auch ein bißchen, doch hinterher war ihm zum Weinen zumute, weil schließlich seine Person, seinesgleichen verspottet wurde. Auf *meine* Kosten wurden da Witze gemacht, und trotzdem konnte ich den Stückeschreibern ihr mieses Libretto nicht einmal um die Ohren schlagen. Die meisten hatten einen Bohío oder den von Würmern aufgetriebenen Bauch eines Kindes nie auch nur aus der Ferne gesehen, und schon gar nicht hatten sie miterlebt, wie eine Schwangere an einem Berghang oder in einer Plantagenschneise niederkommt, weil man sie eben nicht in die Stadt bringen konnte. Wenn ich an solche Verhältnisse denke, läuft mir heute noch ein Schauer über den Rücken. Und welcher Unterschied besteht zwischen den Guajiros, die damals, ohne auch nur lesen und schreiben zu können, nach Havanna strömten, und den Hispanics, die in den vierziger Jahren in die USA einzuwandern begannen? Keiner! Sie machten das gleiche durch, es war derselbe Hund, nur mit einem anderen Halsband. Mir kann da keiner etwas vormachen, ich bin schließlich zweimal auf dem Bauch gelandet. Der erste *Clash* war in Havanna, der zweite in New York. Könnte ich noch einmal geboren werden, würde sich in meinem Leben so manches vielleicht anders fügen – obwohl, überraschend käme es immer. Das Überraschende daran hat mich trotz allem über Wasser gehalten, und etwas anderes konnte ich vom Leben vielleicht gar nicht verlangen. Meine Großmutter Juana sagte jedenfalls immer: »Wir armen Leute sind zu allem Unglück auch noch nicht totzukriegen.«

Würde ich alle die Steine zusammentragen, über die ich gestolpert bin, es ergäbe einen Haufen, so hoch wie der Pik Turquino, aber da war eben nichts zu machen, mir war ein unstetes Leben beschieden. Unter mir wurde kein Stuhl warm, und die Prophezeiungen meiner Großmutter trafen allesamt ein. Sie war da sehr klar gewesen. »Junge«, hatte sie gesagt, »du hast kein Sitzfleisch, dir brennt der Boden unter den Füßen, du bist ein Irrwisch.« So war es. Und so wird es womöglich auch bleiben, denn noch habe ich mich nicht damit abgefunden, fest und für immer in New York zu wohnen. Mein Traum wäre es, nach Kuba zurückzugehen, um dort zu sterben und in kubanischer Erde begraben zu werden. Das erhoffe ich mir für meinen Lebensabend, denn Kuba geht mir selbst in der hiesigen Kälte, wenn man praktisch von innen nach außen friert, nicht aus dem Sinn, und erst, wenn ich an Kuba denke, werde ich froh. Kuba ist nämlich wie ein Mensch. Sprechen Leute wie ich, die eine Anzahl Jährchen auf dem Buckel haben, von Kuba, dann haben wir das Gefühl, wir sprechen von einem Menschen aus Fleisch und Blut. Ich will ja niemandem zu nahe treten, aber für andere *Hispanics* gilt das nicht. Kubaner trösten sich nicht mit ihren Erinnerungen an Kuba. Ich kenne keinen, der nicht zurückwill, und sei es zu Besuch in sein Heimatdorf. Nein, keinen.

Mit dem Ertrag des Lutscherverkaufs und einem Zuschuß von Germáns Schwägerin setzte ich mich in Santa Clara wie ein ordentlicher Bürger mit Fahrkarte in den Zug. Ich sah in mich hinein, und ich dachte: ›Ob früher oder später, das Glück der Armen welkt stets dahin.‹ Denn obwohl ich jetzt in der Bahn saß, einiges Erspartes in der Tasche und unterwegs nach Havanna, war ich doch alles andere als guter Dinge. Ich ließ ja mein Mädchen zurück, die erste wirkliche Liebe meines Lebens. Aber da die Welt Kopf steht, tröstete mich der Gedanke, daß ich in Havanna schon mein Eldorado finden würde.

Es war ein sonniger Oktobertag. In den USA heißt das Herbst, aber in Kuba ist es ganz ordinärer Sommer. Die Sonne war so riesengroß, daß sie den ganzen Himmel einnahm. Zum Fenster des Abteils kam ein Gluthauch herein, flüssiges Feuer. Ich war wieder unter Königspalmen, vor palmgeflochtenen Bohíos, in dem Meer von Zuckerrohr und dem Marabú-Gestrüpp mit den langen Stacheln. Ich sah Bauern an Bushaltestellen und auf Bahnhöfen vor mir, wie sie Scharen von in die Ferne reisenden Kindern nachwinkten, und Plantagenbesitzer in ihren weißen Panamaanzügen, die noble Zigarren pafften. Auch viele alte Politiker, die Pistole am Gürtel oder am Steiß, traten mir vor Augen ... Die Eisenbahn war damals eine Werbeagentur auf Rädern. Es gab Reklame für Hämorrhoidensalbe, für Chinin von Bayol, für prickelndes Malzbier, für Brillantine Marke Glostora, für die Kopfschmerztabletten »Okay Gómez Plata« und für die Rundfunkprogramme der Sender RHC Blaue Frequenz oder Casa Lavín. Erst jetzt wurde mir richtig bewußt, daß ich dem ländlichen Leben den Rücken kehrte. Auch das Pfeifen des Zuges klang schon ganz anders als bei mir zu Hause. Fuhr der Zug über eine Weiche, stieß die Lokomotive einen Pfiff aus, der viel länger war, richtig voll Manneskraft. Beim ersten Halt vertrat ich mir auf dem Bahnsteig die Füße. Verkäufer boten in Heimarbeit hergestellte Süßigkeiten, Lotteriescheine und auch Zeitungen an. Sie umringten den Wagen, und zum ersten Mal im Leben schämte ich mich, nicht lesen zu können. Ich hätte einen Finger meiner Hand darum gegeben, die Nachrichten von den deutschen Bombenabwürfen auf London auf der ersten Seite von *El País* zu verstehen. Die Mitreisenden sprachen von nichts anderem, und ich tumber Tor saß da und wollte, zernagt von Minderwertigkeitsgefühlen, nicht zugeben, daß ich nicht lesen konnte. Neben mir saß ein Friseur aus Havanna. Der plapperte gottseidank wie ein Papagei, so daß ich alles erfuhr, was in Havanna vorging. Es gab nichts, wovon der nicht wenigstens eine kleine Ahnung gehabt hätte, und als echter Friseur war er allein abendfüllend. Auf den Dörfern sind die Friseure die Nachrichtenticker. Und dieser hier machte seinem Beruf Ehre. Er hatte eine zum Fleischerhaken gebogene Nase; er redete unaufhörlich. Sein ganzes Leben erzählte er mir, vorwärts und rückwärts. Zweimal im Jahr fuhr er in sein Dorf zu einer behinderten Tochter und zu seiner Mutter, die soeben ihren hundertsten Geburtstag gefeiert hatte.

»Du hast dir ja was vorgenommen!« meinte er zu mir. »Havanna ist anders, als es sich die Leute vorstellen. Man schuftet sich krumm und bucklig.«

»Weiß ich, aber ich habe einen Elefantenbuckel, und ich wünsche mir nichts außer Arbeit.«

Und in groben Zügen erzählte ich ihm meine Mißgeschicke. Bis er mir ins Wort fiel.

»So was ist doch eine ganz alltägliche Geschichte. Du bist keine Ausnahme. Zur Sache, Jungchen!«

Er sagte mir Unterstützung zu, er hatte Gefallen an mir gefunden. Er versprach:

»Sobald wir in Havanna sind, bring ich dich in die Inquisidorstraße, Ecke Calle Muralla, ins Hotel Palacio Cueto. Ein Bruder von mir hat da Arbeit.«

Ich antwortete: »Danke.«
Die Zimmer sollten preiswert sein, überhaupt sei das Cueto als Unterkunft nicht das Schlechteste. Wir kamen vom Hundertsten ins Tausendste, und auch so wurde uns die Zeit nicht lang. Die Nachrichten vom Krieg in Europa hielten sämtliche Fahrgäste in Atem. Es ging schon die Rede – jedenfalls wurde das von einigen behauptet –, daß Kuba in den nächsten Tagen in den Krieg eintreten werde. Wo mir in Havanna ohnehin einiges bevorstand – auch noch ein Weltkrieg! Trotzdem ließ ich mir darüber keine grauen Haare wachsen, sonst hätte ich gleich als alter Mann im Bett sterben können. Ins Gespräch vertieft, beschäftigt mit der Bombardierung Londons, der eventuellen Mobilisierung in Kuba und der ganzen verzwickten Lage, bemerkten wir gar nicht, daß in unseren Wagen auf einmal Rauch drang. Es war beißender Qualm, der nach verbranntem Papier roch. Wir waren vom Feuer eingeschlossen. Es war im Gepäckwagen ausgebrochen und hatte sich durch die hölzernen Wände zu den Personenwagen vorgefressen. Die Ursache? Die wurde nie herausgefunden. Kurz vor dem Dorf Coliseo stoppten wir auf freier Strecke, weil der Fahrtwind die Flammen schürte und wir als Häuflein Asche zu enden drohten.
›Gott im Himmel!‹ dachte ich, ›schon wieder im Flammeninferno!‹ Das Feuer loderte schon bis ans Wagendach, die Sitzgeflechte und die Reklametafeln brannten. Das geflochtene Rohr knatterte, und mit den herabsegelnden Reklameschildern platzten auch die Stromkabel von der Decke. Der Friseur und ich halfen den übrigen Mitreisenden, ihre Koffer aus dem Fenster zu werfen. Das Feuer raste; wir konnten nicht einmal aufpassen, wohin wir die Füße setzten. In letzter Sekunde rissen wir beide unser eigenes Gepäck an uns, stießen eine in sich zusammenfallende Tür auf und sprangen ins Freie. Eine Sekunde später wären wir nicht mehr lebend herausgekommen. Wir durften froh sein, daß wir im Marabú-Dickicht von draußen zusehen konnten, wie der Zug niederbrannte. Von der Hitze des Feuers glühte auch bald die

Stelle, an die wir uns geflüchtet hatten, und von dem gewaltigen Geloder war alles ringsum grellgelb erleuchtet. Die Reisenden schrien vor Entsetzen:

»Daß wir noch leben! Mein Gott, ein Wunder, daß wir noch leben!«

Für mich war es ein weiteres Feuer auf der brandgesäumten Straße meines Lebens. Keine Überraschung; ich war von Geburt an von Gefahren umgeben. Angst zu haben half mir da gar nichts.

Als auch der letzte Funke erloschen war, machten der Friseur und ich uns mit unserem Gepäck auf den Weg nach Coliseo. Im Nu standen wir vor einer Pension mit gelbgestrichenen Türen, aus denen es feucht und schmuddelig muffte. Auf einem bekleckerten Schild stand *Hotel Modelo.* Drinnen wimmelte es von Kakerlaken und Wanzen, und es herrschte Hochbetrieb durch allerlei junge Pärchen.

Der Friseur sprach es aus: »Wir sind in einer Absteige gelandet.«

Ich antwortete: »Das ist mir egal.«

Wir legten uns beide nebeneinander gesittet auf eine Liege, auf der kaum für einen einzelnen Menschen Platz war. Auf der nach faulen Eiern stinkenden knochenharten Matratze drehten wir uns, mal linksrum, mal rechtsrum, immer im Takt, bis die Nacht endlich herum war.

›Ach, Stille Juana‹, seufzte ich bis zum Morgen, ›wie recht du doch hattest!‹

Am nächsten Tag warteten wir den Zehn-Uhr-Zug ab und fuhren in Richtung Landeshauptstadt weiter. Wir fühlten uns als Schiffbrüchige, als stolze Überlebende einer Katastrophe. Einen Tag später war von dem brennenden Zug in allen Zeitungen zu lesen. Sogar ein Attentat wurde vermutet, begangen von Gegnern Batistas. Oberst Fulgencio Batista war nämlich am gleichen Tag, dem zehnten Oktober 1940, Punkt zwölf Uhr mittags, ins Präsidentenamt eingeführt worden.

IN DER STADT

Je größer die Ritze, desto mehr zieht es.

Als der Zug in den Bahnhof von Havanna einfuhr, regnete es in Strömen. Ein Traum von mir wurde wahr, und für mich sollte ein neues Leben beginnen. Ehrlich gesagt, ich stürzte mich hinein, ohne lange zu fackeln. Ich frohlockte, endlich hatte ich meinen Willen. An den Bahnhofskiosken gab es allerdings mehr Fliegen als Makronen, und auf den Bänken und den Bahnsteigen lagen unglaublich viele Bettler. Ich dachte an Palmira und an meine Schwester Yara, die einzigen Menschen, die ich in diesem Augenblick gern um mich gehabt hätte. Doch Palmira mußte ich mir leider aus dem Kopf schlagen, und Yara würde ich nicht eher schreiben, als bis ich mit eigener Hand dazu imstande wäre. So hatte ich es mir geschworen, und so wollte ich es halten.
»Na also, Julián, wir sind am Ziel«, ließ der Friseur sich hören.
»Wollen wir nicht erst mal was in den Magen kriegen?«
»Wolln wir.«
In einem chinesischen Lokal ein paar Straßen weiter aßen wir eine heiße Hühnerbrühe und teilten uns ein Menü – es schmeckte himmlisch! Auffallend fand ich allerdings, daß in einem Lokal, in dem Chinesen bedienten, die Kunden durchweg Kubaner und Spanier waren. An den Tischen kein einziger Chinese! Als wir uns, wieder auf der Straße, zum *Palacio Cueto* wandten, regnete es, und gleichzeitig schien die Sonne. Nur wenige Straßen in Havanna hatten noch Kopfsteinpflaster aus Spanierzeiten. Der Asphalt hatte die Stadt erobert. Auch ungepflasterte Straßen waren nicht mehr zu sehen. Für einen Menschen vom Land wie mich waren all diese spiegelglatten Straßen und die vielen Autos und Straßenbahnen ein Erlebnis. Pferde hatten nur noch die Holzkohlelieferanten und die Galanteriewarenhändler. Der Krach war ohrenbetäubend, besonders am Hafen, wegen der großen Mack-Laster und der Kräne und der Havannaer Busse, die dort verkehrten.

Der Regen ließ nicht nach. Als wir ins *Palacio Cueto* kamen, waren wir naß bis auf die Knochen. In dem Hotel sollte ich nicht lange bleiben. Es war gut gelegen. In der Murallastraße, Ecke Calle Inquisidor, und es hatte auf den Zimmern Waschbecken mit fließend Wasser und einen stummen Diener. Dreizehn Peso im Monat wurden einem dafür berechnet, aber man hatte seine Ruhe, und es gab kaum Kakerlaken. Ich wollte gleich hinaus, und sei es nur für eine Sekunde, und mir die Welt betrachten.

»Richte dich erst mal ein«, meinte der Friseur. »Wir machen einen Erkundungsgang, wenn die Sonne durchkommt.«

Und er ließ mich allein, ging die Calle Muralla hinunter, bewegte sich nach Belieben in dieser Stadt, die er wie seine Westentasche kannte. Ich konnte mich überhaupt nur kraft meines Willens noch auf den Beinen halten. Aber ich mußte Havanna sehen, besonders an einem Tag wie diesem, dem zehnten Oktober, dem Tag der Amtsübernahme eines neuen Präsidenten. Also ging ich, durchnäßt wie ich war, aufs Geratewohl durch die Murallastraße. Ich landete im Parque Central, aber die Menschenmassen und das Getöse spülten mich weiter bis zu der Menge, die sich bei strömendem Regen vor den Toren des Präsidentenpalasts drängte. Da ich nicht länger stehen konnte, suchte ich nach einem Sitzplatz. Wie selbst der Schildkröte, wenn sie sitzen will, ein Hintern wächst, so fand auch ich neben der Engelskirche schließlich einen Hauseingang und ließ mich da nieder. Vor meiner Nase hing der Nieselregen gleich einem Vorhang. Und dazwischen glitzerte wie auf dem Land zu Hause die Sonne. Mit Drachen, die einander in der Luft die Schnüre mit Rasierklingen durchschnitten, und mit Transparenten und Congatrommeln wurde Batistas Wahlsieg gefeiert. Durch Lautsprecher beschrieb ein Sprecher den ganzen Festakt. Er vermeldete, daß Laredo Bru den Präsidentenstuhl einem aus dem einfachen Volke hervorgegangenen Mann übergebe. Der *Indianer*, wie Batista genannt wurde, hatte in seiner Wahlkampagne wunder was für Segnungen versprochen. Heute weiß jeder, was

Kuba sich mit diesem Haderlump einhandelte. Damals aber hätte ihm das die große Mehrheit der Bevölkerung nicht zugetraut. Die Diktatur Machados lag noch nicht lange hinter uns, und wir meinten, Schlimmeres könne es nicht geben. Wie naiv wir waren, nicht wahr?
Batista trat, überm Kopf einen Regenschirm, an der Nordfront des Palasts auf den Balkon. Bevor er jedoch zu reden begann, winkte er den Schirmträger fort und trotzte nun dem Regen. Die Menschen klatschten und johlten vor Begeisterung bis zur Heiserkeit. Er hob den rechten Arm zur Siegergeste und blieb, den Blick auf die Mikrophone des RHC und des Senders CMX Casa Lavín gerichtet, eine Weile so stehen. Er war von so vielen Hofschranzen und Presseleuten umringt, daß seine Frau, Elsa Godínez, kaum zu ihm durchkam. Der lag aber sowieso nichts daran, First Lady zu werden; sie war früher einmal Waschfrau gewesen und hatte viele Minderwertigkeitskomplexe. Das größte Jubelplakat auf der Kundgebung stammte von der Seifenfirma Candado. Es bestand aus einem riesengroßen Stück gelbe Seife, und quer darüber zog sich der Slogan: »Das ist der Mann!« Batistas Ansprache bekam ich nicht richtig mit, weil ich seitlich des Platzes saß und die Lautsprecher seine Stimme aber zum Hafen hin trugen. Ich hörte aber deutlich, wie er am Ende »Salud! Salud!« rief, »Heil! Heil!« Das war die Masche, mit der er sich bei der Bevölkerung beliebt machte. Obwohl es nicht aufhörte zu regnen, blieb die schaulustige Menge stehen, um Batista im schwarzen Wagen, eskortiert von derselben Reiterstaffel, die ihn schon von seiner Residenz in Miramar hergebracht hatte, auch noch aus dem Palast fahren zu sehen. Das Heeresmusikkorps spielte die Nationalhymne, und der Kapellmeister salutierte mit dem Taktstock vor Batista. Mit ohrenbetäubenden Tatütata fuhren die Einsatzwagen der Polizei vor dem Präsidentenpalast Schleifen. Da ich todmüde war, blieb ich bis ganz zum Schluß auf meiner Türschwelle sitzen. Erst als kaum noch ein Mensch auf der Avenida de las Misiones war, ging auch ich und stapfte über

liegengelassene Transparente, Popcorntüten und Wimpel der Bewegung 4. September von dannen.
Einen Monat nach diesem Spektakel war ich wieder vor dem Parlamentsgebäude, weil es zu einem gewaltigen Aufruhr kam. Die Regierung hatte fünfhundert Obdachlosen finanzielle Unterstützung zugesagt, aber das Geld war ausgeblieben. Leere Versprechungen! Die Leute glaubten ehrlich, Batista werde den Karren aus dem Dreck ziehen, doch sie wurden reihum genarrt. Massen von Hungerleidern und Stadtstreichern meuterten vor dem Amtssitz des Präsidenten. Eine beschämende Parade der zerschlissenen Kleider und des Jammers. Die Bettler hatten leere Kondensmilchdosen in den Händen und schwenkten sie in Richtung des Nordbalkons und der Balustraden. Sie forderten Arbeit und Essen. Stunden um Stunden warteten sie, daß der Präsident herauskäme und ihnen Rede und Antwort stünde. Doch Batista steckte nicht einmal den Kopf ins Freie. Und als an einem Fenster die Flügel aufgingen und Premierminister Carlos Saladrigas die Massen beruhigen wollte, flogen die Milchdosen über die Köpfe. In einer Männerpension in der Calle Ayesterán schob ein arbeitsloser Stauer seinen Hut über die Augen, breitete die Arme aus und sprang, auf der Brust ein Schild »Habe Hunger, finde keine Arbeit«, aus dem fünften Stock in die Tiefe. Das Schönste ist, daß Batista bei alldem pausenlos von einer neuen Verfassung redete. Im *Palacio Cueto* war der Mulatte von der Rezeption – Spitzname *Hängelippe* – ein alter Batistaanhänger, und täglich rühmte er Batistas Englisch oder erzählte Einfaltspinseln, daß er und Batista schon seit Banes befreundet seien. Batista sei ja ein so integrer Mensch, und die kubanische Nazipartei werde er auflösen. Als ob irgendein Hahn nach dieser Partei krähte! Ihre Mitglieder konnte man doch an den Fingern abzählen. Und die wurden auf Schritt und Tritt beschattet. Kuba stand kurz vor dem Kriegseintritt, und zwar auf seiten der Amerikaner. Alles andere war Trokkenschwimmen und Schattenboxen.

Als der Abend hereinbrach und ich mich müdegelaufen auf den Weg zurück zum Hotel machte, wurde mir erst so richtig klar, welche Ausmaße Havanna hatte. Etwas so Weitläufiges hatte ich noch nicht gesehen. Das Kapitol erweckte aus der Ferne den Eindruck, daß Havanna sich einen Hut aufgesetzt hätte. Höher als der Präsidentenpalast, überragte es alle übrigen Gebäude. Auf dem Prado roch es damals nach gegerbtem Leder und frisch gekochter Seife. Die amerikanischen Touristen schoben sich durch die Arkaden und kauften massenhaft Krokodilledertaschen, Parfüm und Seide. Für Gutbetuchte war der Prado ein Genuß, die versetzte er in Rauschzustände, doch gleichzeitig war er ein Tummelplatz von Bettlern, Straßenhändlern und losverkaufenden Kindern. Im *Palacio Cueto* angekommen, holte ich mir eine Frikadelle und ein Glas eisgekühlten Guarapo. Dann fiel ich ins Bett. Gegen zehn Uhr am nächsten Tag wurde ich von dem Friseur mit der guten Nachricht geweckt, er habe für mich eine Arbeit. In den Zeitungen war nur nach Köchen und Fahrern inseriert worden, ich aber konnte weder Auto fahren noch kochen. Nun hatte ich Glück. Ich wurde ganz ausgelassen, und wir gingen sofort zum Vorstellungsgespräch in die Montestraße an der Kreuzung Calle Someruelos. Es handelte sich um die Inhaberin des Hutateliers *La Champagne*, im Herzen der City. So ist es: man kann nie wissen, wer einem alles weiterhilft – oder hätte ich etwa ahnen können, daß mich ein Unbekannter, wie es der Friseur war, unter seine Fittiche nehmen würde?

»Kann er denn lesen?«

Mir schnürte sich das Herz zusammen, als die Chefin dem Friseur vor allen Leuten diese Frage stellte. Ich hütete mich zu antworten.

»Dafür ist er clever«, entgegnete der Friseur. »Der lernt es im Handumdrehen.«

Ich fing als Fensterputzer und Reinemachefrau an. Ich hatte es gut getroffen, denn ich war in einem reinen Frauenbetrieb gelandet. Außer mir war kein Mann da. Die Chefin hatte noch Weylers Internierungslager erlebt und kannte kein anderes

Gesprächsthema. Ihre Familie hatte, so erzählte sie, in Caraballo Zwieback vergraben, weil sie mit nichts versorgt wurden und die Menschen reihenweise Hungers starben. Ich hörte ihr zu, während ich Fenster putzte und Staub wischte. Die Mädchen in der Nähstube hatten Matildes Klagelied längst über und hörten schon gar nicht mehr hin. Ich aber wollte Matilde unbedingt für mich gewinnen, um nicht wieder entlassen zu werden. Außerdem war mein Ziel, in der Hutwerkstatt auch übernachten zu dürfen. Nach kurzer Zeit war ich soweit. So kaufte ich mir ein Feldbett, räumte meine Kleider in einen Umzugskarton und machte es mir im Zimmerchen hinter dem Laden gemütlich. Fortan genoß ich dort eine Freiheit, nach der ich mich noch heute zurücksehne. Das lag an meiner Jugend und daran, daß ich darauf brannte, mein Glück zu machen. Mit Lysol desinfizierte ich mein Plätzchen.
»Du bist wie eine Katze«, meinte Matilde, als sie eines Morgens miterlebte, wie ich vom Lager kroch.
Für mein erstes Gehalt – ein Klacks – ging ich mir Schuhe kaufen. Weiße Schuhe und, um sie sauberzuhalten, Flüssigschuhcreme Marke Griffith. An den ersten Tagen schuftete ich wie ein Neger und hatte mein Putzpensum in drei Stunden erledigt. Danach ging ich Hüte ausliefern. Da ich inzwischen zwar die Buchstaben auseinanderhalten, aber noch nicht richtig lesen konnte, nahm ich Zettelchen mit den einzelnen Adressen mit, und kam ich einigermaßen in die Nähe, holte ich mein Zettelchen vor und hielt es einem Passanten unter die Nase. Die Leute müssen gedacht haben: ›Der ist taubstumm oder schwachsinnig‹, aber auf diese Weise lernte ich, wenn auch mit tausend Pannen, binnen drei Monaten die Straßen halb Havannas auswendig. Bei einer Kundin des Geschäfts, Mirita Bayo, die in der Almendaresstraße eine Abendschule leitete, bekam ich schließlich meine ersten Unterrichtsstunden. Mit den Füßen lernte ich allerdings mindestens genauso viel wie mit dem Kopf, denn um die Straßenbahn zu sparen, lief ich zur Schule, und das waren allabendlich über dreißig

Häuserblocks. Was ich im Laden verdiente, reichte ja knapp für Frikadellen. Mirita war jung, und sie hatte sehr helle Haut und kastanienbraune Haare. Sie sprach mit spanischem Akzent, ihre Eltern waren Asturier. In ihrer Gegenwart geriet ich ins Träumen. Ich fand ihre Beine so toll, ich war hingerissen von ihrem Anblick. Wenn ich sie nur einen Abend nicht sah, wurde mir elend. Darum versäumte ich keine Unterrichtsstunde.

»Mirita Bayo, Mann o Mann!«

So lernte ich im Handumdrehen lesen. Ich übte mich an den Reklamewänden und an der Straßenbahnwerbung. Oft blieb ich an irgendeiner Ecke stehen und buchstabierte den Namen einer Limonadensorte oder einer Brillantinemarke. Die Leute starrten mich an und verfielen dann fast in Laufschritt. Wahrscheinlich hielten sie mich für einen Selbstgespräche führenden gemeingefährlichen Irren. Mich ließ das kalt, ich hatte erreicht, was ich wollte, und zwar in weniger als einem Monat.

»Na, Julián, mein Junge«, meinte der Friseur, »es scheint, du bist flügge.«

Wenn ich knapp bei Kasse war, bekam ich beim Friseur zu Hause Mehlbananen zu essen, und seine Frau hatte mich bald lieb wie einen Sohn. Darum werde ich nicht müde zu wiederholen: Fremde können so viel wert sein wie Verwandte, wenn nicht mehr. Vierzig Jahre sind inzwischen vergangen, und zu *Christmas* schreiben wir uns immer noch Karten – seine Tochter Mercedes und ich, denn der Friseur ist 1960 bei der Explosion der *La Coubre* bei dem Versuch, Menschenleben zu retten, umgekommen.

Im *La Champagne* hatte ich Umgang mit den gehobensten Kreisen Havannas. Besonders viele Leute vom Martí-Theater lernte ich da kennen. Auch feine junge Damen, Töchter von Gutsherren, Kaufleuten, Politikern. Ein Sohn von Präsident Zayas war mit einer Künstlerin vom Theater Martí verheiratet, und das Paar kaufte bei uns ein. Die Frau wollte immer von mir bedient werden, aber da ich nicht als Verkäufer angestellt war, wartete ich immer erst ab, bis sie mehrmals nach mir verlangte und Matilde persönlich mich vom Schrubber und den aufgetürmten Hutschachteln wegholte und an den Ladentisch sandte. Auf diesen Trick war ich mit der Zeit gekommen. Ich mußte mich taub stellen, damit die Kunden auf mir bestanden. Für eine Lohnerhöhung kam es darauf an. Eigentlich war es ja nur logisch. Die Kundinnen des *Champagne* hatten ihren eigenen Geschmack, sie wußten von vornherein, welche Farbe, welches Material, was für Blumen sie wollten und welche Größe ihr Hut haben sollte. Sie hatten ihre genauen Vorstellungen und ihre Kapricen. Unsere Verkäuferinnen wollten hingegen kreativ wirken und versuchten ihnen darum ihren Geschmack aufzudrängen, oder sie sagten: »Dieser Farbton wird im Moment nicht getragen, Señora.« Sicher, sie verstanden etwas davon, schließlich bekamen wir im Laden packenweise Modezeitschriften angeliefert. Aber sie vergraulten damit die Kundinnen. Welche Frau läßt sich von einer anderen ihren Geschmack aufschwatzen? Und da ich von Mode nichts verstand, gab ich ihnen recht, und so fanden sie automatisch an mir Gefallen. Es ist eben auch nicht dasselbe, ob eine Frau zu einer Frau sagt: »Das steht Ihnen, Señora«, oder ob das Kompliment von einem Mann kommt. Beim Mann wird es ernster genommen. Und da es mich nichts kostete, sagte ich jeder, daß sie blendend aussehe. Ergebnis: »Julián, komm mal hierher!« »Julián, komm mal dahin!« Am Ende entsprach Matilde dem allgemeinen Kundenwunsch und plazierte mich hinterm Ladentisch. Den Fußboden und die Fenster mußte ich allerdings weiterhin putzen und auch weiterhin im Dauerlauf wie Carvajal in halb Havanna Hüte ausliefern. Doch mit dem Vertrauen der Kundschaft hatte ich auch das Vertrauen Matildes gewonnen. Und im gleichen Zug das der übrigen Frauen im *Champagne* verloren. Denn da ich der Liebling der Kundinnen war und wir auf jeden verkauften Hut fünfundzwanzig Centavos Provision bekamen, sannen die anderen auf Rache. Bevor ich zur Zielscheibe des Hasses dieser Mädchen geworden war, hätte ich mir nie auch nur

denken können, daß die Menschheit so boshaft sein kann. Es waren teils Näherinnen, teils schlichte Verkäuferinnen. Durchweg schneeweiß, der einzige Angedunkelte in dem Laden war ich. Und ausgerechnet ein Brauner war das Maskottchen einer Kundschaft, die aus Varietétänzerinnen und – warum es nicht aussprechen? – von verheirateten Männern ausgehaltenen Frauen bestand. Die Nebenfrau eines Bürgermeisters, eines Ratsherrn oder eines Dirigenten zu sein war im Havanna jener Jahre ein Beruf wie jeder andere auch. Und in unserem Laden gaben sich wie gesagt Angehörige von Kubas gehobensten Kreisen die Klinke in die Hand. Außer Matilde war mir niemand gewogen, alle anderen wollten mir an die Gurgel. Mal warfen sie eine Kuchenschnitte unter mein Bett, damit ich es mit einer Ameisenplage zu tun bekäme, mal schickten sie mir Briefe mit Trauerrand, um mir einen Schreck einzujagen. Dabei wußte meine Familie meine derzeitige Adresse gar nicht, und Trauerbriefe waren in meiner Gegend auch nicht üblich, weil kein Mensch so was kannte. Eines Tages geigte ich denen mal die Meinung. Allmählich trieben sie es nämlich auch zu bunt. Eine rief mich zu sich, die Steckdose an ihrer Nähmaschine sei kaputt, ich solle ihr das Licht in Ordnung bringen, und als ich mich darüber beugte, stach sie mir mit einer Sicherheitsnadel in den Pimmel. Ich schimpfte wie ein Fuhrknecht, und jede einzelne bekam ihr Fett weg. »Und wenn ich dafür gefeuert werde, euch Biestern sag ich, was Sache ist!« Matilde kam ins Atelier und erschrak, weil ich tobte, aber sie mußte mir recht geben, obgleich sie sagte:
»Du nimmst da ziemlich ordinäre Ausdrücke in den Mund, und diese Mädchen verdienen sich ihr Geld durch ehrliche Arbeit.«
»Mag sein, aber entweder lassen die mich in Frieden oder ich hausiere ab morgen mit Mangos.«
Ein paar Monate lang hielt mich Matilde mit Aufträgen außer Haus fern von dem Hexenkessel. Um sechs kam ich wieder, und war so müde, daß ich mich auf meine Pritsche haute und sofort einschlief. Nach einiger Zeit ließ die Spannung nach,

der Mensch gewöhnt sich an alles. Und die Mädchen gaben klein bei, ich stand wieder am Ladentisch und bediente die Kunden. Und dort hieß es in einem fort: »Den Hut bitte aus Crèpe de Chine!«, »Den Schleier aus Tüll«, »Die Schleifen aus Seide« und »Samtblumen bitte«. Kurz, ich arbeitete mich in die Materie ein, und ehe ich's mich versah, verstand ich von Hüten mehr als von Frauen.
Trotz des ewigen Gerangels mit den Mädchen teilte ich irgendwann das Lager mit einer der Putzmacherinnen, einer sehr hübschen. Sie hatte wenige Monate nach mir bei uns zu arbeiten angefangen. Wir fädelten es in aller Heimlichkeit ein, damit niemand etwas davon erführe. Das Mädchen war wie Matilde aus Caraballo. Die Chefin hatte sie zur Probe kommen lassen, und da die Ärmste völlig ahnungslos war, arbeitete sie für ein paar lumpige Centavos. Eine Schikane! Eines Tages hatte ich sie gefragt:
»Kind, wieviel bekommst du eigentlich im Monat?«
»Nichts«, antwortete sie. »Die Abmachung lautet, daß die Señora mir etwas gibt, wenn ich etwas brauche.«
Ich versprach, dem abzuhelfen, und es gelang mir. Wir schmiedeten einen furchtbaren Plan, wir verschworen uns gegen die Chefin. Und dabei passierte es, daß wir uns verliebten. Die Kolleginnen ließen das Mädchen nicht aus den Augen, und hinter ihrem Rücken hackten sie auf ihr herum: »Ist hier als Putzmacherin und kann nicht mal nähen!« Oder auch: »Stinkt unterm Arm noch nach Heu, aber will hoch hinaus!« Dabei wollte sie überhaupt nichts, als in Ruhe zu arbeiten, um ihren kleinen Geschwistern Geld schicken zu können. Sie war bei einer Verwandten in der Calle Sol untergekommen. Die ließ ihr ein Hochbett zimmern, und darauf schlief sie, ohne Luft, ohne Fenster.
»Ich mag Havanna«, meinte sie, »mir fehlt nur die Landluft, in meinem Verschlag werde ich noch ersticken.«
Wer sich verliebt, der will schenken, er macht Versprechen über Versprechen. Und da ich das Herz auf der Zunge

trage, versprach ich, ohne viel zu überlegen, das Blaue vom Himmel.
»Glaub mir, Emerlina, wir kommen hier raus, du wirst es erleben.«
»Ich kann es nicht glauben, Julián. Havanna ist ein zu hartes Pflaster, da wirst du es nie auf einen grünen Zweig bringen. Was wir hier verdienen, reicht nicht für zwei Leute.«
»Verlaß dich auf mich.«
»Ist in Ordnung, Julián.«

Unser Brautstand sollte dann doch eine Ewigkeit dauern. Ich verliebte mich ziemlich heftig, und Emerlina auch. Ich sah ihr zu, wie sie die Stoffstreifen mit Klebstoff bestrich, wie sie die Blumen annähte und die Stumpen in Form zog. Ich fand, sie sei ein Engel, so gütig, so weich war sie, und sie hatte so feingliedrige Hände, wie sie bei Mädchen, die auf dem Acker aufgewachsen sind, eigentlich nicht vorkommen. Über ein Jahr lang konnten wir unser Geheimnis hüten – bis ich mit ihr ins Bett ging. Da teilte sie sich Caridad Martín mit, einer Klatschbase erster Güte, und tags darauf verpfiff die uns bei der Chefin.
»Julián, ich sagte dir, du solltest dich nicht mit einer meiner Mitarbeiterinnen einlassen.«
»Ich schwöre Ihnen, Matilde, Emerlina und ich meinen es ernst.«
»Aber wovon wollt ihr leben, Julián? Willst du Ameisen melken? Und was soll ich ihrer Familie sagen?«
»Sagen Sie, daß ich Emerlina heirate.«

Die Nachricht von dem Vorgefallenen gelangte aber nicht nach Caraballo, weder über Matilde noch über irgendjemand anderen. Eine Zeitlang saßen wir auf Kohlen, aber schließlich war Emerlina sechzehn und ich einundzwanzig, und wir waren beide bereit, eventuelle Folgen zu tragen. An dem Tag, an dem die Japaner Pearl Harbour angriffen, versprach ich Emerlina die Ehe. Wir konnten uns inzwischen allein treffen, in einem gemieteten Zimmer in der Calle Blanco. Die Vermieterin war eine Libanesin und betrieb einen Galanteriewarenladen. Sie berechnete dafür einen Peso. Nachts hatten wir dort das Paradies auf Erden und bildeten uns ein, wir hätten ein richtiges Zuhause. Emerlina war die erste Frau, mit der ich richtig zusammengelebt habe. Und da Ehrlichkeit sich zwar nicht auszahlt, aber immerhin tröstet, stand ich bei Emerlina mannhaft zu meinem Wort. Ich schuftete, beziehungsweise wir schufteten beide, um das Geld für unsere Hochzeitsausstattung zusammenzusparen. Und verdienten tatsächlich so viel, daß wir in einem Mietshaus in der Calle Zulueta in die aus einem Zimmer bestehende Torwohnung ziehen konnten. Ich war verliebt bis über beide Ohren. Wenn Emerlina nur an ihre Blusenknöpfe faßte, stand ich schon von Kopf bis Fuß in Flammen. Ihre bräunliche glatte Haut und ihre schwellenden Lippen hatten damit zu tun und ihre schwarzen Haare ... Alles an ihr machte mich heiß. Frisch geerntetes Obst ist eben etwas ganz anderes als angebissenes. Emerlina war vor mir noch von keinem angerührt und von niemandem geküßt worden, alles brachte erst ich ihr bei, ich unerfahrenes kleines Licht. Ich wollte wirklich heiraten, nur ließ leider das Geld auf sich warten. Auch gaben wir viel für Besuche der Freilichtbühne auf dem Prado aus, wo wir uns die Frauenbands anhörten, und für die *Shows* im Martí-Theater, für Fahrten an den Concha-Strand, fürs Biertrinken ... Kurz, wir genossen unsere Jugend, denn jung ist man schließlich nur einmal. Um es in aller Deutlichkeit zu sagen, keiner von uns war übermäßig aufs Heiraten versessen. Wir gefielen uns und wir liebten uns, und damit fertig. Und da Emerlinas Familie weit weg wohnte, bekam sie erst spät mit, daß ihre Tochter das Zimmer mit einem Mannsbild teilte. Als eines Tages schließlich ihr Bruder wutschnaubend im *Champagne* aufkreuzte, fiel ich aus allen Wolken. Er verlangte zuerst Emerlina zu sprechen, die gerade Ripsbänder einnähte, und ihr befahl er dann, mich zu holen. Er erkannte mich sofort, da ich im Laden der einzige Mann war. Als ich die beiden unter den Arkaden

miteinander sprechen sah, ahnte ich schon, daß etwas im Busch war. Hereinzukommen und mich zu stellen, hatte er aber nicht die Courage. An dem Blick, den Emerlinas Bruder und ich uns zuwarfen, merkten die glucksenden Hennen im Atelier, worum es ging, und hätten ihre Arbeit liegengelassen, wären sie von Matilde nicht zur Ordnung gerufen worden.
»Jacinto Pérez. Ich komme wegen des guten Rufes meiner Schwester.«
»Schön, wir besprechen es, wenn ich hier Feierabend habe, okay?«
»Nichts da, das wird jetzt gleich klargestellt!«
Ich denke noch manchmal an diesen Tag und muß jedesmal lachen. Besonders wenn ich die Mädchen vor mir sehe, wie sie, um etwas mitzubekommen, die Köpfe reckten, und wie die alte Dame sie förmlich von der Türe fortpeitschte. Auf Emerlinas flehentliche Bitten hin war Jacinto dann doch einverstanden, die Abrechnung auf sechs Uhr zu verschieben. Nach Ladenschluß marschierten wir los, in die Zuluetastraße, auf unser Zimmer, dort, sagte ich, würden wir alles klären. Zu meinem Glück nahm Emerlina das Regiment in die Hand. Sie kannte ihren Bruder und wußte, wie man ihn nehmen mußte. Wir machten eine Flasche Rum auf, und ich versicherte hoch und heilig:
»Wir heiraten. Ich heirate deine Schwester!«
Und Emerlina:
»Ich liebe diesen Mann, Bruder. So versteh doch!«
Jacinto war zur Ehrenrettung seiner Schwester, aber auch zu seinem eigenen Fortkommen nach Havanna gekommen. Auf jeden Fall kam es nicht zu Mord und Totschlag. Als Emerlina sah, daß wir mittlerweile Duzfreunde waren und schon eine halbe Flasche Methusalem intus hatten, fiel sie hinter der Tür vor ihrer Madonna von Loreto auf die Knie.
»Liebe gute María, sei bedankt für das Wunder!«
Das Wunder lief darauf hinaus, daß ich Jacinto als willenlosen Hampelmann bei uns schlafen lassen mußte. Auf einer Matratze, die wir uns bei der Libanesin Eva liehen und auf den

Boden legten. Früh am nächsten Morgen tippelten wir alle drei brav wie gesittete Christenmenschen zum Laden. Wir schlossen auf, denn ich hatte den Schlüssel, und wir gewährten den allmählich eintrudelnden Zimtzicken einer nach der anderen Einlaß. Als die uns quietschvergnügt in vertrautem Gespräch sahen, als ob nichts geschehen wäre, taten sie, als merkten sie nichts, und unterhielten sich laut miteinander. Denen hatten wir gründlich den Spaß verdorben.

»Gut gemacht«, lobte mich Matilde.

»Ich habe überhaupt nichts gemacht. Emerlina hat ihn besänftigt.«

»Und was wollt ihr jetzt mit ihm anfangen?«

Jacinto war noch nicht volljährig. Er bat mich, ihm Arbeit zu besorgen, und ich ging mit ihm zu meinem Friseur, zu Martín Palomos. Doch bei ihm ging es leider schief. Einen Monat tigerte er durch Havanna und schlief währenddessen in einem Ledigenwohnheim. Alles natürlich auf unsere Rechnung. Über den Pförtner des Martí-Theaters konnte ich ihm eine Stelle beschaffen, eine Fronarbeit und bei miserabler Vergütung. Eine Arbeit, die ich auch schon gemacht hatte, als ich noch auf dem Land war. Jacinto warb, auf Bauch und Rücken eine Reklametafel gebunden, als Sandwichmann in halb Havanna für Filme mit Niní Marshall und für Aufführungen des Martí-Theaters. Damit verdiente er sein Essen, aber nicht genug für die Unterkunft im Wohnheim. Wenn ich gewußt hätte, daß ich mir diesen Klotz würde ans Bein binden und diesen Versager durchfüttern müssen! Emerlina als seine Schwester wollte ihn unter ihre Fittiche nehmen, aber ich sah an seinen Augen sofort, daß er ein Früchtchen war, und sagte es ihr auf den Kopf zu:

»Dein kleiner Bruder wird in dieser Stadt noch einmal schlimm enden.«

Um die Geschichte nicht unnötig auszudehnen, sage ich gleich, daß Jacinto bei einer Auseinandersetzung in der Nachtbar *La Campana*, in der Calle Infanta, an der Ecke zur Manglarstraße, durch dreizehn Messerstiche umkam. Die

Sache war ganz einfach: Er wollte den Boß einer Mafiabande austricksen, die den Marihuanahandel im Stadtteil La Victoria unter sich hatte. Dabei war er nur ein kleiner Bauernlümmel, der nicht lesen und schreiben konnte, aber viele Rosinen im Kopf hatte. Wir erfuhren von der Sache erst, als er im Leichenschauhaus schon anfing übel zu riechen. Der Leiter des Wohnheims, in dem auch ich früher einmal gewohnt hatte, brachte uns die Meldung ins *Champagne*, denn wir sollten ihn identifizieren. Als ich dem Jungen das Tuch vom Gesicht zog und die toten Augen erblickte, dachte ich: ›Das Leben ist doch die letzte Scheiße‹, und wurde ganz mutlos. Der Junge war unabhängig von seiner persönlichen Schuld ein armer Tropf gewesen, der in ein Wolfsrudel geraten und über dem die Falle zugeschnappt war. Das Gangsterunwesen grassierte in Havanna. Tagtäglich hörte man von Toten auf den Straßen, von Einbrecherbanden, von Spielhöllen, in denen eine blutige Auseinandersetzung auf die andere folgte. Kurz, Havanna verfaulte bis auf die Knochen. Emerlina bat mich, einen Brief an ihre Familie zu schreiben und ihnen irgendwie beizubringen, was passiert war. Ich tat es zwar ungern, aber ich tat es. Nur zurückschreiben konnte dort keiner. Eine Woche später fragte im Laden ein Herr nach mir und sagte, Emerlinas Eltern wollten es nicht glauben und gingen jeden Tag zum Bahnhof oder an die Bushaltestelle, um ihren Sohn abzuholen.

Das ist eine meiner bis heute lebendig gebliebenen Erinnerungen an das Havanna der vierziger Jahre. Sie kommt jedesmal wieder hoch, wenn ich von einem Mord auf der Lower East Side höre oder mit eigenen Augen solche Greuel erlebe. Etwa als Revolverschützen auf einem Fahrzeug an einer Kneipe in der Christopher Street vorbeifuhren und einfach drauflosballerten und zwei Männer abknallten, die gerade eine eiserne Treppe herunterkamen und im Leben nicht ahnen konnten, daß sie es nicht mehr lebendig bis auf den Bürgersteig schaffen würden. Darum habe ich, auch wenn ich mich zeitweise recht weit auf Gewalttätigkeit eingelassen habe, doch stets zugesehen, daß ich rechtzeitig wieder davonkam, um Kopf und Kragen zu retten.

Rein zufällig, über Enelio Castro, hörte ich Neues von meiner Familie. Vor unserer Torwohnung befand sich, praktisch vor unserer Tür, in der Calle Zulueta, ein Billardsalon mit Wettschalter. Den ganzen Tag bemühten sich da Spieler, Karambolagen zu erzielen, oder warteten, daß die Gewinnzahlen der Scharade ausgerufen würden. Da wir mehrmals am Tag dort vorbeimußten, waren wir schon gewöhnt an die lauthals geschmetterten, aber melodischen Rätselsätze. »Es ist eine Schlange, aber es kriecht nicht«, lautete zum Beispiel einer. »Es ist kein Büstenhalter und schneidet trotzdem den Massen ins Fleisch«, ein anderer. »Es ist ein Biest, und es sticht nicht.« »Es schlägt Rad und ist doch kein Pfau.« Durch das Krakeele vom Billardtisch, vom Scharadespiel, vom Bolita und aus der Nähstube der Schwestern Quintero herrschte vor unserem Haus rund um die Uhr ein Heidenspektakel. Der Saal hatte Zulauf aus dem ganzen Wohnviertel: Chinesen, Lebensmittellieferanten, Busfahrer und polnische Flickschuster. Sie tätigten stumm ihren Einsatz und gingen gleich wieder. Auch die Nutten aus den Zimmerfluchten gegenüber dem Bahnhof setzten dort ihre Zahl, kurz, das ganze Viertel. Sie spritzten Gift und Galle gegeneinander, unflätiger konnte man nicht schimpfen. Nur Blut floß niemals. Da brauchte der Mann einer der Quintero-Schwestern, ein zwei Meter großer Asturier mit Nachnamen Méndez, nur einmal auf den Tisch zu hauen, und schon suchten die Krawallmacher das Weite. Solche Leute kippten, wenn sie aufeinander losgingen, sogar über ihre Mütter Dreck aus und bedrohten sich mit Messern. Aber Méndez trat dann dazu und fragte:

»Wer ist hier die forsche Type?«

Dann spielten die Streiter zahm wie die Tauben wieder Billard oder drückten sich an die Wände. Wer es wirklich aufs Prügeln anlegte, ging dazu in den Rangierbahnhof oder an die alte Stadtmauer.

»Je wärmer der Abend, desto lauter quaken die Frösche«, hieß einer der Sprüche des alten Méndez. »Die reißen alle nur das Maul auf, aber sie kommen hierher, um einem das Geschäft zu verderben.«

Ich spielte oft chinesische Scharade, und ich gewann auch. Meine Glückszahlen waren die Sechsunddreißig, die letzte im chinesischen Gewinnplan, also die Tabakspfeife, und der Pfau, die Dreizehn. Billard hingegen fand ich langweilig. Außerdem hantierte man da mit einer Sprengladung, weil man am Ende entweder sein Geld oder einen Zahn verloren hatte.

Enelio Castro war von meiner Schwester Yara zu mir ins *Champagne* geschickt worden, aber der Tölpel kreuzte erst um sieben Uhr abends auf und traf mich also nicht an. Er fragte nach mir herum und bekam vom Schuhputzer nebenan meine Adresse. In der Nacht, als ich ihn überraschte, war er schließlich so weit, daß er sich vor unserer Haustür bei Petronila Quintero zu »Julián, dem Enkel der Stillen Juana« vorfragte. Unter den Narren ist Enelio und unter den Weisen Gott der Größte. Wir fielen uns froh in die Arme, und er erzählte zusammenfassend, daß meine Schwester geheiratet habe und überall meinen Brief herumzeige und daß meine Mutter ganz die Alte sei, ein von der Welt abgeschnittenes Wesen, das außer an Kochen und Waschen an nichts interessiert sei. Aber sie war meine Mutter, und also gab ich Enelio für sie einen Geldbetrag, Schuhe und abgelegte Kleider von Emerlina und für meine Neffen, besonders für Andrés, den älteren, kleine Geschenke mit. Enelio begleitete ich noch zum Krankenhaus Reina Mercedes, denn er war nach Havanna gekommen, weil er sich einem Facharzt vorstellen sollte. Er wollte sich aber nicht operieren lassen, und statt dessen suchte er sämtliche Spiritistenzentren in Marianao auf. Als er Tage später wieder heimfuhr, brachten wir ihn zum Bahnhof, und als Emerlina sah, wie er sich in den Zug quälte, meinte sie:

»Wenn der noch lebendig heimkommt, ist es ein Wunder.«

Wir sahen Enelio Castro nie mehr wieder. Er kam kurz danach unter die Erde, jawohl, mein Lieber.

Die Schwestern Regla und Petronila Quintero hatten einen Teil des Spielsalons als Schneiderei für sich hergerichtet. Sie verdienten ihr Geld damit, daß sie preiswerte Stoffe mit Dalia-Textilfarben einfärbten. In einer Ecke, unter einer Figur der Maria als Königin der Gnaden, der tagsüber, damit sie den »Betrieb in dem Etablissement« nicht mitbekam, die Augen verbunden wurden, hatten Regla und Petronila ihre zwei pedalbetriebenen Singer-Nähmaschinen stehen. Die beiden hatten einen guten Ruf als Schneiderinnen, sie nähten Hochzeitskleider und Festkleider für den fünfzehnten Geburtstag der Mädchen, vor allem aber fertigten sie Kleider und Perücken für Puppen. Ihr Standort war kundennah, denn wer nicht hereinschaute, um beim Billard zuzusehen oder im Bolita zu tippen, kam zumindest, um das Können der Schwestern Quintero zu bewundern. Sie machten alles eigenhändig: das Färben und das Bügeln, das Nähen der Kleider und Perücken für die Puppen, das Ankleben der langen Wimpern und das Lackieren ihrer Fuß- und Fingernägel. In freien Stunden half Emerlina ihnen beim Nähen, während ich die Stoffabfälle und die Zigarren- und Zigarettenstummel vom Boden aufkehrte. Wir halfen ihnen aus Dankbarkeit, wir griffen zu, wo wir nützlich sein konnten. Für ein Zimmer mit Klo und Dusche, ganz außen gelegen, zahlten wir immerhin nur sieben Peso. Méndez war zuvorkommend zu uns, und an etlichen Wochenenden fuhren wir auch in seinem Wagen zu den Bars und Pinten von La Cuba am Strand von Guanabo. Petronila und er waren nicht verheiratet, lebten aber schon seit über zwanzig Jahren zusammen. Méndez trank wie ich gerne dunkles Bier, und er war ein As im Würfeln. Er war stolz auf seine Freundin; er sagte:
»Meine Mulattin geb ich für keine andere Frau her.«
Die beiden waren wie Braut und Bräutigam zueinander und waren doch über vierzig.

Das Mietshaus und der Hutladen waren drei Jahre lang mein Leben. Doch plötzlich und unerwartet regte sich in mir die alte Abenteuerlust, der Drang nach Abwechslung, und eines schönen Tages, als ich in der staatlichen Lotterie eben dreihundert Peso gewonnen hatte, fuhr ich mit meiner Freundin ins *Saratoga* und machte ihr am Tisch die Eröffnung:

»Ich geh weg vom *La Champagne*, ich such mir was anderes, ich muß aus dem Trott raus.«

Emerlina stand rückhaltlos hinter mir. Ich habe im Leben nie wieder eine so vertrauensvolle Frau getroffen. Ich sprach mit dem Pförtner vom Martí-Theater, er sollte mir Bescheid sagen, falls irgend etwas in Aussicht war. Die Lage war alles andere als rosig, und auch politisch kochte die Stimmung im Lande. Batista hatte die Bevölkerung zum Narren gehalten, und die Verfassung knetete er sich zurecht wie Pappmaché. Damals begann Eddy Chibás seine Rundfunkansprachen zu halten und wirbelte unheimlich Staub auf. Unvergeßliche Sendungen kamen damals im Radio, die ließ sich kein Kubaner entgehen. Da war Chibás' Programm unter dem Motto »Ehrgefühl wider Geldgier«, das er übrigens von den Puertorikanern übernommen hatte, da war die Serie »Roman im Äther« und später »Das Recht, geboren zu werden« von Félix B. Caignet. Im Studio des Photographen Roland fand ein berüchtigter Politiker Unterschlupf, und Colorado, ein knallharter Gangster schoß von hinten sein Magazin auf ihn leer. Alle Tage hörte man von solch einem Mordfall. Unglaubliche Dinge geschahen in Havanna, die man auf dem Land nie hätte erleben können. Auf dem Land wurde nur gearbeitet, im Dunkeln getappt und gehungert. In Havanna kam dazu das Glücksspiel, Drogen und Prostitution und noch etliche unglaubliche Sachen. Elf- bis zwölfjährige Mädchen, frisch vom Land gekommene junge Küken, belagerten einen auf der Straße und lockten mit Sinneslüsten. Gelegentlich gab es auch Aufräumaktionen. Die bewirkten aber nur, daß sich das Amüsiergewerbe über die ganze Hauptstadt

verteilte und die vergnügungssüchtigen jungen Leute direkt in ihren Stammlokalen aufsuchte. Verrufene Viertel wurden für eine gewisse Frist gesperrt, und das war so, wie wenn Scheiße in einen Ventilator geschmissen wird: Überall stieß man nun auf Unzucht und Sittenverfall, ja, sogar auf Mord.
Eines Nachts, Emerlina und ich kamen vom Tanzen im *Tropical* nach Hause, stand Méndez in der Tür und schimpfte unflätig auf Polizeileutnant Sandoval.
»Verdammter Wüstling, Strauchdieb, perverser! Dafür kriegt er die Quittung!«
Es war wieder mal eine der Razzien im Gange, mit deren Veranstaltung die Politiker ihr Image aufbesserten. Ramón Grau San Martín stand kurz davor, das Präsidentenamt zu übernehmen, und die Anhänger Batistas wollten mit ein paar Trümpfen in der Hand abtreten. Sie schlugen in Tausenden und Abertausenden von Spielsälen zu, und viele der Frauen, die sich an den Wettschaltern exponierten, wurden in Handschellen abgeführt, obwohl doch deren Mannsbilder die Hintermänner und eigentlichen Bosse waren. Auch Petronila war an diesem Abend in die Arrestzelle abtransportiert worden, und Regla fiel meiner Freundin in die Arme. Emerlina meinte mit ihrem begnadeten Mundwerk:
»Die sind nur auf Geld aus, Regla, nichts weiter. Sie werden sehen, in zwei Tagen ist Petronila wieder draußen.«
Tatsächlich sollte Méndez mit der »Maßnahme« nur dazu gebracht werden, auf der Bezirksverwaltung der Polizei seine »Schutzgebühr« zu bezahlen. Mit der war er im Rückstand, denn so großzügig er mit uns war, so geizig war er in allem übrigen.
Die arme Petronila, in einem solchen Milieu hatte sie sich noch nie aufgehalten. Da war querbeet alles vertreten: Killer, Prostituierte, Taschendiebinnen und sogar Frauen, denen die Zugehörigkeit zur Mafia vorgeworfen wurde. Viele waren besonders hübsch, und manche schauten Méndez und mich an, als ob sie um Gnade flehten. Vier oder fünf elegant gekleidete Frauen kamen aus einer mit Holzbänken gesäum-

ten großen Halle – ob sie verlegt oder auf freien Fuß gesetzt wurden, haben wir nie erfahren. Die Lottomädchen und die Prostituierten hingegen waren in dem Drunter und Drüber einfach in den ungemütlichsten, feuchtesten Winkel, in den Keller, geschoben worden. Méndez trug ein Bündel Geldscheine in der Hosentasche, wild entschlossen, seine Freundin da rauszuholen, und sollte es ihn ein Vermögen kosten. Ich sprach den diensthabenden Offizier an.

»Es geht um Petronila Quintero, wohnhaft in der Calle Zulueta ...«

»Haben Sie die Kaution mit?«

»Ja, die ist da.«

Méndez holte blutenden Herzens seine zweihundert Peso aus der Tasche und warf sie auf die Balustrade.

»Ab geht die Post!« quittierte der Offizier den Empfang.

Méndez würdigte ihn keiner Antwort. Ich fixierte den Mann und gab ihm damit zu verstehen: ›Du Gauner bist ja nur neidisch auf den Spanier.‹ Ab acht Uhr abends waren die Arrestzellen verschlossen, und um nicht hinunterzumüssen, wurde jetzt von oben runtergebrüllt: »Petronila Quintero!« Mit Augen, die wegen des jähen Lichteinfalls zu Schlitzen zusammengezogen waren, trat Petronila an das Gitter im Erdgeschoß. Als wir auf der Straße waren, meinte Petronila, dieser Teufelskerl von einem Weib, nur:

»Méndez, eine kühle Dusche würde mir jetzt gut tun.«

Ein paar Tage später machte der Spielsaal wieder auf, und jetzt kam zur chinesischen auch noch die indianische Scharade. Méndez hatte sich mit der »Schutzgebühr« abgefunden, so kamen auch Polizeibeamte zum Spielen, überzeugt, daß seine Bank über ausreichend Kapital verfügte. Méndez stand nun unter dem Schutz der Behörden. Auch ging das Gerücht – für die Richtigkeit kann ich nicht bürgen –, daß Castillo, Havannas finanzstärkster Spielbankhalter, persönlich Kontakt zu Méndez hielt und ihm gelegentlich auch mal eine Scharadelösung zuflüsterte. Die Abläufe in dem Saal sind mir unvergeßlich. Inmitten von Billardtischen, Nähmaschinen,

Garnrollen, farbigen Stoffen, Papierblumen und knallig bemalten Puppen erzählten Regla und Petronila ihre Geschichten. Um ein Uhr früh, wenn die Billardstube zumachte, gossen die beiden chronischen Nachteulen Milchkaffee in große Tassen und begannen Havannaer Anekdoten zu erzählen.
»Ich kenne diese Stadt doch in- und auswendig.«
»Und was soll ich da erst sagen, Kind, wo ich schon zehn Jahre länger als du lebe?«
Emerlina lachte und gab allen beiden süße Worte. Wegen ihres Make-ups und ihrer safrangelben Perücken glichen sie sich fast wie ein Ei dem anderen. Als wir, ein paar Tage nach Graus Regierungsübernahme, wegzogen, fühlten wir uns fremd in der neuen Gegend. So gingen wir öfters zu den Schwestern zurück, tranken Milchkaffee und lauschten ihren Geschichten. Wie sie konnte keiner erzählen. An der rückwärtigen Wand schlief der alte Méndez, und von seinem Schnarchen dröhnten die hölzernen Saalwände.

Wir sind im Viertel Los Sitios neben dem Pontón aufgewachsen. Unsere Mutter war in ihrem vorherigen Leben eine afrikanische Königin gewesen. Sie hat das aus einer Vision, die sie einmal hatte, gefolgert. Da erblickte sie auf einer spiritistischen Sitzung in der Straße Concepción de la Valla auf ihrem Kopf eine Krone. Außerdem wurde es ihr von den Geistern der Toten bestätigt. Von diesem Moment an lebte sie trotz ihrer Nöte und Kümmernisse glücklich und zufrieden. Worüber wollte sie sich noch beklagen? Was war dagegen ihr heutiger Kummer? Unser Vater war Schauermann im Hafen und Amateurbaseballspieler. Er las in einem fort die Zeitung und spielte auf dem Pontón als Catcher. Sonst interessierte ihn nichts, die Welt hätte über ihm zusammenstürzen können. Wurde bei uns zu Hause Zwiesprache mit den Geistern gehalten, zerrten die Anwesenden meinen Vater mal hierhin, mal dahin, bespritzten ihn mit Weihwasser, schlugen das Kreuz über ihm, raunten ihm Dinge ins Ohr, und er ließ brav wie ein Dussel alles mit sich geschehen, einzig darauf bedacht, die Zeitung nicht aus den Händen zu verlieren. Die Krone unserer Mutter muß aus Kupfer gewesen sein, denn kein Metall fand sie schöner. Ihre Schutzgöttin war Oyá, die Blitze schleudernde Hüterin der Friedhöfe, und Mutter zufolge lag an einem Ende des Regenbogens alle Asche und am anderen Ende alles Gold der Erde. Unsere Mutter hatte eine Freundin, die auf der Plaza del Polvorín Obst verkaufte. Die erhielt als Beinamen *Licht von Yara*, weil sie unglaubliche Erleuchtungen hatte. Sie lebte von ihren spiritistischen Visionen und von ihrem Obststand. Einmal sah sie einen rollenden Feuerball und lief, ein Rudel Menschen im Gefolge, die Calle Maloja in voller Länge hinter ihm her. Beim Aldama-Palais, gegenüber dem Parque de la Fraternidad, fiel ihr die Polizei in die Arme.

»Was fehlt Ihnen, Señora? Was ist los mit Ihnen?«

»Ich hab ihn gesehen! Ich hab ihn gesehen! Bringen Sie mich zur Engelskirche!«

Da ließ die Polizei sie laufen, und das Volk zog mit ihr. Da die Kirche aber geschlossen war, begann sie auf der Freitreppe Kreuze über der Menge zu schlagen, und schrie, was das Zeug hielt:

»Ich leuchte! Ich leuchte!«

Ihr Sohn war auch so ein Fall. Er hieß Cutico Flores, und er weigerte sich, an ihrem Stand Obst zu verkaufen. Er litt an Größenwahn, noch gefördert von seiner Mutter, die nämlich behauptete, er sei ebenfalls ein Erleuchteter. Mit dreizehn mußte der noch kurze Hosen und um den Hals ein Kreuz tragen, das bis zum Nabel herabhing. So mancher wird mit Engelsmilch gestillt und legt doch Satanseier, und Cutico war von dieser Sorte. Nie hat er gearbeitet. Er übte auf dem Flachdach des Hauses Singen und kostümierte sich mit mottenzerfressenen alten Sachen. Mal war er Sultan, mal Gladiator. Einmal sollen sie ihn sogar in Nonnentracht erwischt haben, aber da bin ich nicht sicher, böse Zungen behaupten so vieles ... Als Angelina starb, hörte er jedenfalls auf zu singen. Monate über Monate brachte er mit Nelkenzucht und Kükenhaltung allein auf dem Dachgarten zu. Vollkommen verstummt und vereinsamt, magerte er ab und isolierte sich vom Viertel. Unsere Mutter mußte ihn gegen das Gerede der Leute verteidigen, denn er wusch sich dreimal am Tag die Haare und stand, ein Handtuch um den Kopf geschlungen, an der Brüstung der Dachterrasse. Die Kinder aus dem Viertel riefen »Schwuchtel!« zu ihm hinauf, aber unsere Mutter, die gute Seele, ermahnte sie:

»Nicht, Kinder, kränkt ihn nicht! Er ist ein Künstler!«

Der arme Cutico. Eines Tages, als er schon alt und grau war, so daß wir diesen Teil nicht mehr aus zweiter Hand kennen, sondern selbst miterlebt haben, setzte er sich eine Dornenkrone auf den Kopf wie Christus, bedeckte seine Schamteile mit einem Lendenschurz und begann loszustaksen. Massen von Menschen im Schlepptau, die sich in dem Glauben wiegten, er sei ein Straßenclown oder er habe sich für den Karneval verkleidet. Am Café *Paris* stieg er unter dem Gespött und Gejohl der Zuschauer vergnügt treppaufwärts, und als er im letzten Stock ankam, sprang er stumm hinab aufs Pflaster.

Einer der Kellner, die hinausliefen und ihn aufhoben, hörte ihn noch gurgeln:

»Ich hab mir das Leben genommen! Ich hab mir das Leben genommen!«

Und aus seinem Mund rann das Blut.

Oder die Geschichte von den Schwestern Carmelinda und Luz, die Regla am liebsten erzählte:

Eigentlich waren sie ein Schwesternpaar wie andere auch, hielten allerdings besonders fest zusammen. Insofern unterschieden sie sich von uns beiden nur darin, daß sie Zwillingsschwestern waren. Sie hatten stets von ihrer Arbeit gelebt und auf Anstand gehalten. Sie waren beide Büroangestellte in der staatlichen Bauwirtschaft. Bei uns ließen sie natürlich nähen, weil sie das billiger kam als im teuren Vedado-Viertel. Carmelinda legte mehr Wert auf Schick als Luz, und sie pflegte sich gewissenhaft, sie ließ sich nie gehen. Luz machte weniger aus sich, war auch häuslicher, und sie liebte Kinder, Tiere und Zungenbrecher. Beide saßen immer auf der Terrasse vor ihrem Haus in der Straße I, und da sie sich oft gleich kleideten, wußte aus der Entfernung niemand, welche nun welche war. Luz rief die Kinder zu sich, steckte ihnen Kleingeld zu und ließ sie zum Beispiel dieses hübsche Verslein aufsagen:

»Es maunzt zur mausigen Maurin
einst ein mausiger Maure:
Mon Amour!
Nix Amour! maunzt die Maurin
zum mausigen Mauren:
Mach deiner Oma die Cour!«

Den Dreikäsehochs machte es Spaß, und den Zwillingsschwestern natürlich auch. Gelegentlich kamen meine Schwester und ich zur Anprobe zu ihnen ins Haus. Es hätte uns beschämt, wenn zwei so anständige Mädchen hätten Straßenbahn fahren und sich in unsere Lasterhöhle begeben müssen. Jedesmal, wenn wir hinkamen, saßen sie auf Schaukelstühlen auf der Terrasse und hörten Radioromane. Nie äußerten sie sich negativ über andere Menschen, im Gegenteil, von ihnen kam immer nur: »Seht ihr heute mal wieder hübsch aus!« oder: »Nicht wahr, Ernesto Galindo hat eine wunderbare Stimme?« Als María Valero in der Hafenallee überfahren wurde, weil sie zu einem Kometen hinaufgeschaut hatte, gelobten die beiden, nie wieder einen Fuß in diese Gegend zu setzen. Auch zur Beerdigung gingen sie, standen am offenen Grab in der grellen Sonne und verbargen ihre Tränen hinter dunklen Brillen. Sie waren Engel. Und gerade darum konnte Carmelinda passieren, was ihr dann passiert ist. Wie und wo sie

den Mann kennengelernt hat, weiß keiner genau zu sagen. Auf jeden Fall war er Offizier bei der Marine, Brigadier glaube ich, und ein verheirateter Mann mit Kindern. Seine Frau war, obwohl er schon über die fünfzig war, unvorstellbar eifersüchtig. Sie behexte ihn, um ihn in Fesseln zu legen. Die Mixturen ließ die Offiziersgattin sich von der *Santera* Amparo brauen, der Tochter Antolíns, des *Babalao*, der auch der *Schieler* genannt wurde. Von Eugenio, dem Sohn Amparos, weiß ich, daß seine Mutter zu dem Trank Urin mit der Asche verbrannter Zehennägel verkocht hat. Die Ingredienzien lieferte die Auftraggeberin selber, und sie servierte das Gebräu dem Offizier auch eigenhändig zum Frühstück. Es nützte alles nichts, auch damit konnte sie ihn nicht an sich ketten. In Carmelinda jedenfalls verliebte er sich bis über beide Ohren. Aber das wußte keiner – bis das Ganze mit Heulen und Zähneklappern endete. Luz sagte vor Gericht aus, daß ihre Schwester nach wie vor Jungfrau sei, dafür lege sie ihre Hand ins Feuer. Sie mußte allerdings einräumen, daß Carmelinda in den letzten Monaten später nach Hause gekommen sei und zur Erklärung angeführt habe, sie sei mit milden Gaben bei den Nonnen vom Allerheiligsten Blute gewesen.
Einem solchen Lumpenhund war Carmelinda in die Fänge geraten. Der sie deflorierte ohne Rücksicht darauf, daß sie noch ein halbes Kind war, weil sie nie einen Mann gekannt hatte. Er muß ihr die Ehe versprochen haben. Er muß ihr Hoffnungen gemacht haben, wie sonst hätte Carmelinda sich von ihm ins Verderben ziehen lassen? Ledig zu bleiben ist allerdings auch ein trauriges Schicksal. Ich sehe es doch an meiner Schwester. Die hat ihren Méndez und ist glücklicher als ich, lebenslustiger, ständig zu Scherzen aufgelegt, während mir doch oft arg einsam ums Herz ist.
Aber, wovon ich erzählen wollte: Mit diesem Haderlump bestieg Carmelinda ein Marineboot und fuhr hinaus auf See. So weit hinaus, daß kein Mensch sie mehr sehen konnte. Einen Steuermann hatten sie natürlich dabei, und

dank ihm ist auch der Ablauf bekannt. Auf See machten die beiden Dummheiten, wenn ich mir das vorstelle! Ich finde es noch heute unglaublich, und dabei setzte bei dem Brigadier das Herz aus. Er starb – Infarkt! Carmelinda rannte unter gellendem Geschrei wie von Sinnen aus der Kajüte und wollte sich den Haien zum Fraß vorwerfen. Der Steuermann konnte sie gerade noch beruhigen. Und er riet:
»Ritze seine Augen mit einer Nadel, ob er auch wirklich tot ist.«
Carmelinda tat es. Aber keine Reaktion bei dem Mann, er war ernstlich tot. Das arme Mädchen! Vom Steuermann an einen Fuß des Bettes in der Kajüte gefesselt, kam sie in den Hafen getuckert. Was muß sie gelitten haben, als sie mit ansah, wie der Mann – ich nehme an, er war ihr Ein und Alles – auf des Steuermanns Armen als starrer Leichnam aus der Kajüte getragen wurde! Die Pier gepreßt voll Menschen und sie im tiefsten Schock, entsetzlich! Da mochten die Angehörigen des Brigadiers noch so viel Schweigegeld zahlen, die Nachricht verbreitete sich auf der ganzen Insel und stand in den Havannaer Zeitungen auf der Seite mit den Polizeiberichten. Meine Schwester und ich hatten da keine Vorurteile, wir standen trotzdem zu unseren Freundinnen, und aus Mitgefühl gingen wir zur Verhandlung. Welche von beiden Schlimmeres durchmachte, läßt sich schwer sagen. Luz konnte wenigstens eine Aussage machen – Carmelinda hatte nicht einmal Tränen. Die leibhaftige Schmerzensmutter! Ihre Strafe, den Hausarrest, büßte sie bewundernswert gefaßt ab. Aber nie wieder ging sie ans Telefon, nie wieder saß sie im Schaukelstuhl auf der Terrasse. Einmal haben wir bei ihnen angerufen. Luz bat vielmals um Entschuldigung, aber sie könnten leider niemanden mehr empfangen. Beide hatten es furchtbar schwer; wer sich aber die Schmähreden anhören mußte, war Luz. Sie saß nämlich weiterhin mit den Kindern auf der Terrasse, und da die Leute sie und ihre Zwillingsschwester nicht auseinanderhalten konnten, war

sie es, der solche Dreckskerle von Passanten und solche Mistweiber oft »Nutte!« oder »Mörderin!« zuriefen. Cusita Estévez erledigte fortan die Einkäufe für sie und kochte. Cusita wohnte bei uns in der Nähe in der Calle Picota, und von ihr erfuhren wir, daß Carmelinda tagaus tagein weinend hinterm Fenster saß und ihre Schwester fast auf Knien anflehte, doch nicht mehr auf die Veranda zu gehen.

Solche und sogar noch drastischere Geschichten machten bei Regla und Petronila die Runde. Das war es, was Emerlina und ich nach unserem Wegzug vermißten. Doch wir mußten weg, denn nur in rechtzeitig gemeldeten Kriegen fallen keine Soldaten. Méndez war kein schlechter Mensch, aber allzu raffgierig. Sein Billardsaal und sein Wettbüro reichten ihm nicht mehr, er war aufs große Geld aus. Die Authentische Partei, angeführt von Grau, begann in den Geschäften Schutzgelder zu kassieren und die Posten beim Zoll zu okkupieren. Über einen ihm gewogenen Ratsherrn ergatterte auch Méndez so ein Pöstchen als Zollbeamter. Von da an betrieb er nur noch Schwarzhandel mit eingeschmuggelter Ware. Er verschob Armbanduhren und Drogen – in Teebeutel verpacktes Opium aus China.
Emerlina bekam es mit der Angst zu tun, und ich hörte auf sie. Die Anteile, die Méndez an die Polizei auszahlte, hatten inzwischen ein beträchtliches Kaliber. Die Polizei hofierte ihn wie einen großen Herrn und spielte bei ihm Billard, ohne einen Pfennig zu zahlen. Diese Entwicklung paßte mir nicht, ich hatte mich mein Lebtag auf ehrliche Weise durchgeschlagen, und unmoralische Geschäfte kommen einen langfristig teuer zu stehen. Anders kann ich mir nicht erklären, daß damals immer häufiger auch hohe Tiere um die Ecke gebracht wurden und daß in ganz Havanna das organisierte Verbrechen florierte. Bei solchen krummen Touren, nein, da wollte ich nicht mitmachen. Emerlina bohrte, und ich nahm ernst, was sie sagte. Bekümmert trennten wir uns von Regla und

Petronila. Méndez freute sich, weil damit das einzige verfügbare Zimmer im Haus frei wurde. Gleich hinterm Lokal und mit separatem Eingang, ideal für seine zwielichtigen Aktivitäten. Für zwei Peso mehr als bisher mieteten wir in der Calle Virtudes unweit der Calle Blanco in einem Mietshaus, in dem die Wohnräume von einem schlauchförmigen Innenhof abgingen, ein Zimmer mit eingebauter Dusche. Eva, die Libanesin, hatte in dem Haus sechs Zimmer gekauft und uns eins davon zu einem Freundschaftspreis angeboten. In den übrigen Zimmern, fast alle kleiner als unseres, wohnten Straßenmädchen. Sie arbeiteten in dieser Gegend, im Colón-Viertel. Deswegen machte sich über die Namen unserer Straßen jedermann lustig. »Blanco? Virtudes? Die haben wahrscheinlich Herpes.« Es war ja in der Tat auch eine Glanzleistung, daß ausgerechnet in einer »Weißen Straße« und einer »Straße der Tugend« so viele Nutten wohnten.
Emerlina und ich kamen gut zurecht. Wir hatten in dem neuen Zimmer mehr Platz als in der Zuluetastraße, und das Wasser wurde nie knapp. Die Nutten schliefen bis zwei oder drei Uhr nachmittags, und außer um sich eine kleine Mahlzeit zu kochen und ihre Wäsche zu waschen, waren sie praktisch nie da. Schon um sechs zogen sie wieder in ihre Puffs, die im Wörterbuch auch unter »Bordell« oder »Freudenhaus« stehen. Sie legten sich mit niemandem an. Zu Emerlina waren sie sehr zuvorkommend, beim Waschen und Wäscheaufhängen im engen Hof ließen sie ihr stets den Vortritt. Ab und zu steckten, in der Absicht, Krach zu schlagen, auch ihre Zuhälter die Nase herein. Aber die Mädchen machten die Luden zur Minna, daß es eine Lust war. Es waren Großmäuler und Schwadroneure, die bei ihren krummen Touren meist irgendeinen alten Geldsack oder amerikanischen Matrosen bei sich hatten. In Zimmer sechs wohnten zwei bildhübsche Schwestern aus Güira de Melena, Felicitas und Cuba. Cuba arbeitete in einem Stundenhotel in der Calle Jovellar, und Felicitas empfing Kunden aus der Unterhaltungsbranche. Die Schwestern verstanden sich blendend. Ich schrieb für sie die Briefe

an ihre Mutter in Güira de Melena. Von der Mutter kamen aber immer nur Telegramme. Ihr Wortlaut: »Gesundheitlich bestens. Brief erhalten. Mami.«
Felicitas war jünger als Cuba. Ich schätzte sie auf einundzwanzig, zweiundzwanzig Jahre. Sie selber wußten nicht, welche zuerst und welche danach gekommen war. Aber sechs Jahre dürfte der Altersunterschied schon betragen haben. Cuba wusch, bügelte, kochte, sie erledigte den Haushalt. Felicitas ging ganz im Ausschneiden von Starfotos aus Illustrierten auf. Mich bat sie, ihr Briefe an Libertad Lamarque und Jorge Negrete zu schreiben und sie um Autogrammfotos zu bitten. Das Zimmer der beiden lag im Dachgeschoß; wollte man zu ihnen, mußte man eine atemberaubend schwankende Wendeltreppe hinaufkraxeln. Zum Briefeschreiben war ich mit Emerlina oft oben. Im Zimmer hing überall der Geruch nach Rasierwasser Rhum Quin Quina von Crusellas, und die Wände waren gepflastert mit Aufnahmen von Tänzerinnen, Popbands, Tango- und Rancherasängern. In einer Schachtel von *El Encanto* bewahrte Felicitas Postkarten auf, alle von Freundinnen, die als Barmädchen nach Panama, Guatemala oder Mexiko gegangen waren. Irgendwann tanzte Felicitas mit einem Koffer an, von der Sorte, die in New York heute Jumbo-Koffer heißen, und setzte ihn im Hof ab.
»Julián! Julián!« rief sie. »Kannst du mir den bitte hochtragen?«
Ich trug den Koffer für sie hinauf, und selbst im Leerzustand wog der gut etliche Pfund. Als er gepackt war, wurde er von einem komischen Typ abgeholt, mit Panamahut und Lackschuhen, und zusammen mit Felicitas in einen weißen Kleinbus neuester Ausführung geladen. Felicitas kam zum Abschied nicht mehr zu uns, dazu standen wir uns nicht ausreichend nahe, aber ein paar Tage danach gestand uns Cuba, ihre Schwester sei nach Mexiko zum Film gegangen und für Nebenrollen in den Filmen von Indio Fernández engagiert worden.
»Was das wohl für Filme sein mögen!« giftete Emerlina.

»Laß das lieber nicht hören, wenn du ihr auf dem Hof begegnest«, riet ich. »Und schau ihr nicht zu sehr nach.«
Bald erhielt Cuba aus Yucatán Telegramme und Postanweisungen. Die Zimmerdekoration wurde nun mit Fotos von Felicitas, wie sie im Trikot für die Studios Churubusco Modell stand, vollendet. Sie war also doch reingekommen.
»Ich fahre bald nach«, eröffnete uns Cuba eines Tages in einem Ton, als ob es schon ausgemachte Sache wäre.
Die Bagage im Haus machte sich über sie lustig. Beim Wäschewaschen trällerten sie Spottverse, aber das war nur Neid und auch Ärger darüber, daß Cuba mit keiner von ihnen redete. Cuba rauchte dicke schwarze Zigaretten Marke Bock, von denen ihre Zähne schon leicht gelb geworden waren. Obwohl sie nicht für Filmstars schwärmte, beließ sie in ihrem Zimmer alles so, wie es ihre Schwester dekoriert hatte. Während des Karnevals ging sie mit einem grünen Turban und war die Attraktion des Colóner Viertelzuges *La Sultana.* Zur Abreise nach Mexiko oder auch irgendwo andershin ist es nie gekommen. Etwa ein Jahr nach Felicitas' Weggang und genau am Todestag Franklin D. Roosevelts brachte ein Musiker vom Sextett *Embeleso* die Nachricht, daß Felicitas in der Stierkampfarena im Kugelhagel einer Schießerei umgekommen und in Mérida auf dem Friedhof beerdigt worden war. Später kamen noch dubiosere und noch blutrünstigere Versionen. Nie wieder hatte Cuba ihre fröhlichen Augen. Sie besaß zwar noch mehr Schwestern, aber nach ihrer eigenen Aussage hatte nur Felicitas die gleichen Stationen wie sie durchlaufen. Emerlina und ich gingen seltener hinauf in die Nummer sechs. Immerhin bekamen wir mit, daß Cuba sämtliche Starfotos von den Wänden nahm und in die Mülltonne warf und ihr Zimmer statt dessen mit chinesischen Horoskopkalendern und Heiligenbildern behängte. Sie quartierte einen älteren und ziemlich gesetzten Herrn bei sich ein und zog sich, soweit wir das überblicken konnten, zurück aus dem Lotterleben. Da war sie wahrscheinlich dreißig Jahre alt.

Mein Neffe Andrés, das älteste Kind meiner Schwester Yara, tauchte eines Tages völlig unerwartet bei uns auf. Ich hatte ihn schon eine Ewigkeit nicht mehr gesehen, ich erkannte ihn gar nicht wieder. Der Zweck seines Kommens war praktisch, mich kennenzulernen. Und sich für die Geschenke zu bedanken, die ich ihm über Enelio Castro hatte zukommen lassen. Auch er hatte nie wieder etwas von Enelio gehört. Wahrscheinlich war der kranke Mann, wie es viele Bauern taten, nur zum Sterben zu seiner Familie in die Berge zurückgefahren. Andrés war zusammen mit seinem Adoptivvater, Yaras zweitem Mann, in Havanna, um mit einer großen Firma einen Handel über Milch- und Käselieferungen abzuschließen. Sie blieben ein paar Stunden bei uns, und so erfuhr ich wieder einmal, wie es um meine Familie bestellt war. Kaum eine Wendung zum Besseren, dafür etliche neue Kinder, sowohl bei Yara als auch bei Pascual, meinem Bruder. Ansonsten war alles beim Alten. Ich kaufte Andrés im *Machetazo* ein paar neue Anziehsachen und habe mich zumindest meinem Gefühl nach gegenüber meinem Neffen nicht von meiner kleinlichsten Seite gezeigt. Ich brachte die beiden noch bis vor das Hotel *Isla* und kehrte um mit dem Eindruck, daß Yara jetzt einen guten Menschen zum Mann hatte. Beschwingt von dem Besuch meiner Verwandten, schlenderte ich unter Luftballons und Papierschlangen den Prado abwärts. Festliche Anlässe gerieten in Havanna zu einem gigantischen Rambazamba. Die Autofahrer hupten, und die Fußgänger fielen sich auf der Straße in die Arme. Der zweite Weltkrieg war zu Ende, und die Alliierten waren Sieger. Auf den Straßen wurde gesungen. »Bim bim bim, gefallen ist Berlin!« »Bam bam bam, gefallen ist Japan!« Die Kubaner sind eben ein ganz besonders ausgelassenes Völkchen, darum haben sie bis jetzt wie der Eisenholzbaum auch noch jedem Sturm standgehalten. Wir sind nicht unterzukriegen. An dem vergangenen Krieg hatte sich auch so mancher bereichert. Organisierter Unterschleif – so hieß die Devise. Es war die Zweitauflage unserer fetten Jahre. Wobei die Kühe immer fetter, aber auch

immer weniger wurden. Wer arm war, dessen Lage blieb alles andere als rosig. Im Gegenteil, das Elendsviertel Las Yaguas wuchs in die Breite und drohte wie eine Seuche auf die Atarés-Hügel überzugreifen. Außer Chibás gab es keinen integren Politiker mit staatsbürgerlichem Verantwortungsbewußtsein. Chibás gründete die Kubanische Volkspartei oder Orthodoxe Partei, um im Land Ordnung zu schaffen. Er hielt Ansprachen, wo er gerade war, wenn es Abend wurde. Das konnte auf einer Tribüne sein oder auf einer Motorhaube oder auch einfach auf offener Straße. Mit seiner Parole »Ehrgefühl wider Geldgier« kam er an bei den Massen, und seine neugegründete Partei hatte schnell großen Zulauf und besonders viel Zugkraft bei Frauen. Die besten Männer der Bewegung des 26. Juli sind aus ihr hervorgegangen. Als Chibás sich 1951 erschoß, als symbolische letzte Mahnung, hat das selbst mich hier in New York schwer erschüttert. Aber schon davor begann es durch Chibás mächtig zu arbeiten in meinem Schädel. Die neuen Ideen von Gerechtigkeit und nationaler Katharsis haben mich aufgerüttelt. Ich schloß Bekanntschaft mit Genossen der PSP und mit *Orthodoxen*. Einfache Parteimitglieder, die in chemischen Reinigungen, im Lebensmittelgroßhandel und bei Rundfunksendern arbeiteten. Meine Freundin und ich gingen auch zu ein paar Kundgebungen mit Chibás, in der Hafenallee oder am Ausgang des Funkhauses CMQ in der Calle Monte, Ecke Prado. In Emerlina hatte Eddy Chibás eine fanatische Anhängerin. Als sie ihm dann eines Tages auch noch persönlich gegenüberstand und ihm die Hand reichen durfte, wollte sie sich danach diese Hand partout nicht mehr waschen. Als mir klar wurde, daß es ihr ernst war und daß sie im Waschbecken nur noch die linke Hand naßmachte, zwang ich sie mit Gewalt, beide Hände unter Wasser zu halten. Ich war wütend, ich brüllte:
»Verdammt, Mann! Politik ist eine Sache und Fanatismus eine andere!«
Emerlina starrte mich verblüfft an, ich hatte bis dahin noch nie Gewalt gegen sie angewendet. Das war eine Radikalkur.

»Julián, von unserem Verdienst können wir zu zweit einfach nicht leben.«

Recht hatte Emerlina. Sie ging sehr ordentlich mit dem Geld um. Da sie den Haushalt führte, merkte sie als erste, daß wir uns bei den Preissteigerungen in Kuba und bei unserem Einkommen nie würden ein Kind leisten können.

»Es reicht einfach nicht, Julián. Es reicht hinten und vorne nicht.«

Diesen Satz in den Ohren, suchte ich den Pförtner vom Theater Martí auf, mit dem mich so manche gemeinsamen Kneipenzüge und Zechtouren verbanden. Er stammte wie ich aus Oriente und war, um zu existieren, wie ich mit dem Fahrrad über die Niagarafälle gestrampelt. Zu dem sagte ich:

»Also, Ñico, meine Verlobte und ich, wir wünschen uns Nachwuchs. Nur reicht unser Verdienst im *La Champagne* knapp für uns beide. Sag mir Bescheid, wenn irgendwo etwas frei wird.«

Ñico kannte nämlich halb Havanna. Die Stadt paradierte regelrecht an ihm vorbei, wenn im Theater eine neue Saison mit Volksstücken, Operetten und Musicals eröffnet wurde. Er versprach mir, sich umzuhören, und ehrlich gesagt, ich setzte alle meine Hoffnungen auf ihn. Die Chefin würde mein Gehalt niemals erhöhen und mich auch nie ausschließlich zum Verkäufer aufrücken lassen. Bei Emerlina standen die Aussichten ähnlich. Gerade weil sie wie Matilde aus Caraballo war und auch noch entfernt mit ihr verwandt war, hatte sie die schlechteste Position in der Firma. Ich geduldete mich wie ein Zugochse die folgenden Monate, und abends ging ich mit Emerlina und Ñico auf ein Gläschen in die einen Katzensprung vom Theater entfernte Bar *Puerta de Tierra*.

»Julián, du verläßt dich zu sehr auf Ñico. Es sind Monate vergangen, und nichts ist!«

»Soll ich etwa an der Ecke stehen und Lotterielose verkaufen?«

»So meine ich es doch nicht, nein, sondern ich habe nur den

Eindruck, daß er zwar vor dir herumkaspert, aber daß er im Grunde nichts tut.«

Frauen haben es faustdick hinter den Ohren und sind äußerst mißtrauisch. Man sollte stets auf sie hören. Dieses Mal verließ ich mich aber trotzdem auf Ñico. Und das Ergebnis sollte mir recht geben. Eines Abends nämlich, als das Martí-Theater schloß und die Tänzerinnen wie Bienen aus den Seitenausgängen geschwärmt kamen und sich beeilten, noch die letzte Straßenbahn zu erreichen, nahm Ñico mich mit triumphierender Gebärde in die Arme und sagte:

»Julián, heute gönnen wir uns einen Drink im *Saratoga*!«

»Woher diese Hochstimmung?« fragte meine Freundin.

»Weil wir fünf Richtige haben!«

Ñico hatte mit dem Geschäftsführer des RHC Blaue Frequenz gesprochen und ihn um Arbeit für mich gebeten. Der Mann hatte die Stelle des Einlassers angeboten, unter der Bedingung, daß der Bewerber nichts dagegen hätte, in den Studios auch die Verglasungen zu putzen und bei Hitparaden und Hörerwettbewerben die Stimmenauszählung zu kontrollieren. Ich wartete wohlweislich zwei Tage, um meinen Freund nicht zu hetzen, und bat ihn dann, mich dem Geschäftsführer vorzustellen. Ich warf mich in meinen Sonntagsstaat – meine weißen Schuhe, meinen Dreiteiler und die Armbanduhr von Omega, die ich Méndez für dreißig Peso abgekauft hatte. Der Mann musterte mich von Kopf bis Fuß und stellte mir dann unvermittelt die einzige Frage:

»Bist du Tief- oder Leichtschläfer?«

»Ich habe einen leichten Schlaf«, antwortete ich ohne zu zögern.

»Dann ist es ja gut. Du bekommst fünfundsechzig Peso im Monat. Einverstanden?«

»Einverstanden.«

Er händigte mir einen Gutschein für den Kauf der Dienst-

kleidung und der Schuhe aus, und ich hatte das Gefühl, die Welt läge zu meinen Füßen.
»Und jetzt ran an die Fleischtöpfe!« lachte mein Freund Ñico, als wir über den Parque Central gingen.
Das Einkaufspaket unterm Arm ging ich geradenwegs zu Matilde. Die Mädchen im Hutatelier wunderten sich, wie spät ich an diesem Tag kam. Emerlina konnte an meinen Augen ablesen, was für eine Mitteilung ich zu machen hatte, und Matilde, die in ihrem Leben schon einiges mitgemacht hatte, sagte:
»Ich vermutete schon, daß du uns verlassen würdest. Darum habe ich über deine Stelle schon mit einem Nachfolger verhandelt, der kommt ebenfalls aus Caraballo. Und keine Sorge, Julián, Emerlina kann bei uns bleiben.«
»Es ist ... In fünf Jahren haben Sie nicht ein einziges Mal mein Gehalt erhöht.«
»Erhöht, erhöht! Woher soll ich es denn nehmen, Julián? Schließlich bin ich es, die sich in diesem Geschäft auskennt. Sieh du lieber zu, daß du deinen Weg machst, und alles Gute für die Zukunft!«

Beim RHC kam ich erst so richtig dahinter, wie die Menschheit beschaffen ist. Ich hätte Schriftsteller sein mögen, um schildern zu können, was hinter Samtvorhängen und Saalmikrophonen so alles brodelte. Ein regelrechter Zoo war diese Welt, ein Zoo mit hübsch anzusehenden, aber doch – das darf ruhig gesagt werden – vor Prominentengeilheit reißenden Tieren. Mit denen bekam ich es nun zu tun. Sie kämpften mit Ellenbogen um den Eintritt in die Studios. Wegen des ersten Platzes in der Warteschlange drohten sie einander umzubringen. Schon um vier Uhr morgens saßen mitunter Leute auf dem Prado, vor allem Frauen, um nur ja rechtzeitig eingelassen zu werden und den Auftritt eines Stars live zu erleben. Das waren damals die Jahre Hugo del Carrils und Rita Montaners. Oft wurde mir sogar Geld dafür geboten, daß ich

jemanden ins Studio schleuse oder daß ich behaupte, diese oder jener sei der erste in der Schlange gewesen. Als Einlasser bekam man ja alles mit, und man schwieg fein still und machte sich nur so seine Gedanken. Die *Lebende Leiche* war die bekannteste unter diesen bizarren Figuren. Sie sammelte Streichholzschachteln mit Künstlerfotos und Autogramme. Sie hatte schon weiße Haare, aber an die weißesten Stellen schob sie ihre Baskenmütze und kaschierte somit ihr Alter. Sie duzte sich mit den Stars, als ob sie zum engsten Freundeskreis gehörte, und sie schenkte ihnen Streichholzschachteln und Milchgeleeriegel. Von ihrem Platz am Sendereingang hätte keine Macht der Welt sie vertreiben können. Den anderen dünkte sie sich haushoch überlegen und wurde trotzdem von ihnen respektiert. Sie kam immer ganz langsam angetrippelt, und anstatt zu fragen: »Wer ist der letzte?«, hauchte sie:
»Sie gestatten, darf ich bitte mal vorbei?«
Den Leuten verschlug es die Sprache, daß die Zuletztgekommene mir nichts dir nichts an ihnen vorbeimarschierte. Doch wie das Leben so spielt, sie stand vorne, drehte sich noch einmal um und hauchte:
»Vielen herzlichen Dank.«
Da man ihre Masche schon kannte, sah man darüber hinweg. Die Dame gehörte, als ich dort anfing, schon zum Traditionenschatz des Hauses. Als sie meiner ansichtig wurde, ein neues Gesicht, wandte sie sich an mich:
»Wenn Sie hier neu sind, lassen Sie mich Ihnen sagen, daß ich zur Gründergeneration dieser Anstalt gehöre.«
Ich lächelte zustimmend und wurde seitdem nie wieder von ihr angesprochen. Es war nicht nötig, jeder kannte die *Lebende Leiche*, und jeder ließ sie gewähren. Gelegentlich wurden schon mal Späße über sie gemacht, weil sie so klapperdürr war und weil sie sich fuderweise Schminke ins Gesicht schmierte. Versuchte aber jemand, sie von ihrem Platz zu verdrängen, oder fing jemand mit ihr Streit an, so tauchte von irgendwoher auf dem Prado, hinter einem Baum, aus

einem Hauseingang oder hinter einer Laterne, ein Verteidiger auf und warf sich für sie in die Bresche.

»Bitte lassen Sie die Dame in Frieden.«

Auch Tontechniker und Elektriker bat die *Lebende Leiche* um Autogramme.

Mit der Arbeit beim RHC befand man sich wirklich im Zentrum des hauptstädtischen Lebens. Man erfuhr, wie der Politikerfilz jener Jahre in Kuba konkret funktionierte, und man erfuhr, was ein echter Boß ist. Amado Trinidad Velazco, der Betreiber des Senders, war ein Oberboß in feinleinener Guayabera. Du meine Güte, wie der es verstand, die Leute um den Finger zu wickeln! Wenn in Kuba jemand der Inbegriff des rhetorisch gewandten und arroganten Aufsteigers war, so war es dieser einstige Provinzler mit den Ambitionen eines Weltpotentaten. Eine Satansbrut! Wieviele Geschäfte der an sich riß, wieviele Künstler der in der Hand hatte! Erst hob er sie aufs Podest und dann ließ er sie fallen. Wieviele junge Talente ich gesehen habe, bildhübsche blutjunge Mädchen, die für ihr Leben gern einmal vorgesungen hätten und nicht mal den Mund aufmachen durften. Andere, die bei ihm vielleicht ankamen, machten hingegen trotz Krächzstimme und der Figur einer Schildkröte Blitzkarriere. Dabei waren es oft nur strohdumme Hausfrauen mit Drang nach Höherem, die der Boß eben nett fand oder die irgendjemandes Referenzen vorweisen konnten. Die Methoden im kubanischen Showbusiness stanken zum Himmel. Die Besitzer von Sendern wie Amado Trinidad oder Goar Mestre konkurrierten untereinander, um den anderen möglichst zur Strecke zu bringen. Amado war der Urkubaner mit Guayabera und Zigarre und hatte seine eigene Gefolgschaft; Mestre hingegen war der Hanswurst der Amerikaner. Im Park der Liebenden kam es beim Denkmal für Luz y Caballero abends zu wunderbaren Vorstellungen. Dort sang, wer im Radio keine Chance bekommen beziehungsweise wen der Zauberstab nicht berührt hatte. Alle traten sie dort auf, erprobten der Reihe nach ihre Stimme und tauschten die Noten berühmter

Schlager aus wie »Granada«, »Estrellita« oder der Tango »Sucht man«, dem Rita Montaner kurz nach meinem Eintritt beim RHC zu seinem kubanischen Debüt verholfen hatte.

Die Regierung Grau ging, hoffnungslos diskreditiert, ihrem Ende entgegen. In immer größerem Stil wurde betrogen und in die eigene Tasche gewirtschaftet. Unser Gangster Orlando Lemus, genannt *Colorado,* hätte es mit Lucky Luciano aufnehmen können. Sowohl unter Grau als auch während der darauffolgenden Regierung Píos ließ der viele Menschen killen. In unser Funkhaus verschaffte er sich mit vorgehaltener Pistole Zutritt, dieser Hunne! Er soll Amado Trinidad Geld abgeknöpft haben, heißt es. Colorado betrieb Waffen- und Drogenhandel und wurde dank seiner persönlichen Freundschaft mit den Brüdern Prío in den Jahren nach Grau ein mächtiger Mann.
Beim RHC bekam man ein Gespür für all diese Dinge. Wer Lust hatte, sahnte mit ab, wer nicht, saß still auf seinem Platz und wartete am Monatsende auf seine Lohnzahlung. Nicht jeder hatte das Glück, ganz groß im Lotto zu gewinnen. Der Armeechef, Genovevo Pérez Dámera, gewann fünfzigtausend Peso und erklärte, die kämen auf sein Konto, er sei schließlich kein Verschwender. Mit solcherlei Statements wurde die Bevölkerung damals verspottet. Pérez Dámera und sein Kumpan Alemán, ein mit fliegenden Fahnen zu Grau übergelaufener Batista-Anhänger, die machten damals den großen Reibach. Alemán arbeitete sich zum Spezi unserer Landesmutter Paulina Alsina empor und bediente sich bald beidhändig aus der Staatskasse. Er verschenkte an seine Kumpane Brieftaschen, *full* mit großen Scheinen. Chibás war einer der Sprecher der Korruptionsgegner. Auch von den kommunistischen Politikern Lázaro Peña und Blas Roca wurden diese unmoralischen Praktiken verurteilt. Ich erinnere mich noch, als ob es heute wäre, wie bezahlte Subjekte in eine im Sitz des Schülerverbands versammelte Gruppe Gymnasiasten vom Institut Havanna schossen. Es waren Gangster und Kil-

ler, organisiert in einem polizeinahen Schlägerkommando, dem sogenannten BAGA, das Grau aufgestellt hatte, um seinen Willen gewaltsam durchzusetzen. Der Gymnasiast Carlos Martínez wurde von dieser Truppe mit einem Schuß mitten in die Brust ermordet. Und sie wollten es noch vor der Presse geheimhalten! Die Studenten und die Schüler wandten sich darum völlig vom Staat ab. Sie demonstrierten vom Prado bis zum Sitz des Präsidenten, und unterwegs riefen sie vor unserem Sender:

»Grau, du Mörder! Nieder mit Alemán!«

»King Kong, hau ab, Ramón!«

Bei soviel Randale war es undenkbar, daß Grau wiedergewählt werden könnte. Und da auch der Brillantendiebstahl im Kapitol unaufgeklärt blieb, aber jeder im Land den Täter in Alemán vermutete, weil der ihn Paulina Alsina zum Geschenk machen wollte, konnte es um Graus Ruf nicht schlechter bestellt sein. Das Ansehen des regierenden Präsidenten war zu sehr beschmutzt.

Als krönender Abschluß seiner Regierungszeit wurde für Grau ein Festakt veranstaltet, und gleichzeitig verhängten die Studenten die Alma-Mater-Figur mit schwarzen Tüchern. Mit dieser Selbstbeweihräucherung machte sich die Regierung lächerlich bis zum geht nicht mehr. Auf Werbeplakate schrieb sie: »Unter Grau ist es vorangegangen mit Kuba. Ihm verdanken wir Größe.« Währenddessen donnerte Chibás gegen Graus Antritt zur Wiederwahl. Es knisterte nur so in Havanna. Der Organisator des Festakts sprach in die RHC-Mikrophone: »Dank der azurblauen Frequenzen dieses renommierten Funkhauses erleben Sie daheim die aufrichtige Bewunderung mit, die Millionen ihrem Retter aus der Not, unserem Herrn Doktor Ramón Grau San Martín, zollen. Bitten wir ihn deshalb, wenn es sein muß, unter Tränen, ein weiteres Mal unser Präsident zu werden!«

Es konnte einem übel werden. Von jemandem kam sogar der Vorschlag, die Grau-Ehrung auf derselben Tribüne in Guanabacoa stattfinden zu lassen, auf der einst José Martí gespro-

chen hatte, als er gegen die Herrschaft der Spanier kämpfte. Der Skandal wuchs sich aus. Beim Verlassen des Regierungssitzes sagte Grau:
»Ich gehe, wie ich gekommen bin.«
Worüber Chibás höhnte:
»Als er kam, wütete ein Wirbelsturm, und bei seinem Abgang wütet abermals einer.«
Tatsächlich hatte bei Graus Regierungsübernahme auf Kuba ein fürchterlicher Hurrikan gewütet, und als Grau nun abtrat, richtete ebenfalls gerade wieder einer Verwüstungen an. Er hauste sogar noch schlimmer, weil er kehrtmachte und dieselbe Strecke noch einmal zurücklegte, denn Millás, der Meteorologe in Casablanca, hatte seine Route falsch vorausgesagt. Um es kurz zu machen, Grau und Prío waren für das kubanische Volk gleichbedeutend mit zwei Orkanen. Kein Mensch hätte sich je vorstellen können, daß die Schamlosigkeit solche Blüten treiben würde. Schon gar nicht, daß die Bevölkerung in solchem Stil über den Löffel balbiert werden würde. Sogar eine Bodenreform hatte Grau verkündet, die famose »Maßnahme«. Die Bevölkerung aber witzelte darüber: Grau verteile den Boden sicher in Tüten.
Von Carlos Prío Socarrás' Amtsantritt am zehnten Oktober 1948 wurde ich zusammen mit einem familiären Unglück betroffen. Meine Freundin hatte eine Fehlgeburt, im vierten Monat, es war ein Junge. Nachdem sie erst allen Mut zusammengenommen hatte, um sich überhaupt für ein Kind zu entscheiden. Wir hatten uns beide gefreut. Obwohl wir wußten, daß es hart werden würde. In dieser Zeit war es riskant, ein Kind zu bekommen. Aber Emerlina hatte partout eins haben wollen. Erst kostete es sie Mühe, überhaupt schwanger zu werden, und dann, das Kind zu halten. Und noch mehr Unglück kam bei uns zusammen. Im RHC lief samstags um einundzwanzig Uhr eine Quizsendung, das »Turnier des Wissens«. Jeder konnte dazu Fragen einsenden, und wenn sie von den Personen am Ratetisch oder den Zuschauern im Studio nicht beantwortet wurden, so gewann der Fragesteller

fünf Peso. Auf meine ersten Fragen schrieb ich, um Verdacht zu vermeiden, Emerlinas Namen, und in Absprache mit dem Quizmaster schmuggelte ich sie unter einem Kennwort in die Trommel. Was wir uns alles für Fragen einfallen ließen! Wie war María Valeros richtiger Name? Wieviel Zähne hat ein Haifisch? Wer war der Mörder der kleinen Celia? Und was dergleichen Dinge mehr sind. Den Gewinn, um die dreißig Peso, teilten wir uns mit dem Quizmaster, und nach dieser Methode verfuhren wir mehrmals, immer unter falschem Namen. Auf diese Weise verschafften wir uns ein wenig Luft in unserem Existenzkampf. Und wir freuten uns schon auf das Kind. Emerlina hatte Unsägliches unternommen, um schwanger zu werden. Im Vorort Juanelo hatte sie eine Negerin namens Guillermina Palacios aufgesucht. Guillermina prophezeite ihr:

»Wer sagt's denn? Du bekommst Zwillinge. Nenne sie Cosme und Damián.«

Eine Menge abstruses Zeug redete die Negerin Emerlina ein. Unter anderem:

»Ihr beiden werdet schwerreiche Leute, ihr lebt viele Jahre im Ausland, eure Kinder werden einmal Anwälte und Ärzte.«

Es war ein Radioroman in Fortsetzungen, was mir Emerlina da zu Hause alle Tage auftischte. Als Anfang Oktober vor der Küste Floridas vierundvierzig Wale auftauchten, konnte sich Guillermina vor Gläubigen nicht retten. Sie hatte nämlich geweissagt, das Meer würde die Geister der Toten an die Küste zurückspülen, und wenn es soweit sei, müsse man Bittgebete für sich sprechen und reinigende Rituale vornehmen lassen. Die verängstigten Gläubigen hielten die Wale für eine Warnung.

»Es ist der Zorn der Madonna von Regla über die vielen Morde und Betrügereien«, gab Emerlina, was sie gehört hatte, wieder.

Ein Hurrikan hatte Prío auf den Präsidentenstuhl gehoben, und wo der hauste, wuchs tatsächlich kein Gras mehr. Allein in Havanna gab es fünfzehn Tote und Hunderte von Verletz-

ten. Über achtzig Schiffe sanken, auch wenn in den Zeitungen einzig von der Präsidentenyacht berichtet wurde. Es war das Übliche, da war nichts zu machen: Millás hatte sich mal wieder gründlich in der Vorhersage des Hurrikans geirrt. Nur die alte Guillermina hatte genau für diese Tage einen Wirbelsturm vorhergesehen. Zufälle gibt's im Leben!
Als Emerlina nach Juanelo fuhr, um ihr den Verlust unseres Kindes vorzuwerfen, bekam sie von der alten Frau eine aparte Antwort:
»Aber Kindchen, alles hat auch wieder sein Gutes. Außerdem habe ich dir gesagt, es müssen Zwillinge werden.«
Guillerminas Großeltern waren noch Sklaven gewesen. Sie selber war herrisch, hatte ständig eine Zigarre im Maul und in der Linken ein kleines weißes Tüchlein. Nach ihrer Aussage war ihre Großmutter gleich nach dem Tod nach Guinea geflogen, so sehr hatte sie in ihrem Sklavendasein unter dem Ochsenziemer gelitten. Die gesamte Negerbelegschaft soll zugesehen haben, wie sie über die Zuckerrohrplantage auf und davon flog. Ich holte Emerlina da weg, sie hätte mir sonst den Verstand verloren. Die Funkromane und der spiritistische Geisterglauben brachten uns im Verein mit Hugo del Carrils Auftritten im Martí-Theater ohnehin schon vom rechten Weg ab. Mein Ziel war es, soviel Geld zu sparen, daß auch Emerlina das Hutatelier aufgeben könnte. Aber so kamen wir nicht vorwärts. Sah ich nach oben, waren am Himmel nur Wolken, und sah ich nach unten, so lagen auf unserem Weg nur Steine. Es war hoffnungslos. Havanna war eine Stadt für gerissene Politiker, Glücksspieler und für Inhaber staatlicher Pfründe. Zum Beispiel Prío, der pflegte den Ankauf von Landgütern und Zuckerfabriken als Hobby. Auf seinem Landsitz in Bahía Honda ließ er sich einen Privatflugplatz anlegen und auf seinem Gut *La Chata* zwei feudale Villen mit vergoldeten Klobecken bauen.

Allmählich ging bei mir alles schief. Genau in dieser Zeit lernte ich über Ñico Miguelito Cuesta kennen. Miguelito war

ein Neger, schwarz wie ein Telefon und pfiffig, der nach jedem Sturz wieder auf den Füßen landete. Er war früher Docker gewesen und bewunderte Aracelio Iglesias, den größten Gewerkschafter der Hafenarbeiter Havannas. Iglesias wurde übrigens, für niemanden ein Geheimnis, im Auftrag Prío Socarrás' ermordet, kaum daß der den Präsidentenstuhl erklommen hatte. Miguelito wohnte *downtown*, ich meine, in der Havannaer City, in der Paulastraße zweihundertfünf. Das Haus war ein Mietbunker, der auch der *Urquell* genannt wurde, weil die Abwässer samt der Scheiße dort an der Oberfläche sprudelten. Miguelito wurde ein eifriger Besucher der Live-Konzerte in den RHC-Studios. Seine und meine Freundin freundeten sich auch an. Die Seine war eine stille Schwarzbraune und ebenfalls Spiritistin, nur daß sie keine Termine ausgab. Wenn sie überhaupt sprach, so den Satz:
»Ich kann nie ausgehen. Ich muß ja ständig Miguelitos Guayabera in Schuß halten.«
Der arme Miguelito. Er hatte nur eine einzige Guayabera, und darum mußte das Mädchen sie jeden Tag waschen, stärken und bügeln. Ñico besorgte uns Freikarten für die *Shows* im Martí-Theater, wann immer wir wollten. So sahen wir auch die Komiker Garrido und Piñero in der Humoreske »Die Amtsübernahme«. Ein satirisches Stück. Darin wurde der Tag von Príos Regierungsantritt durch den Kakao gezogen. Auch die Truppe Agustín Rodríguez sahen wir und viele andere Künstler aus Spanien und Argentinien. In der »Amtsübernahme« kam ein Gassenhauer vor, der so viel gehört wurde, daß ihn bald die ganze Stadt auswendig konnte.

Was Prío wahr nennt, ist eines,
ein andres, was ich davon halte.
Doch möchte ich konstatieren,
ohne jemanden zu brüskieren:
Im Fall dies' besonderen Falles
spricht für meine Wahrheit doch alles.

Die Menschen glaubten einfach an nichts mehr. Wie sollten sie auch glauben, wo Prío einen astronomisch hohen Kredit beantragt hatte, für den er ganz Kuba verpfänden wollte, und wo er gleichzeitig tönte, seine Authentische Partei habe keinen Centavo aus dem Ausland erhalten. Die Bevölkerung nagte am Hungertuch, und er frönte öffentlich seinen Lastern und praßte.
»Du möchtest natürlich einen Sohnemann«, lachte Miguelito.
»Na klar, und einen, bei dem die Hosen strammsitzen.«
Miguelito brachte viel Spaß in unser Leben. Wer noch in den bösesten Unwettern so fröhlich war, konnte selbst Tote wieder lebendig machen.
»Bei deinen Kenntnissen, bei deiner Lebenserfahrung, bei den Balanceakten, die du vollbracht hast, müßtest du eigentlich auf der Studiobühne Step tanzen, statt an der Türe zu stehen.«
Ich war aber nicht mehr erpicht auf Zirkusabenteuer. Ich wollte eine gesicherte Existenz, wollte einen Haushalt, eine Schlafzimmergarnitur und eine Familie. Doch meinem Schicksal hatte das Feuer sein Zeichen eingebrannt – sooft ich etwas erzwingen wollte, ging es daneben. Es war, als ob eine unsichtbare Hand mir Chili-Pfeffer in den Hintern streute. Ich finde heute noch keine Ruhe.
Miguelito wollte mich zu seinem Tanzpartner und erteilte mir Unterrichtsstunden in Steptanz. Er war vernarrt in die Idee, mit mir ein Duo zu bilden. Emerlina lachte, weil meine Gelenke knirschten – selbst mit Singer's Qualitätsöl wären sie fürs Steppen nicht gelenkig genug geworden. Ich wollte aber zumindest Miguelito weiterhelfen, und so verschaffte ich ihm mit meinen spärlichen Beziehungen ein paar Engagements beim Sender. Miguelito mochte zwar ein Bruder Leichtfuß sein, aber er sang Boleros und Guarachas, und zwar nicht übel. Er begann als Amateur in einer parodistischen Sendung der Seifenfirma Candado und sang dort Texte auf die Melodie der *Guantanamera* von Joseíto Fernández. Ich machte ihn

mit einigen Prominenten bekannt, mit Orlando de la Rosa, dem Komponisten, mit dem Hörspielsprecher Manuel Urquiza und mit Paul Díaz und Mario Barral. Die waren ihm gewogen, weil er so leutselig und weil er ungewöhnlich musikalisch war. Wenn er danach mit Ñico auf einer Prado-Bank saß, scharte sich um ihn binnen kürzester Zeit ein gewaltiger Fanclub. Das Studiopublikum forderte ihn zum Singen auf, und Miguelito sang und spielte nicht nur, sondern steppte auch auf den Prado-Bänken. Oder er gab Geschichten zum besten, phantastische Anekdoten, wie die von seiner Urgroßmutter, einer stattlichen Negerin, der schönen Mercedes. Hinter der war ihr Besitzer, der Sklavenhalter, her gewesen wie der Teufel. Aber Mercedes haßte ihn. Eines Tages ließ er sie zum Sklavenaufseher rufen, um es dort mit ihr zu treiben. Mercedes ging hin, als Sklavin war sie dazu verpflichtet, doch als sie ihr Kleid hob, ringelte sich um ihre Hüften eine *Einundzwanzig*, das heißt, eine in Congo-Ritualen verwendete Schlange. Da stob der Gutsherr davon und lief brüllend durch die Siedlung.
Die Rumbas, die auf dem Prado geboten wurden, machten Epoche. Miguelito sang die ersten Takte und zog die Menschen dann hinter sich her den Prado hinauf bis zu dem Eckcafé an der Kreuzung Galiano- und Lagunasstraße. Das war damals der beliebteste Treffpunkt der Boheme aus Varieté und Theater. Nach Feierabend hatte ich nichts Eiligeres zu tun, als dort hinzukommen. Mal mit Emerlina, mal mit irgendeiner unterwegs aufgegabelten lebenslustigen Bekannten. Dann schlug ich mir die Nacht um die Ohren. Eines Abends tauchte auch Rita Montaner dort auf. Zusammen mit ihrem Mann, einem Anwalt aus Camagüey, und mit *Mamita-ich-höre-Trommeln. Mamita-ich-höre-Trommeln* war ein Mädchen und hieß im normalen Leben María Auxiliadora. Sie wich nicht von Ritas Seite. Wenn Rita auf Tournee ging, schloß sie sich, um mitfahren zu können, dem erstbesten Bandmusiker an, der ihr über den Weg lief. Ihr Hang zur Musikszene war schon Fanatismus. Mamita war eine hellhäu-

tige Mulattin mit grellrot gemalten Lippen. Hätte Rita verlangt, daß sie sich in einen Brunnen stürzt, Mamita wäre gesprungen. In dieser Nacht – ich werde sie nie vergessen – fuhr sie mit Rita auch zur Polizeiwache. Rita war ein unberechenbarer Charakter. Mal grüßte sie, wenn sie in den RHC kam, mal würdigte sie niemanden eines Blickes. Sagte sie mir guten Tag, sagte ich auch guten Tag. Sah sie mich aber gar nicht erst an, vermied ich es, in ihr Blickfeld zu kommen, denn Rita konnte ganz schön Hiebe verteilen. Bei einer jungen Mulattin, einem Pipimädchen, das in der Hitparade von Pinilla plötzlich Stücke aus Ritas Repertoire sang, war sie eines Abends kurzerhand im Studio erschienen. Die Kleine trat gerade mit einem Vogelkäfig auf, in dem Stoffvögelchen saßen, und stimmte Ernesto Lecuonas weltberühmten Pregón vom Vogelhändler an, als Rita unter ohrenbetäubendem Applaus auf die Bühne stieg, dem Mädchen den Käfig abverlangte und ihre Nummer selbst sang. Vorne sitzende Zuschauer hörten noch, wie Rita der Anfängerin zuzischte:

»Ab in den Park mit dir! Da kannst du piepsen!«

So war sie nun einmal, und die Bevölkerung hob sie dafür auf den Altar.

Die RHC-Künstler waren oft im Eckcafé in der Calle Galiano. Auch Rita kehrte gelegentlich schon mal dort ein. Eine schönere Mulattin hat die Welt noch nicht gesehen, aber auch keine mit spitzerer Zunge. Der Beiname »Schandmaul«, den die von ihr gespielte Hauptfigur in dem Stück »Die Klatschtante« trug, war für sie praktisch maßgeschneidert. Das Stück wurde gesendet und stellte die Raubgier und das Gangstertum der Regierung Grau an den Pranger.

Wenn Rita in die Bar kam, war das ein Ereignis. Da ich nur zwei Straßen weiter wohnte, erfuhr ich sofort, wenn sie da war. An diesem Abend wurde ich allerdings von Trommelrhythmen aus meinem Bau gelockt. Die Schlagzeuger und Trommler vom RHC hatten sich mit Rita und einigen Mitgliedern des Karnevalsvereins *Die Dandys* getroffen, und zusammen legten sie einen Rumba aufs Parkett, der einem den Atem raubte. Die Polizei hielt sich natürlich lieber an Trommelspieler, anstatt Killern nachzujagen. Um zwei Uhr früh rückten zwei Mannschaftswagen an, einer aus der Galiano- und einer aus der Lagunasstraße, und riegelten unser Café ab. Schlagstöcke schwingend, stürmten die Polizisten in das Lokal und nahmen den Laden auseinander. Die Trommeln der Rumbaspieler wurden beschlagnahmt, und die Männer führten sie einen nach dem anderen in Handschellen zu ihren Wagen. Fahrtziel war die Polizeiwache in der Zuluetastraße.

»Sie sollen erst zahlen!« zeterte der Hinterwäldler, der bedient hatte.

»Ich zahle!« sagte darauf Rita Montaner.

Sie holte mehrere Geldscheine hervor, warf sie auf ihr Marmortischchen, und im selben Ton rief sie einen der Polizisten zu sich.

»Hören Sie mal, wohin wollen Sie diese Bürger mitnehmen?«

»Aufs Revier, und sofort. So ein Rabatz, und um diese Uhrzeit, das gehört sich für eine ordentliche Stadt nicht.«

Rita konterte sogleich mit einem ihrer typischen Widerworte.

»Wie ein Neger sollten sie sich schämen! Leute verhaften, weil sie singen!«

»Ich tue nur meine Pflicht, Señora«, erwiderte der Beamte.

»Dann tun Sie sie richtig und nehmen Sie mich gefälligst auch mit!«

Und ohne mit der Wimper zu zucken, stieg sie auf den Beifahrersitz des in der Calle Galiano geparkten Einsatzwagens. Hinter ihr feierte Mamita mit fürchterlichem Geschrei Ritas Entscheidung.

»Ihr beide steigt hinten ein«, wies Rita ihre Freundin und ihren Mann an. »Rauf mit euch, los schon!«

Der Einsatzleiter beriet sich mit dem Rest der Truppe, und

sie beschlossen, Rücksprache mit dem Leutnant aus dem Bezirk zu halten.

»Liebe Frau Rita, Sie haben doch gar nichts zu tun mit der Sache. Es betrifft nur uns und die anderen.«

»Mich auch«, entgegnete Rita. »Ich habe für alle Tische bezahlt, sie waren meine Gäste. Und falls Sie es noch nicht wissen, wer gesungen hat, war ich.«

»Steigen Sie aus. Bitte, Rita.«

Doch Rita blieb neben dem Fahrer sitzen. Gleich darauf kam der diensthabende Offizier und versuchte, zwischen Rita und der Einsatztruppe zu vermitteln. In der Gewißheit, daß ihre Verhaftung einen Skandal auslösen würde, zwang Rita den Leutnant, mit ihr in den zwei Mannschaftswagen bis vor die Dienststelle zu fahren. Am nächsten Tag war denn auch der Eklat da. Rita war solidarisch mit ihren Musikern, was ihnen passierte, sollte auch ihr passieren. So kamen am Ende alle auf einmal frei, und die Polizei hatte ein Eigentor geschossen. Monatelang ließ sich in dem Eckcafé an der Galianostraße kein Polizist mehr blicken.

Miguelito und Rita verstanden sich glänzend. Jedesmal wenn sie ihn sah, riet sie ihm:

»Junge, du mußt Zahnarzt studieren. Du bist doch ein Neger mit Köpfchen.«

Miguelito, der alles daran setzte, Künstler zu werden, reagierte dann ärgerlich, aber Rita nahm es ihm nicht übel. Wer keine Qualitäten hatte, dem allerdings sagte sie es auf den Kopf zu. Unerbittlich nannte sie die Dinge beim Namen. Miguelito hat mir erzählt, wie Rita im Künstlerverband einmal ein Formular ausfüllen mußte. Der Mensch am Schreibtisch, ein Primitivling, fragte sie nach ihrem Alter und ihrer Rasse und was weiß ich noch nicht alles. Ein solches Verhör war für eine Frau, die nicht reinrassig weiß und auch nicht mehr ganz jung war, in den damaligen Jahren brüskierend. Als der Mann ihr mit der Frage nach der Rassenzugehörigkeit kam, gab Rita zur Antwort:

»Weiß.« Damit er den Mund hielt.
Der Mensch schaute zu ihr auf und säuselte in seiner grenzenlosen Dummheit:
»Aber Rita, wenn mich nicht alles täuscht, sind Sie ...«
Worauf Rita, schlagfertig und spitzzüngig, wie sie war, zurückschoß:
»Und wenn mich nicht alles täuscht, sind Sie eine Arschgeige. Das mußte ich Ihnen mal sagen.«

Miguelito Cuesta versammelte mit der Zeit einen ziemlich gut besetzten Fanclub um sich. Es waren spontan Begeisterte, Bekannte von ihm und Anwohner aus dem Colón-Viertel. Sie bekamen von ihm keinen roten Heller. Normalerweise wurden Fanclubs ein wenig geölt, und sie traten organisiert auf. Es gab allerdings auch Einzelgänger, die machten unheimlichen Wirbel. Von denen war einer allein so viel wert wie zwanzig Organisierte. Miguelito hatte welche von jeder Sorte und wurde doch in keinem einzigen Wettbewerb Sieger. Er bekam viel Lob und viel Lächeln, auch mal Kakao von *Kresto* oder ein Paar *Casino*-Socken, aber weiter ist es nie gegangen. Ich bewunderte ihn, weil er nicht lockerließ, weil er am Ball blieb. Er hatte sich nun einmal in den Kopf gesetzt, Sänger zu werden. Und bis zu einem gewissen Punkt war ihm das ja auch gelungen. Als ihm klar wurde – blind war er nicht –, daß ein so großes Funkhaus ihm keinen Platz bot, verlegte er sich auf Wohltätigkeitsvereine und auf Krankenhäuser. Da konnte er sich vor Patienten und Altersheiminsassen etwas zusammensingen. Auch im Verband der Sehgeschädigten und auf Gratulationsfeiern für ehemalige Stars des Alhambra-Theaters, des *Molino Rojo* und der Operettenensembles der Jahrhundertwende fand er viel Anklang. Ansonsten war er ein Bruder Leichtfuß. Manchmal vergingen Tage, an denen nicht mal seine Freundin wußte, wo er steckte. Am Ende tauchte er wieder auf, in der Hand eine Flasche *Methusalem* und ein paar Groschen, die er durch Auftritte bei Tanzwettbewerben auf dem Rummel in Bejucal oder Güines verdient hatte.

»Unser Publikumsliebling ist wieder da«, meinte dann seine Freundin.
»Der Liebling der Nation!« korrigierte Miguelito sie augenzwinkernd.
Mit einer solchen Existenz konnte man mich nicht locken. Ich mochte es im Grunde nie, und wenn ich es mitgemacht habe, dann um von etwas zu leben. Aber im Grunde lag mir mehr das Dasein eines Durchschnittsmenschen.

»Liebe und Hochmut« und »Aufruhr der Seelen« hatten unter den Hörfunkserien die höchsten Einschaltquoten. »Liebe und Hochmut« handelte von einem Paar, dem der Egoismus seiner Mitmenschen nachstellt. Emerlina hätte die Funkromane auswendig hersagen können, sie klebte den ganzen Tag am Radio. Gesponsort wurde die Serie von Parfümhersteller Crusellas und gesendet vom CMQ, der mit dem RHC um die erste Stelle in der Hörergunst konkurrierte. In der Ansage hieß es: »Seelen, die der Haß verzehrt, weil sie das Glück erwiderter Liebe nicht ertragen. Bis das Paar sich, von der Leidenschaft der Herzen getrieben, unter Schmerzen und Selbstvorwürfen zur Flucht entschließt und am Ende doch noch die ersehnte Erfüllung findet.«
Die Frauen flennten schon, bevor die Sendung überhaupt losging. Sie versengten die Bügelwäsche, sie vernachlässigten ihre Männer und Kinder, einfach alles. Täglich ermahnte ich Emerlina:
»Paß auf, daß es dir nicht noch so ergeht wie Venancio Prado.«
Aber genauso gut hätte ich gegen Wände reden können. Hörspielserien waren damals eine Droge, sie machten regelrecht süchtig. Kaum kam Emerlina von der Arbeit, wurde auch schon das Radio eingeschaltet. Wenn sie es zwei Stunden später ausschaltete, hatte sie fürchterliche Kopfschmerzen. Cuba kam dann mit Eisbeuteln herunter, die sie Emerlina auf die Stirn legte. Oder sie verabreichte ihr Wasser mit Zitronensaft und Bienenhonig und eine Cafaspintablette. Eine merk-

würdige Migräne hatte Emerlina da bekommen, die nie wieder wegging. Sie schrie sogar, meine Freundin wurde laut – sie, die noch nie mit mir gestritten hatte. Dazu kam eine wahnhafte Eifersucht, sämtliche Ehedramen aus dem Radio rieb sie mir unter die Nase. Es war die Hölle.
»Julián, ich weiß, daß du mich betrügst.«
Dabei ging ich zwar wohl schon mal eigene Wege, wenn es mich ankam, aber betrogen, richtig betrogen, habe ich sie niemals. Betrügen heißt doch, daß es einen mit einer anderen ernsthaft erwischt hat. Dazu aber habe ich Emerlina zu sehr geliebt. Es ging mir ans Herz, wenn ich sah, wie sie sich wegen eingebildeter Seitensprünge aus Radioschnulzen quälte. Die armen Frauen, sie waren ernstlich krank, wenn so eine Serie endete.

Eva, die Libanesin, kam mit der Meldung zu mir, der Schuster Isaac sei gestorben. An einem Herzinfarkt, den er mitten bei der Arbeit in seiner Werkstatt bekommen hatte. Er war zusammengebrochen. Als sie mit ihm in die Notfallambulanz kamen, hatte er noch geatmet. In dem Glauben, es handle sich um ein Diabetikerkoma, gaben sie ihm dort eine Insulinspritze, und das erst führte zum Tode. Isaac war einer von denen gewesen, die mir wiederholt unter die Arme gegriffen haben. So war das Mindeste, was ich tun konnte, mit an seinem Sarg zu stehen. Ich ging zu Miguelito und zu Ñico, damit sie auch mitkämen. Aber Miguelito reagierte wieder einmal typisch.
»Julián«, sagte er, »ich gehe nicht einmal zu meinem eigenen Begräbnis. Die Toten sehen ohnehin nichts mehr, und nur die Lebenden trauern.«
Womit er auch wieder recht hatte. Denn wenn man es sich überlegt, gleichen Begräbnisfeierlichkeiten schlechten Filmen: Sie sind genauso lang, man weiß immer schon im voraus, wie es endet, und der einzige, der seinen großen Tag hat, sogar mit Schlips und Anzug, ist der Tote. Ñico und ich fuhren hin, weil der Pole zu den Menschen gehört hatte, die in

Havanna Gutes taten. Als ich wiederkam, hatte Emerlina die ganze Nacht nicht geschlafen und sah, kreidebleich im Gesicht, gar nicht gut aus. Am Morgen schaffte sie es nicht, ins *La Champagne* zu gehen. Ich fuhr sie im Taxi ins Emergencias-Krankenhaus, weil sie auf einer Seite praktisch gelähmt war. Ich war furchtbar erschrocken. Emerlina war so jung, und doch hatte ich das Gefühl, daß es schlimm um sie stand. Im Krankenhaus ging es drunter und drüber. In der Aufnahme warteten ganze Völkerscharen. In staatliche Krankenhäuser ging man besser erst gar nicht, da kam man nie dran. Nach mehrstündigem Warten bekam Emerlina eine Spritze und Tabletten in die Hand für zu Hause, und das war es auch, nun könnten wir wieder fahren, hieß es. Am Morgen hatte sie Muskelschmerzen beim Erwachen und war außerstande, sich aufzurichten. Ich fuhr ins Hutatelier zu Matilde, um Emerlina für diesen Tag zu entschuldigen, aber nachdem sie ein paar Tage wieder gearbeitet hatte, fiel sie beim Schleiernähen in Ohnmacht. Matilde persönlich fuhr sie zu ihrem Hausarzt. Mir war schon aufgefallen, wie schwach Emerlina geworden war. Als ob man statt eines Menschen eine Puppe in den Armen hielte. Sie schleppte sich dennoch weiter ins *Champagne*. Bis ich eines Tages entdeckte, daß sich an den Innenflächen ihrer Hände blaue Flecken ausbreiteten. Ich fuhr mit ihr ins Krankenhaus, ich stellte sie auf die Waage, und da hatte sie über zwanzig Pfund abgenommen. Zurück bei Matilde, mußten wir uns anhören:
»Es tut mir furchtbar leid, Julián, aber ich muß jemand anders für sie einstellen.«
Der Himmel stürzte über mir zusammen. Emerlina hatte keine Angehörigen außer mir. Wo Familienangehörige gerade in solchen Augenblicken so not tun. Aber nicht einmal ihre Tante ließ sich blicken. Ich mußte allein zurechtkommen. Ich lieh mir etwas Geld bei Méndez, denn mein Lohn reichte nicht für die Medikamente. Matildes Arzt stellte uns seine Bluttests und Röntgenbilder in Rechnung. Und obwohl Matilde uns etwas zuschoß – größer als meine Not war mein

Stolz. Emerlina aber verfiel zusehends. Die Flecken breiteten sich von den Fingernägeln aufs Nagelbett aus. Miguelito und Ñico nahmen mich ins Gebet.
»Hör mal, Julián, wenn du sie nicht ins Krankenhaus einlieferst, stirbt sie dir weg.«
Die Ärzte konnten nicht herausfinden, was Emerlina hatte. Den Röntgenaufnahmen war nichts zu entnehmen. Und das, obwohl aus dem Blutbild ein alarmierender Abfall der roten Blutkörperchen hervorging. Ich postierte mich vor Amado Trinidads Haus, bis er mir über den Weg lief. Er benutzte immer die Hintertür, denn da auch er als Spender für gute Zwecke galt, wurde sein Vordereingang oft von armen Leuten mit Bittgesuchen belagert. Ich sprach ihn verzweifelt an, und ich bat ihn:
»Besorgen Sie mir doch ein Bett im Krankenhaus, bitte!«
»Was hast du denn?«
»Meine Freundin stirbt, Amado!«
»Das erledige ich«, sagte er mir in die Hand zu.
Er ließ sich unsere Adresse geben und versprach, einen Rettungswagen vom Krankenhaus Königin der Gnaden kommen und Emerlina abholen zu lassen. Doch sechs Tage vergingen, sieben, und Emerlina war völlig von Kräften. Ein Krankenhausbett zu ergattern war so schwierig wie ein Millionenlos im Lotto. Eben darum hatte ich mich ja an Amado Trinidad gewandt. Unterdessen schleppte Miguelito jeden Spiritisten zu uns, dessen er in Havanna habhaft werden konnte. Die unternahmen bei Emerlina das Ihre. Der Geist eines Selbstmörders sollte sich in ihr eingenistet haben, und der müsse ausgetrieben werden. Und sie gingen mit Salben und Kräutereinreibungen ans Werk. Alles vergeblich. Jeden Tag breitete sich die blaue Verfärbung weiter aus. Emerlina wurde zum lebenden Leichnam. Als der Krankenwagen dann schließlich doch kam, war sie nur noch Haut und Knochen. Der Krankenwagen kam vom Unfallkrankenhaus, und organisiert hatte ihn Ñico. Über einen Arzt, der Mitglied bei den *Orthodoxen* war, mit Namen Orlando Yduate. Zwischen

Amado Trinidad und mir gab es nie wieder eine Begegnung. Das ganze Mietshaus kam herzugelaufen, um alles mitzubekommen. Emerlina und ich waren in der Nachbarschaft beliebt, weil wir die Meinung vertraten, daß jeder sich um seine eigenen Angelegenheiten kümmern und nicht im Leben anderer herumschnüffeln sollte. Solange Emerlina bettlägerig war, kam Cuba, zum Schutz vor Ansteckung Kampferkugeln am Leib, täglich zu uns herunter und brachte der Schwerkranken Hefetabletten und weiche Eier. Aber meine Freundin wurde von Tag zu Tag teilnahmsloser. Auf der Sanitätertrage sah sie schon aus wie eine Tote. Ihr Kopf wackelte, als säße er nicht auf den Schultern. Cuba fuhr mit ihr. Als sie wiederkam, berichtete sie:
»Alles, was sie wollte, war kaltes Wasser.«
Ich bin eigentlich kein großer Freund von karitativen Vereinen, die mit Büchsen sammeln, wie die Gesellschaft zur Krebsbekämpfung. Ich werde den Verdacht nicht los, sie wirtschaften in die eigene Tasche. Aber seit ich hautnah miterlebt habe, wie ein Mensch an Krebs stirbt, lasse ich hin und wieder schon mal Kleingeld in den Schlitz fallen. Emerlinas Herz pumpte nicht mehr richtig. Jedenfalls versorgte es ihr Blut nicht mehr ausreichend mit Sauerstoff. So haben es mir die Ärzte erklärt, und daher die blaue Verfärbung, diese Flecken auf ihrer Haut, und daher ihre stumpf gewordenen Augen.
Als Emerlina beerdigt war und ich allein zurückblieb, hatte ich das Gefühl, ich sei der einzige Mensch auf der Erde. Schlimmeres als meine Tragödie könne es nicht geben. Zusammen mit Cuba und deren Freund fuhr ich zurück in die Blancostraße in unser Zimmer. Ich bin sonst eigentlich ein starker Mensch. Weder während der Aufbahrung noch auf dem Friedhof habe ich eine Träne vergossen. Als ich zu Haus auf dem Nachttisch aber unser Philips-Radio sah, mußte ich mir ein Taschentuch in den Mund stopfen.

Nun allein auf der Welt, war mir alles egal. Die Dinge entzogen sich meiner Kontrolle. Schon nach wenigen Monaten holte ich eine neue Frau in mein Zimmer. Es war eine Freundin Ñicos, wir waren ein paarmal miteinander ausgegangen. Das Mädchen war nicht schlecht, sie hatte nur einen Teufel von Schwester. Die machte ihr das Leben zur Hölle, darum forderte ich sie auf:
»Zieh zu mir, Mädchen.«
Ohne jede Verliebtheit, auch ohne Geilheit, nur um jemanden bei mir zu haben. Miguelito und die neue Freundin verstanden sich ganz gut, und die Bewohner des Hauses machten es mir nicht zum Vorwurf. Von meinen Geschwistern bekam ich Kondolenzbriefe, aber ich dankte nicht einmal. Die Bande zu meiner Familie hatten sich sehr gelockert, Emerlina war mir alles gewesen. Manchmal lief das Radio, und ich starrte die Wand an, und meine Freundin fragte:
»Was hast du, Julián?«
Und ich hatte gar nichts, aber auch gar nichts.

Eine Wahlhelferin aus dem Stadtteil Pueblo Nuevo war es, die mich verpfiffen hat. Sie schwärmte für mexikanische Musik. Als Tito Guizar in Havanna war, versengte sie, um ihn auf sich aufmerksam zu machen, seine Hand mit einer brennenden Zigarette. Das trug ihr Haft ein, und im RHC hatte sie Hausverbot, weil sie zwanzig- bis dreißigköpfige Claques in die Studios schleppte und ihnen die zugesagte Vergütung nicht zahlte. Die angeheuerten Fans zogen mit Getöse vors Funkhaus und forderten den Kopf der Dame, bis Amado Trinidad sich durchrang und befand:
»Schluß mit dem Gejohle! Soll sie hinter Gitter!«
Und dahin kam sie, Amado Trinidad hatte die Befugnisse eines Polizisten.
Als sie Tage später auf Kaution wieder freikam, lauerte sie Amado auf und konnte ihn auch sprechen. Ob ihm nun von ihrem Gerede die Ohren klangen oder ob sie etwas gegen ihn in der Hand hatte, Tatsache ist, er gewährte ihr wieder Zutritt

zu den Livesendungen. Wie sie es zuwege gebracht hat? Ich weiß es nicht, aber es war mit dem Chef ausgehandelt.
Von nun an war sie eine Art Klatschpostille. Und alles, was sie am Eingang sah und hörte, brachte sie dem Chef auf dem Umweg über seine Mitarbeiter zu Ohren. Somit war ich auf Rebeca bald schlecht zu sprechen. Auch weil sie wie ein Kerl auftrat und so markige Sprüche klopfte. Hätte sie nicht die Erlaubnis Amado Trinidads gehabt, ich hätte sie nicht mehr eingelassen. Als ich erfuhr, daß sie zu den Gästen beim Sankt-Barbara-Fest auf seinem Landsitz gehörte, zu dem Amado Trinidad alljährlich am vierten Dezember einlud, da kam mir allerdings das kalte Grausen. Zu spät, mein Lieber! Rebeca mußte ihm schon etwas geflüstert haben, denn eines Tages wurde ich zum Personalchef gerufen.
»Tut mir aufrichtig leid, aber Sie sind entlassen.«
Ohne irgendeine Begründung flog ich hochkant auf die Straße. Ich machte mich gerade auf den Heimweg, als mich aus dem Eßlokal an der Ecke jemand ansprach. Hortensia, die Frau des Wirtes, erklärte mir ihre Sicht der Dinge. Und sie war im Bilde.
»Ein Wunder, Junge, daß du dich überhaupt so lange halten konntest.«
Sie haßte Amado Trinidad wie die Pest. Als er sich am Ende auf seinem Gut erhängte, posaunte sie sofort in alle Welt hinaus, er habe sich das Leben unter der Last seines Gewissens genommen, weil er den Menschen zuviel versprochen und nie Wort gehalten habe. Amado hatte von dem Gerücht erfahren, daß ich ihm die Schuld an Emerlinas Tod gäbe, und wollte sich meiner entledigen. Das sah ein Blinder mit dem Krückstock.
»Danke, Hortensia.«
Ich setzte meinen Weg fort, als hätte ich mit dem, was soeben geschehen war, schon lange gerechnet. Ich kam in unseren Innenhof, ging die Treppen hinauf und sagte zu meiner Freundin Amparo:
»Meine Liebe, leider ist es jetzt aus mit dem Zuckerbrot.«

Sie starrte mich erschrocken an, ganz anders als Emerlina. Ich versuchte es ihr zu erklären, Verständnis bei ihr zu wecken, aber vergeblich. Sie meinte:
»Ich werde keine Waschfrau! Ich möchte einen Mann, mit dem ich mich sehen lassen kann.«
Ich hätte sie am liebsten verprügelt, aber ich nahm mich zusammen. Sollte ich etwa wegen eines zickigen Frauenzimmers an meiner Person Schaden nehmen? Trübe Aussichten. Ich sah schwarz für mich. Dabei hatte ich mir doch erträumt, Havanna werde eine Wendung zum Besseren bringen! Doch je größer das Loch in der Wand, desto mehr zieht es. Amparo kaufte die Zeitung. Auf der Anzeigenseite wurde ein Fahrer gesucht, doch ich konnte nicht fahren. Außerdem sollte er Spanier sein und Referenzen vorzeigen können. Als Koch konnte ich auch nicht unterkommen, da wollten sie einen Chinesen. Meine Haut spielte aber eher ins Braune, und zudem konnte ich nicht kochen. Die bekannten Gönner mußten selber zusehen, wie sie sich über Wasser hielten, und Ñico würde mich nicht noch einmal vermitteln. Hätte sich damals ein Loch unter mir aufgetan und wäre ich in der Erde versunken, ich hätte mich glücklich gepriesen. Ich duschte mit einem Eimer kaltem Wasser und zog wieder los, ohne Amparo Bescheid zu sagen und ohne zu wissen, wohin ich wollte.
»Julián! Julián!« rief sie mir nach, doch ich sah mich nicht um. Ich brütete: ›Bei meiner Liebe zu Havanna, zu diesem Pflaster, sollte es mir eigentlich nicht so dreckig gehen.‹ Gangster waren hier auf Rosen gebettet, die bekamen vom Präsidenten der Republik persönlich jeden Monat einen Scheck in die Hand gedrückt. Als Killer durfte man eben die Hand ausstrecken und wurde vom Staat unter die Fittiche genommen. *Colorado* war ein professioneller Pfründner, der hatte vierhundert Pöstchen zum Weiterverteilen in seiner Brieftasche. Policarpo Soler, der schlimmste und gefürchtetste aller Mafiosi, hatte deren sogar sechshundert. Wer kleineren, aber darum nicht weniger üblen Kalibers war, hatte für seine Kulis

fünfzig oder sechzig Ämter zur Verfügung. Alle diese Herren bezogen ihren Unterhalt direkt aus dem Regierungshaus in einem Kuvert mit dem Aufdruck »Der Präsident der Republik – Persönlich«. Carlos Prío meinte, auf diese Weise könne er sich Ruhe erkaufen und die Garantie, daß ihm keiner den Präsidentenstuhl unterm Hintern wegzog. Doch handelte er sich damit einzig Schießereien und Attentate ein. Sogar ernstzunehmende Politiker, die zumindest in ihrer Heimatprovinz auf eine saubere Laufbahn zurückblicken konnten, hatten in Príos Regierungszeit Blut an den Fingern. Von Fidel Castro hörte ich erst später zum ersten Mal, gerade frisch in New York angekommen. Fidel warf Prío damals vor, ein Krimineller zu sein und den Gipfel der Macht flankiert von dieser Gangsterbande erklommen zu haben. Er reichte deswegen beim Rechnungshof eine Beschwerde ein wegen wiederholter Veruntreuung öffentlicher Gelder, und er bezichtigte Prío des mehrfachen Mordes. »Prío finanziert die Pistolen, mit denen getötet wird, Prío finanziert die Fahrzeuge, die zum Töten benutzt werden, und auf Príos Gehaltsliste stehen die Männer, die das Töten übernehmen.« Durch die Anzeige kam Fidels Aufruf als Nachricht auch in die Presse. Bei uns war sie sofort, und Fidel gewann auch unter den New Yorker Kubanern zunehmend Sympathien.

Wie ein Verrückter, dessen Blick umherirrt und der nicht weiß, wohin er schauen soll, hockte ich mich auf eine Bank auf dem Prado und winkte einem Jungen mit Schemel, er solle meine Schuhe polieren. Ich kaufte Erdnußkrokant, grüßte zwei oder drei Bekannte, und als ich nach Hause kam, hatte ich nicht einmal mehr Kupfergeld in der Tasche. Ich trottete, ohne jemandem guten Tag zu sagen, durch unseren mit Waschzubern vollgestellten und mit Wäscheleinen überspannten Lichthof. Ich ging ins Zimmer hinauf, und da lag Amparo auf dem Bett und heulte, als ob sie und nicht ich sich hätte mit der Welt abplagen müssen.

Wenn man seine Freunde am meisten braucht, lassen sie sich am wenigsten blicken. Miguelito ging erst eine Woche nach

meinem Rausschmiß wieder zum Sender. Er wollte mich von der Spätschicht abholen, und der neue Pförtner spielte bei der Frage nach mir den Ahnungslosen.
»Was hast du so lange getrieben?« fragte ich, als er den Kopf zu meiner Tür hereinsteckte.
»Mir meine Brötchen verdient, Brüderlein, das nötige Kleingeld.«
Miguelito wußte, daß Rebeca von Amado Trinidad gekauft war, und er gab mir in allem recht. Er ging hinunter und holte eine Flasche Rum, und zu dritt hatten wir sie in zwei Stunden leer.
»Wie stehen denn meine Chancen, Miguelito, was meinst du?«
»Schlecht, Julián, leider sieht es schlecht aus.«
Ich verfiel auf Méndez, auf meine ehemalige Chefin Matilde, auf Eva, die Libanesin. Die ersten beiden verwarf ich, und ich wandte mich an Eva. Ich hatte die Miete an jedem Ersten pünktlich bezahlt, und ich war im Haus der einzige feste männliche Mieter. Insofern war Eva mit mir gut bedient, und Amparo machte ihr auch keinen Ärger. Bei Emerlinas Tod hatte Eva sich sehr anständig verhalten. Sie hatte mir einen Betrag in die Hand gedrückt und für die Aufbahrung ein weißes Blumengesteck geordert. Ihr eigentliches Geschäft machte Eva weder mit der Zimmervermietung noch mit dem Lädchen in der Blancostraße, sondern dank ihrem guten Draht zur Bezirkspolizei mit dem Glücksspiel. Zweimal am Tag wurden bei ihr die Bolita-Kugeln gezogen. Allerdings war ihre Bank mit nur wenig Kapital ausgestattet, und reich konnte sie damit also nicht werden. Folglich ging sie noch anderen Beschäftigungen nach. Sie kannte Krethi und Plethi: Abtreibungsärzte, Notare, Richter, vor allem aber *Caravelita*, den *Totenschädel*. *Caravelita* war in Colón der großkotzigste und protzigste aller Polizisten. Bis Luyanó reichte sein Ruf, weil er an der Kreuzung Toyo wiederholt Jagd auf Marihuanadealer und Zuhälter gemacht hatte. Ein Widerling

war er. Einer, der zum alleinigen Zweck der Erpressung Leute verhaftete. Er schnappte sich so einen kleinen Luden und ließ ihn wissen:
»Wenn du fünfzig Pesos rüberreichst, laß ich dich wieder laufen. Als Kaution. Und deine Uhr kannst du auch abbinden, die ist sowieso gestohlen.«
Reihum sahnte der Erzgauner auf diese Tour ab. Die Leute hatten panische Angst vor ihm. Eva aber ließ er ungeschoren, die hatte die Hosen stramm sitzen. Eine Zigarette mit schwarzem Tabak im Mundwinkel, drohte sie, ihn umzubringen.
»Eher mache ich dich kalt, du Misthund!«
Da wurde er zum kleinen Kläffer, da kniff er den Schwanz ein. Vor Frauen hatte er Angst. Und Eva kannte er seit ihrem Zuzug ins Viertel. Sie soll damals eine bildschöne junge Frau gewesen sein, mit Zigeunerinnenaugen wie aus Tausendundeiner Nacht. Da sie anfangs noch nicht Spanisch konnte, hängte sie sich ein Schild um und handelte so mit Stoffen, Garn und Kosmetikartikeln aus dem Klimbimladen ihres später bei einem Streit zwischen Männern auf dem Caballería-Kai umgekommenen Onkels. Auf dem Schild standen neben den Warenbezeichnungen die entsprechenden Preise. So wurde Eva bekannt in Havanna, denn für die damalige Zeit verkaufte sie extrem billig. Später erbte sie ihres Onkels Laden und eröffnete Filialen.
»Eva, mir ist beim Sender gekündigt worden. Könnten Sie mir wohl helfen?«
Im gleichen Atemzug zahlte ich ihr zwei Monatsmieten im voraus, damit sie mir vertrauen konnte.
»Ich melde mich, du kannst unbesorgt gehen«, sagte sie, immer die Zigarette im Mundwinkel.
Amparo begann heimlich für andere Leute Wäsche zu waschen. Sie wusch für die Mieterinnen in unserem Haus und auch für Eva. Damit kamen wir einigermaßen über die Runden. Zwar habe ich mich nie dafür erwärmen können, daß eine Freundin oder Frau von mir arbeiten geht, aber in diesem Fall habe ich nachgegeben. Amparo und Eva verstanden sich

so gut ... Wenn diese Freundin von mir überhaupt eine starke Seite hatte, dann war es ihr Fleiß. Den Kopf voller Grillen, wie man so sagt, aber fleißig, das war sie. Als sie noch ganz klein war, war ihr Vater gestorben. Und ihr Stiefvater hatte sich auf haarsträubende Weise an ihr vergangen. Blutjung war Amparo, da hatte er wiederholt versucht, sie zu vergewaltigen. Nachts betatschte er sie, und eifersüchtig wie ein Hengst ließ er sie nicht aus den Augen. Mit einer Gartenschere schnitt er ihr die langen Haare ab, damit sie sich nicht mehr hübsch machen konnte. Als sie vierzehn war, konnte Amparo ausziehen – zu ihrer Schwester. Der Schwester diente sie als Hausmädchen, bis ich sie mit Miguelitos Hilfe da wegholte. Die beiden wohnten in einer echten Lasterhöhle, Prostitution und Drogen, aber Amparo ging da hindurch wie ein Schwan, ohne einen Spritzer Schlamm auf den Flügeln. Als ich zum ersten Mal mit Amparo schlief, bemerkte ich bei ihr so seltsame Streifen auf Hals und Rücken. Das waren Kratzer, die ihre Schwester ihr beigebracht hatte, wenn Amparo einen Dienst verweigert oder ihr Verhalten bei irgendeinem ihrer Freier kritisiert hatte. Eva hörte sich Amparos Erzählungen an und richtete sie auf. Amparo hatte nur ein einziges Sprüchlein auf Lager:

»Ach, Eva, wenn ich doch heiraten könnte, in der Montserratekirche, mit Brautkranz, Schleier und Schleppe! Ich möchte Kinder haben und ein Mahagonischlafzimmer mit Spiegel und Frisiertisch. Aber erst heiraten! Vor allem anderen möchte ich heiraten! Wenn Julián doch Vernunft annähme, wir könnten so glücklich werden!«

Ich hörte mir das alles an und dachte bei mir: ›Dich heirate ich nie. Du hast mir zu hohe Ansprüche.‹ Und Eva? Was sollte sie schon tun? Sie pflichtete Amparo bei und kümmerte sich dann um ihre Angelegenheiten. Die Arme konnte von dergleichen Dingen schließlich selber ein Lied singen. Es wurde nämlich gemunkelt, sie sei noch ein halbes Kind gewesen, als man sie nach Kuba verfrachtet habe, und ihr Onkel habe sie trotz des über vierzigjährigen Altersunterschieds verfrüh-

stücken wollen. Aus Evas eigenem Mund hörte es sich so an:
»Als ich auf der *Marqués de Comillas* hier ankam, hatte ich hüftlange Zöpfe und mußte mir die Spanier wie die Fliegen vom Leib halten.«

Amparo und ich waren kreuzunglücklich miteinander. Nur aus Mitleid bat ich sie nicht, auszuziehen. Selbst Miguelitos Spiritistenfreunde meinten zu mir:
»Du bist zwar so ungläubig, Julián, daß du sogar deinen Namen ableugnen würdest, aber laß dir sagen, dieses Mädchen bringt Unglück, die verhext dich in deinen eigenen vier Wänden. Du solltest mal in deinen Kleidern nachsehen und unter dein Kopfkissen schauen. Und vergiß auch deine Schuhe nicht – du wirst sehen, was die alles ausgelegt hat!«
Tatsächlich kam ich erst wieder auf die Beine, als ich nicht mehr mit Amparo zusammen war. Dieses Mädchen wünschte sich einen Offizier oder einen Kaufmann zum Mann, und ich war ein armer Schlucker, der nur ein Paar schwarzweiße Schuhe besaß, und damit war kein Staat zu machen. Das Unheil ließ denn auch nicht auf sich warten. Es meldete sich pünktlich und fuhr gleich schwere Geschütze auf. Ich landete nämlich wegen Losverkaufs ohne Gewerbeschein zusammen mit Miguelito im Gefängnis. Da aber alles Schlechte irgendwie auch sein Gutes hat, geriet uns die Haftzeit zu einer Bewährunsprobe – hart, aber lehrreich.
Als ich völlig abgebrannt war und Amparos Gequengel mir den letzten Nerv raubte, hatten Miguelito und ich nämlich beschlossen, uns von den Profihändlern auf dem Pulverturmplatz Lose zu holen und gegen Kommission weiterzuverkaufen.
»Julián, die Kunst ernährt ihren Mann auch nicht. Ich werde noch mit der Sammelbüchse durch Busse laufen, ich bekomme einfach kein Engagement mehr.«
Miguelito hatte sich nach der Schließung der Zeitung *Hoy* durch Príos Leute als linker Sympathisant zu erkennen gege-

ben. Unter dem Vorwand der Eindämmung des Kommunismus waren die Zeitungsräume geplündert worden, und zusammen mit anderen Künstlern, die seit langem im Sender *1010* auftraten, hatte Miguelito öffentlich dagegen protestiert.

Die Lotterielose holten wir uns auf dem Pulverturmplatz zu einem Stückpreis von achtzehn Centavos, und an der Kreuzung Toyo, direkt an der Ecke, verkauften wir sie an einen Kioskbesitzer namens Mosquera weiter. Wir machten uns dazu in aller Herrgottsfrühe auf den Weg, wenn es in Havanna noch so still war wie auf einem Friedhof, und um die Fahrkarte zu sparen, hängten wir uns wie die Kletten außen an die Busse. Wurden wir vom Schaffner erwischt, sprangen wir ab und nahmen den nächsten. Wir wurden immer geschickter darin, und etliche Wochen schlüpften wir auch der Polizei durch die Finger.

Wenn ich abends todmüde nach Hause kam, ein bißchen Silbergeld in der Tasche, und mir einen Eimer Wasser über den Kopf gießen wollte, mußte ich mir gleich wieder das Gejammer anhören.

»Herrgott, das ist doch kein Leben! Kein Leben ist das!«

Schließlich griff ich mir vom Buffet eine gipserne Heiligenfigur und knallte sie vor Amparo auf den Boden.

»Du wirst noch mal Tüten kleben!« wetterte sie. »Du Wüstling!«

Ich duschte und kehrte immer noch nackt die heiligen Gipsscherben zusammen. Ich schüttete sie in eine Tüte und kippte sie in den Mülleimer. Ob ich den Fluch damit auf mich gezogen habe, weiß ich nicht, aber wenige Tage später wollte ein Polizist, der aus einer Rumbero-Familie stammte und *Aspirin* genannt wurde, unseren Gewerbeschein sehen. Wir stritten miteinander, Miguelito duzte ihn, und während es noch hin und her ging, zog der Polizist mit einem Mal den Schlagstock und verpaßte Miguelito, der sogleich ausriß, Schläge zwischen die Beine. Es kam zu einer Verfolgungsjagd zwischen den beiden, die Calle Vives entlang, bis *Aspirin* und

Miguelito sich auf dem kleinen Platz hinter einer Kirche in die Haare gerieten. Ich fuhr dazwischen, und ich verpaßte dem Polizisten einen Uppercut, daß er gegen eine Bank knallte. Wir nahmen Reißaus, aber hinter uns riefen Passanten: »Haltet sie! Haltet sie!« So wurden wir am Kraftwerk Tallapiedra von Einsatzwagen hopsgenommen. Abermals stürzte der Himmel über mir zusammen.

Die Haft war kein Zuckerlecken. Was Hunger ist, hatte ich ja auf dem Land schon erfahren, im Gefängnis aber schnurrten einem die Gedärme zusammen. Die erste Woche im Bau war die schlimmste. Die Stunden zogen sich in die Länge, und die Tage schienen kein Ende zu nehmen. Wenn ab und zu ein Sonnenstrahl den Weg in unsere Zelle fand, kam er uns vor wie ein Geschenk Gottes. Wurde nach der Verteilung der Knoblauchsuppe, einer wäßrigen stinkenden Brühe, die schwere Stahltür aber wieder ins Schloß geknallt, so war mir, als ob in meinem Kopf Hammerschläge dröhnten, so vibrierte der Krach in meiner Hirnschale. Wenn das Essen zu den Irren in Mazorra in Müllautos gefahren wurde, war es kein Wunder, daß wir das unsere von einem wie die Pest stinkenden Kerl in die Zelle gebracht bekamen. Einen schlimmeren Bocksgeruch hatte keiner im Gefängnis. Obwohl ich wußte, daß wir nicht lange bleiben würden, wurde mir, da ich an Händen und Füßen gebunden war und festsaß, doch bewußt, daß der einzige und eigentliche Besitz des Menschen die Freiheit ist. Darum muß er sie auch wie seinen Augapfel hüten. Nachts war es im Gefängnis weitaus schrecklicher als am Tage. Tagsüber verging uns die Zeit einigermaßen mit Geschichtenerzählen, Rumbatanzen auf dem Hof und der Entgegennahme des Essens. Nachts aber war es entsetzlich. Wer sich seiner Haut nicht zu wehren wußte, riskierte, von irgendeinem perversen Burschen vergewaltigt zu werden. Ich habe selbst mitangesehen, wie Gewohnheitsverbrecher, bepackt mit Muskeln, halbe Kinder mit dem Messer bedrohten und ihnen zur Warnung mit dem messerscharf geschliffenen Nagel ihres kleinen Fingers eine Blutspur übers Gesicht

zogen. Zu den schlimmsten Brutalitäten kam es im Schummerlicht der Glühbirnen in den Gemeinschaftszellen. Die Birnen brannten bis fünf Uhr morgens, dadurch wurde die Nacht zum Tage.
Aspirin sagte vor Gericht aus, was ihm in den Sinn kam.
»Der Weiße da hatte ein Klappmesser bei sich, und der Schwarze ist auf dem Ersten Revier einschlägig bekannt wegen professionellen Diebstahls.«
Keinerlei Beweise, nicht der kleinste, aber danach fragte auch keiner. So willkürlich wurde Recht gesprochen und Menschen wegen irgendwelcher Lappalien verknastet. Die Anklage hatte zunächst ein Jahr gefordert, aber heraus kam eine dreimonatige Freiheitsstrafe. Dem Staatsanwalt war wahrscheinlich bewußt geworden, daß er mit Kanonen auf Spatzen schoß, und er hatte das Strafmaß gesenkt.
Zur Verhandlung wurden wir im blauen Anstaltsdrillich geführt. Ein solcher Aufzug, mit kahlgeschorenem Kopf und in Häftlingskleidung, war für einen arbeitenden Menschen wie mich eine Schande.
»Ich habe dir prophezeit, du bekommst Nachricht von Ochosi«, lautete Amparos Kommentar auf dem Treppenabsatz vor dem Gerichtssaal.
Ñico und Eva waren zur Verhandlung auch da, konnten am Urteil aber auch nicht ein Tüpfelchen verrücken. Ñico meinte in seiner herzlichen Art, die Augen voller Mitleid:
»Das bringst du hinter dich, Julián. Umsonst ist nur der Tod.«
Und Eva sah uns in die Augen und sagte mit Bestimmtheit:
»Ich bringe euch Zigaretten ins *Príncipe*. Und ich spreche mit Anwalt Peñate und mit dem *Totenschädel.*«
Genau einen Monat später, zur ersten Besuchszeit, waren sie auch da: Eva, Amparo und Miguelitos Freundin. Sie brachten Zigaretten und süßes Guavengelee mit. An einem solchen Ort ist der Besuch nahestehender Menschen mehr wert als ein Lottogewinn. Amparo rutschte die Bemerkung heraus, daß ich wie ein Gespenst aussähe. Das stimmte auch, als ich

entlassen wurde, wog ich auf der Waage oben im größeren Besucherraum fast dreißig Pfund weniger. Eva versicherte mir, daß sie eine Arbeit für mich hätte. Amparo schmachtete mich an, und ausgerechnet im Gefängnis, durch die Gitterstäbe, bat sie mich, als wäre es nichts als ein Glas Wasser:

»Julián, kauf mir doch einen Fernsehapparat, wenn du wieder rauskommst.«

Daß ich sie nicht zum Teufel gejagt habe, hat sie nur Gottes Gnade und nicht mir zu verdanken. Ich war entgeistert. Sicher, das Fernsehen war gerade aufgekommen und groß in Mode, aber mich deswegen in meiner Situation um einen Fernseher zu bitten, konnte nur Amparo einfallen. ›Wie werde ich dieses Mädchen los?‹ war daraufhin denn auch mein einziger Gedanke.

»Hier drinnen werdet ihr noch zu *Ñáñigos*«, meinte, die Zigarette im Mundwinkel, die Libanesin Eva.

Die Ñáñigos taten in den Gefängnissen in Wahrheit nichts Böses. Sie stachen niemanden ab, sie rissen keinem die Zunge heraus, das waren alles nur Gerüchte, ausgestreut von Politikern, um sie in Mißkredit zu bringen. Vor wem man sich in Gefängnissen in Acht nehmen mußte, waren Gewaltverbrecher, die schon mehr Zeit drinnen als draußen verbracht hatten und denen inzwischen alles egal war. Die konnten einem, wenn man am wenigsten damit rechnete, mit einem Löffel, dessen Kanten sie scharf geschliffen hatten, auf dem Rücken eine Mensur beibringen. Womöglich zu dem einzigen Zweck, jemandem eine Zigarette abzunehmen. Und Vorsicht! In der Dusche oder beim Friseur durfte man bloß nicht vor denen dran sein wollen!

»Weg da, du Sack! Das ist meine Dusche! Zieh Leine!«

Wer da auf die Pauke hauen wollte, konnte sein Testament machen. Am besten ging man naß aus der Kabine und wartete mit dem Fertigduschen, bis der andere hinauszugehen beliebte. Überall waren die zuerst dran, auch beim Essenfassen mußte man sie vorlassen, und beim Rasieren und Haareschneiden war es wie gesagt genauso, sogar in der Schlange beim Hofgang. Sie brachten mit ihrem spitzen Fingernagel die Glühbirnen zum Platzen und behaupteten, daß sie nur einmal draufgespuckt hätten. Sie konnten auch einen Ringergriff, bei dem sie ihr Opfer im Nacken klammerten und dann von hinten in den Betreffenden eindrangen. Darum bekamen die Häftlinge in den Gemeinschaftszellen das Zittern, kaum daß die Glühbirnen sprangen, und es stellte sich jeder schlafend.

Im Gefängnis ist jede Sorte Menschen vertreten. Auch Verrückte; die landen dort meist aus Versehen. Oder sie haben in einem Park ihren Dingerich rausgezogen oder einem Fräulein den Po getätschelt. Manche halten sich auch für Napoleon, und wieder andere träumen von Nixen. So einer war Margarito, ein schwarzer Konditor, der behauptete, er habe mit einer Frau geschlafen, die von der Hüfte abwärts einen Fischleib besessen hätte. In solchen Fällen behält man seine Meinung am besten für sich. Im Gefängnis kommen Menschen auf die merkwürdigsten Gedanken. Manche gewöhnen sich sogar so sehr ans Eingesperrtsein, daß sie, wenn die Gitter aufgehen, laut schreien, daß sie nicht rauswollen. Es gibt die ausgefallensten Insassen, man sieht da die Kehrseite des Lebens, den zum Tier herabgesunkenen Menschen.

Der *Schrank* war einer von denen, die im *Zugang* die erste Geige spielten. Er hatte, wahrscheinlich wegen Mordes, eine langjährige Haftstrafe abzubüßen. Dafür rächte er sich an seinen Mithäftlingen durch Anpöbeln. Kaum kam er in den *Zugang*, eine Art Zwinger für die Neuzugänge, begann er die anderen zu beschimpfen, als ob sie Vieh wären. Dreihundertfünfzig Häftlinge befanden sich ungefähr im *Zugang*, darunter auch Miguelito und ich. Der *Schrank* brüllte jeden an: »Du müder Gaul du!« Ohne jeden Anlaß, einfach, um zu zeigen, daß er der Boß war. Er war Mulatte und, wie schon aus dem Beinamen hervorgeht, ein mächtiger, schwerer Mann. Er jagte sich geradezu selber Angst ein. Als junger

Bursche hatte er sich sämtliche Zähne ziehen lassen, weil er meinte:
»Zahnweh ist nur was für Schwule!«
War er zum Ausgeben des Frühstücks oder der warmen Mahlzeiten eingeteilt, war es die reine Plage. Scheinbar versehentlich verschüttete er den Milchkaffee oder gab einem Brot vom Vortag. Als Mittag- und Abendessen gab es nur noch Knoblauchsuppe oder Maisbrei. Der *Schrank* genoß es, laut mit dem Blechgeschirr zu klappern und Tintenfisch mit Reis oder Languste in Pfeffersoße auszurufen. Ein richtiger Sadist war der Hund. Bei seinen sexuellen Praktiken war ich selbst nie Zeuge, aber Miguelito und Gabriel Piña, ein Orchestermusiker mit dem Spitznamen *Himmelsstreusel,* waren zugegen, wie der *Schrank* hinter dem Klo der Sammelzelle eins gleich zwei Jungen hintereinander mißbrauchte. Den Opfern drohte er entweder, sie aufzuschlitzen, oder er versprach ihnen mehr Essen oder andere Vergünstigungen. Und das vor allen Mitgefangenen! Um sechs Uhr nachmittags war immer Fahnenappell. Ein Schließer kam und brüllte: »Antreten!« Sämtliche Häftlinge bauten sich auf und ehrten schweigend die Flagge. Um neun war Nachtruhe, von da an herrschte Stille. Man war in eine Leichengruft eingemauert. Erst da kommt den Häftlingen ihr Eingesperrtsein richtig zu Bewußtsein. Man durfte nicht einmal flüstern, die Kanaillen zischten »Ruhe«, oder sie gossen durch die Gitter Eiswasser aus Eimern auf uns – kurz, es ging wüst zu.
Was ich jetzt erzähle, ist scheinbar lustig, aber im Grunde steht blanke Gefühllosigkeit dahinter. Miguelito bekam eines Nachts Durchfall. Er hatte keine andere Wahl, er mußte den wachhabenden Beamten bitten, ihn auf die Toilette zu lassen. Ob der Beamte nun besoffen oder ob das Klo besetzt war, jedenfalls konnte Miguelito sich heiser schreien. Als der Schließer nach einer Ewigkeit endlich »Kannst hochkommen« antwortete, war es schon zu spät für Miguelito. Ihm entfuhr noch der Notschrei »Es kommt!«, der Ärmste, und schon sprang der ganze *Zugang* aus den Pritschen. Der

Schrank bekam Befehl, die Jauche mit nassen Maissäcken aufzuwischen. Der Gestank hielt sich noch tagelang, im Bau gab es weder Lysol noch sonst ein Desinfektionsmittel. Gewöhnliches Wasser und Jutesäcke statt Putzlumpen, das mußte reichen. Darum war es auch nie sauber in der Zelle und darum grassierten so viele ansteckende Krankheiten. Zwei Seuchen brachen zu meiner Haftzeit aus. Das eine Mal war es Typhus – ich blieb verschont, weil ich ihn schon als Kind gehabt hatte – und das andere Mal die Amöbenruhr. Der Typhus befiel, da nur ein einziges Spülklosett vorhanden war, wie ein böser Zauber praktisch der Reihe nach alle. Sowohl die normalen als auch die Arrestzellen wurden mit Schwefel bestäubt, und wir Häftlinge wurden täglich mit Alkohol abgerieben. Da Gefangene keine Rechte haben, sondern nur Pflichten, mußten die Älteren unter uns die Alkoholwaschungen an den übrigen Zelleninsassen vornehmen. Mit einem der Älteren gelangten Miguelito und ich zu einer Absprache und sammelten den Alkohol in leeren Kondensmilchbüchsen, um Schnaps Marke Eigenbau daraus zu mixen. Der Selbsthergestellte ist im Gefängnis anders als draußen. Er besteht aus Alkohol und Wasser, versetzt mit ein wenig Zucker. In den Wintermonaten etwas Warmes zum Trinken zu haben, war im Gefängnis eine Wohltat. Der Selbstgemixte war der kubanische Knastdrink. Wie alles Verbotene schmeckte er himmlisch.
Woran wir außerdem litten, waren Hautkrankheiten. Infolge der Amöbenruhr bekamen wir ausnahmslos alle einen Ausschlag. Die Ärzte wußten anfangs nicht, was zum Teufel da vorlag, und verordneten uns auf gut Glück irgendwelche Tabletten und Salben. Aber mit den Ausschlägen wurde es nur noch schlimmer. Ich verlor jeden Appetit, und bald konnte ich mich vor Schwäche kaum noch auf den Beinen halten. Als sie meinen Zustand sahen, schickten sie mich schleunigst in die Krankenabteilung, und zwar auf die Station, auf der die hoffnungslos Kranken, die aufgegebenen Fälle, lagen. Station *Hidalgo* hieß sie, wenn ich mich recht

erinnere. Was ich da mitansehen mußte, war bestialisch. Ganz in meiner Nähe starben jeden Tag drei bis vier Gefangene. Besonders diejenigen, die keine Nahrung mehr zu sich nahmen. Als ich das erkannte, zwang ich mich natürlich, wieder zu essen. Sogar in Wasser eingeweichtes Brot bekam ich herunter. Bei dieser Kost kam ich wieder etwas zu Kräften und bat den Pfleger, mich nach *Miami* zu verlegen, auf die Station, wo man Überlebenschancen hatte. *Miami* hieß sie bei den Häftlingen wegen der dort vorhandenen Annehmlichkeiten, und es ging dort auch vergleichsweise wie in einem Kur- und Badeort zu. Zum Beispiel brauchte man nicht ständig anzutreten, nicht einmal zum Fahnenappell. In *Miami* wurde ich gesund, während die anderen der Reihe nach starben. Bei mir wirkten die Spritzen zum Glück, insgesamt achtzehn an der Zahl, in die Vene der Armbeuge, was eine Roßkur ist. Daß ich dabei aber fast die ganze Zeit auf dem Krankenrevier lag, linderte die Pein erheblich. Zwar durfte man dort keinen Besuch empfangen, aber von Miguelito erfuhr ich, daß Eva und Amparo in der Zwischenzeit zweimal dagewesen waren und nach mir gefragt und Guavengelee und Kondensmilch für mich mitgebracht hatten.
Neben mir auf der Krankenabteilung lag der *Schieber.* Sein Beiname kam daher, daß er ständig mit Schiebermütze herumlief. Das war ein ganz eigenartiger Mensch, er stammte aus dem Libanon wie Eva. Er lag im Sterben, aber darüber sprach er mit keinem. Als er Vertrauen zu mir faßte, weil wir unsere Brotration miteinander teilten, bekannte er mir, daß seine Lunge völlig durchlöchert sei – er hatte Tuberkulose. Mit der Verlegung zu uns hatte man ihm die Chance geben wollen, gesund zu werden, aber er wünschte sich nichts anderes, als wieder in sein *Mustergefängnis* auf der Pinieninsel zu kommen. Dabei wurde auf der Isla de Pinos scharf geschossen, wenn Häftlinge sich etwas zuschulden kommen ließen. Der *Schieber* aber meinte:
»Ich krepiere lieber an einer Kugel im Kopf als an den Motten.«

Und er stellte sich mit dem Gesicht ans Fenster, um ein bißchen Sonne abzukriegen und möglichst auch seine Brust zu wärmen. Trotzdem hustete er Tag und Nacht und mußte sich einen weißen Lappen vor den Mund halten. Er war praktisch verloren. Bevor er aber starb, erzählte er mir noch jede Menge Abenteuer aus seinem Leben. Ich kam mir wie sein Beichtvater vor. Er war ein Gangster, wie er im Buche steht. Chef eines weiblichen Diebesrings war er gewesen, der in ganz Kuba operierte. Ganze Banden von *Känguruhs* hatte er organisiert. Das waren Frauen, die nach Zigeunerinnenart in langen Röcken herumliefen, in die, um möglichst viel mitgehen zu lassen, Spezialfutter und Taschen eingenäht waren. Auch die *Hüpferbande* war sein Organisationswerk. Die bestand aus sieben- bis elfjährigen, vereinzelt auch zwölfjährigen Kindern. Dabei fingen zwei Erwachsene eine Schlägerei an, und die Kinder zogen den neugierigen Passanten unterdessen das Geld aus der Tasche und die Uhren von den Armen. Zuweilen hatten sie auch Schulranzen mit oder Einkaufstaschen. Der *Schieber* war aus Mexiko ausgewiesen worden, weil er in Lagunillas den besonders für Schmuck und Geld geeigneten Gitarrentrick aufgezogen hatte. Mit dieser Masche ließ sich die Polizei gut hinters Licht führen. Wer sollte auch ahnen, daß ein harmloser Gitarrenspieler da schamlos seinem Diebeshandwerk nachging? Wenn der *Schieber* als todkranker Mann auf der Isla de Pinos endete, so weil er am Ende größenwahnsinnig wurde. Er wollte einen Fleischer ausrauben, einen Spanier, in Placetas. Er spazierte einfach hinein in die Fleischerei, den *Schieber* würde schon niemand aufzuhalten wagen. Er dachte: ›Der Spanier kriegt bestimmt schon bei meinem Anblick weiche Knie.‹ Aber der dickschädelige Spanier pflanzte sich vor seiner Kasse auf und wich nicht von der Stelle, bis der *Schieber*, von der Habgier geblendet, ihm das Knochenmesser in den Leib stieß.

Schon am nächsten Tag wußte man, wer der Mörder war. Im Besitz des Gelds aus der Fleischerkasse hatte der *Schieber* ortsansässigen Ganoven saftige Beteiligungen an künftigen

Einbrüchen versprochen. Der Spanier war aber sehr beliebt gewesen in Placetas, der *Schieber* dagegen war nur einer unter vielen durchreisenden Spitzbuben. Somit war der Schuß nach hinten losgegangen.
Weder Miguelito noch ich bekamen während der Haft Disziplinarstrafen. Aber vor die Wahl zwischen der Arrestzelle und den Tod gestellt, hätte ich mich für den Tod entschieden. Im Gefängnis wurden täglich Zellenkontrollen durchgeführt, um diejenigen zu entdecken, die Geld oder selbstgefertigte Stichwaffen und Scheren bei sich versteckten. Wen sie erwischten, der wurde hart bestraft – mit Arrest oder mit dem »Tanz des Haifischs«. Die Arreststrafe war der letzte Trumpf, den sie in ihrem Blatt hatten. Dazu wurde der Gefangene nackt in eine winzige Zelle gestoßen, und oft wurde auch vergessen, ihm das Essen hineinzuschieben. Zur Duschzeit wurde er wie ein Raubtier im Käfig aus Eimern mit Wasser übergossen. Wer es überlebte, hatte eine Elefantenhaut, wenn er rauskam, den konnte nichts mehr schrekken.
Der »Haifischtanz« war eine Folter. Der Sträfling mußte sich flach auf Schotter legen, es wurden Wassereimer auf ihn gekippt, und er bekam den Ochsenziemer zu spüren, bis das Blut sprang. Die Wunden wurden hinterher mit Essig und Salz behandelt – wenn man das eine Behandlung nennen kann. Auf dem überschwemmten Schotter ruderte der so Bestrafte zwangsläufig mit Armen und Beinen wie ein Haifisch mit den Flossen. Ein Katalane, bei dem sie, versteckt in Kernseife, ein Vierzig-Centavo-Stück entdeckt hatten, mußte einmal so lange »Haifisch tanzen«, bis er auf dem Schotter ohnmächtig wurde.
Das Leben draußen war schon zum Kotzen, hinter Gittern aber war es die Hölle. Den Teufel in Menschengestalt habe ich im Knast zu Gesicht bekommen. Darum bin ich heute auf alles gefaßt bei den Menschen. Wenn dir jemand ganz ungerührt erzählt, daß er seine Mutter ermordet oder ein fünfjähriges Mädchen vergewaltigt hat, und dir dann im

nächsten Moment eine Zigarette anbietet oder seine Dosenmilch mit dir teilt, dann kann doch etwas bei der Menschheit nicht stimmen. Aus solchen Geschichten und aus meinen eigenen Erlebnissen konnte ich nur folgern, daß Menschen nicht als Verbrecher zur Welt kommen, sondern dazu gemacht werden. Die Haftzeit half mir, so einiges vom Leben in Kuba zu verstehen. Wenn ich hier in New York höre, was sich in der Bronx oder auf der Lower East Side oder in Harlem so alles abspielt, kann ich die Schuldigen darum nur in der Regierung und in den *Ruling Classes* dieses Landes sehen. Die denken doch einzig daran, wie sie sich den Bauch vollschlagen und wie sie sich mittels Atomwaffen der restlichen Welt bemächtigen können.

Durch die Haft bin ich klüger geworden. Bei unserer Entlassung meinte ich zu Miguelito:

»Paß auf, ab jetzt wird mein Leben anders.«

Miguelito hatte schon vorher die Idee gehabt, auf einem Obstfrachter anzuheuern und zusammen mit mir von Hafen zu Hafen zu tuckern. Seitdem beschäftigten wir uns damit. Trotzdem ging ich – es locket das Weib und will sich laben der Leib – am Tag unserer Entlassung, um zwölf oder ein Uhr mittags, als erstes nach Hause und bereitete meiner Freundin die Überraschung. Danach steckte ich etwas Geld ein und traf mich mit Miguelito und Ñico auf ein paar Bier in der Hafenbar *Puerta de Tierra*.

»Ihr beiden seht vielleicht mitgenommen aus!«

»Mann, Ñico, wie es da aber auch zuging! Wenn ich dir nur die Hälfte erzählen würde, du würdest es mir nicht glauben.«

Miguelito hatte sofort einen in der Krone und zog ab zu seiner Freundin. Er war ganz kribbelig, aus seinen Augen sprang einem das Verlangen entgegen, er konnte nicht länger warten.

»Ich fühl mich wie drei Kerle auf einmal, Bruder, ich könnte Bäume ausreißen.«

Und glücklich, wieder auf freiem Fuß zu sein, torkelte er in

Richtung Monserratestraße von dannen. Das kostbarste Gut des Menschen ist eben die Freiheit.
Als es Abend wurde und ich mit Ñico im Parque Central auf einer Bank saß und wir uns das Platzkonzert des Heeresmusikkorps anhörten, war ich entschlossen und ließ ihn wissen:
»Ich mache Schluß mit Amparo.«
Ñico redete mir zu, alles zu tun, damit wir in Frieden auseinandergehen könnten. Dabei kam heraus, daß Eva neuerdings Distanz zu meiner Freundin wahrte. Mir fuhr der Schreck in die Glieder. Deutlicher brauchte Ñico nicht zu werden. Eva war zwar hart, in meinem Fall aber hatte sie Schritte unternommen, um meine vorzeitige Entlassung aus dem *Príncipe* zu erwirken, und eine Arbeit war mir von ihr auch noch besorgt worden. Ich suchte sie in ihrem Galanteriewarenladen auf, und sie erklärte mir mit ihrer rauhen Stimme, was sie für mich ausgehandelt hatte. Ihr Laden war nur Fassade. Was da am wenigsten verkauft wurde, waren Tüchlein, Zigaretten und sonstiger Krimskrams. Ihr eigentliches Geschäft machte sie heimlich mit Bolita, das war ihr finanzielles Rückgrat. Dazu kamen Prozente für jede Kundin, die sie Doktor Grillo, dem Abtreibungsarzt im Colón-Viertel, zuführte.
»Morgen in aller Frühe stellst du dich da und da vor.«
»Danke, Eva, sehr lieb von Ihnen. Sagen Sie mir jetzt bitte auch noch etwas von Amparo.«
»Du kannst es ja halten, wie du willst, aber meines Erachtens trifft sie sich mit einem Polizisten.«
Es war schon fast Nacht, als ich mich auf den Heimweg in unser Viertel machte. Über den Eingängen der Puffs befanden sich rote Lampen. War das Licht an, wurde man eingelassen. War das Licht aus, war kein Mädchen zu haben, dann lief der Betrieb auf vollen Touren. Seit einigen Monaten saßen die Nutten halb verdeckt hinter den Gardinen. Davor hatten sie immer halbnackt im Freien gestanden oder mit gespreizten Beinen auf der Türschwelle gesessen. Aber eine neue Verordnung des Gesundheitsministers hatte sie in die Häuser ver-

bannt, und nun war die rote Eingangslampe der einzige Hinweis.
Ich stürmte wie ein Bulle in solch einen Schuppen und entschied mich für die kleine Perla. Perlita war noch nicht siebzehn, ein schüchternes Landmädchen aus der Gegend von Tunas, das noch nicht lange dabei war. Als sie sich auszog und ich sie nackt im Schrankspiegel sah, mußte ich auf ihren Bauchnabel starren, ich war wie benommen.
»He du, was starrst du so?«
Aber das Märchen der Haitianerin wollte ich ihr nicht erzählen. Trotzdem war es mir unter die Haut gefahren.
Als ich rauskam, hatte ich innerlich Klarheit. Auf dem *Malecón* genehmigte ich mir noch einen Zuckerrohrsaft und ging dann geradewegs nach Hause. Amparo versuchte, den Spieß umzudrehen, indem sie mir meine Fahne vorwarf.
»Pack deine Sachen, und bitte keine Auseinandersetzungen!«
»Bist du übergeschnappt, oder was? Ist das der Dank, daß ich zu dir gehalten und auf dich gewartet habe? Und kannst du mir sagen, wo ich jetzt hin soll?«
»Pack verdammtnochmal deine Sachen, aber dalli!«
Sie begann zu jammern und zu schreien, stieß damit bei mir aber auf taube Ohren. Schließlich rief sie nach Cuba, die ohnehin schon an der Tür lauschte, und mit deren Hilfe packte sie ihren Koffer. In dieser Nacht schlief Amparo im Erdgeschoß im Zimmer eines Flittchens mit Namen Milagros. Am nächsten Tag nahm sie an dem Taxistand vor der Zeitung *El Mundo* einen Wagen und war verschwunden. Cuba klopfte mit einer Tasse Milchkaffee und einem Butterbrot bei mir an und meinte:
»Das Beste, was du tun konntest, Julián. Dieses Mädchen landet nochmal im Zuchthaus, und du bist zu jung, um dir dein Leben zu verpfuschen.«
Ich sammelte die Heiligenbilder, die Schminksachen ein, alles, was Amparo zurückgelassen hatte, und verbrannte es in einer Mülltonne. In diesen Tagen dachte ich oft an Emerlina.

Warum mußte sie mir nur wegsterben an dieser Krankheit, die einen blau verfärbte?

Miguelito kam mit der Nachricht zu mir gerannt, daß im Hafen die *Espíritu Santo*, ein Obstfrachter aus Peru, läge und daß der Kapitän Matrosen anheuere.
»Wir machen unsere Papiere fertig, alter Junge, und weg sind wir!«
Doch ich redete ihm das erst mal aus. Ich fand es zu gefährlich, sich so Hals über Kopf in ein Abenteuer zu stürzen. Das sollte mir später leid tun. Bei sintflutartigem Regen ging ich zu einem Vorstellungsgespräch mit einem Bekannten Evas, einem Polen. Der Pole war Jude, hatte ein Glasauge und sprach so gut wie kein Spanisch. Er war den Nazis nach Kuba entkommen und hatte auf dem rechten Arm die in bläulicher Farbe eintätowierte Zahl 002213. Michal erklärte mir radebrechend, worin meine Arbeit bestehen sollte. Von einem anderen Juden hatte er Vertretung und Vertrieb der Goodyear-Luftballons und der Zündhölzer Marke »Pfau« für die Provinz Havanna übernommen. Soviel ließ er mich als echter Jude aber nicht wissen. Also dachte ich, da ich ihn in ärmlichen Verhältnissen erlebte, er sei ein Grossist wie tausend andere, und erklärte mich mit der mir zugedachten Verkaufsprovision einverstanden. Pro Sortiment Zündhölzer und Ballons sollte ich soundsoviel bekommen. Michals Frau schneiderte, und wenn ich zu ihnen in die Murallastraße kam, setzte sie mir selbstgebackenen Kuchen vor, lachte mit ihrem Mund voller Goldzähne und zeigte auf meine Beine.
»Julián, du haben stramme Füße.«
Anna und Michal schlossen mit Miguelito und mir Freundschaft. Wenn bei uns Ebbe in der Kasse war, konnten wir uns bei ihnen sattessen. Es war der einzige Haushalt im Viertel, wo Maisbrei nie auf den Tisch kam. Eva tat mir zusätzlich ein Sortiment Kämme und Sicherheitsnadeln in den Koffer, und mit diesem Warenangebot zog ich monatelang kreuz und quer durch Havanna. Wenn ich auch nur eine Straße in

Havanna nicht kenne, lasse ich mir die Hand abhacken. Im letzten Gäßchen hatte ich Kundschaft. Bei der Herstellung von Kontakten waren mir auch meine Jahre im RHC von Nutzen, und durch die Fußwanderungen zwischen Zuckerrohrfeld und Bohío bei mir auf dem Land zu Hause war ich trainiert für die neue Aufgabe, fürs Pflastertreten.

Ich habe stets gefunden, Arbeit gereicht einem zur Ehre. Nie habe ich als *Bum* an den Ecken herumgelungert oder mich als Opfer der Gesellschaft ausgegeben und bejammert, wie es hier in den USA so viele tun, nur um sich vor Anstrengungen zu drücken.

Miguelito blieb kein anderer Weg mehr, er mußte gestückeltes Zuckerrohr verkaufen. Das wurde auf dem Großmarkt spottbillig abgegeben. Wie oft bog ich mit meinen Luftballons und Streichhölzern um eine Ecke und prallte auf ihn – zwischen diesem Neger und mir mußten entschieden magnetische Kräfte wirken.

»Menschenskind, du hier?«

Ob so was vom Schicksal bestimmt war, darüber müssen Spiritisten befinden. Aber daß wir beide uns gefunden hatten, steht außer Zweifel. Und zwar in einem Grad, daß es schon fast nicht mehr mit rechten Dingen zuging. An einem zehnten Oktober – ich weiß das Datum so genau, weil sich wieder einmal Yara jährte – kam ich, vom Pflastertreten gerädert, spät abends nach Hause. Und als ich in den Innenhof trete, höre ich Krach aus Milagros' Zimmer. Milagros schreit, und ein Kerl bei ihr droht:

»Du wirst geschnitten, du miese Schlampe!«

Milagros schrie grauenhaft, aber kein Mensch schaute auch nur zur Tür raus. Ich hetzte auf die Straße, um Hilfe zu holen, einen Polizisten, egal wen. Und genau in dem Moment, wer kommt da angeschlendert? Miguelito.

»Was hast du denn?«

»Da bringt einer Milagros um!«

Und nichts wie rein ins Haus, wir beide. Der Kerl wollte Milagros noch immer ans Leben, und wir drohten an der Tür,

daß wir die Polizei holen würden. Jetzt endlich zeigten sich auch die anderen Mieter, und auf dem Hof entstand ein mächtiges Gedränge. Zuschauen wollten alle, aber keine wagte sich in die Nähe der Türe. Milagros schrie schon fast nicht mehr, aber der Mann ließ nicht locker.
»Gib mir mein Geld wieder, oder du wirst geschnitten!«
Da trat ich die Tür ein. Der Kerl zog sein Messer und hielt es an meine Kehle. Miguelito hechtete nach seinen Beinen, aber er konnte nicht mehr verhindern, daß der Kerl zustach. Noch heute habe ich eine Narbe von der damals mit zwölf Stichen genähten Wunde. Im Winter spüre ich sie am meisten, da habe ich so ein Reißen darin wegen der Nässe. Milagros schoß aus dem Zimmer und suchte über die Blancostraße zu entkommen. Keine der anderen Frauen gewährte ihr bei sich Zuflucht. In der Calle Consulado konnte der Kerl sie einholen, und da metzelte er sie nieder, vor aller Augen. Ich war, ein Handtuch um den Hals gebunden, zur Unfallstation gelaufen und ließ mich ärztlich versorgen. Später, als es zur Verhandlung kam, zog ich es vor, lieber nicht als Zeuge aufzutreten. Das Risiko war zu groß, daß ich mich ins eigene Fleisch schneiden würde. Milagros hatte drei Tage mit dem Tode gerungen und war am vierten gestorben. An einer rasend schnell verlaufenden Blutvergiftung – sie verfärbte sich blau, und über Nacht fielen ihr alle Haare aus. Von Eva hörte ich ein paar Tage später dann, daß Milagros eine kleine Tochter namens Isabel von diesem Mann gehabt hatte. Der Kerl hatte ihr über eine Freundin vom gleichen Gewerbe ein halbes Jahr auch Unterhalt für die Kleine zukommen lassen. Dann aber hatte Milagros' Freundin dem Burschen gesteckt, daß die Mutter das Kind in Fomento in der Provinz Las Villas untergebracht hatte und das Geld zu ihrem eigenen Vergnügen verbrauchte und daß Isabel von ihrer Großmutter aufgezogen würde. Kein ärger Gesell als von einerlei Meister! Und ausgerechnet ich in meiner Blödheit mußte den Kopf für die Frau hinhalten! Wie man in meiner Gegend sagte –

mich hatte der Judasfluch getroffen. Der Kerl sagte, als er verhaftet war, in der Verhandlung:
»Ich bedaure überhaupt nichts.« So gehörte es sich für einen forschen Typen, und solche Sprüche mußte man klopfen, und ein Weib durfte so nicht mit einem umspringen. Der ist inzwischen sicher wieder auf freiem Fuß und treibt, denn er war noch jung, vielleicht sogar hier in New York sein Unwesen. Doch was Miguelito und mich betrifft, so wollte ich sagen, daß es wohl Schicksal gewesen sein muß, denn auch hier in New York ist er mein bester, mein einziger vertrauenswürdiger, mein vollkommen verläßlicher Freund.

Damals, im Jahre 1950, das weiß ich noch, schlugen die Wellen in Havanna hoch. Und ich sperrte Augen und Ohren auf, mir sollte keiner was vormachen können. Wir standen oft in der Bar *Rodríguez* – Calle Neptuno, Ecke Soledadstraße – oder in Méndez' Billardstube zusammen, oder wir setzten uns auf dem Bahnhofsvorplatz unter die Bäume. Die Mafiabanden agierten inzwischen völlig ungeniert, und überall wurde gestreikt, aber erfolglos. Zu dem Vorsitzenden des CTC hatte kein Mensch mehr Vertrauen. Hinzu kam eine Malariaepidemie, die Menschen in Massen hinwegraffte. Ich kam wieder einmal ungeschoren davon, ich halte mehr aus als ein Fockmast. Es war ein schlimmes, ein wahrhaft fürchterliches Jahr.
Eusebio Mujal schloß die Kommunisten aus dem CTC aus, und die einfachen Leute waren schwer enttäuscht. Ich bekam das alles mit, weil Miguelitos Bruder Kommunist war und uns einiges erklärte. Von ihm erfuhren wir so dies und jenes. Die Kommunisten forderten eine einheitliche Sommerarbeitszeit, durchgehend von halb neun bis halb eins, aber das war auch nicht durchzusetzen. Ich weiß noch, wie dieser Herrenknecht Eusebio Mujal mit Klunkern am Finger und im Maul eine Havanna auf dem Vorplatz zu den Menschen sprach:
»Die Kommunisten haben den Stier losgelassen, weil sie wollen, daß Blut fließt.«

Dabei wollten die Kommunisten nur das Beste für die arbeitenden Menschen, und der Stier war ohnehin los, es war die Hölle. Príos Amtsführung fand bei niemandem Beifall, jedermann wußte, was er für ein Waschlappen war. Er ließ zu, daß an den Häuserecken mit Drogen gedealt wurde. Er gewährte den Lehrern und Staatsbeamten ein dreizehntes Monatsgehalt, aber Leute wie ich durften nicht mal das Angebrannte vom Topfboden kratzen. Der Job bei Michal warf in der Woche nur zwölf bis vierzehn Peso ab. Das reichte für die Zimmermiete, aber nie für einen richtigen Anzug mit Weste. Das einzige, was mich damals freute, war, daß der CMQ mit dem Bau eines Fernsehturms den RHC aus dem Rennen werfen konnte. Der Turm war über vierhundert Fuß hoch und achtunddreißigtausend Kilo schwer. Ich empfand Schadenfreude über den Niedergang Amado Trinidads, dieses karrieresüchtigen Despoten.

Angenehmes habe ich natürlich auch erlebt, man muß aus jeder Situation das Beste machen. Unter anderem sah ich Filme wie zum Beispiel »Salon Mexiko« mit Jorge Negrete, ich erlebte die kolumbianische Tänzerin Brenda, und ich war in den Shows der *Glutheißen Mulattinnen.* Da ich in der Branche gute Bekannte hatte, kam ich abends in den CMQ, ohne die Ellbogen gebrauchen zu müssen, und sah so »Fiesta mit Bacardí«. Das war mal eine gute Sendung unter all dem Serienkitsch und den vielen Schnulzen. Den größten Wirbel gab es, als die *Braune Venus* mit ihrem Bananenröckchen eine Kubatournee machte. Sie wurde als Negerin nicht in die guten Hotels gelassen und wandte sich sofort an die Presse. Der Skandal war gewaltig. Sie habe ich auch in »Fiesta mit Bacardí« gesehen, die Fausto-Halle war zu teuer, die konnte ich mir nicht leisten. Miguelito kam einmal mit, um Bobby Capó kennenzulernen, und er sprach ihn vor meinen Augen an:

»Ich bin Sänger, und ich möchte nach Puerto Rico.«

Worauf Bobby antwortete:

»Mann du, und in Puerto Rico sind die Künstler nur scharf drauf, nach Kuba zu kommen.«

Lateinamerikanische Künstler hatten in Kuba immer ein zahlreiches Publikum. Die wollten alle zu uns. Bobby Capó hatte den Beinamen »Meteor des Bolero«. Die Frauen hätten ihn auf der Straße am liebsten zerrissen, jede wollte ein Stück von ihm nach Hause tragen. Puertorikaner wurden damals gerade aktuell in Havanna. In Washington hatten zwei Puertorikaner ein Attentat auf Präsident Truman verübt. Den Colt im Anschlag, hatten sie versucht, in die Residenz des Präsidenten einzudringen, und einer von beiden war dabei umgekommen. Auch ein Polizist aus Trumans Leibwache verlor dabei das Leben. Und Truman ging zu seinem Begräbnis. In Havanna wurde von nichts anderem gesprochen. Sogar Albizú Campos wurde unter dem Vorwurf, den Angriff auf die Armeefestung von San Juan mit vorbereitet zu haben, in Haft genommen. Er mußte sich ergeben, als Tränengas in seine Wohnung geschossen und ihm damit praktisch die Pistole auf die Brust gesetzt wurde. Auf den Zeitungsfotos hatte er ganz wilde Haare und wirkte halb irrsinnig. Erst hier in New York wurde mir klar, wer Albizú Campos wirklich war: ein konsequenter Patriot und nicht, wie behauptet wurde, ein Amokläufer.

Durch das Großstadtleben bekam ich einiges an Schliff und Bildung. Natürlich habe ich auch selbst das Meine dazugetan, Fortentwicklung war ja immer mein Streben. Sollten die Ochsen dumm bleiben, nicht Julián Mesa! Ich gewann an Schliff und Bildung, und mir wurden die Augen geöffnet. Landbewohner sind zwar schlau und besonnen, aber es fehlt ihnen die Risikobereitschaft der Städter. Dieser Schwung, der vonnöten ist, um gänzlich unzweckgerichtet auf die Straße zu gehen und sich treiben zu lassen. Darin besteht die eigentliche Freiheit. Darum gefiel mir Havanna trotz allem, und darum bin ich nie auf die Idee gekommen, aufs Land zurückzuwollen. Mein letzter Job in Havanna waren die Luftballons und die Streichhölzer, und davon will ich etwas ausführlicher erzählen. Es gab da einen gewissen Gaspar, einen Fabulierer und

Bluffer, der gern von anderer Leute Arbeit lebte, auf Kosten Dritter. Er hatte in Regla zwei oder drei Wägelchen mit Eisgetränken laufen, und nun strebte er nach dem Havannaer Monopol über den Straßenverkauf von Zündhölzern. Er war ständig angesäuselt, behielt dabei aber klaren Kopf, seine Geschäftstüchtigkeit kam ihm nicht abhanden. Wenn er sich vorstellen mußte, ratterte er immer ein Sprüchlein herunter.

»Angenehm, heiße, weil am sechsten Januar geboren, Melchior Kaspar und Balthasar, bin aber allgemein bekannt als Gaspar Pita.«

Gaspar war, was man in Oriente einen *aufgebesserten* Mulatten nennt, also negroid mit grünen Augen. Solche Mulatten führen selten Gutes im Schilde, nicht umsonst mißtrauen ihnen die Menschen. Schon bei unserer ersten Begegnung dachte ich: ›So ein Pech, Mann! Muß mir schon wieder so ein krummer Hund über den Weg laufen!‹ Ich sollte recht behalten. Pech auf der ganzen Linie. Gaspar versetzte anderen gern kleine Seitenhiebe, ohne zu bedenken, daß nicht alle Menschen sowas gleich aufnehmen. Wenn wir zufällig gleichzeitig bei Anna und Michal waren, warf er mir Blicke zu, als würde er mich am liebsten vergiften. Es wurmte ihn, daß auch ich mit dem Streichholzhandel befaßt war. Er sprach im Flüsterton mit dem Polen, und danach wandte er sich an mich jedesmal mit derselben Frage:

»Na, schaffen wir was?«

»Geht so für die Saison«, gab ich zur Antwort.

Gaspar stellte mir Beine. Kam ich zum Inhaber eines Lebensmittel- oder Gemischtwarenladens, mußte ich mir anhören:

»Dein Partner war schon hier.«

»Der ist nicht mein Partner, das könnte dem so passen! Ein Schnorrer ist das!«

Entweder war er selbst oder ein von ihm gesandter Spießgeselle schon vor mir dagewesen, so daß ich zu spät kam. Ich setzte meine Stammkunden ins Bild, und einige hielten auch zu mir. Aber mit dem Fahrrad war es für Gaspar natürlich ein leichtes, mich abzuhängen. Manchen spanischen Kaufleuten mißfiel allerdings seine Großmäuligkeit; die warteten dann ab, bis ich kam. So hielt ich mich zwar einigermaßen über Wasser, aber Gaspar steckte mir im Hals wie eine verschluckte Gräte. Michal war es nur um den Umsatz zu tun, er unternahm nichts, um Streit zu vermeiden. Eines Tages begegneten Gaspar und ich uns in La Lisa am Ende der Brücke. Gaspar hatte schon ganz Marianao beliefert, für mich war nicht einmal mehr eine Kioskbude übrig.

»Ha, Gaspar, langsam stinkt es mir aber.«

»Die Straße gehört keinem«, antwortete er und schwang sich wieder auf sein Fahrrad. Da funkte entweder der Teufel dazwischen, oder ich kann nicht sagen, was passiert ist. Jedenfalls griff ich mir ein herumliegendes Stahlrohr, holte ihn ein und schlug los, egal wohin, auf Beine, Kopf, Rükken. Er stürzte blutend aufs Pflaster und blieb röchelnd liegen. Ich machte, daß ich wegkam. Ich nahm den Bus Linie zweiundzwanzig, was ich sonst nie tat – ich ging die ganze Strecke von La Lisa bis in die Innenstadt täglich zu Fuß –, und ich dachte: ›Soll meinetwegen die Welt untergehen. Und wenn ich ihn umgebracht habe – geschieht ihm auch recht!‹

Hatte ich aber nicht. Gaspar war zäh wie eine Katze. Er lief schnurstracks zu Michal, um sich über mich zu beschweren. Außerdem hetzte er eine Kohorte Ganoven auf mich; mir selbst gegenüberzutreten, war er zu feige. Er hatte Angst vor mir bekommen, er wich mir aus. Zweimal wurde ich von seiner Hundemeute vor der Haustür abgepaßt. Beim ersten Mal beließen sie es bei Drohungen, beim zweiten Mal wurde ich windelweich geschlagen. Ich fiel wie ein Sack auf die Bordsteinkante. Die feigen Kerle suchten das Weite. Zu Michal sagte ich:

»Wenn ich Gaspar noch einmal begegne, ist er ein toter Mann.«

Und mag es auch unglaubhaft klingen, aber Gaspar ließ sich in meinem Revier nicht mehr blicken. Er holte seine

Ware am Abend ab und brachte sie, um mir nicht über den Weg zu laufen, weitab in Regla und Guanabacoa an den Mann.
Wenn ich schon nichts zu lachen hatte, so ging es Miguelito noch schlimmer. Man bekam Zahnweh, wenn man ihn an den Straßenecken seine Zuckerrohrstengel verhökern sah. Wo ihm doch etwas ganz anderes im Blut lag: Singen und Steptanzen.
»Julián, es steht leider gar nicht gut. Ich war im Hafen, ich habe mit Emiliano und dem Andalusier und mit Gott und der Welt gesprochen. Nichts, nicht einmal Stauer werden angeheuert.«
Ob wir uns außer Haus oder bei ihm zu einem Kaffee trafen, wir hatten immer dasselbe Thema. Waren wir bei ihm, mischte sich auch noch seine spiritistisch angehauchte Freundin ein und warnte, ihr geistiger Mentor wisse, daß wir einen finsteren Geist im Leib hätten, der mit Waschungen, Kräuterabreibungen und weißen Tauben ausgetrieben werden müsse.
Ob es nun an diesen bösen Geistern oder an sonstwas lag, jedenfalls ging der Streichholz- und Ballonjob von einem Tag auf den anderen flöten. Mit den Ballons war es aus, weil sämtliche Spanier, das heißt, die Ladenbesitzer, in die der Industrie- und Handelskammer angeschlossenen Genossenschaften eintraten und sich nunmehr gegenseitig belieferten. Sogar die spanische Musik wurde mir dadurch verhaßt, und dabei hatte ich den Pasodoble doch immer so gemocht. Und bei den Streichhölzern fand eine ähnliche Entwicklung statt. Sie wurden jetzt zu drei Peso fünfzig das Gros über ein Konsortium, eine Art Trust mit den Schweden, vertrieben. Bei dieser Art Vertrieb braucht der Großkaufmann keine Zwischenhändler mehr, weil die Bestellungen bei ihm direkt und auf dem Schriftweg aufgegeben werden. Ich stand also mit leeren Händen da, denn von dem Job bei Eva konnte ich mir kaum Kaugummi leisten.
So saß ich also wieder ganz unten. Ich bewarb mich als

Bauarbeiter, als Kellner, sogar bei privaten Herrschaften als Dienstmann. Da ich inzwischen lesen und schreiben konnte, wurde ich hinauskomplimentiert:

»Bei uns wären Sie unterfordert, versuchen Sie es woanders.«

Dank einer kleinen eisernen Reserve konnte ich bis zu unserer Abreise aus Kuba wenigstens meine Zimmermiete bezahlen. Und über Ñico ergatterte ich eine Stelle als ... nun ja, als Mädchen für alles. In der Nachtbar *La Campana* in der Infantastraße, eine arg anrüchige Gegend, in der es von Menschen mit üblen Sitten wimmelte. Von amerikanischen Marinesoldaten war sie regelrecht verpestet. Das *Campana* wurde von zwielichtigem Gesindel frequentiert, obwohl da manchmal auch gute Musiker auftraten. Die ganze Gegend dahinter hieß La Victoria, ein Stadtteil, der seine besten Zeiten ausgerechnet während des zweiten Weltkriegs erlebt hatte. Er bestand hauptsächlich aus Stundenhotels und Puffs. Es gab da sehr stille, dunkle und enge Gassen – wie geschaffen für das horizontale Gewerbe.

Im *Campana* hielt ich mich nicht länger als Mohrenköpfe vor Schulen. Ich mochte die Arbeit nicht, ich taugte vom Naturell her nicht dazu, den Diener zu spielen. Und trotzdem ließ ich mir dort mancherlei Demütigungen und Nörgeleien gefallen. Ich war da schließlich nicht Einlasser, sondern Dienstbote. Ich mußte die Klos putzen, die Handtücher wechseln, die Jacketts in die Garderobe hängen und hatte außerdem Botengänge zu erledigen, also den *Go-between* zwischen Zuhältern und Nutten zu spielen. Wenn ich es nicht getan hätte, wäre ich den Job losgewesen. Ich mußte mir einen Gesundheitspaß besorgen, denn mit Geschlechtskrankheiten durfte man dort nicht arbeiten. Dazu ließ ich im Studio Merallo zum ersten Mal im Leben ein Foto von mir machen. Bis dahin hatte ich mein Gesicht noch nie auf einem Bild gesehen. Ich muß zugeben, ich fand meinen Anblick nicht übel. Anhand des Fotos erkannte ich aber auch, daß ich nicht als Weißer durchgehen konnte. Meine Nase verriet den Mulatten, und

meinen Haaren sah man trotz ihrer Glattgekämmtheit und der Brillantine an, daß sie lockig waren und einem aufgebesserten Mulatten gehörten. Einen Abzug schickte ich in meinem letzten Brief aus Havanna an meine Familie.
Da ich tagsüber ohne Arbeit war, ließ ich mir mit Miguelito schon früh am Morgen den Hafenwind um die Nase wehen. Wir spielten *Caña* in den Kneipen, das kostete bei weitem weniger als *Bolita,* und der Tag ging vorüber. *Caña* spielen war nicht ungefährlich. Man nahm in die eine Hand einen Stengel Zuckerrohr und in die andere ein Schlachter- oder Küchenmesser und mußte mit einem Hieb ein Stück Rohr abhacken. Wer am weitesten unten traf, durfte das Stück verspeisen oder er gewann die Wette. Die Einsätze waren minimal, je nach Geldbeutel fünf oder zehn Centavos. Das war ein Armeleutevergnügen in den Niederungen der Großstadt. Den Hafen vermisse ich sehr, obwohl ich in Havanna soviel Mißgeschick miterlebt und am eigenen Leib erfahren habe. Wo man zu Haus ist, ist man zu Haus, es mag da aussehen, wie es will. Auch damals zog es mich dorthin, und ich bat Eva um einen Peso oder sagte zu Ñico:
»Spendier mir einen Drink.«
Alle beiden sagten nie nein. Hier in Amerika hingegen weicht der eigene Nachbar deinem Blick aus. Obwohl die Amerikaner doch ständig für irgendetwas spenden, geben sie ihr Geld nur karitativen Einrichtungen, oder andernfalls lassen sie es verkommen. Darum geht uns Kuba ja auch nicht aus dem Sinn, selbst wenn wir vierzig Jahre hier leben, und darum weigern sich viele von uns, die amerikanische Staatsbürgerschaft anzunehmen.

Der Anblick der vielen ein- und auslaufenden Schiffe brachte mich auf den Gedanken, mein Glück doch in der Welt zu versuchen. Schließlich war auch Evangelio Amor vor *Colorado* auf einem Linienschiff nach Miami geflüchtet und schrieb nun Briefe an seine zum Teil in meinem Haus wohnenden Freundinnen, in denen er ihnen zuredete, ebenfalls

auszuwandern. Nur war Evangelio Amor ein Mann der Unterwelt gewesen und mit Sicherheit in Drogendeals verwickelt. Schon in Havanna hatte er, obwohl nach eigener Darstellung Versicherungsmakler, in Kontakt mit amerikanischen Mafiosi gestanden. Ich hatte ihn im *Campana* erlebt, er war sich für nichts zu gut, wenn er dadurch existieren konnte. Nach seiner Abreise blieb bei mir ein Stachel zurück, weil man in Kuba einfach kein Auskommen fand. Chibás hatte recht mit seinen Reden, in Kuba hatten sich Sumpf und Korruption ausgebreitet, darum benutzte er als Emblem ja auch die Kehrschaufel. Keine Arbeit zu haben war an der Tagesordnung. Viele flogen für vierzig Peso nach Miami, kamen aber nach einer Woche Englisch radebrechend wieder. Andere blieben schwarz da und wurden nie mehr gesehen. In aller Deutlichkeit gesagt, war Kuba, um ein Wort aus mexikanischen Filmen zu gebrauchen, zum Freudenhaus geworden. Das zauberhafte Paradies der Schlager, die Meeresprinzessin Havanna, war nur für die Reichen da und für die hohen Tiere. Wer es nicht verstand, sich aus fremden Kassen zu bedienen, lebte entweder auf Pump oder mit einem Bein im Kittchen, denn wer Familie hatte, konnte ja nicht aufhören, sie zu versorgen.
»Schau, Julián, ein Brief von *Evan.*«
Ich las den Damen vor, was Evangelio ihnen schrieb, und ließ es vor meinem inneren Auge erstehen. Die Mädchen waren trotz ihres reichen Erlebnis- und Erfahrungsschatzes arglos wie die Tauben. Sie ließen sich von Kerlen blenden, die imstande waren, von heute auf morgen ihren Namen zu amerikanisieren. Nicht daß ich patriotischer als Maceo gesinnt gewesen wäre, mitnichten, aber ich habe in den USA immerhin nie meinen Namen geändert. Auch wenn ich gelegentlich Tony genannt werde, weil sich so viele Kubaner, besonders wenn sie Namen wie Eustaquio oder Salvador hatten, die auf Englisch nicht existieren, zur Erleichterung ihres Lebens hier Tony nennen ließen. Außerdem hießen wirklich sehr viele Kubaner Antonio, und so kam es, daß *Tony* schließlich zum Rufnamen einer Nation wurde.

Aber mich deswegen als Amerikaner zu fühlen, das wäre zu weit gegangen. Worüber ich bei meiner Ankunft unter anderem staunte, war ja gerade, daß Kubaner aus der tiefsten Provinz, aus Mayarí oder Jobabo, sich hierzulande Frank oder Mike oder Tony nannten. Oder daß sie ihren Nachnamen amerikanisierten wie ein *Doorman* in der Park Avenue namens Guillermo Guerra, der sich doch allen Ernstes in Billy Battle umtaufte. Entwurzelte Gesellen waren das, Abtrünnige, mit denen ich nichts gemein hatte. Zumindest konnte ich sie nie verstehen, und verkehrt habe ich mit ihnen auch nicht.

»27. November 1950

Lieber Julián

Dein Brihf war die gröste Überraschung in meinem Leben und wir sind hir auch alle in groser Sorge wegen dem was du da sagst, das du auf einem Schiff reisen wilst und uns einen Brif schiken wilst aus dem Land wo du hinfärst, wo du nicht mal sagst, in welches. Wir dachten schon du hast uns fergessen Julián, darum haben wir dir die Fotos von meinen Kindern und denen von Pascual nicht geschikt, unsere Muter meint immer noch du bist nicht ganz richtich im Kopf und sie läst dich herzlich grüßen.
Ich habe wie immer vil zu tun im Haushalt und mit den Kindern, deiner kleinen Nichte und deinem Nefen, zu mer komm ich nicht. Julián paß gut auf dich auf und schreib uns ich werd dir immer antworten, wir denken hir alle vil an dich und wir wissen das du auch an uns denkst, du bist blos so beschefticht in Hawanna. Paß blos auf dich auf, obwol bei euch gibts ja besere Krankenheuser, hir gibts ja gar keine. Deine dich libende und nie fergesende

Yara.«

Allmählich gaben Miguelito und ich dem Gedanken auszuwandern immer mehr Raum. Wir redeten so oft davon und

wir spannten den Bogen so sehr, daß er schließlich brach und wir gar nicht mehr anders konnten, als fortzugehen. Wohin wir auch schauten, nirgends eine Aussicht auf Besserung. So blieb nur noch ein Weg, und der führte nordwärts. Viele hatten sich schon aufgemacht und waren nach ihren Briefen zu urteilen damit nicht schlecht gefahren. Obwohl Kubaner natürlich auch die Angewohnheit haben, sich gleich nach ihrer Ankunft in einen Wintermantel zu werfen und einen Cordhut aufzusetzen und sich so in einer Straße der Bronx oder in Manhattan vor einem Luxusschlitten fotografieren zu lassen. Das ist typisch. Oder auch vor einem eleganten Hotel, und dann »Hier arbeite ich« auf das Foto zu schreiben. Das wurde dann nach Kuba geschickt und war natürlich frei erfunden. Wer im Hemd und ohne erlernten Beruf in die USA kam, mußte nämlich erst mal in der *Factory* malochen oder ordentlich Teller waschen.
Ich verabredete mich mit Eva, um mich von ihr beraten zu lassen, wie ich es anstellen sollte. Zur Ausreise war ich inzwischen fest entschlossen, und Eva war eine welterfahrene Frau, da konnte ein Tip von ihr nicht schaden.
»Julián, du kannst auch mietfrei wohnen bleiben«, sagte sie. »Dafür kehrst du dann eben zweimal in der Woche den Hof und kassierst bei den Hausbewohnern die Miete. Sieben Peso weniger werden mich nicht an den Bettelstab bringen.«
»Ich danke Ihnen, Eva, aber ich möchte es weiter bringen. Ich möchte richtiges Geld verdienen und mich in einem anderen Land umsehen. Ich gehe hier weg.«
Und ich beantragte die Ausreise. Wie das Leben nun einmal spielt, boten sich mir mitten im Papierkrieg gleich zwei Arbeitsstellen. Eine als Fahrer bei Michal, dem Polen, und eine als Stauer im Hafen. Leider lockte mich nun keine von beiden mehr. Ich wollte hinaus, ich wollte woanders mein Glück versuchen. Mein Traum war eine eigene Wohnung, ein Wagen und drei bis vier Anzüge mit Weste. Auch Miguelito hatte dieselben Pläne, und sitzt eine Idee erst mal in

zwei Köpfen, so wird sie auf Biegen oder Brechen auch ausgeführt werden.
Den letzten Anstoß gab der Brand im Zimmer der armen Cuba. Die Ursache wurde nie herausgefunden, ob es eine brennende Zigarette ihres Freundes war oder ob eins der Flittchen ein angezündetes Streichholz durchs Fenster zu ihr hineingeworfen hatte. Jedenfalls holte man mich schreiend vom Kiosk an der Ecke, wo ich meinen Espresso schlürfend die Zeit totschlug; ich sollte das Feuer löschen. Schon von der Ecke war zu sehen, wie der Qualm zu den Fenstern herausquoll. Und da Feuer sich nach oben weiterfrißt, erfaßte es auch mein Zimmer und vernichtete meine Matratze und die paar Anziehsachen, die ich noch hatte. Die Mieterinnen rannten, ihre gipsernen Heiligenfiguren an die Brust gepreßt, auf ihren Stöckelschuhen wie aufgescheuchte Hühner auf die Tugendstraße. Feuer bleibt Feuer, es ist immer furchtbar, besonders wenn sich die Feuerwehr nicht blicken läßt. Als ich durch den Haupteingang neben der Torwohnung rannte, war der ganze Hof schon voll beißendem Qualm. Ich stopfte mir ein Handtuch in den Mund und konnte mit einer Decke Cubas Matratze löschen, den eigentlichen Brandherd. Meine Augenbrauen wurden abgesengt. Das ganze Viertel drängte, mit Decken und Handtüchern bewaffnet, in unser Mietshaus.
»Kein Wasser! Bloß kein Wasser!«
Trotzdem gab es Leute, die Eimer über Eimer draufschütteten und den Brand so noch schürten. Die Feuerwehr brauchten wir nicht. Die Flammen fielen in sich zusammen, und am Ende war der Schreck größer als der Schaden. In meinem Zimmer waren die Wände verkohlt. Den beißenden Gestank in der Nase, suchte ich zusammen, was mir geblieben war von meinen Habseligkeiten. Mein einziges Foto von Emerlina war hinüber, das wir im Park der Studenten hatten machen lassen. Dafür waren meine Schuhe verschont geblieben, und die Matratze ließ ich in der Calle Muralla neu stopfen. Der Gestank hielt sich noch Wochen in dem Gebäude, und meine

Zimmerwände bekam ich auch mit *Fab* nicht sauber. Dafür hatte in Cubas Zimmer nichts außer dem eisernen Bett den Brand überstanden.

»Wenn das meine Schwester wüßte, die Ärmste! Wie ihr Zimmer aussieht! Ach, heilige Barbara, hilf!«

Tagelang jammerte sie so, und ihr Freund, der ältere Herr, brachte unterdessen Möbel an und sprach ihr Trost zu. Ich half ihnen beim Einsetzen neuer Fensterrahmen und beim Neubeziehen einer alten Matratze. Cuba war trotzdem untröstlich. Alles, was sie an ihre Schwester erinnert hatte, war nunmehr Asche.

»Wirklich, Bruderherz«, meinte Miguelito, »das grenzt bei dir schon an Hexerei.«

»Ach was, ich hab dir doch erzählt, daß mir das Feuer auf dem Fuß folgt.«

»Dann versuch aber mal, die Spur zu wechseln und es abzuhängen, meinst du nicht?«

Genau darauf, aufs Spurwechseln, arbeitete ich von jetzt an hin. Doch endgültig konnte ich das Feuer nie abhängen, kein Gedanke! Weil ich allein einen Brand gelöscht hatte, stand ich aber jetzt von einem Tag auf den anderen in dem Ruf, der große Lebensretter, ein Held, zu sein. Ich übertreibe nicht, wenn ich sage, die Leute schauten mit Bewunderung zu mir auf. Ich war auch stolz darauf, einen Brand gelöscht zu haben, ohne bei der Feuerwehr zu sein. Ungefähr einen Monat lang gab das Gesprächsstoff. Sooft ich es erzählte, sperrten die Leute die Augen auf und klopften mir auf die Schulter. Daß man dabei auch ein bißchen dazudichtet, ist ja wohl verständlich.

In Havanna bestand das Leben nur aus Problemen. Kaum hatte man eines hinter sich, kam schon das nächste. Und ich war weder ein Daniel Santos noch hatte ich das Zeug zum Zuhälter oder zum Killer. Ich hatte inzwischen zwar Lesen und Schreiben gelernt, hatte von der Schule aber schon vor der zweiten Klasse wieder abgehen müssen, um arbeiten zu

gehen. Darum hatte ich auch Verständnis für die leichten Mädchen. Sie waren Opfer der Gesellschaft. Und wie viele von ihnen überwiesen fast ihr ganzes Geld per Post an ihre Familie!
»Julián«, sagten sie, »ich arbeite nur für die Überweisungen an meine kleinen Geschwister. Ich denke an nichts anderes. Ich darf nicht krank werden, ich kann mich mit keinem Mann ernsthaft einlassen, ich muß das Gewerbe weitertreiben, auch wenn es mir keinen Spaß macht. Du weißt ja selber, welche Verhältnisse auf dem Land herrschen. Ohne meine Unterstützung könnte meine Familie verhungern.«
Darauf kippten sie ein Glas Rum oder weinten oder sangen auf dem Hof lauthals »Schönes Püppchen«. Kaum eine war darin anders. Ein paar mochten lose Vögel oder undankbare Geschöpfe sein, sicher, das gab es, die meisten Mädchen aber waren arme Dinger. Wurden von professionellen Killern und Zuhältern ausgenommen und von widerlichen alten Wüstlingen begeifert. In Havanna hatte ich von Mensch zu Mensch mit ihnen verkehrt. Als ich sie dann in New York in Pulks an den Ecken stehen sah, genauso geschminkt, in den gleichen grellen Farben, mit demselben Gang und dieselben Blumen in den Haaren, teilweise sogar noch jünger, da ging mir auf, daß ich es, wie es so schön heißt, mit dem ältesten Gewerbe der Menschheit zu tun hatte. Verlogenheit war mir immer zuwider, und ich habe nie geglaubt, daß man die Sonne mit dem Finger zuhalten kann. Die Wahrheit ist nun einmal unschön, aber man muß sie vertragen können. Über allem zu schweben war nie meine Sache. Vielleicht war ich ja darum stets imstande, dem Schicksal trotzig die Stirn zu bieten. Ich habe nie Unterschiede zwischen den Menschen gemacht, und einem Bedürftigen habe ich nie ein Stück Brot verweigert. Auch habe ich nie den Tag vor dem Abend gelobt und nicht gesagt: »Mir passiert so was nie!« Was das Leben in den USA betrifft, hatte ich zugegebenermaßen schon Illusionen, und dementsprechend bin ich damit denn auch baden gegangen. Aber hätte ich anders handeln können? Ich fing hier mit gezückten

Klauen an, wild entschlossen, mich durchzuboxen, und dennoch blieb es mir nicht erspart, wie alle anderen mit dem Fahrrad über die Niagarafälle zu strampeln. Und nur darüber kann ich reden. Ich bin kein Hochstapler und Fabulierer wie manche andere, ich erzähle keine Märchen, nein, ich spreche vom realen Leben.

EMIGRATION

Es gibt kein Zuhause in der Fremde.

In Kuba spricht sich jede Neuigkeit in Windeseile herum. Nichts kann da lange geheimgehalten werden, dazu sind die Kubaner zu redselig. Oft ist es nicht einmal Klatschsucht, sondern schlicht angeborene Neugier. Sie stecken ihre Nasen nun einmal gern in Dinge, die sie nichts angehen. Ich kenne Frauen, deren Ehe daran kaputtging, daß sie etwas nicht für sich behalten konnten, und ich kenne Männer, die sich um ihre Arbeit geredet haben. Wenn Miguelito und ich uns hüteten, unsere Reisepläne mitzuteilen, dann weil niemand denken sollte, wir wären zu Geld gekommen, sonst kam man uns womöglich anpumpen. Professionelle Schnorrer und Erpresser gab es Havanna nämlich in rauhen Mengen. Die dachten sich Geschichten aus wie die Chinesen, so erzählten sie einem:
»Mein Jüngster hat Diphterie. Er liegt todkrank darnieder.«
Alles erstunken und erlogen. Weder hatte der Frechling ein Kind, noch sah man von seinem verliehenen Geld jemals einen Peso wieder. Solche Leute schliefen fortan lieber unter der Almendares-Brücke, als daß sie sich wieder im Viertel zeigten. Ich war zwar nie in einer Partei, aber die Losung »Wer nicht arbeitet, soll auch nicht essen« war für mich immer eisernes Gesetz. Mochte das Leben in Havanna noch so hart sein, so mußte man doch unterscheiden, ob einer arbeitslos oder ob er ein gewohnheitsmäßiger Nichtstuer war. Diese Sorte Mensch hatte ein ganz eigenes Gehabe, und in den meisten Fällen hatten sie die Finger in irgendwelchen politischen Mauscheleien.
Aber von Eva erfuhr das ganze Mietshaus, daß Miguelito und ich vorhatten, in den USA Arbeit zu finden. Und eines Tages kam Cubas Liebhaber zu mir herauf und schenkte mir einen Lederkoffer.
»So müssen Sie dafür kein Geld ausgeben, Julián. Cuba fährt

ohnehin ihre Schwester nicht mehr besuchen. Na, nehmen Sie den Koffer schon. Und alles Gute!«
Daraufhin wollte er wissen, ob es stimme, daß wir uns José Mujica anschließen wollten. Ich lachte lauthals, weil zwischen Miguelito Cuesta und dem keuschen Mujica ein Unterschied wie Tag und Nacht war.
»Ich bekomme weder Schecks vom Staatspräsidenten«, sagte ich, »noch bin ich im Drogengeschäft tätig. Und Miguelito hat vor, auf dem Broadway aufzutreten. Was daraus wird, müssen wir erst sehen.«
»Jedem Tierchen sein Pläsierchen«, meinte der Alte versonnen, »jedem Narren seinen Sparren.«

Eine Milliarde Dollar hatten die Amerikaner auf Kuba investiert. Wir waren der palmenbestandene Hof hinter dem Weißen Haus. Und gegen linke Gewerkschaften ging der Staat täglich mit Knüppeln vor. Wohin man auch sah, die Aussichten waren trübe. Der Bruder von Miguelito hielt uns über die jeweils aktuelle Lage auf dem laufenden. Wir mußten ihn weit entfernt, in Juanelo, aufsuchen, weil er damals schon illegal lebte. Er wurde der Brandstiftung in einem Kaufhaus in Marianao bezichtigt, hatte die Täterschaft aber von sich gewiesen. Er sollte nur dafür büßen, daß er Kommunist war, sonst gar nichts. In unserem Auswanderungsbeschluß bestärkte er uns nicht, versuchte aber auch nicht, uns zurückzuhalten. Miguelito hatte keinen Pfennig in der Tasche, er verstand einfach nicht zu sparen.
»Neger legen nichts auf die hohe Kante, Julián. Das ist was für euch Mulatten. Ihr müßt ja immer den Weißen nacheifern.«
Ich besaß kein Sparkonto, aber im Strumpf hatte sich inzwischen doch etwas angesammelt, denn schließlich geisterte der Gedanke ans Auswandern nun schon eine Weile in meinem Kopf herum. Als es nur noch Tage bis zu unserer Abfahrt waren und praktisch nichts mehr zu tun war, als wir jeder von Ñico einen Mantel geschenkt bekommen hatten, da kommt doch Miguelito mit der Story zu mir ins Zimmer, er habe

einem guten Mann in der Calle Concepción de la Valla vorsingen dürfen und der wolle ihm nun kostenlos Gesangsunterricht erteilen. Damit mußte ich mich abfinden. Miguelito hatte sich in den Kopf gesetzt, Künstler zu werden, und davon würden ihn keine zehn Pferde abhalten. Nur ging es, zumindest was Engagements betraf, nicht so recht voran mit dem Singen. Der Unterricht war zwar in Ordnung und genauso der Lehrer, aber seine sämtlichen Schüler hatten dasselbe Ziel vor Augen. Nur waren sie auf einer Musikakademie und nicht bei einer Konzert- und Gastspieldirektion. Durch die Ausbildung kam Miguelito in Havanna finanziell vollends auf den Hund. Er handelte nicht mehr mit Zuckerrohr, er bemühte sich nicht mehr um Arbeit. Ja, er kümmerte sich nicht einmal mehr um seine Freundin. Er wußte kurz gesagt nicht mehr, wo er sein Päckchen ablegen sollte. Bis ich ihm die Augen öffnete.

Ich ging nämlich zu seinem Gesangslehrer.

»Hören Sie, Maestro«, sagte ich. »Bringt Miguelito eigentlich die Voraussetzungen mit, um Sänger zu werden?«

»Die Voraussetzungen schon, junger Freund, nur melden sich hier jeden Tag begabte junge Leute, die sie ebenso mitbringen.«

»Dann verschwendet er also seine Zeit, oder?«

»Nun, von Zeitverschwendung würde ich nicht gleich sprechen. Er singt mit den anderen ... Ich habe auch Schüler, die seit zwanzig Jahren bei mir sind und sich nicht unterkriegen lassen. Die wollen Sänger werden, sonst wollen die gar nichts.«

Ich habe nie wieder jemanden gekannt, der so unbeirrbar war wie Miguelito, aber auch keinen, der schlimmer als er vom Pech verfolgt war.

»Rede es ihm doch bitte aus«, bat mich seine Freundin. Aber das brachte ich nicht fertig. Miguelito war überzeugt, er würde nach oben kommen, dabei gab es so viele Burschen seiner Sorte, genug, um sie auch noch zum Dessert aufzutischen. Mehrere Wochen lang war ich täglich in seiner Akademie in der Calle Concepción de la Valla, und ich verliebte mich in eine hübsche Mulattin mit Namen Lidia Margarita Amorós. Sie war vom Schlage Miguelitos, ebenfalls ohne Arbeit, und rannte wie er von einem Gesangskurs zum nächsten. Lidia mußte allerdings zahlen, denn ihre Mutter schneiderte und ihr Vater fuhr Taxi. Schließlich wollte ich sie – das Natürlichste von der Welt – mit auf mein Zimmer nehmen, aber da hetzte die kleine Braune mir ihren Bullenbeißer von Vater auf den Hals und verlangte von dem Lehrer, er solle mir Hausverbot erteilen.

»Du verhältst dich geschäftsschädigend, junger Freund, ja, geschäftsschädigend«, wandte sich der Lehrer zuletzt an mich. Aus Rücksicht auf ihn ging ich also nicht mehr in die Calle Concepción de la Valla. Die Akademie war ein Tollhaus. Alles erträumte sich damals, im Fernsehen aufzutreten. Was die Sänger nicht wußten, war, daß Fernsehen und Rundfunk von den Sponsoren gemanagt wurden, und wer denen nicht paßte, kam nie im Leben zum Zuge. Darum kehrten in dieser Zeit so viele von ihnen Kuba den Rücken und gingen nach Lateinamerika oder Europa. Außerdem war die Hautfarbe ausschlaggebend. Wer als Farbiger eine Chance haben wollte, mußte schon eine Partei, eine Sendeanstalt oder einen einflußreichen Kommunalpolitiker im Rücken haben. Miguelito hielt durch wie ein Kapitän, bis das Schiff sank. Als er sich im klaren war, daß ihm nur noch die Auswanderung blieb, sagte er kurz entschlossen:

»Also dann los. Ich verlasse meine Freundin ungern, aber ...«

»Du holst sie nach, sobald du das Geld hast. Ich werde dir helfen.«

»Wie ich sehe, Julián, willst du partout nicht allein auf die Reise.«

Natürlich hat man bei einem solchen Wagnis lieber jemanden bei sich. Trotz seines Mißgeschicks war Miguelito eine fröhlichere Natur als ich und auch risikofreudiger. In kritischen Situationen, das wußte ich, würde mir das zugutekommen.

Nicht umsonst sagen die Bauern bei uns in Kuba: »Wer einen Freund hat, hat auch ein Pferd, und ein Pferd ist immer seinen Hunderter wert.« Darum hatte ich abgewartet, bis auch er entschlossen war, obwohl ich in Gedanken schon eine ganze Weile im Flugzeug saß.

Ich ging ins Hutgeschäft, um Matilde auf Wiedersehen zu sagen. An einem Nachmittag machte ich bis zum Abend bei sämtlichen Bekannten die Runde. Ich ging zu Méndez, zum Friseur, zu Ñico – zu allen, die mir in Havanna weitergeholfen hatten. Alle bestärkten mich in meinem Vorhaben und wünschten mir Glück. Nur Petronila flüsterte mir ihr Ohr: »Schraub deine Erwartungen nicht zu hoch.«

Für einen solchen Satz, auf diese Weise ausgesprochen, ist man dankbar; es zeigt, daß es noch ehrliche Menschen auf der Welt gibt.

»Und vergiß Kuba nicht«, schärfte sie mir ein. »Da draußen mag es anfangs sehr hübsch sein, aber warm hast du es nur hier.«

Das war ein guter Ratschlag. Dank seiner fühle ich mich trotz der Entfernung noch heute als Kubaner. Und obwohl ich inzwischen die unbefristete Aufenthaltsgenehmigung habe und Wurzeln geschlagen habe, antworte ich auf die Frage: »Cuban American?« noch immer: »No, only Cuban.«

Darüber bin ich mit so manchem knieweichen Typen in Streit geraten. Einige sind ja sogar stolz darauf, USA-Bürger zu sein, obwohl sie in Lateinamerika geboren sind und ihre *Roots* dort haben. Ich kenne welche, die Englisch gerade mal radebrechen und trotzdem für waschechte Amerikaner gehalten werden wollen. Das nenne ich Ausverkauf an der Heimat, dabei bleibt ein Latino doch hier immer ein Latino. Früher hießen wir sogar die *Spicks,* das war eine abfällige Bezeichnung, da standen wir auf der untersten Stufe. Inzwischen sind wir die *Hispanics,* also ungefähr derselbe Hund, nur mit einem anderen Halsband. Darum bin ich zeit meines Lebens auf mein Kubanertum stolz und auf meine kubanische Herkunft. Auch wenn ich hier sterben werde – denn ich bin schon zu alt, um noch einmal neu anzufangen. Und wo ich kein Gran zum Aufbau des Neuen beigetragen habe, will ich auch nicht der Allgemeinheit zur Last fallen. Wegen meiner Arthritis bin ich von der Hüfte abwärts so gut wie bewegungsunfähig, ich mache fast alles mit den Händen. In letzter Zeit sind auch meine Finger ziemlich stark angeschwollen. Sie tun zwar nicht weh, aber ich kann sie nur noch sehr langsam bewegen und bin dadurch weniger geschickt mit den Händen. Das gleiche gilt für mein Gedächtnis. Vielleicht ist der Alterungsprozeß ja zu schnell fortgeschritten. Oder es kommt daher, daß ich nicht mehr viel Sinn in meinem Leben erkenne und vom langen Dahinvegetieren stumpft mein Gehirn ab. Ich weiß es nicht. Allzuviel möchte ich auch gar nicht darüber nachdenken, ich versuche immer das Positive am Leben zu sehen. Eine Methode, die sich bei mir bewährt hat.

Ich verkaufte alles, was ich hatte. Wie ein Araber stellte ich mich in die Haustür und verhökerte meine Habe. Bis auf meine Armbanduhr und meine weißen Schuhe brachte ich alles zu Spottpreisen an den Mann. Besser gesagt, an die Frau, denn meine Mitmieterinnen kauften die Sachen, für ihre Männer. Cuba schenkte ich eine warme Hose, die mir der Pole Michal einmal vermacht hatte, und ließ ihr den Eßtisch samt Stühlen da und mein Bett mit Matratze. Den Kühlschrank verkaufte ich zum halben Preis an Eva, worauf sie meinte:
»Du wirst mir fehlen, Julián« – mit ihrer nikotingelben Zigarette und ihren schwarzen Augen, die einem entgegensprangen.
»Sie werden mir auch fehlen, Eva. Sie sind immer sehr anständig zu mir gewesen.«
Sie lachte. Eva lachte meistens, als ob sie mit ihrem Lachen andeuten wolle, daß meine Worte noch einen Hintersinn hätten oder daß sie nicht ernstgenommen werden dürften. Das ist so die Art der Araber. Ich habe sie im Leben trotzdem achten gelernt, weil sie so zäh sind, und hier in New York

haben sie hart gearbeitet, unter erschwerten Bedingungen. Wenn ich mal verzagt bin oder danebentrete, denke ich immer an die Libanesin Eva. Sie gehörte zu den Menschen, die nach jedem Sturz wieder auf die Füße kommen. Es muß ihr Lebenswille gewesen sein, ihr Klammern an die Dinge. Wir Kubaner sind ähnlich. Wir quälen uns auf dem Fahrrad über die Niagarafälle, wir machen das Schlimmste durch, und haben es gleich danach wieder vergessen. Und die anderen Leute halten uns für Siegernaturen. Wir erwecken den Eindruck, als könnten wir die ganze Welt in die Tasche stecken. Kann uns nur recht sein, oder? Schlimmer wäre es jedenfalls, wenn man uns erleben würde, wie wir zum Jammern unter die Bananenpalmen kriechen oder wie wir zerstört am Boden liegen. Diesen Gefallen sollte man niemandem tun. Ich selbst habe, auch wenn es mir dreckig ging, stets Wert auf gute Kleidung und Haltung gelegt. Der Flicken sollte immer größer sein als das Loch, riet meine Großmutter, die Stille Juana, armen Leuten. Und von Eva habe ich gelernt, in allen Situationen Haltung zu bewahren. Ich sage immer zu meiner Frau:

»Wenn du doch die Willenskraft von Eva, der Libanesin, hättest!«

Celia ist nämlich wie fast alle Puertorikanerinnen eine Seele von Mensch, aber es fehlt ihr an Vitalität. Ich habe immer den Eindruck, ich weiß nicht warum, sie sei am nächsten Tag womöglich nicht mehr am Leben. Es ist, als ob ihr Blut zu dünnflüssig wäre. Doch davon später. Jetzt erzähle ich erst einmal von meinem Auszug aus Havanna, mit Miguelito im Schlepptau. Und wie ich ihm einheizen mußte, um die Schnecke aus ihrem Schneckenhaus zu bekommen.

Ohne etwas davon verlauten zu lassen, hatte dieser Heimlichtuer schon vorher Bewerbungen in die USA geschickt. An die Filmstudios, an Elektrikerlehrgänge und, wegen Englischkursen, an die Jackson-Height-Schools. Wenn er als Statist nicht genommen würde, meinte er, so könne er immerhin eine Ausbildung als Elektriker aufnehmen, und dazu wieder mußte er gewisse Englischkenntnisse nachweisen. In Havanna radebrechte eigentlich jeder ein bißchen Englisch. Wer konnte nicht die paar Brocken, die gebraucht wurden, um Touristen im Colón-Viertel herumzuführen oder um ihnen auf dem Prado irgendwelche Souvenirs zu verkaufen. Da war keiner maulfaul. Aber Miguelito und ich hatten uns über das Thema eingehend unterhalten. Die Sprache war eine Grundvoraussetzung, und um sie zu erlernen, mußte man sich in einer Sprachschule anmelden. Dieser schlaue Fuchs hatte also seine Bewerbungen abgeschickt und hatte auch auf alle die Antwort »Good« oder »Very good« bekommen. Als aber sein Foto verlangt wurde, wendete sich das Blatt. Doch was blieb ihm schon übrig? Die Augen zumachen und durch! Er mußte die Fotos abschicken. Als sie sahen, daß er ein pechschwarzer Neger war, kam kein weiteres Schreiben. Jedesmal scheiterte es daran. Unter anderem darum hatte er so lange hin und her überlegt, ob er auswandern solle. Als er mir das eingestand, sagte ich:

»Tja, aber meinst du, mir wird es anders ergehen?«

»Ach was, Julián, du bist ein heller Mulatte, du rutschst durch.«

Aber hat sich was! Hierzulande rutscht damit keiner durch. Wer Negerblut in den Adern hat, und sei es von einem Ahnen aus grauer Vorzeit, der ist, selbst wenn man es ihm nicht ansieht, in diesem Staat Neger. Sogar weißhäutige und blonde Puertorikaner haben im Aufnahmelager schon den Vermerk *black* in ihre Lebensmittelzuteilungskarten bekommen. Mit Felipe Colón, einem Freund von mir und *Clerk* in einem Modegeschäft, brachte ich einmal unsere Unterlagen zu einem Ausbildungslehrgang in Gefriertechnik. Wir wurden nach unserer Staatsangehörigkeit gefragt, und als ich »Cuban« antwortete, lautete der Eintrag: »Cuban, black.« Und Felipe antwortete »Puertorikaner«, mit dem gleichen Ergebnis: »Puertorican, black.« Da er aber hellbraunes Haar hatte und eine milchweiße Haut, widersprach er:

»Nein, ich bin Puertorikaner und sonst nichts.«
Widerwillig strich die Sekretärin das Wort *black* wieder aus.
Der Tag der Abreise rückte heran, uns eines Besseren zu besinnen, war keine Zeit mehr. Nach all den vielen Schwenks bekamen wir schließlich unsere Papiere ausgehändigt, und am achtundzwanzigsten Dezember 1951 kamen wir in Tampa auf Key West an.
Miguelito hatte erst mit dem Schiff fahren wollen. Zur damaligen Zeit bedienten vom Hafen Havanna aus zwei Fährschiffe die Strecke: die *Florida*, die nur an den Wochenenden fuhr, und die *Cuba*. Ich aber wollte fliegen, weil es schneller ging und weil es praktischer war, und ich konnte Miguelito überzeugen. Trotzdem mußte ich ihn in der Paulastraße zweihundertfünf im letzten Moment noch an den Haaren aus seiner Wohnung zerren. Seine Freundin wollte ihn nicht fortlassen, sie stritt, und sie drohte, die Geister der Toten würden Rache an ihm nehmen.
»Du wirst vom Geist eines Selbstmörders geritten, und wenn du den nicht loswirst, sehe ich für dich schwarz.«
Es war die Pest. Zuletzt gingen wir mit Geld und Reiseunterlagen in die amerikanische Botschaft an der Plaza de Armas und beantragten ein Visum mit Rückflug nach neunundzwanzig Tagen. Miguelitos Freundin wußte über alles Bescheid. Er wollte sie weder zurücklassen noch ihr eine eindeutige Zusage geben, daß er sie nachholen werde. Auf das Visum – ein Touristenvisum natürlich – mußten wir einige Tage warten. Sobald wir es in der Hand hatten, fuhren wir zum Ticketschalter der Pan American Airways und buchten einen Direktflug nach Tampa. In Tampa hatte Miguelito gute Bekannte unter den Zigarrendrehern. Auch Michals Schwester Lubie wohnte seit 1943 dort, und für sie hatte ich einen Empfehlungsbrief von ihrem Bruder und einen handgestrickten weißen Pullover von Anna mit.
Als ich endlich im Flugzeug saß, konnte ich es nicht fassen. Über den Kleinigkeiten, die serviert wurden, den Bonbons,

dem Orangensaft, dem belegten Brötchen, ging der Flug im Handumdrehen vorüber. Der Flugplatz von Tampa in Florida war – man konnte Angst bekommen – nichts als ein hölzerner Schuppen. Wir nahmen ein Taxi und fuhren nach Ibor City, wo auch Martí gewohnt hatte, und stiegen in einem *Boarding House* für Kubaner ab. Wie zu Martís Zeiten wimmelte es in dem Ort von Kubanern.

»Mach bitte nicht so eine Trauermiene«, ermahnte ich Miguelito.

»Ach laß mich, Julián, laß mich.«

Was er hatte, kann ich nicht sagen, aber seit unserer Ankunft war er verändert. Daß es hier anders war, spürte man sofort; das Wetter war ordentlich: kühl, aber ohne Wind, den Tod konnte man sich dort nicht holen. Florida war für uns nur ein vorübergehender Aufenthalt. Wir blieben unsere neunundzwanzig erlaubten Tage und noch drei oder vier Monate schwarz. Bei der Ausreise bekamen wir den Vermerk *B-29*, weil wir unsere vorgeschriebene Aufenthaltszeit ohne Verlängerungsantrag überschritten hatten. *B-29* war die Chiffre für Reisende ohne ordnungsgemäße Papiere. Der Name kam von alten Schiffen, Torpedobooten aus dem Zweiten Weltkrieg, die inzwischen zum Transport illegaler Einwanderer nach Ellis Island dienten. Dort sind wir zum Glück nie gelandet. Ellis Island war nämlich das *Detention Center* für ohne Einreisegenehmigung aufgegriffene Personen. Zwei Beamte der Ausländerpolizei verlangten den *I. D.*, das heißt, Ausweispapiere, und wer keine vorweisen konnte, kam auf direktem Wege nach Ellis Island. Dort wurde man tagelang festgehalten und dann in sein Ursprungsland ausgewiesen. Die meisten bezahlten den Flug aus eigener Tasche, denn wer auf Kosten seines Staates zurückflog, hatte beim nächsten Versuch, seine Ausreisepapiere zusammenzukriegen, doppelt so viele Scherereien. Ich kannte Unmengen Leute, die auf Ellis Island gewesen waren. Miguelito und ich mußten gottseidank nicht dorthin, wir hatten uns in Tampa ordnungsgemäß abgesichert. Wir blieben, wie ich sagte, zwar länger als

genehmigt, aber sowohl Miguelito als auch ich konnten uns *Affidavits*, und zwar Blankobürgschaften, beschaffen. Damit flogen wir, wieder mit der Pan American, zurück nach Havanna und beantragten bei der amerikanischen Botschaft ein Dauervisum, also eine vorschriftsmäßige Aufenthaltsgenehmigung. Ich konnte das Schreiben eines katalanischen Konditors und Lubies Bürgschaft vorweisen, und Miguelito hatte bei seinen Zigarrendreherfreunden ähnliche Papiere aufgetrieben. So blieben wir nur wenige Tage in Havanna. Von dem mitgebrachten Geld quartierte ich mich im Hotel *Bristol* ein und gab meine Mitbringsel bei Freunden und Bekannten ab. Miguelito verjubelte all sein Geld bei einer Kneipentour mit seiner Freundin und verlor nebenbei das Formular mit den Fingerabdrücken, das er bei der Bezirkspolizei eingeholt hatte. Damit saß er gewaltig in der Klemme. Aber gegen eine gehörige Vergütung beschaffte er sich eine Fälschung seiner Fingerabdrücke, und nicht einmal in der Botschaft kamen sie ihm auf die Schliche.
So durften wir mit hundert Dollar Einreisekaution in der Tasche also abermals nach Tampa. Ich zog zu Lubie und Miguelito zu seinen Freunden, den Zigarrendrehern. Tampa sollte uns allerdings nur als Sprungbrett nach New York dienen. Ich arbeitete in der katalanischen Konditorei und lebte mit der Polin zusammen, bis sie mich eines schönen Tages zum Heiraten drängte. Da sagte ich rundheraus nein. Ich war dreißig Jahre alt und hatte noch die ganze Welt zu entdecken, da würde ich wohl kaum mit einer Frau, die doppelt so alt war wie ich, in einer Wohnung in Tampa hocken bleiben.
So nahm ich vor ihrer Schürze Reißaus. Und als ich mein Auskommen in New York hatte, besorgte ich auch für Miguelito eine Stelle in einer *Factory* und holte ihn nach. Tampa war ganz ähnlich wie Marianao. Gutes Klima, aber zum Sterben langweilig. Etwas für Rentner oder für Familien in gesicherten Verhältnissen. Dorthin zog nur, wer die

Tropen genießen wollte und außer Sitzen in der Sonne und Schlürfen von Piña Colada vom Leben nichts mehr erwartete.

Bei der Ankunft in New York war ich völlig beduselt. Ich hatte schon vor der Abfahrt eine Flasche Rum gekippt und mir in dem Greyhound-Bus dann noch acht Bier hinter die Binde gegossen. Als der Bus in den Bahnhof einfuhr, war ich sternhagelvoll. Manhattan war ein einziges Geglitzer und Gefunkel. Die Busse endeten damals in der Fünfzigsten Straße, in der Nähe der Seventh Avenue, und auch damals ging es dort schon zu wie in einem Ameisenhaufen. Es fror Stein und Bein, gegen diese in die Knochen kriechende Kälte bot mein Mantel nicht mehr Schutz als ein Zwiebelhäutchen. Mein Gesicht wurde wie eine Tomate so rot, und Ohren und Fingerspitzen drohten mir abzufrieren. Überall Nebel, und der Schnee war zu trübschwarzem Eis gefroren, auf dem man ständig ausrutschen konnte. Meinen Koffer in der Hand und ein paar Dollars in der Tasche, schlitterte ich in die Zwanzigste *Street*, wo ein Kontaktmann von mir wohnte. Der Mann sollte mir einen *furnished Room* vermieten. Vom Laufen im Frost wurde ich auch wieder nüchtern. Daß ich in New York war, kam mir allerdings erst zu Bewußtsein, als ich auf dem Weg *uptown* die Spitze des Empire State Building sichtete. Ganz sicher war ich mir nicht, daß ich das *Empire State* vor mir hatte, darum fragte ich, da ich nicht Englisch konnte, einen kleinen lateinamerikanischen Jungen und erhielt die Antwort:
»Yes, that is the Empire State Building.«
In dieser Stadt kann einer die idiotischsten Fragen stellen oder sich, wenn ihm danach ist, sogar als Pavian verkleiden, es interessiert keinen Menschen. Ich fiel mit meinem Köfferchen überhaupt nicht auf in der fröstelnden Menge. Ich kam zur Sixth Avenue und bog in die Zwanzigste Straße, ich kaufte mir in einem Chinesenladen ein Paar wollene Handschuhe, und ich trat in jeden *Delis* und jedes Schuhgeschäft, um mich kurz aufzuwärmen. Geht man die Sixth Avenue abwärts,

bleiben die Hochhäuser allmählich zurück. Alle paar Minuten setzte ich den Koffer auf dem Gehweg ab und sah mich nach den Wolkenkratzern um. Es schien mir unfaßbar, daß ich in einer Stadt mit solchen Bauwerken wohnen sollte. Manche machten einem angst, sie glichen Drachen. Andere, wie das Flatiron Building, wirkten wie ein Riegel Toblerone. Dabei waren die höchsten Häuser der Sixth Avenue, mit Metallplatten verkleidete, schwarz verglaste Klötze, im Volksmund die *Witwen* genannt, damals noch gar nicht erbaut.

Als ich in die Dreiundzwanzigste kam, stand an einer Ecke ein Pulk Menschen. Ich trat hinzu, und da breiteten sie eine Decke über einen noch warmen Leichnam. Es war ein älterer Mann, unheimlich weißhäutig, mit Sommersprossen und roten Haaren. Er war aus einem sechzehnten Stockwerk gesprungen. Sein Toupet war vom Kopf gerutscht und lag neben einem Schlüsselbund und einem Wollschal naß von Blut auf dem Boden.

»Wie ist das passiert? Cómo fue la cosa?« fragte ich auf Spanisch.

Angesprochen muß sich ein Lateinamerikaner gefühlt haben, denn geantwortet wurde mir ebenfalls auf Spanisch:

»Da hatte es einer satt, sich ständig denselben Film anzusehen.«

Damit ging der andere seines Weges. Niemand faßte den Toten an, bis das Polizeiauto und der Krankenwagen eintrafen. Der Tote wurde auf einer Bahre weggetragen, und ich ging weiter. Es wunderte mich, daß hier in jeder Menschenansammlung jemand war, der Spanisch konnte.

New York setzt einen am Anfang maßlos in Erstaunen. Da man aber nicht überall wohnen kann, dafür ist die Stadt zu groß, beschränkt man sich bald auf einen Stadtteil, und so entstehen die vielbeschworenen Ghettos. Ich kenne hier zwar keine zweite Großstadt, aber sicher ist auch schwer eine zu finden, in der so viele verschiedene Völker und Rassen durcheinanderwohnen. Darum nennt man New York auch den Turmbau zu Babel. In Tampa kann man sich bei einer

schwarzhaarigen Frau sicher sein, daß es sich um eine Lateinamerikanerin handelt. In New York ist das anders. Hier kann eine Brünette ebenso gut eine Griechin oder Italienerin oder weiß der Himmel was sein. Auch heute noch kann ich die Sprachen nicht auseinanderhalten. Wenn ich zum Beispiel in der Church Street oder in der Vierzehnten einkaufe, spreche ich den Verkäufer, in dem Glauben, einen *Hispanic* vor mir zu haben, auf Spanisch an. Doch er entpuppt sich als Syrer oder als Portugiese. Darum wohnen die Lateinamerikaner in ihrer Mehrheit im *Barrio*. So ist man unter sich, und so weiß man, wohin man den Fuß setzt. Natürlich auch, weil man in Manhattan nirgendwo anders eine Wohnung für weniger als fünfhundert Dollar findet. *Hispanics* sind im allgemeinen mit Kindern gesegnet, und einer Familie mit vier oder fünf Sprößlingen will hier niemand eine Wohnung vermieten. Es ist eine Tortur, in Manhattan etwas zu finden, es sei denn, man hat die Taschen *full* mit großen Scheinen.
Was mich bei meiner Ankunft in New York ebenfalls faszinierte, waren die *Boliteros*. Da standen sie in den Latinovierteln, an jeder Ecke, genau wie in Kuba, und schrieben die Zahlen mit, in ihren blitzblanken weißen Schuhen, mit ihrem Panamahut und ihren goldenen Halsketten. Sie verleihen New York ein heimatliches Flair, diese Dandys. Trotz der allgemeinen Verschmelzung verraten Sprechweise und Stil der Kleidung auf den ersten Blick den Kubaner. Kubaner sind zugänglicher, redseliger, auch großmäuliger als andere. Bei aller Ähnlichkeit sind die Puertorikaner verschlossener und wortkarger. Irgendwie lassen sie, so würde ich es nennen, den Kopf etwas hängen. Kubaner sind keine Grübler – Puertorikaner zermartern sich das Gehirn wegen jeder Lappalie. Obwohl unsere beiden Völker sozusagen nächste Verwandte sind, ist der Unterschied spürbar. Aber auf Jamsboden kann man eben auch keinen Maniok anbauen. Man muß ihren Unterdrücktenstatus berücksichtigen. Fast die ganze Arbeiterklasse Puerto Ricos ist ja auf Jobsuche in die USA ausgewandert. Was für einen Aderlaß das für ein Volk bedeutet,

wie so etwas spaltet! Auch herrscht bei denen große Konfusion im Land, selbst wenn die Anhänger einer staatlichen Unabhängigkeit jeden Tag mehr werden. Auf die setze ich meine Hoffnung.

Ich suchte Ñicos Schwager José Díaz auf, einen alten Juwelier und hochanständigen Menschen. Er empfing mich in seiner Wohnung in der Zwanzigsten Street, Nähe Achte Avenue. Er war verwitwet und ein Griesgram, aber hilfsbereit war er. Er bot mir kubanischen Kaffee und eine Zigarre an und schenkte mir einen Kalender mit dem chinesischen Horoskop für das Jahr der Ratte.

»Hierher kommt man zum Arbeiten«, sagte er, unterzog mich einer Befragung und erzählte sodann aus seinem ereignisreichen Leben. ›In Ordnung‹, dachte ich, ›welcher Kubaner läßt sich auch die Gelegenheit entgehen, aus seinem Leben zu erzählen?‹

»Und wie geht es meinem Schwager?«

»So lala, José, der bleibt im Lande und nährt sich redlich. Aus Kuba kriegen ihn keine zehn Pferde weg, sagt er.«

»Recht hat er. Oder habe ich in den Staaten je etwas anderes getan als gearbeitet? Jetzt bin ich Witwer und habe meine *Social Security* und dieses Apartment. Lieber aber würde ich meine Tage in Kuba beschließen. Das wirst du merken, Julián, es gibt nämlich kein Zuhause in der Fremde.«

Josés Ein-Zimmer-Apartment war eng, aber gut beheizt. Während ich den Espresso trank, zeigte er mit seine Werkstatt. Sein Leben lang hatte er für Juden Silber geschmiedet.

»Aus einem Ziegelstein preßt du mehr Öl als aus einem Juden«, meinte er mit bitterböser Miene. Als nächstes musterte er mich von Kopf bis Fuß wie einer, der sagen will: »Ist nichts für dich, diese Arbeit.« Das bekam ich mit, denn ich mag zwar ungebildet sein, aber ich habe nie Scheuklappen getragen. Vom Äußeren her war ich eher kantig, ich hatte grobknochige, derbe Hände – nicht das Ideale, um bei einem Silberschmied in die Lehre zu gehen. Ich sah mich unter

seinen Arbeiten um, und rauhbeinig wie nur selten einer sagte er es jetzt ganz offen:
»Das ist nicht dein Fall. Faß hier bloß nichts an!«
Lustlos las er Ñicos Begleitbrief, kochte eine große Kanne Milchkaffee und erzählte:

»Ich bin seit dem Jahr achtundzwanzig hier. Machado hatte gerade seine Wiederwahl erzwungen. Arbeit war eine Seltenheit in Kuba. Heiße Rhythmen aus Oriente konnte man haben, das Trio Matamoros, diverse Vergnügungen, Spielsäle, alles, bloß keine Arbeit. Da ich fürs Lotterleben nie etwas übrig hatte, bin ich ausgewandert. Schön, hier waren Drogen schon an der Tagesordnung, aber wenigstens gab es mehr Arbeitsmöglichkeiten. In Jovellanos, wo meine Familie herkommt, war kein Auskommen. Eines Abends, ich war noch ein Kind, schleppte mein Vater die ganze Familie zur Bahn. Ich sehe es vor mir wie im Traum. Es war das Jahr der Beulenpest in Kuba. Mit Sack und Pack zogen wir vom Gut *La Luisa* in das Dorf Palos. Dort verdiente unser Vater das Notwendigste mit dem Abdichten von Fenstern gegen die Pest. Man stopfte zur damaligen Zeit Papier in die Fugen und desinfizierte mit Schwefel. Richtige Häuser waren das nicht, sondern Elendsbaracken. Trotzdem, irgendwie mußte man sich ja vor Ansteckung schützen.
Ich bin auf dem Fährschiff *Cuba* nach Key West übergesetzt. Von dort ging es zusammen mit fünf anderen Lateinamerikanern auf einem geliehenen *Monster Chandler* weiter. Auf diese Weise kostete die Fahrt jeden von uns nur fünfundzwanzig Peso. In New York wohnte ich zuerst in der Dreiundzwanzigsten, mit einem Ekuadorianer aus Riobamba und zwei Chilenen auf einem Zimmer. Ich war der einzige, der allein schlief, auf einem für zwei Dollar erstandenen Metallbett. Unsere Wirtin war eine furchtbar ordinäre Französin. Eine Nutte war sie nicht direkt, aber sie hatte ohne Trauschein ein Verhältnis mit über fünf

Männern und verguckte sich außerdem noch in unseren Ekuadorianer. Sie machte aus dem Burschen einen Mann mit Schirm und mit Trenchcoat. Ich fing als Geschirrwäscher an, in der Fünfzigsten, dicht beim Broadway, für siebzehn Dollar die Woche. Danach machte ich *all around* alles. Ich jobbte in einer Knopffabrik und lernte, die *Enamel*, das Emailpulver, auf die Knöpfe aufzutragen. Das war Präzisionsarbeit, auch wenn es wenig abwarf. Um in New York zu existieren, mußte man jede Art Tätigkeit erlernen. Das hatte ich schnell heraus und wurde fürs erste Tischler. Ich setzte Fensterzargen ein und schreinerte mir meine eigenen Möbel. Auf dieselbe Weise lernte ich Schuster, Elektriker und Klempner. Ich wollte mein Geld doch nicht irgendwelchen Gaunern in den Rachen werfen! Hierzulande muß man clever sein, Julián, Anfängerfehler haben Folgen, und manchmal kommen sie einen teuer zu stehen. Ich bin selbst in der Schmuckbranche auf den Bauch gefallen, weil ich zuviel auf einmal wollte. Dabei hatte ich meine Werkstatt schon installiert, aber als ein Chilene kam und mir zum Stückpreis von fünf Cents tausend Bücher anbot, griff ich zu. Ich Kindskopf kaufte sie ihm ab, um sie gewinnbringend weiterzuverkaufen, da ich aber nicht Englisch konnte und noch kein Buch zu Ende gelesen hatte, war mein Geld verloren, denn die Bücher waren *Trash*, ich blieb darauf sitzen, und ein Jahr später mußte ich sie auf einem unbebauten Grundstück verbrennen. Wohlfeil leert den Beutel, und, da hilft alles nichts, in den USA muß man sich spezialisieren.«

Wir tranken noch eine Tasse Milchkaffee und knabberten Biskuitplätzchen. Díaz erzählte nun von dem Verein *Julio Antonio Mella*: Er war ein guter Unterhalter.

»Das Goldschmiedehandwerk habe ich mir ebenso wie Englisch allein beigebracht. Das bißchen Englisch, das ich kann, hat sich mir in der freien Wildbahn, durch Zuhören, ins Ohr gesprochen. In der Knopffabrik arbeiteten nur

Spanier und Italiener, Englisch lernte ich daher in der *Subway.* Sooft es mit den Schmuckaufträgen haperte, ging ich in eine *Factory* jobben. Dabei machte ich einmal die Bekanntschaft einer Gruppe Kubaner, von denen einige vor der Diktatur Machados geflüchtete Kommunisten waren. Der Betrieb lag in der Wooster Street hundertacht, und die Eigentümer waren Katalanen. Wir lochten Plastikteile und Knöpfe, eine Arbeit für Mamsellchen. Der Verdienst war nicht schlecht, dreißig Dollar die Woche, und wenn wir *Overtime* machten, kamen wir oft auf sechzig. Der Verein *Julio Antonio Mella* war bereits gegründet, und Enrique Pérez Oliva, einer der Kubaner, forderte mich jeden Tag auf: ›Komm mal mit, Pepe.‹ Andere Kollegen aber gaben mir zu bedenken, da in dem Verein die Kommunisten das Sagen hätten, käme es unter den Mitgliedern oft zu Schießereien und die Polizei hätte dort ihr Dauerquartier aufgeschlagen. Solche Scherereien wollte ich nicht am Hals haben, darum setzte ich vor Ende der dreißiger Jahre keinen Fuß in den Verein *Mella.* Als Kommunist zu gelten, war damals eine ziemlich üble Sache. Enrique trug es mir nach, bis er nach Kuba zurückging. In den Staaten hatte er keinen Ausweg aus seiner Misere gefunden. Ich mußte für ihn hinbiegen, was er beim Knöpfeverzieren verzapfte. Als Propagandist war er erste Klasse, aber vom Handwerklichen hatte er keine Ahnung. Er arbeitete nur, um sich durchzubringen. Der Mella-Verein war in New York ein wichtiger Zusammenschluß. Später war ich sogar im Vorstand – zuständig für Kultur und Freizeit. Veranstaltungen solcher Art besuchte ich auch am meisten. Auch in anderen Vereinen gab es Tanzabende und Bälle, zum Beispiel bei der mexikanischen *Arbeiterhilfe* oder beim spanischen oder dem kubanischen *Arbeiterverein,* aber mir war der *Mella* der liebste, weil man da auch Politik lernen konnte. Das Gebäude hatte drei Stockwerke, im untersten war eine Eßtheke. Besser und billiger gab es lateinamerikanische Gerichte nirgends: Reife Mehlbananen, gebraten,

Hühnchen mit Reis, schwarze Bohnen, Schmorbraten mit Maisklößen ... In der dritten und obersten Etage wurde getanzt und wurden Vorträge gehalten. Im Verein *Mella* wurde mir klar, wie die Arbeiter leben. Erst da ging mir auf, daß sich keine andere Partei um die arbeitende Bevölkerung kümmert. Die Liberale Partei war diskreditiert, die Konservative nur für die Mächtigen und Betuchten da, die Republikaner waren reine Rhetoriker, und die Demokraten waren zu schwammig, eine Partei für Hausfrauen. Ich las zum ersten Mal einen Text von Julio Antonio Mella, darin stand alles. Fast zwanzig Jahre habe ich ihn aufgehoben, dann ist er mir abhanden gekommen. Julio Antonio erklärte da unmißverständlich den Kampf zwischen Arbeitern und Unternehmern. ›Die Unternehmer‹, schrieb er, ›spalten die Arbeiter, sie hetzen sie aufeinander.‹ In diesem Stil öffnete er den Menschen die Augen. Im Verein sprach viele Male auch Pablo de la Torriente Brau. Und der revolutionäre amerikanische Arbeiterführer James Ford. Aber der beste, der mitreißendste Redner war Pablo de la Torriente. Der bestieg einen Stuhl und hielt eine Rede, nach der auch der letzte überzeugt war. Ich vergesse nie, wie er einmal zum Schluß laut ›Proletarier aller Länder, vereinigt euch!‹ rief. Die versammelten Massen erhoben sich wie ein Mann und sangen die Internationale. Das Foto, wo er die schwarze Baskenmütze aufhat, habe ich mir aus der *Bohemia* ausgeschnitten.«

José war ein tatkräftiger und ein unerschrockener Mann. Unwirsch wurde er nur, wenn jemand in seinem Metier herumschnüffeln wollte. Seinen Schmuckladen wollte er mir nicht zeigen, obwohl er für mich eine billige Unterkunft und eine Arbeit suchte. Ständig ging seine Rede:
»Ein ehrlicher Goldschmied kann hierzulande verhungern, mein Junge. In Schmuck muß man Geld stecken, und zu Geld kommen nur Gauner.«
José machte mich mit einem Kubaner aus Vueltas mit Namen

Plácido bekannt. Der war ein Linker und arbeitete als *Super* in einem Wohnhaus in der Neunzehnten Straße. Die lag in Chelsea und war voller Großhandelsunternehmen. Zwischen einer Feuerwache und einem Pelzgrossisten lag das Haus, in dem ich in New York in einen sicheren Hafen einlaufen sollte. Es war wie *Little Spain* eine Latinogegend. Wie das ehemalige *Little Spain*, das da lag, wo sich heute das Areal des Lincoln-Center befindet. Ich zahlte zehn Dollar Wochenmiete für ein Zimmer, das zwar kein Bad hatte, dafür aber vollkommen separat lag. Díaz hatte Arbeit in einem lateinamerikanischen Restaurant in Chelsea für mich gefunden, im *Liborio*, wo ich als *Busboy* zwanzig Dollar in der Woche verdiente. Richtiger Kellner durfte ich noch nicht sein, ich konnte noch keinen vollständigen Satz auf Englisch. Mit der Landessprache hatte ich meine liebe Not. An manchen Abenden ging ich allein in mein Zimmer. Ich mochte mit keinem Menschen reden, so wütend war ich, daß ich nicht einmal »What do you want, Sir?« sagen konnte. Es ging mir einfach nicht über die Lippen. Bei anderen hörte ich es wieder und wieder, aber das half mir auch nichts. Ich bin für Sprachen hoffnungslos unbegabt. Noch heute spreche ich so gut wie kein Englisch. Wohl einzelne Sätze, Redewendungen, sogar ganze Sprichwörter – aber bloß nicht einen Abend lang reden müssen, da würde ich mich verheddern. Meine größte Klippe in den Staaten war deswegen immer mangelndes Englisch. Inzwischen ist es nicht mehr nötig, daß ich noch einmal die Fibel zur Hand nehme. Heute spricht fast jeder hier Spanisch. Ich bin stolz, Kubaner zu sein, und ich spreche meine Sprache auch laut, damit andere es hören, aber früher wirkte es sich für mich schlimm aus, daß ich nie über die Englischhürde hinwegkam. Ich habe deswegen oft den kürzeren gezogen, ich weiß es. Als mir eines Tages jemand das Zimmer über dem Kopf anzünden wollte, konnte ich zwar »Fire! Fire!« brüllen, als aber die Polizei eintraf, mußte ich José, der nur eine Straße weiter wohnte, zu Hilfe holen. Ein penetranter Kolumbianer aus dem dritten Stock wollte mich, weil seine Frau, zufällig auch

Kubanerin, mit einem amerikanischen Jockey fremdgegangen war, aus dem Haus vertreiben. Aus Rache dafür und weil ich ihn schnitt und nicht einmal *Good morning* sagte, schleppte der Kerl, als ich schlief, einen alten Sessel vor die Tür meines Apartments, goß Spiritus darüber und warf dann ein brennendes Streichholz. Der Sessel stand sofort in Flammen, und die Außenseite meiner Eingangstür brannte. Zum Glück stieg mir der Qualm in die Nase, und mit Hilfe von Decken konnte ich das Feuer ersticken. Ich warf gerade noch rechtzeitig meine sämtlichen Decken an die Türe und hielt dann den Kopf aus dem Fenster. Da die Feuerwehr nebenan war, es war nur eine Hauswand dazwischen, konnten die Männer mit einer schaumigen weißen Flüssigkeit den Brand schnell löschen. Aber meine Tür war hinüber. Ich mußte sie neu zimmern. Als ich den Vorfall Díaz erzählte, tröstete er mich:

»So was kommt am Anfang vor, Julián. Sich ein paar Dollar verdienen zu dürfen wird in diesem Land teuer erkauft.«

Der Kolumbianer war tagelang von der Bildfläche verschwunden, und da ich ständig arbeitete, konnte ich mich nicht an seine Fersen heften. Eine Woche später kam er mir im *Stairway* quietschvergnügt entgegen. Ich sagte nichts, weil mir die Beweise fehlten, aber ich sah ihn mit solchen Haß an, daß es ihm durch Mark und Bein ging. Er gehörte, als der New Yorker Bürgermeister 1951 eine Anzahl Razzien gegen Kokaindealer veranstaltete, zu den ersten, die einkassiert wurden. Er ward nicht mehr gesehen.

Mein Zimmer war eng, aber dafür warm, nur wurde die Heizung mit Öl betrieben, stank also fürchterlich, und die Wände überzogen sich mit einem Ölfilm, und sie qualmte entsetzlich. Es fehlten mir noch die Möbel, ein Kühlschrank und eine ordentliche Matratze. Die Holzverkleidung riß ich von den Wänden, sie bestand aus den Brettern von Stockfischkisten und war von meinem Vormieter, einem schrecklich unreinlichen Katalanen, angebracht worden. Er hatte sich so den Holzkauf gespart, aber es stank grausig nach Fisch. Díaz schenkte mir eine Büchse Farbe, und ich strich das

Zimmer gleich zweimal. Damit hatte ich die eine Pest aus der Welt geschafft, aber als Ersatz eine neue. Fast wäre ich vergiftet worden, es war nämlich Januar, und um diese Jahreszeit öffnet kein Mensch das Fenster. Vor die Alternative Vergiftung durch Farbausdünstungen oder Tod durch Erfrieren gestellt, glaubte ich, mein letztes Stündlein habe geschlagen. Wenn mir Miguelito einfiel, dachte ich: ›Sollte er recht daran getan haben, in Tampa zu bleiben, dieses Luder?‹ Doch er dachte nicht daran. Nur wenige Tage später war bei José Díaz ein Brief für mich, darin bat mich Miguelito, ihm in New York eine Arbeit zu suchen, in Tampa würde man von den Moskitos aufgefressen. Miguelito gab die Hoffnung nicht auf, doch noch Sänger zu werden. Er wollte auf dem Broadway auftreten. Er konnte sich nicht vorstellen, daß man zum Blasen einer Flasche hier zwei Münder haben mußte. Ich schrieb zurück: »Hab Geduld, Mann!« und besprach es mit Díaz.

»Ich weiß schon, du willst eine Stelle für deinen Freund in Tampa. Ñico hat ihn mir auch schon ans Herz gelegt, trotzdem, bei ihm ist es schwieriger. Er ist mindestens doppelt so braun wie du, oder irre ich mich?«

»Schon ... Aber als Geschirrwäscher, als Küchenhilfe?«

»Die werden sogar als Geschirrwäscher oft ungern genommen. Aber ich will sehen, was sich machen läßt. Im Moment solltest du versuchen, erst einmal für dich selber zu sorgen.«

Einmal in der Woche, meistens samstags, stellte Plácido den Mietern das Wasser heiß. An den übrigen Tagen machten wir uns in *Pots* oder gemeinschaftlich benutzten Eimern selber welches heiß. Die Dusche war praktisch über den Flur, aber schon auf diesem kurzen Weg gefror man zum Eiszapfen. Man kam frostklappernd zurück. Bei den Apartments mit Einbauküche, wie ich später eines bekam, stand die Badewanne im Eßzimmer. Damit hatte man es schon besser. Man mußte nicht mehr über den zudem von Ratten verpesteten Flur. Manche von den Biestern waren so groß wie Katzen. In

Armeleutegegenden fehlte es einfach an der Hygiene. Die Häuser waren alt, von der Feuchtigkeit verwarfen sich die Linoleumfußböden, und in den entstehenden Hohlräumen nisteten die Kakerlaken. Die Heizungsrohre ließen einen mit ihrem Geschepper nicht schlafen. Wenn das Wasser hineinschoß, war das vielleicht ein Georgel und Geknatter. Man hatte praktisch das Platzkonzert von Bejucal in seinen vier Wänden. In Havanna hatte man sich bei dem Gedanken an die USA wunder was vorgestellt, in der Wirklichkeit nahm es sich aber ganz anders aus: zum Haareausraufen. Dank Plácido ist mir übrigens eine mittlere Katastrophe erspart geblieben. Obwohl nichts gegen mich vorlag, keine gravierende Vorstrafe und keine Verwicklung in Drogengeschäfte, durchsuchte die Distriktspolizei eigentlich immer das Zimmer, wenn jemand neu ins Viertel zog.

Fiorello La Guardia, der berühmte New Yorker Bürgermeister, griff nämlich gegen Opiumraucher hart durch. Wollte ein *Super* einen Mieter loswerden, drohte er ihm darum nur mit dem abschnittsbevollmächtigten Polizisten, und der Mißliebige sah zu, daß er fortkam. Ich hatte das Glück, in New York José Díaz zu kennen. Der sprach für mich gut, und so blieb ich unbehelligt. Außerdem war Plácido ein Landsmann von mir, und er hielt sich an die Gesetze. Andere *Supers*, die ich später kennenlernen sollte, waren hingegen krumme Hunde. Die schmuggelten einem Marihuana in die Schrankschubladen und ließen dann die Polizei kommen. Zumindest, wenn sie sich eines Mieters entledigen wollten. Vor allem mit den Puertorikanern ist in den Staaten viel Schindluder getrieben worden. Heute wissen die Leute mit dem Namen La Guardia nichts mehr anzufangen. Dementsprechend ist auch der Sittenverfall, das bekommt kein Mensch mehr unter Kontrolle. Niemand hat mehr Angst, niemand begnügt sich mehr mit seinen eigenen vier Wänden. Und das läuft alles frei herum, man riskiert Kopf und Kragen. New York kann sich nicht mehr retten vor den Mafia- und Killerbanden.

Vor Jahren machte der Name La Guardia noch Eindruck.

Jetzt assoziiert man damit nur noch einen der New Yorker Flughäfen. Ich kann mich noch erinnern, was man sich über La Guardia alles weitererzählte. Wie er in ein Viertel kam und da aufräumte, unbestechlich, oder wie er, den Helm auf dem Kopf, ein Feuerwehrmann unter vielen, auf dem Spritzenwagen daherbrauste und einen Brand mitlöschte. Sogar in der Uniform eines Verkehrspolizisten ist er gesehen worden. Er verfuhr wie demokratisch gesinnte Monarchen: Er verkleidete sich als armer Mann und erkundete so die gefährlichsten Viertel. Er stieg in die Schächte der *Subway* hinab, er wagte sich sogar nach Harlem. Den jetzigen Bürgermeister bekommt man bestenfalls auf dem Bildschirm zu sehen, und selbst da sagt er kaum *Merry Christmas.* New York ist zu unsicher geworden. Ein Jammer, denn die Stadt hat eine Menge Unterhaltsames zu bieten. Aber sie ist eben nicht mehr *safe.* Vor knapp einer Woche erst ist einem Bekannten von mir die ganze Wohnung leergeräumt worden. Es handelt sich um einen schon etwas älteren Mann ohne eigenes Einkommen. Jetzt will er sich ans *Welfare* wenden, ob sie ihm vielleicht neue Sachen stellen. Ich kann es nur hoffen. Sogar seinen Kühlschrank haben sie abtransportiert, nur seine Katze haben sie ihm gelassen. Sowas ist ganz normal in New York, und deswegen verdienen sich die Anbieter von Sicherheitsschlössern und Alarmanlagen seit Jahren eine goldene Nase.

Mit meinem ersten Monatslohn fuhr ich in die Houston Street und kaufte mir einen gebrauchten Kühlschrank. Das Bowery stand damals gerade in der Blüte. Horden von Betrunkenen schlürften an den Straßenecken unverdünnten Alkohol aus Arzneifläschchen, putzten den Autofahrern die Windschutzscheiben oder hauten Passanten um Geld an. Kaum schaltete die Ampel auf Rot, kamen sie angeschwirrt wie ein Wespenschwarm und bettelten. Das ist heute noch genauso, aber als ich hier neu war, stach es mir mehr in die Augen. Die arbeiteten nicht, die aßen nicht, die schliefen, mit Zeitungen und leeren Reissäcken zugedeckt, bei der Kälte auf der Straße. Andererseits war der Anblick dieser Männer auf der Lower East Side auch wieder tröstlich. So konnte ich mir sagen: ›Mann o Mann, es gibt also welche, die noch schlimmer dran sind als du!‹ José Díaz begleitete mich beim Kauf des Kühlschranks. Er kam mich sehr billig, weil ich einen gebrauchten nahm, der außerdem defekt war. Wir wickelten die Spule neu auf, wir spannten neue Riemen und wir gaben ihm einen neuen Anstrich. Ich konnte es nicht fassen – ich hatte meinen eigenen Kühlschrank! Ein großes Problem war damit von mir genommen. Bis dahin hatte ich Milch und Fleisch immer auf dem Fensterbrett kühlstellen müssen. Als nächstes ging ich auf die East Side und kaufte mir eine gebrauchte Matratze. Ich rollte sie ein und trug sie auf der Schulter von der Dreiundsechzigsten oder Vierundsechzigsten Street bis zu mir in die Neunzehnte. Als ich nach Hause kam, war ich gerädert. Ich warf mich auf die Matratze und schlief den Schlaf des Gerechten bis zum anderen Morgen.

Dann sah ich es zum ersten Mal schneien. Teilweise macht es ja Freude. Es sieht sehr hübsch aus am ersten Tag, wie der Schnee auf die Autos und die Markisen fällt. Als ob es Kokosraspeln schneite. Danach wird der Schnee erst schmutzig, dann hart; er vereist an den Bordsteinkanten, in den Pfützen und auf Treppen und Stufen. Ich hatte noch keine Erfahrung damit und bin darum mehrmals hingefallen. Ein Sturz auf Glatteis ist furchtbar gefährlich, weil man ins Schleudern gerät, völlig die Kontrolle verliert, immer weiter schlittert. Man kann sich den Schädel dabei einschlagen oder die Rippen brechen. Im Restaurant schickte mich der Wirt gleich zu Anfang auf dem Bürgersteig Schnee schippen, und da wir keine Verträge hatten und auch nicht die geringste Aussicht bestand, welche zu bekommen, durfte ich nicht murren, sondern mußte mich an die Arbeit machen. Meine Finger wurden so eisig und klamm, daß ich befürchtete, sie würden im nächsten Moment abbrechen. Der Frost drang spielend durch die Handschuhe, meine Knochen knackten, und die Röte einer Tomate war nichts im Vergleich zu meinem Gesicht. In einem Kommissionsgeschäft, hier *Thrift Shop* genannt, kaufte ich mir ein Paar lange wollene Unterhosen, und die wurden von da an nur noch ausgezogen, wenn ich sie waschen mußte. Auch so fror ich noch immer zum Erbarmen. Streusalz bringt den Schnee zum Schmelzen, aber der *Slush*, der daraus entstehende Matsch, muß dennoch weggeschippt oder weggeharkt werden.

Ein *Busboy* war ein gewöhnlicher Dienstbote, nichts weiter. Oft mußte ich in der Küche den Abwasch machen oder im Restaurant putzen. Und ich durfte keinen Ton sagen – vor der Tür warteten Schlangen von Puertorikanern auf solche Restaurantjobs. Von meinem Trinkgeld kaufte ich mir ein Waschbecken und installierte es in meinem Zimmer. Plácido gab mir die Genehmigung dazu, wir waren inzwischen Freunde. Er wußte ja selbst, wie sehr Kubaner auf Sauberkeit halten. Jeden Tag wusch ich mich von Kopf bis Fuß, einschließlich der Haare. Plácido lachte: »Dich spreche ich in zwei, drei Monaten wieder.« Aber die Reinlichkeit konnte ich mir nicht abgewöhnen. Von meinen ersten Ersparnissen kaufte ich mir deswegen die Badewanne und stellte sie neben meinem Bett auf. So mußte ich nicht mehr zum Duschen über den Flur, was eine große Annehmlichkeit und Entlastung war.

Viele Leute gingen zum Duschen in die städtischen Bäder in der Siebenundfünfzigsten Street, in der Neunten Avenue oder in die Bäder im Village. Ich brauchte da nie hin, ich besaß ja mein Waschbecken und meine Wanne. Wo ich zusammen mit einigen Puertorikanern allerdings oft hinging, war ins Hallenbad. Wir gingen in die Schwimmhalle eines Hotels in Brooklyn, da war es billig. Dort kam ich mit vielen Lateinamerikanern in Kontakt und machte die Bekanntschaft heißer Bräute. Das Becken war groß und gut gefüllt, und das Wasser war schön warm. Eines Tages war es dann voll Blut. Die Neger aus dem umliegenden Viertel begannen nämlich auch hinzugehen, mit Fug und Recht, aber den Italienern ging das gegen den Strich. Sie opponierten, und zwar handgreiflich, und um Auseinandersetzungen aus dem Weg zu gehen, ging ich bald kaum noch hin.

»Gegen dich geht es doch nicht, Julián«, meinte ein Freund von mir, ein Dominikaner.

Aber ich war ja auch farbig. Obwohl ich nicht aus diesem Viertel kam und nicht pechschwarz war. Ich wurde nie angesprochen oder auch nur scheel angesehen, die Neger ja. Die brauchten nur den Fuß in die Halle zu setzen, schon war Krieg. Sie kamen allerdings auch nicht vereinzelt wie ich, sondern wie die Apachen in Gruppen. So fühlten sie sich sicherer, so konnten sie sich wehren. Eines Abends, so gegen neun, kurz vor Ende der Öffnungszeit, begannen ein Italiener und ein Harlemer Neger ausfallend gegeneinander zu werden. Es flog eine Bierflasche. Der Italiener zog ein Messer und ging am Beckenrand auf den Neger los. Da sprang einer aus der Gruppe dem Italiener an die Gurgel, und bevor er ins Wasser stürzte, hatte auch er ein Messer im Rücken. Da keine *Security Police* zur Stelle war, breitete sich im ganzen Becken das Blut aus. Die Menschen schrien, manche nur so, aus Lust am Schreien. Die Frauen hetzten von einem Beckenrand zum anderen. Aber kein Mensch sprang ins Wasser, um die beiden herauszuholen. Schwerverletzt schafften sie es gerade noch die Leiter hoch, um dann auf den Fliesen zu verbluten. Schuld war für die Anwesenden der Neger, in diesem Land bestand immer ein starker Rassismus. Als Zeuge zur Verhandlung geladen, beschränkte ich mich darauf, den Hergang zu erzählen. Der Italiener war schuld gewesen, aber davon wollte kein Mensch etwas wissen. Er hatte die Situation erst provoziert mit seinem herausfordernden Gehabe, darin sind sie den Kubanern so ähnlich. Die Neger brachten den Fall vor ein höheres Gericht, und am Ende gewannen sie, aber von da an kamen nur noch sehr wenige von ihnen ins Bad nach Brooklyn.

Mein Fall liegt anders. Ich bin zwar dunkelhäutig, aber nicht so dunkel wie ein richtiger Neger. Das soll nicht heißen, daß ich als Weißer gelten kann, aber immerhin als Mulatte, dessen Haare nur leicht gewellt sind. Jetzt, wo sie grau sind, sind sie noch glatter. Nur interessiert es mich inzwischen nicht mehr. Mein Viertelstündchen ist längst vorüber.

Plácido und ich trafen uns nur selten, dazu hatte ich im *Liborio* eine zu anstrengende Arbeit. Den ganzen Tag mußte ich rennen, hatte keine ruhige Minute, keine Atempause, bis ich abgelöst wurde. Wenn gute Kundschaft kam, war ich gut dran, da fielen für mich womöglich sogar Eintrittskarten für die gerade gespielten Musicals ab. Ich war nicht gerade ein Fan von Theater, aber hin und wieder sah ich so eine *Show* doch gerne. Ins *Liborio* kamen gelegentlich auch Broadwaykünstler, ich nehme an, von den Revueensembles. Sie waren ganz närrisch auf lateinamerikanische Küche, und den Rum tranken sie aus Biergläsern. Da ich sie trotzdem gepflegt bediente, sagten sie:

»Wann haben Sie Geburtstag, Tony?«

Sie wollten mir Eintrittskarten schenken. Also hatte ich jeden Monat Geburtstag und verkaufte einen Teil der Karten am Eingang des *Schubert Alley* oder des Plymouth-Theaters. Mal waren es Orchesterplätze, mal *Standing Room.* Ich selbst ging fast nie hinein, weil ich mit Sicherheit eingeschlafen wäre. Es waren die Jahre, in denen Tallulah Bankhead, Mary Martin und Ann Miller die Broadwaygrößen waren. Zumindest kamen sie dauernd in den Zeitungen und in den Werbespots vor.

Eines Abends klingelte Plácido bei mir, in der Hand den *Daily Worker,* die Zeitung der amerikanischen Kommunisten. Er las die Überschriften vor, und er sagte:

»Eine der wenigen verläßlichen Zeitungen. Alle anderen stehen unter der Kontrolle der Mafia.«

Der *Daily Worker* heißt inzwischen *Daily World.* Es gab ihn seit 1924, und Plácido kam jetzt regelmäßig mir die Überschriften vorlesen. Ich selber konnte ja nicht Englisch, und wenn ich mich über einen Mord informieren wollte, kaufte ich mir darum *La Prensa* oder *El Imparcial.* Samstagsnachmittags vor Arbeitsantritt ging ich in den Central Park und sah mir so unentgeltlich ein Baseballspiel an. Unglaublich viele *Hispanics* kamen in dem Park zusammen, Baseball ist der kubanische Nationalsport. Ich war zwar kein Baseballfan, aber auf diese Weise vertrieb ich mir, ohne einen Heller auszugeben, doch ganz gut die Zeit. Ich mummelte mich bis zum Kinn ein, die Kälte war unerträglich. Obwohl – der Mensch gewöhnt sich an alles. Mit Hilfe von Plácido lernte ich New York schließlich besser kennen. Mit Plácido war ich zum ersten Mal in den Kinos der Dreiundvierzigsten, wo der Eintritt heute fünf Dollar kostet. Früher konnte man sich für fünfunddreißig Cents sogar zwei Filme ansehen, jedenfalls vor sechs Uhr nachmittags. Ab sechs kostete der Eintritt fünfundsiebzig Cents, und es war nicht nur teurer, sondern auch riskanter. Ab sechs kam es in den Kinos der Dreiundvierzigsten zu jeglicher Art Randale. Einmal habe ich miterlebt, wie ein Weißer einem Neger die Kinnlade zertrümmerte, bloß weil der sich neben seine Frau gesetzt hatte. Man ging besser am Nachmittag ins Kino, erstens zahlte man da weniger, und zweitens hielt man sich derlei Unannehmlichkeiten vom Hals. Aber ehrlich gesagt, oft vergnügt habe ich mich nicht in diesen ersten Wochen. Ich hatte weder die Zeit dazu noch die Kraft, bei minus fünfzehn oder minus dreizehn Grad Fahrenheit Kälte in Schnee und Eis hinauszugehen.

Ich erzählte Plácido von Miguelito, und der gab mir einen brauchbaren Tip. Da der Inhaber meines Restaurants mich inzwischen kenne und wisse, daß ich verläßlich sei, riet mir Plácido, doch bei ihm für Miguelito gutzusprechen. Kubaner waren damals begehrt bei den Amerikanern, und nicht aus einer Laune heraus, sondern weil wir wahrhaft schufteten wie die Ochsen. Ich ging also hin und packte dem Chef mein Anliegen, zack, auf den Tisch.

»Wer Jahre gewartet hat, kann auch fünf Minuten warten«, sagte er. »Hol ihn nicht sofort her.«

Ich schrieb Miguelito, daß gute Aussichten bestünden, und er schrieb sofort dankbar zurück. Einen Monat später sagte der Wirt, ich könne Miguelito kommen lassen. Er werde meine Stelle einnehmen, ich selbst würde zum *Waiter* aufsteigen. Die englischen Namen der Gerichte hatte ich mir inzwischen gemerkt, zumindest *Bread and Butter* konnte ich sagen. Im Grunde waren Englischkenntnisse im *Liborio* gar nicht so unentbehrlich, weil der überwiegende Teil der Gäste, auch die Amerikaner, Spanisch konnte. Die Amerikaner renommierten mit ihrem Spanisch gern vor ihren Tischgenossen und übten sich damit gleichzeitig ein wenig im Sprechen. Im übrigen war das *Liborio* ein volkstümliches Eßlokal, für Anwohner des Viertels, allzu hoch durfte man seine Ansprüche da auch nicht schrauben.

Plácido gestattete mir, Miguelito für eine Woche in meinem Zimmer aufzunehmen. Und ich war ihm dankbar dafür, wußte ich doch nicht, ob der Luftikus Miguelito Geld dabei haben würde. Aber er hatte welches, und so konnten wir ein paar Straßen weiter ein Zimmer für ihn anmieten, das er mit einem frisch zugewanderten Venezolaner gemeinsam benutzen mußte. Das Zimmer war ungefähr so wie meines, nur ohne Heizung.

»Sag mal, Julián, ist es hier jeden Tag so kalt?«

»Jawohl, Miguelito. Aber du wirst sehen, der Mensch gewöhnt sich an alles.«

Neger werden bei großer Kälte weiß im Gesicht, ihre Haut wird rissig. Je schwärzer einer ist, desto leichter friert er.

»Das halte ich nicht aus, Julián.«

»Klar hältst du das, Mann. Besorg dir eine zweite Decke und für die Ohren eine Mütze, und fertig.«

Er hielt es aus, wie jeder andere auch. Im Handumdrehen kannte er sich aus im Metier eines *Busboy,* und er bekam in drei Wochen mehr Trinkgeld als ich in drei Monaten. Er wurde ein flotter Hilfskellner, auch wenn ihm sein Ziel, Sänger und Steptänzer zu werden, nicht aus dem Kopf ging. Aber man wird nicht zum Showstar, bloß weil man in New York lebt. So wie auch eine Ratte noch längst kein Seemann ist, bloß weil sie zur See fährt. Miguelito leistete sich Gesangsunterricht bei Bobby Cortés, einem Puertorikaner mit eigener Schule im Barrio. Er kaufte sich Kostüme, Lackschuhe, volantbesetzte weiße *Guaracheras*. Dafür gab er sein ganzes Geld aus. Er trank nicht, er tippte nicht, er ging nicht ins Kino. Er war allerdings – das war aber auch das einzige – Stammgast im Manhattan Center. Er tanzte dort gern, zur Musik der Gruppe *Machito* und der *Afro Cuban Boys*. Mit jedem Tag wurde sein Bekannten- und Freundeskreis größer. Fast alles Leute aus dem Barrio. Miguelito sang in Kirchenchören mit; er meinte, von dort aus ginge es senkrecht nach oben. Er wollte ein kubanischer Eddy Cantor oder ein Al Jolson werden. Aber sein Englisch und seine Hautfarbe waren allzu hohe Hürden. Als Farbiger konnte man ja nicht einmal, sagen wir, im Terrassencafé am Radio City Center sitzen. Das war Weißen vorbehalten. Ein böser Spuk, das war in einem solchen Lokal ein Neger. Miguelito war übrigens der einzige *graue* Neger in Manhattan. Nicht nur weil er von der Kälte fahl wurde, nein, er betupfte sich auch mit solchem modischen neuen Puder, das die Gesichtsfarbe aufhellt. Er wurde so um einiges heller, aber trotzdem war nichts zu machen. Die Bühnenmafia hatte alles unter Kontrolle. Wenn überhaupt für einen Neger, dann entschied die sich für einen einheimischen und nicht für einen aus Kuba. Davon konnte Bobby Cortés ein Lied singen. Wie der um die Rechte aus seinen Liedschöpfungen geprellt worden war! Er kreierte zum Beispiel einen Schlager und reichte ihn bei einer Rundfunkanstalt oder einer *Latin Band* ein. War die Nummer gut, übernahm die Band sie, meldete sie aber in Washington als eigenes Copyright an. Unter dem Namen irgendeines hergelaufenen Miststücks, nur nicht unter dem richtigen, unter Bobby Cortés' Namen. Auf diese Weise waren auf vielen ihrer Platten Lieder von Bobby, Guarachas oder Boleros. Er konnte so schlimm übers Ohr gehauen werden, weil er eine ehrliche Haut war und kein Spitzbube. Ich war mit Bobby

und Miguelito auf vielen Lateinamerikanerfesten, in Jackson Heights, auf der *Lower East,* im Barrio. Ich schloß mich der zahlenmäßig größten und den Kubanern am wohlgesonnensten Kolonie an, den Puertorikanern. Miguelito tat sich sofort mit einer Puertorikanerin zusammen. Und schrieb dessen ungeachtet weiterhin fleißig Briefe an seine Freundin in Kuba, denen er Fotos von sich vor dem Empire State Building und der Freiheitsstatue beilegte. Die Puertorikanerin war ungemein eifersüchtig und drohte ihm regelmäßig, falls er noch einmal nach Havanna schreibe, werde sie ihm ins Gesicht springen. Daraufhin schrieb Miguelito bei mir in der Wohnung und ließ sich die Antwortbriefe an meine Adresse schicken. Allerdings beschäftigte er die Post von Mal zu Mal seltener. Wenn Getrenntsein anfangs noch wie ein Magnet wirkt, so tritt das vorher Gewesene, je mehr Zeit vergeht, immer mehr in den Hintergrund. Die Gegenwart verlangt ihre Rechte, die Menschen leben nicht gestern oder morgen, sondern eben heute. Und über den alltäglichen Vorkommnissen, über der Arbeit, der *Subway,* dem Englisch, findet ein Emigrant nicht die Zeit, seiner daheimgelassenen Lieben zu gedenken. Mir selbst ist es ja auch so gegangen. Ich habe ehrlich gesagt nur meiner Schwester Yara nie aufgehört zu schreiben.
Miguelito, um aufs Thema zurückzukommen, stürzte sich also in das hiesige Leben und hatte seine Freundin sehr bald vergessen. Außerdem hielt ihn seine Puertorikanerin an der Kandare, Eskapaden waren ihm nicht gestattet. Die Puertorikanerin war trotz zusammengewachsener Augenbrauen hübsch, sie hatte nur etwas rauhe Sitten. Zog Miguelito mit einer puertorikanischen Musikantenclique zum Singen auf eine Party, durfte sie nicht fehlen. Mußte er an einem Weekend auf Bällen und Serenaden arbeiten, zog sie mit ihm. Sie ließ ihn keine Minute aus den Augen. Unter solchen Umständen mußte er seine Freundin ja vergessen!
»Verdammt, sie schreibt mir nicht mehr!« klagte er eines Tages beim Anblick meines leeren Briefkastens.

»Warum sollte sie dir auch noch schreiben, wo du ihre Briefe nicht beantwortest?«

Die kleine Carmen hingegen wußte Miguelito zu nehmen. Sie zogen zusammen in eine Wohnung auf der *Lower East,* weil Carmencita dort Arbeit in einer *Factory* gefunden hatte: sie verpackte Babywäsche. Sie nutzte die Arbeit, um Miguelito tagtäglich eifersüchtig zu machen. »Der *Foreman* wollte mich antatschen« oder »Der Mann der Ekuadorianerin guckt mich so komisch an.«

»Ach, Julián, ich mag dieses Mädchen. Ich liebe sie, aber sie ist auch ganz schön meschugge. Wenn sie nicht selbst eifersüchtig ist, versucht sie mich gegen andere Männer aufzubringen.«

»Laß sie sausen. Mach lieber deine Musik.«

Aber Miguelito hatte es ernsthaft erwischt. Trotzdem arbeitete er viel, einen rührigeren Menschen als ihn habe ich nicht gekannt. Dank seiner guten Laune regnete das Trinkgeld nur so auf ihn herab. Auch wenn er sich die Nacht davor mit den Lebenskünstlern des Barrio um die Ohren geschlagen und seine Liedkreationen vorgesungen hatte, kam er am nächsten Tag pünktlich ins Restaurant. Und unsere Gäste trugen ihn auf Händen.

»Das ist mir heute Nacht im Traum zugeflogen«, sagte er und zog ein Blatt Papier aus einer Tüte. Miguelito war kein schlechter Liedermacher, sondern im Gegenteil eine große musikalische Begabung. Wie er es fertiggebracht hat, so viele Dinge auf einmal zu tun, ist mir nie begreiflich geworden. Sein Ziel war und blieb es, ganz der Musik zu leben, nur zahlte sich das leider nicht aus. Musiker mußten nebenher einem Broterwerb nachgehen, denn ihr Musikerverdienst reichte nicht zum Leben. Außerdem verschlangen Miguelitos Gesangsstunden und die *Furniture* seiner neuen Wohnung ein Vermögen. Miguelito bewegte sich fast ausschließlich in Puertorikanerkreisen. Er hatte zwar auch einiges an ihnen auszusetzen, ohne sie konnte er aber offensichtlich nicht sein. Außerdem mogelte er sich auf diese Weise nach wie vor ums

Englischsprechen herum. Unterricht an Sprachschulen war damals unbezahlbar. Wenn wir doch etwas Englisch lernten, dann auf der Straße und aus den Schlagzeilen der Zeitung und aus purer Sturheit.

Carmencita hatte eine Schwester, die war ihr einige Jahre zuvor aus Ponce nachgezogen. Sie hatte alle ihre sechs Kinder mitgebracht und *Welfare* beantragt. Ihr Mann war in Puerto Rico geblieben, in New York war gegen ihn ein Verfahren anhängig. Aber in Ponce hatten die Menschen damals nichts zu beißen. Wenn sie in die Staaten kamen, lebten sie sozusagen von Almosen. Carmencita half ihrer Schwester, in der Bronx ein Apartment zu finden. Und versuchte sie mit mir zu verkuppeln. Die Schwester war eine lustige Schwarzhaarige, aber mir grauste vor ihren sechs Kindern. Wir gingen zusammen im Manhattan Center und im Coney Island tanzen, und wir schlenderten im Central Park um den Teich. Sie meinte:

»Für dich gebe ich meinen Mann auf.«

Ich riet ihr ab, ihren Kindern und meiner Ruhe zuliebe.

»Wir sollten nichts übereilen.«

Aber an Frauen aus Puerto Rico verbrennt man sich die Finger. Sie sind heißblütiger als die Kubanerinnen, und ehrlich gesagt, sie kriegte mich rum. Trotzdem konnte ich mich gerade noch rechtzeitig wieder loseisen. Ihr Mann schrieb nämlich in einem Brief, er habe eine Ausnahmegenehmigung erwirkt und könne im März kommen. Er wollte, so vermute ich, seine Kinder wiedersehen. Seine Mutter hatte er schon vorausgeschickt. Jeannette und ich arrangierten es darum so, daß wir hinter dem Rücken der alten Frau ausgehen konnten. Ich schaffte den Absprung noch, und Jeannette jagte mich zwar wie einen Hasen, bekam mich aber nicht am Wickel. Ihr Mann zog bei seiner Ankunft sofort zu ihr. Sie erlebten ihre zweiten Flitterwochen, aber zuletzt nahm das Ganze ein Ende mit Schrecken. Der Mann wurde wegen dunkler Geschäfte in den Staaten überwacht. Und als sie in das Apartment in der Bronx kamen, um ihn zu verhaften, lieferte er sich

mit der Polizei ein Gefecht und erschoß einen Polizisten. Zu einer hohen Gefängnisstrafe verurteilt, landete er in den *Tombs,* dem New Yorker Zuchthaus. Jeannette schluckte zwei Röhrchen Seconal und legte sich, als Kinder und Schwiegermutter selig schliefen, ins Bett. Sie erblickte nie wieder das Licht des Tages. Ihr Begräbnis war das Bedrükkendste, was ich je erlebt habe. Die Kinder begriffen nichts und heulten nur unaufhörlich. Carmencita bekam von der Sache einen leichten Knacks und war seitdem nie wieder ganz bei sich. Zum Glück verschaffte Phill Dutch, ein Anwalt des *Working Class Comittee,* der Familie aus dem organisationseigenen Sozialfonds eine Unterstützung und ließ die Kinder etwas lernen. Ihrer Großmutter gaben Miguelito und ich vierzig Dollar für Sargblumen und Telefonate nach Ponce. Die Wohnung war ein einziges Jammern und Klagen. Grund genug hatten sie ja. Die Eltern der Toten konnten nicht zum Begräbnis kommen. Und ihr Mann bekam ebenfalls keinen Ausgang. So daß Miguelito und seine Freunde, der alte José Díaz, Plácido und ich alles übernahmen.
Von da an wurde Carmencita schwer gläubig. Sie begann in der Wohnung Heiligenbilder aufzuhängen, sie stellte in deren Nähe Gläser mit frischem Wasser, sie brachte Blumen an und legte Votivgaben aus, die die Kinder bei Gesundheit erhalten sollten. Es zerriß einem aber auch das Herz, die kleinen Unglückswürmer, deren Vater als Drogensüchtiger in den *Tombs* saß und deren Mutter unter der Erde lag, allein durch die Straßen der Bronx tappen zu sehen. Mehrere Monate lang war bei uns nichts mit Feiern. Die Puertorikanerbands mußten sich vorübergehend einen anderen Sänger suchen. Carmencita verlangte von Miguelito, daß er, wie es sich beim Tod ihrer Schwester gebührte, die Trauer einhielt. Sie trieb ihn in die Enge; dabei floß auch das Zubrot, das er mit dem Musizieren verdiente, in ihren Haushalt.
Jeannettes Mann lackierte nach seiner Haftentlassung Möbel in unserem Viertel. Er soll sich, so hieß es, von den Drogen und dem üblen Lebenswandel gelöst haben. Da waren die

Kinder schon *Teens*. Ein paar von ihnen gerieten auf die schiefe Bahn, die Großmutter hatte das Ruder allein nicht herumwerfen können. Über Miguelito lernte ich Jeannettes Mann eines Tages persönlich kennen. Ich mußte ihn um eine Gefälligkeit bitten. Er gab mir nicht die Hand. Miguelito erklärte:
»Julián ist so gut wie mein Bruder.«
Der Mann zeigte mir trotzdem die kalte Schulter. Er sah nicht aus, als wäre mit ihm gut Kirschen essen. Er war ein abgebrühter Häftling. Er sagte hämisch:
»Mit dir muß ich erst mal ein Hühnchen rupfen.«
Ich habe danach nie wieder eine Spur von ihm gesehen, und ich frage mich bis heute, ob Carmencita ihm nicht vielleicht meine Geschichte mit ihrer Schwester gesteckt hat. Nicht umsonst mißtrauen die *Abakuás* den Frauen. Ob nun früher oder später, irgendwann verplappern sie sich alle. Die Abakuás haben zu diesem Thema die Sage vom geschwätzigen Weibe parat, dem die Zunge herausgeschnitten wurde, weil es das Geheimnis seines Volkes verraten hatte. Ich habe sie in Havanna auf den Kais von Stauern gehört, die Mitglied bei den *Ñáñigos* waren, und das bleibt unwidersprochen, es ist eine Wahrheit, so groß wie das Kapitolgebäude.
Er zeigte mir die kalte Schulter, aber er bekam mich auch nie wieder zu sehen. Ich warnte Miguelito vor ihm, aber er wollte davon nichts hören.
»Ach was, Julián, der Mann ist Möbellackierer und jetzt ganz friedlich.«
Doch von verbotenem *Bolita* zu anderen Abwegen ist es nur ein kleiner Schritt. Und wenige Monate nach seiner Entlassung aus den *Tombs* geriet der Mann erneut auf die schiefe Bahn. Zum Glück hatte er weder Miguelito noch dessen Freundin zum Mitmachen verleiten können. Ich selbst lebe am liebsten in Einklang mit den Gesetzen. Ich bin, wenn ich mich aufs Ohr lege, gern mit mir selber im reinen.

Ich blieb im *Liborio*. Auch nachdem Miguelito und mir im Mai 1952 ein Bombengeschäft über den Weg lief. Was in dieser Stadt selten genug vorkommt, weil Geschäftliches hier sonst entweder von der Mafia oder von den sogenannten *Wasps*, den erfolgreichen weißen Amerikanern, kontrolliert wird. Latinos wurden damals noch mit dem Schimpfwort *Spicks* bedacht und damit diskreditiert. An die Stelle von *Spicks* ist heute *Hispanics* getreten, womit wir in die Nähe von Indianern mit Lendenschurzen gerückt sind. Manche von uns halten sich inzwischen für gleichrangige Bürger, weil sie Geld gemacht oder im Lotto gewonnen haben. Wollen sie aber ins *Lord and Taylor* oder in ein *Bloomingdale's* und sprechen dabei Spanisch, so werden bei ihrem Anblick recht unschön die Mienen verzogen. Wenn man ihnen nicht gleich zuvorkommt und sie mit einem beflissenen »What can I do for you?« abfängt. Damit sie bloß nicht in den Waren herumschnüffeln. Lateinamerikaner sind nämlich ausgesprochen neugierig und gehen oft wirklich nur zum Herumkramen und zum Zeitvertreib in die großen Shopping-Center. Sie sprühen sich hier mit dem Probierflakon Parfüm hinters Ohr und heben dort einen Stoffballen hoch, und dazu brüllen sie:
»Sieh mal, María«, oder wie die bessere Hälfte heißen mag, »was für schöne Farben!«

Eben wegen dieser Lautstärke sind sie unbeliebt, sowas fällt hier aus dem Rahmen. Die Amerikaner sind kurz und bündig, und die gehen geradeswegs auf ihr Ziel zu. Wir Latinos hingegen drehen um die Dinge erst mal mehrere Kreise, und wir stiften überall Wirrwarr. Die Puertorikaner könnten das Rivalisieren erfunden haben, ständig liegen sie mit anderen in Fehde, und die Kubaner dürfen als die Erfinder der Großmäuligkeit gelten. Zumindest früher war ein Kubaner auf Meilen Abstand an seinem protzigen Gehabe zu erkennen. Heute wissen wir uns schon ein wenig besser zu benehmen. Graue Mäuse sind wir nach wie vor nicht. Das hat auch sein Gutes: Kubaner kuschen nicht, sie machen den Mund auf. Die Amerikaner sind da ganz anders. Um es deutlich zu sagen, Amerikaner lassen sich ganz gern Beine machen und herumkommandieren. Wenn du aber bei denen ins Schleudern kommst, zertreten sie dich unterm Absatz. Darum imponiert mir Fidels Selbstbewußtsein. Der hat sie in ihre Schranken verwiesen.

Wenn ich etwas erzählen soll, komme ich jedesmal vom Hundertsten ins Tausendste. Ganz unvermeidlich. Darin bin ich meiner Großmutter, der Stillen Juana, ähnlich. Die mußte von den Leuten auch immer ermahnt werden: »Juana, kommen Sie zur Sache!« Es half alles nichts, sie mußte ihre Geschichten ausschmücken, sonst fehlte die Würze.

Eigentlich wollte ich ja von unserem Geschäft erzählen, aber ich habe wieder mal den Faden verloren. Es kam folgendermaßen zustande. José Díaz hatte eine Erleuchtung. Jeder Kubaner kommt irgendwann mal auf Trab, der eine früher, der andere später. José genügte seine Zwergfirma nicht mehr, mit einem Mal wollte er sich verbessern. Klitschen wie seine gab es mehrere im Viertel und sogar in der Siebenundvierzigsten Straße. Jetzt strebte er die New Yorker Generalvertretung für eine große Schmuckproduktion aus Miami an. Sie gehörte zwei schwerreichen Brüdern, jüdischstämmigen Kubanern, die qualifizierte Schleifer und Kunsthandwerker beschäftigten. José reiste nach Miami und eröffnete mir bei seiner Rückkehr:

»Also, Julián, vormittags bist du ab jetzt Vertreter. So brauchst du im Restaurant nicht zu kündigen.«

Normalerweise schlief ich vormittags lange, weil ich spät ins Bett kam, aber ein solch lukratives Geschäft in Reichweite, opferte ich meinen Schlaf natürlich. Díaz hatte eine große Partie Haarspangen, Krawattennadeln, Ohr- und Fingerringe, Ketten sowie handgearbeitete goldene Armbänder mitgebracht, wie sie damals hochmodisch waren. Ab neun Uhr früh war ich fortan mit meinem Köfferchen unterwegs und riskierte in der *Subway* und auf den Straßen des Barrio Kopf und Kragen. Da mir einiges an meiner heilen Haut lag, wechselte ich jeden Tag das Revier, damit niemand durch Beobachtung meine Wege auskundschaften konnte. So erlief ich mir von der Canal Street bis über die Bronx hinaus allmählich ganz New York. Ins Restaurant kam ich dann wie ein Zombie getorkelt. Im Spiegel sah ich Ringe unter meinen Augen. Ich nahm mehr als zehn Kilo ab, verdiente aber gut Geld, genug, um mir einen ordentlichen Kühlschrank und einen *Zenith* mit einem dreizehn Zoll breiten gewölbten Bildschirm zu kaufen. Ein Gast des *Liborio,* ein Spanier, bot mir Arbeit im *Dinty Moore* an, einem zwischen Broadway und Fifth Avenue gelegenen Restaurant gehobener Klasse. Ich sagte ab. Ich sah den Himmel offen. Ich verstand mich aufs Verkaufen und verdiente darum gute Prozente. Auch war ich konditioniert fürs Pflastertreten, meine Beine wurden von den Märschen nicht müde. Tagaus tagein erstieg ich die Treppen von bis zu fünf, sechs Stockwerken. Stand ich dann in der Wohnungstür und klappte meinen Koffer mit diesen Ohrringen und diesen Armreifen auf, so gingen den Latinos die Augen über. Das Schmuckdesign aus Miami kam dem Geschmack der Lateinamerikaner näher als das in New York patentierte. Man sah es an den *Pawnshops,* den Leihhäusern, die in Florida ganz anders bestückt waren als hier im Norden.

»Du machst guten Umsatz«, sagte José Díaz.

»Bald mache ich noch mehr«, gab ich eines Tages zur Antwort.

Latinos gehen beim Anblick von Gold, besonders in verarbeiteter Form, als Medaillons und als Armreifen, die Augen über. Sie verpfänden ihre Habe, um einen Anhänger aus massivem Gold vorzeigen zu können. Ich selber mache mir nichts aus Gold. Ich finde Silber, das als Metall edler wirkt, weitaus schöner. Aber Gold bleibt eben Gold, und um des Goldes willen ruinieren sich manche für den Rest ihres Lebens.

In der Bronx kannte ich kubanische Musiker, die für einen goldenen Anhänger ihre gesamten Einnahmen hinlegten. Sie versetzten ihre Instrumente, nur um ihre Brust entblößen und eine Maria der Barmherzigkeit von Cobre auf einem Medaillon mit Brillanten oder eine Heilige Barbara mit vier Rubinen vorzeigen zu können. Genau an diesem Punkt setzten wir an. Bei José Díaz war der Groschen gefallen, als ihm klar wurde, daß der Schmuck aus Miami bei den New Yorker Latinos gut ankommen würde. Und bei mir sollte der nächste Groschen fallen. Eines Tages nämlich, als ich bei einem Kunden in der Lexington Street saß und ihm gerade meine Jettbroschen anpries, wurde mein Blick von dem Privataltar in der Wohnung gefangengenommen.

»Ihre Familie hält offensichtlich Sankt Lazarus hoch in Ehren.«

»Und wie! Nirgendwo sonst in New York kommen alljährlich am siebzehnten Dezember so viele Besucher wie bei uns zur Lazarusandacht.«

Die Lazarusfigur dieser Leute war größer als Niño Valdés, das *Baby*. Nicht einmal bei Méndez war etwas dergleichen zu sehen gewesen.

Jesus Maria, was trieb die Frömmigkeit da für Blüten!

Auf dem Weg zur *Subway,* mein Schmuckköfferchen in der Hand, kam mir der Gedanke: ›Caramba, wenn ich solchen Leuten Heiligenmedaillons, wie sie in Kuba üblich sind, bringe, mit Edelsteinen besetzt und plastisch, bin ich doch aus dem Schneider!‹

Ich stieg bei José Díaz aus und ließ, während wir uns in seiner Werkstatt unterhielten, meine Idee ganz nebenbei fallen. Ich wollte mich nicht zu früh begeistern, falls etwas schief ging, doch etwas in meinem Innern sagte mir: ›Julián, da geht's lang, das war ein Schuß ins Schwarze!‹

José sprach sofort mit den Gebrüdern Kozer und weihte sie in meinen Plan ein. Wir sammelten Heiligenbilder und Gipsfiguren, wir besichtigten Kirchen, wir ließen uns Muster aus Kuba kommen. Wir leisteten eine Menge Vorinvestitionen. Aber die Kozers gingen darauf ein. Einen Monat später bekam José die ersten Medaillons geliefert. In jedem Format,

doch die größeren überwogen. Hinten hatten sie zusätzlich *Clasps*, das heißt, eine angelötete Nadel, und vorn eine mit Edelsteinen besetzte Namensgravurplatte. Bei Sankt Barbara waren die Steine Rubine, bei der Maria der Barmherzigkeit Brillanten und Topase, und bei Jesus von Nazareth waren es Amethyste. Auf die Medaillons des Kubaners Julián Mesa setzte ein solcher *Run* ein, daß ich drauf und dran war, meinen Restaurantjob an den Nagel zu hängen. Aber ich riß mich am Riemen. Und wenn die Sache nun schief ging? Wenn es nur eine kurze Mode, ein Spleen war? Es galt kühlen Kopf zu bewahren, Hast bricht Beine. In Schmuck muß am Anfang erst mal reingebuttert werden, und wir hatten keinen finanziellen Background. Eine Unze Gold kostete damals dreißig Dollar, ein Klacks im Vergleich zu heute. Ein Medaillon kostete so zwischen sechzig und achtzig Dollar. Heute bekommt man sie nicht unter tausend, und das Handwerkliche reicht an die damalige Goldschmiedearbeit nicht im entferntesten heran. Die Gebrüder Kozer wurden reicher, als sie schon waren, und José Díaz verdiente das nötige Geld, um seine Klitsche zu erweitern und sich als Silberschmied selbständig zu machen. Ich selbst kam kaum der Nachfrage hinterher, ich hätte vier Beine haben müssen. Darum warb ich auch Miguelito als Verkäufer:
»Hör auf, mit deiner Combo herumzuzigeunern. Übernimm lieber den Verkauf in der Bronx und in Jackson Heights. Ich decke wie bisher den Rest ab.«
Die Nachfrage wuchs täglich. Endlich war eine Idee von mir mal rentabel. Nur war ich derjenige, der am wenigsten davon profitierte. Mehr als die Provision fiel für mich nicht ab. Nicht einmal Aktien durfte ich erwerben, weil die Gebrüder Kozer an ihrem Monopol festhielten. So war es letzten Endes keine Fehlentscheidung gewesen, im Restaurant nicht zu kündigen. Geld kommt und Geld geht auch wieder. Obwohl es bei einigen so lange wie Februarschnee liegenbleibt und bei anderen so schnell schwindet wie *Flurries*, der sofort schmelzende Neuschnee.

Auch Miguelito arbeitete im Lokal weiter, aber sein ganzer Verdienst ging dafür drauf, seine Lieder von hochstaplerischen und halsabschneiderischen Musikern transkribieren zu lassen. Die ließen sich die Zusage, eine seiner Kompositionen zu spielen, von ihm vergolden. Und da Miguelito im Traum komponierte, rückte er mit jedem Morgen, an dem er mit einer neuen Melodie erwachte, seinem Ruin ein Stück näher. Er träumte sogar englische Nummern. Die kosteten ihn dann doppelt soviel: einmal für die Korrektur des Englischen und zum zweiten, um das Stück in Noten setzen zu lassen. Auch einen weißen Trenchcoat kaufte er sich und mehrere weiche Hüte, und außerdem möblierte er seine Wohnung vollkommen neu, weil das Carmencita zufolge Glück bringen sollte. Und er ließ sich ein Medaillon mit dem Heiligen Expeditus anfertigen, dem Beschützer der Spieler, obwohl er selber doch gar nicht gläubig war.
»Nur abergläubisch!« verkündete er allerorten.
»Ich werde noch erleben, wie du deine Schätze im Leihhaus in der dritten Avenue verpfändest! Miguelito, dieses Mädchen richtet dich zugrunde!«
Kurz danach kam es denn auch, wie es kommen mußte. Er stand im Hemd da, völlig abgebrannt, und versuchte in seiner Verzweiflung sogar, seinen Heiligen Expeditus zu versetzen. Aber so sehr es mit uns auch auf und ab ging und so wenig die Fighterei jemals aufhörte, so war es für uns doch eigentlich eine schöne Zeit. Ich bekam Lust, nach Kuba zu schreiben. Das New-York-Fieber hatte mich erfaßt. Es geht an keinem vorüber, der einmal hier gewohnt hat. Da man ganz in der Zukunft lebt, in der Hoffnung aufs Reichwerden, ist man zumindest eine Zeitlang gewillt, an das Paradies zu glauben. Es ist eine vorübergehende Selbsttäuschung, eine Art Verblendung. Ich schrieb also an Yara, an die Libanesin Eva, an Ñico. Eva antwortete mir als erste. Der Erfolg muß mir wohl in den Kopf gestiegen sein, denn in Evas Brief hieß es: »Jetzt sparen und dann los an die Börse! Aktien kaufen!« Eva hatte einen angeborenen Geschäftssinn. Sie gab mir da einen guten

Tip, aber ehrlich gesagt, befolgt habe ich ihn nicht. Im Handumdrehen war alles Gewonnene wieder zerronnen. Damit habe ich zugegebenermaßen Stümperarbeit geleistet. In den USA herrscht auf dem Markt schärfste Konkurrenz. Und in meinem Fall tauchten sofort überall Medaillons wie die meinen auf, mit Heiligen, aus siebenhundertfünfziger Gold und dazu in Raten bezahlbar. Sie kamen aus allen Löchern, wurden in Kuba, wo nur achtzehnkarätiges Gold als hochwertig galt, hergestellt und an ein Vertriebsnetz geliefert, das die ganzen USA abdeckte. Schwarz natürlich. Ganz ging unser Handel deswegen nicht in die Binsen, aber er ging empfindlich zurück. Aber *anyway* hatten wir so einmal wenigstens ein flottes Leben.
An den Wochenenden zogen wir durch Coney Island, spielten an den *Slot Machines* oder fuhren mit der Achterbahn und im Autoskooter. Wenn wir Lust hatten – also meistens – nahmen wir dazu Plácido mit oder einen Dominikaner. Alle übrigen Nationen Lateinamerikas halten sich mehr an ihresgleichen, die bleiben mehr unter sich. Nur Kubaner und Puertorikaner verstehen sich sonst noch besser. Im Sommer fuhren viele von uns ans Meer nach New Jersey, in die wenigen für uns zugänglichen Badeorte. Die meisten Strände reservieren sich hierzulande nämlich die Weißen. Es heißt zwar heute nicht mehr »Für Sie ist hier der Zutritt verboten«, aber was für Gesichter die bei unserem Anblick aufsetzen! Deswegen war ich in den Staaten nicht gerade vernarrt ins Baden. Und darum gehört das Meer zu den Dingen, die ich an Kuba am meisten vermisse. Freizeitvergnügungen sind in New York teuer. Selbst da, wo der Eintritt frei ist. Deswegen bleiben die Puertorikaner im Sommer lieber Domino spielend in ihrem Barrio oder holen sich auf dem *Marketa* eine Schweinskeule und weiße Bohnen und kochen sich zu Hause was Schönes. Das kostet weniger, und da ist mehr Stimmung. Man kann nicht immer zu einem Boxkampf oder in ein Kino in der City. Deswegen veranstalten die jungen Burschen ja auch soviel Randale auf der Straße. Besonders im Barrio, da

führen sie sich manchmal schlimm auf. Bis in die frühen Morgenstunden entledigen sich die *Jacketones* aller Fesseln. Sie werfen mit Flaschen, sie zertrümmern Musikautomaten, sie zerschneiden sich gegenseitig die Gesichter. Und sie kiffen sich zu mit Marihuana. Schon Kinder rauchen das Zeug und dealen damit auf offener Straße. Eine Katastrophe! Früher ging es anständiger zu, aber das war ja vorauszusehen. Die Puertorikaner mußten unter die Räder kommen, weil sie keine Arbeit fanden. Wenn Menschen nämlich keine Arbeit haben und als *Bums* herumstreunen, kommen sie auf schlechte Gedanken. Im Sommer, wenn es sie öfter ins Freie treibt, brechen sie Streit vom Zaun oder zocken. Das Barrio ist im Sommer ein Ameisenhaufen. Ich bin oft dort, weil man auf dem Wochenmarkt in der West Park Avenue die besten lateinamerikanischen Lebensmittel bekommt, die besten Knollenfrüchte und Kochbananen. Aber obwohl mir jeder den *Latino* ansieht, gehe ich dort nur mit einer Waffe hin. Ehe man sich's versieht, kann man dort nämlich von Säufern und Drogenabhängigen provoziert werden. Darum begebe ich mich dorthin nie unbewaffnet, sicher ist sicher, und Celia darf keinen Fußbreit von meiner Seite weichen. Ich habe zu oft miterlebt, wie wegen einer Lappalie Schlägereien angezettelt wurden und wie wegen nichts und wieder nichts Blut floß. Schon beim Betreten eines Cafés kommt es ja vor, daß irgendein Primitivling deine Begleiterin anrempelt und, statt »Excuse me« zu sagen, einen mit »du Mother Fucker« anraunzt. Dann muß man dem entgegentreten, auch wenn sie einen nur provozieren wollen, aber wer will im Barrio schon als Schlappschwanz dastehen?
Am lautesten ist es in der Hundertsechzehnten Straße. Ein Politiker aus dem Barrio hatte vor ein paar Jahren den Einfall, sie in Luis-Muñoz-Marín-Street umzubenennen. Dabei ist dieser Muñoz dem puertorikanischen Volk in den Rücken gefallen. Seine Seele war so schmutzig wie seine Zähne. Gouverneur war er nur dem Namen nach. Wer in Puerto Rico de facto regiert, ist ja bekannt. Er ließ Hotels bauen und

Straßen, aber die Armen holte er nicht aus ihren ungesunden Behausungen und befreite sie nicht von der Arbeitslosigkeit. Darum lebt Puerto Ricos arbeitende Klasse ja hier. Im Barrio gibt es fast ebenso viele Puertorikaner wie in San Juan. Mein Friseur stammt aus Ponce; er wird *Pipiolo* genannt, weil er ein Verfechter der Unabhängigkeit seines Staates ist. Bei den Diskussionen in seinem Salon fliegen die Fetzen. Er betreibt da im Herzen des Barrio eine Miniaturausgabe der UNO. Seit kurzem ist ein Friseurspiegel bei *Pipiolo* nicht nur mit der puertorikanischen, sondern auch mit der kubanischen Fahne drapiert. Seine Kundschaft moserte: »He, *Man,* nimm das Ding ab, Kuba ist doch kommunistisch!« Aber *Pipiolo* nahm nichts ab. Und wenn er gar zu arg bedrängt wurde, argumentierte er, daß aus Kuba und Puerto Rico die besten Baseballmannschaften kämen. Damit brachte er die Leute zum Schweigen und frisierte fröhlich weiter. Über das Barrio jener Jahre könnte man hunderterlei Geschichten erzählen. Jeden Tag erlebte man dort *live* die Verbrechensspalte einer Zeitung. Beliebigen Passanten wurde das Gesicht mit einem *Gem* blutig geschnitten. Friedliche Menschen fielen dort von einem Schrecken in den anderen. Wie in jedem Ghetto war das Friseurgeschäft die Nachrichtenbörse. Die alten Männer saßen dort nur zum Erzählen. Sie brachten Verluste, aber durch sie war man über alles ein wenig im Bilde. Da es mir an Schulbildung fehlte, war ich ein passionierter Zuhörer alter Leute. Was ich weiß, das weiß ich von ihnen. So habe ich beim Friseur zum Beispiel von der Entstehung des Latino-Viertels erfahren. Es entstand nämlich nicht von Zauberhand, sondern im Verlauf einer langen Entwicklung. Das »spanische« Harlem, also Harlems östliche Hälfte, von der Sechsundneunzigsten bis zur Hundertfünfundzwanzigsten Straße, war einst ein durch und durch jüdisches Viertel. Danach ging die Völkerwanderung wie in so vielen New Yorker Stadtteilen weiter. Auf eine lateinamerikanische folgt gegebenenfalls auch eine orientalische Periode. Es ist ein ständiges Hinundherpendeln von Zuzüglern, New York ist ein Verschiebebahnhof, und der Aufschwung des Barrio begann in den zwanziger Jahren. Davor wohnten die Latinos mehr in Chelsea, wo ich heute wohne, oder in Washington Heights, Queens oder in Brooklyn.

Die beim Friseur meistbesprochenen Themen waren die Streiks in San Juan und der Baseball. Viele arbeitende Menschen waren nach New York gekommen, weil sie in Puerto Rico verfolgt wurden: anarchistische Zigarrendreher und Landarbeiter. Manche waren nach ihrer Ankunft verhaftet und des versuchten Attentats auf Präsident Wilson bezichtigt worden. Nie war hier eine spanischsprachige liberale Presse erwünscht. Darum die Inhaftierung so vieler Puertorikaner. Für reichlich Gesprächsstoff sorgte auch die Konfiszierung von Zeitungen wie *El Corsario* und die Mechanisierung der Zigarrenherstellung. In deren Folge schossen im Viertel Hunderte kleiner Zigarrenklitschen aus dem Boden. Noch zu Beginn der fünfziger Jahre besaßen die Anwohner dort nur klapprige alte Möbel. Wenn ihnen die Wohnung gekündigt wurde und sie ausziehen mußten, konnte es einem das Herz brechen. Mit Schubkarren machten sie den Umzug, innerhalb des Barrio natürlich, zockelten mit ihren zwei Bettgestellen und einer Anzahl wackliger Stühle in die neue Behausung. Von all diesen Dingen war beim Friseur die Rede. Auch vom Auftreten der Wortführer der puertorikanischen Unabhängigkeit und von Spendern für gute Zwecke, von Opportunisten aus der zweiten Reihe und von der Amtsführung von Gouverneuren wie Montgomery Reilly. Bis heute kommt es oft zu Streit bei politischen Themen. Hie die Nationalisten, hie die Sozialisten, kurz, puertorikanisches Kuddelmuddel. Die Älteren denken noch häufig an Jesús Colón und an den Gründer der Zeitung *Gráfico* in den zwanziger Jahren, Bernardo Vega. Die beiden haben in ihrer Erinnerung am nachhaltigsten die Gleichberechtigung für die Puertorikaner gefordert. Aber erst Vito Marcantonio! Der war der bei Puertorikanern beliebteste Kongreßabgeordnete. Von ihm stammt der Satz: »Mir geht es nicht um Profit, und kein Vetter profitiert bei mir mit!« In seinem Fall war es auch so, und Vito hat stets die Sache der Unabhängigkeit Puerto Ricos betrieben.

Aber ins Barrio zogen nach und nach mehr und mehr Ganoven. Darunter viele als blinde Passagiere aus lateinamerikanischen Staaten Eingereiste. Sie drehten ihre krummen Dinger, und wegen ihrer Schandtaten hat der Ruf der Puertorikaner gelitten. Doch auf jeden Fall konnten die von der Insel Kommenden im Viertel Fuß fassen, und Juden und Neger traten ihnen zunehmend Terrain ab.

Das Barrio glich damals einem Rummelplatz. Einen ähnlichen Eindruck erweckt es noch heute. Nur kommt auf dem Rummel jetzt keine fröhliche Stimmung mehr auf. Die Menschen sind ja nur, weil sie keine Arbeit haben, in Massen auf der Straße. Sie gehen in Lebensmittelgeschäfte und Stehkneipen und gehen wieder raus, sie gehen in Bioläden und Cafés und gehen wieder raus. Sie wirken verloren, sie blicken nirgendwohin, sie sind schlecht gekleidet. Man bekommt Bauchschmerzen beim Anblick so vieler Menschen in dieser Verfassung. Da Religion ein Trost ist, hierzulande der einzige für arme Leute, werden im Barrio täglich neue Bio- und Mystikläden eröffnet. Großen Umsatz machen die allerdings nicht, dazu sind die Leute zu schlecht bei Kasse. Was die sich höchstens leisten, ist ein Topf auf siebenerlei Art wirkender Salbe oder einen Strauß Luisenkraut oder einen Spray mit Essenz aus Kerlekirr oder Hosenbruch, aus Heilkräutern also, die durch die Santeríareligion in den USA eingeführt wurden. Jeden Tag gibt es in New York mehr solche Läden. Man sollte es nicht glauben, sogar in die Markthalle haben sich die kubanischen Kräuterhändler inzwischen vorgearbeitet. Sie grassieren in New York, so wie Kartenleger und Santeríapriester. Es ist ein Broterwerb wie andere auch und körperlich natürlich weniger anstrengend.

Obwohl es auch Gegenargumente gab, sahen sowohl Miguelito als auch ich im Barrio die Wohngegend, die in New York das meiste zu bieten hatte und die auch am besten zu unserer

Latino-Art paßte. Abgesehen von Glückspiel, Drogen und Blutvergießen gab es da schließlich auch häufig Tanz und Schönheitswettbewerbe junger Puertorikanerinnen. Ich war auf vielen Bällen zugunsten politischer Organisationen und Stadtteilzeitungen. Der Veranstaltungsort verschieden, meistens sehr bescheidene, aber angenehm große Hallen, in die Latinobands geholt wurden, die Son, Guaracha, Danzón und Chachacha spielten.

Die kubanische und die puertorikanische Tanzmusik sind einander sehr ähnlich. Also stellten wir uns um auf Musik aus Puerto Rico. Es gab zwar auch kubanische Combos wie die *Yumurí* oder die *Cubaney* oder die Gruppe *Machito,* die höchstbezahlte, oder die *Afro Cuban Boys,* aber die spielten in Schickeriabars oder gar in High-Society-Lokalen wie dem Manhattan Center in der Vierunddreißigsten, Ecke Achte Avenue, oder der *Saint Nicholas Arena* und dem *Palladium,* wo es feiner zuging. Ich ging gelegentlich hin, aber mehr behagte mir die Stimmung im Barrio. Im Manhattan Center brachten die Familien körbeweise Essen mit und hielten in dem überdachten Festsaal regelrecht Picknick. Beliebte Tanzveranstaltungen fanden auch in der *Arts League* statt, da waren auch vornehmere Gäste. Dort habe ich die Mißwahl Jenny Riveras erlebt, einer kleinen Provinzpuertorikanerin aus Peñuelas, die vom *Banana Club* der Obsthändler gekürt wurde. Am schönsten war es aber doch in den kleinen Pinten in der Hundertsechzehnten oder der Lexington Street. Davon gab es jede dritte oder vierte Häuserzeile eine. Ans *Cano* erinnere ich mich noch gut, dicht bei Sankt Cäcilien, zwischen der Hundertfünften und der Hundertsechsten auf der Lexington Street, eine Kaschemme. Dort machten Miguelito, seine Freundin und ich ein Faß auf, wenn wir bei Kasse waren. Und *Grifa* gab es dort reichlich. Billiges, schlechtes Marihuana, mit dem man sich etwas antat. Man rauchte damals nur heimlich, im Gegensatz zu heute, wo man es ganz ungeniert tut und einem das Zeug ins Maul fliegt. Zum Glück bin ich nie darauf abgefahren. Manche behaupten: »Nicht

Marihuana, sondern der Alkohol ist schädlich.« Ich bin in dieser Materie kein Sachverständiger, aber ich meine, beides macht süchtig, und Süchtige leisten nur noch die Hälfte. Ich kenne von jedem etwas, es gibt nichts im Leben, wovor ich mich fürchte. Aber ich möchte mit offenen Augen durch die Welt gehen und die schönen Dinge des Lebens mit allen fünf Sinnen genießen.

Vito Marcantonio hat nachdrücklich verurteilt, daß den Puertorikanern in den USA ein so schlechter Ruf unterstellt wird. Es gab eine Zeit, in den fünfziger Jahren, da wurde mit ihnen so schlimm wie mit keiner anderen Nation umgesprungen. Und dabei waren sie sogar Bürger dieses Staates. Ein Amerikaner, der aus Oklahoma nach New York kam, wurde gut aufgenommen, kam aber einer aus Puerto Rico, wurde ihm die Tür vor der Nase zugeschlagen. Wenn überhaupt, wurde er nur zu dienenden Arbeiten genommen. Da wurde mit zweierlei Maß gemessen, und das gilt noch heute. Gerade darum werden Amerikaner, die anders waren, von den einfachen Puertorikanern nicht vergessen. Zu meinem Friseur kommen auch allerlei Trittbrettfahrer und Gesinnungslumpen, aber die meisten Kunden sind fortschrittliche Menschen. Seit dreißig Jahren lasse ich mir da jetzt schon die Haare schneiden. Der Friseur und ich haben zur gleichen Zeit graue Haare bekommen. Er hat ein Dauerthema, seinen Traum, wenn er seine Rente in der Tasche habe, nach Ponce zu gehen und sich ein Häuschen auf dem Land zu kaufen. Aber inzwischen ist er im Rentenalter und hat auch die Arbeitsjahre zusammen, und streckt trotzdem nicht einmal die Fühler aus, um das Terrain zu erkunden. Ich kann ihn verstehen. Um von der Pisse in die Jauche zu kommen, macht man sich nicht die Mühe. Auch wartet in Puerto Rico die Steuer auf ihn, und die Familie hätte nichts zu lachen. Er hat es sich schließlich hundertmal durch den Kopf gehen lassen. Aus diesem Grund bleibt er, auch wenn er das nicht zugeben mag, vorerst lieber in New York und schnippelt weiter Haare. Sein Sohn ist schon *Newyorikaner.* Der hat Puerto Rico nie gesehen, aber er fühlt puertorikanischer als sein Vater. Eine typisch amerikanische Erscheinung. In New York geboren, spricht der Junge besser Englisch als Spanisch. *Newyorikaner* fahren, wenn sie einundzwanzig sind und ihr eigenes Geld verdienen, nach Puerto Rico. Bis dahin phantasieren sie sich ihr Land zusammen, so gut sie können.

»Mann, ein Kubaner, der's zu was gebracht hat!« bekomme ich oft zu hören, seit ich in Chelsea, also *downtown,* wohne, nur einen Steinwurf entfernt vom Village. Das Village regt die Phantasie der Leute an, aber ich habe dort nichts verloren. Es ist ein Pflaster für reiche Leute und Künstler. Ich komme von meiner Arbeit nach Hause und besuche am Wochenende Verwandte meiner Frau oder Freunde. Mit dem Village bin ich nur in Kontakt gekommen, wenn es geschäftlich geboten war oder wenn in der Vierzehnten Street in der Guadalupekirche Feiern stattfanden. Messen und Novenen werden dort auf Spanisch abgehalten, und Celia überkommt es hin und wieder, dann muß sie hin. Nach ihrem Selbstverständnis ist Celia Katholikin, aber sie praktiziert selbstverständlich ihre Privatversion von Katholizismus. Ich bringe sie bis zum Portal und bummle, solange sie betet und die Kapellen abschreitet, über die Vierzehnte Street, einen von Latinos, Juden und Arabern beherrschten riesigen Flohmarkt. Oder ich warte oben im *House of Americas* auf Celia, und unter lauter kubanischen Bekannten, alles alte Emigranten wie ich, essen wir dort dann zusammen zu Mittag. Das *House of Americas* ist praktisch unser Club, das einzige Freizeitangebot für fortschrittlich gesinnte Kubaner. Aber darauf komme ich in einem anderen Zusammenhang noch zu sprechen. Jetzt erst einmal dazu, wie ich meine Frau kennengelernt habe.
Durango Nieves war ein enger Freund Miguelito Cuestas geworden. Sein Vater besaß einen *Thrift Shop* in der Hundertzwölften, nur ein paar Schritte entfernt vom *Marketa.* Bei ihm machte ich fast alle meine Kleiderkäufe. Auf *Thrift Shops* sind die amerikanischen Juden gekommen. Soweit mir zu

Ohren gekommen ist, stammt die Idee von einem Polen, der die Gebrauchtkleider, die die Reichen auf ihrer Eingangstreppe oder direkt auf dem Bürgersteig ablegten, einsammelte. Der erste *Thrift Shop* entstand neben einem Büro des Roten Kreuzes. Dort wurden alte Sachen für arme Leute abgelegt, und die Juden sackten sie ein, um sie zu verkaufen.

Durango spielte in Miguelitos Musikantentrupp die Congatrommel und bediente ansonsten im Laden seines Vaters, eines Puertorikaners. Sein Vater war noch in Aguadillas zur Welt gekommen, Durango hingegen schon im Barrio. Durango war also ein waschechter *Newyorikaner.* Der Laden war klein, lief aber gut. Durangos Vater hielt sein Geld etwas übertrieben eifrig zusammen. Seinen Sohn bezahlte er nach der Höhe seines monatlichen Kleiderumsatzes, also wie *Piece Work.* Zu Thanksgiving und zu Christmas bekam Durango noch ein zusätzliches Monatsgehalt und einen Gutschein für ein Restaurantessen. Darum mußte sich Durango wie Miguelito ein Zubrot als herumzigeunernder Musiker verdienen. Ich bekam in meinem Restaurant ebenfalls nicht genug heraus, schon gar nicht, als der Medaillonhandel ausgereizt war. Da bedachte ich alle Umstände, strengte meinen Kubanerkopf an, und wir Kubaner gehören ja nicht zu den Allerdümmsten. ›Wenn dieser Mann, der kein großes Licht ist, einen Second-Hand-Shop hat‹, sagte ich mir, ›warum soll dann ich, der ich schlauer bin, nicht auch meinen eigenen Laden haben?‹

Was mir einfiel, war, bei Durangos Vater das obere Zimmer, eine Art eingezogene Zwischenetage, zu mieten und da irgendeinen Handel zu betreiben. Ich besprach es zuerst mit Miguelito, der mir abriet, und dann mit José Díaz, der mich ermunterte. Gesagt, getan.

»Bedenken Sie, Chef, schon mit meiner Miete haben Sie ein gesichertes Einkommen.«

»Geht klar, Julián, nur mit Kleidern darfst du nicht handeln.«

Das brauchte ich auch nicht. Mit Gebrauchtkleidern wurde schon eine Etage unter mir gehandelt. Ich kaufte statt dessen Bücher und Billigparfüms. Ich gab dem Raum einen grünen Anstrich und hängte draußen ein Schild auf. »Bücher und Parfüm – geschenkt« stand da mit Plastiklettern. Alles in der Zeit vor oder nach dem Kellnern. José Díaz lieh mir die vierzig Dollar zum Ankauf eines Postens Bücher, tausend Titel, zu Naturgeschichte, Politik und Religion. Die wollte ein Jude in der Hundertfünften wegen Umzugs nach *Midtown* loswerden. Ich holte sie mit der Schubkarre ab, manche waren noch nagelneu. Das war die erste Ware, mit der ich meinen Laden bestückte. Es wurde eine Basarbude; ein Weekend lang baute ich eigenhändig die Regale. Auf den Gehweg stellte ich einen Tisch mit den schönsten Stücken, und der Laden konnte anlaufen. Bücher verkaufte im Barrio so gut wie niemand, dabei bestand durchaus ein Lesebedürfnis. Die Bücher gingen schneller weg als die Parfürmerieartikel. Zuweilen brachte ich es, ohne allerdings den genauen Überblick zu haben, sogar auf Tageseinnahmen von neun oder zehn Dollar. Da ich das *Liborio* nicht aufgeben wollte, stellte ich eine Hilfskraft ein, die sich auf Provisionsbasis um den Laden kümmern sollte. So kam es zu meiner Bekanntschaft mit Celia. Sonntags hatte ich natürlich auch auf, und donnerstags war ich den ganzen Tag im Laden. Der Donnerstag war mein *free Day.* Ob Celia an einem Donnerstag oder an einem Sonntag kam, vermag ich heute nicht mehr zu sagen. Aber ich weiß noch, daß es unentwegt schneite und daß Carmencita und Miguelito mir eine Partie vergoldete Kreolenohrringe zum Verkauf gebracht hatten. Mir wurden von Freunden und Bekannten nämlich ständig alle erdenklichen Waren angebracht. Alte Bilder schleppten sie zu mir hoch, Blumenübertöpfe, klapprige Stühle. Ich verkaufte alles, ausgenommen natürlich Textilien. Da der Februarschnee liegenbleibt, war unser Eingang zugeschneit. Ich habe nie erfahren, ob mein Helfer, ein schlitzohriger, aber tüchtig arbeitender

Mexikaner, in Celia verliebt war. Sie kannten sich; das merkte ich, als er zu ihr hinunterrief:
»Komm mal rauf, Celia, ich habe für dich eine Überraschung.«
Als *Newyorican* an Frostwetter gewöhnt wie Durango, schob sie den Schnee mit den Schuhen beiseite und war mit ein paar Sätzen bei uns oben im Laden. Der *México,* wie wir ihn nannten, schenkte ihr ein Paar Kreolen und stellte sie mir vor:
»Das ist Celia, Julián, das schönste Mädchen im Viertel.«
Ich war eigentlich auf eine Kubanerin aus. Mit einer Frau, die woanders herkam, dachte ich, würde ewig ein Stachel in mir sitzen. Ich wollte Reibereien und Mißhelligkeiten aus dem Weg gehen. Fast alle Ehen zwischen Lateinamerikanern aus zweierlei Ländern waren eine Katastrophe. Darum heirateten Kubaner Kubanerinnen, Puertorikaner Puertorikanerinnen und Mexikaner Mexikanerinnen. Der Schuster blieb bei seinem Leisten. Ich aber verliebte mich in Celia. Und wie! Ihre Haut war dunkel und ihre Haare so schwarz wie die Nacht. Stets war sie guter Dinge. Der *Méxica* kannte sie, wie ich dann erfuhr, aus der Hundertsechzehnten vom Tanzen. Sie steckte die Kreolen ins Ohr, lief sofort wieder treppabwärts und war verschwunden.
»He, *Méxica,* sag mir Bescheid, wenn in der Hundertsechzehnten demnächst mal wieder Tanz ist.«
»Nächsten Sonntag, Julián.«
Ich überredete Miguelito und Carmen mitzukommen, und zusammen zogen wir in den *Borinquen Club,* wo an diesem Abend die Kubanercombo *Yumurí* zu irgendjemandes Gunsten zum Tanz aufspielte. Ich hatte mir bei Durango senior eine Krawatte gekauft und hatte auf dem ganzen Weg die fixe Idee im Kopf, daß ich Celia heute finden müßte. Es kam einer Besessenheit gleich, ich konnte an nichts anderes denken. Carmen verpaßte mir einen Dämpfer:
»He, Julián, falls du auf die Kleine aus bist, sie ist zwanzig Jahre jünger.«

Soviel waren es nun auch wieder nicht, Celia war achtzehn, und sie sah wie eine richtige Frau aus. Ob ich selbst schon fünfunddreißig war, weiß ich nicht, aber dicht dran war ich. Und gerade das sollte mir zugutekommen. Als sie in den Saal kam, im roten Kleid, schlug mein Herz höher. In allen meinen Gliedern prickelte es, sowas verschüchtert den härtesten Burschen. Ich ging zu dem Mexikaner und sagte:
»México, du gibst mir doch eben mal Starthilfe, oder?«
»Okay, *Man*, aber die Kleine ist ein wenig spröde.«
»Kann nicht sein, sie ist doch hier aufgewachsen. Außerdem sehe ich es ihr an – sie ist ein fixes Kerlchen.«
»*Man*, eigentlich habe ich euch doch schon mal bekanntgemacht.«
»Tu's bitte noch einmal, Bruder.«
Der Mexikaner ließ im Geschäft, weil es sich einzig von der Provision nicht leben ließ, schon mal ein paar Cents in die eigene Tasche gleiten, aber man konnte sich mit ihm köstlich amüsieren. Miguelito hatte ihn zum Singen in seine Truppe aufgenommen, und als zünftiger Veracruzer konnte er nach einem Monat schon über zwanzig Boleros. Der Tanzsaal war klein, und es stank entsetzlich nach Heizöl. In der überhitzten Luft und den Parfümschwaden der Frauen konnte einem übel werden. Aber die Musik hatte Swing. Viel Chachacha dabei, damals der aktuelle Rhythmus. »Komm mit in den Tunnel, mein Ein und Alles, komm mit in den Tunnel . . .!« Ich holte mir ein Budweiser und setzte mich allein in eine Ecke. Der Mexikaner war bei einer anderen Puertorikanerin und tat, als ob er taub und blind wär, und ich sah von meinem Stuhl aus der durch den engen Saal schlendernden Celia zu, die mit niemandem tanzte. Alles was sie tat, fand ich wundervoll, alles fand mein Gefallen. Ich stierte wie ein Schaf ihren Bewegungen nach, ich war verliebt bis über die Ohren. Viele in den USA aufgewachsene Puertorikaner sprechen ein ganz speziell gefärbtes Spanisch. Hin und wieder flechten sie englische Vokabeln ein. Stoßen sie mit einem zusammen, sagen sie nicht »Perdón«, sondern »Excuse me«, und sind sie in Wut,

brüllen sie typische New Yorker Kraftausdrücke auf Englisch. Nach ihrem Selbstverständnis sind die meisten mehr Puertorikaner als Amerikaner, und das galt ohne Abstriche auch für Celia. Da sie im Barrio lebte, hatte sie die Art der Puertorikaner an sich, sie aß und kleidete sich puertorikanisch, sie tat alles nach Latino-Sitte. Darum fand ich sie ja so umwerfend. Dabei war sie nie auf der Insel gewesen. Sie sprach von ihrer Heimat, genauer, von der Heimat ihrer Eltern, wie ein Kubaner von Kuba spricht oder ein Mexikaner von Mexiko. Eine Kubanerin wäre mir lieber gewesen, aber heute, nach dreißigjähriger Ehe, kann ich sagen, daß ich nichts zu bereuen habe. Mit Celia hatte ich es ehrlich gesagt getroffen, wie ich es besser nicht hätte treffen können.

Ich holte sie zum Tanzen.

Sie genierte sich:

»Ich kann nicht kubanisch tanzen.«

»Aber das tanzt doch jeder.«

»Ach was, so richtig könnt auf der ganzen Welt nur ihr Kubaner das tanzen.«

Wir lachten. Wer verliebt ist, findet an allem etwas zu lachen. Und Verliebte reden den allergrößten Unsinn. Sie sind sogar leichtsinnig, es wird einfach drauflosgeplappert. Wir tanzten den ganzen Abend nicht ein einziges Mal, und auch für Maistaschen und puertorikanisches Konfekt hatten wir keine Augen. Ich trank ungefähr zehn Bier und hatte bald eine schwere Zunge. Celia nippte nur an ihrem Glas und antwortete hin und wieder etwas auf Englisch. Die Tante, bei der sie wohnte, hatte sie gewarnt, die Männer täten gern sanft wie Lämmer, aber zum Verderben der Mädchen käme dann doch ihr gräßliches Gebiß und ihr Wolfsfell zum Vorschein.

»Meine Tante ist für mich wie meine *Mai*, wenn nicht mehr.«

Ohne zu tanzen, gluckten wir den ganzen Abend zusammen. Am nächsten Tag hörte ich im Restaurant in einem fort Celias Stimme. Ich versuchte mich, ohne Erfolg, auch an ihr Gesicht zu erinnern; ich weiß nicht, wie ich überhaupt meine Arbeit bewältigen konnte. Und wie ich es tagelang ausgehalten habe, ohne sie wiederzusehen. Ich tappte in ihrem Viertel herum, ich wollte sie besuchen, aber sie war zur Taufe eines Patenkindes mit ihrer Tante in die Bronx gefahren und blieb dort mehrere Tage.

»Wenn du auch nur eine Spur von ihr siehst, ruf sofort im Restaurant an!«

Der Mexikaner rief mich auch an, und ich hetzte los. Ich nahm mir, von den Trinkgeldern des Tages, zum ersten Mal in den USA ein Taxi und war so in zwanzig Minuten in ihrem Viertel. Ich sprang kurz in mein Lädchen hinauf, langte mir ein Parfüm und steckte es in die Tasche und machte mich nach ihr auf die Suche. Ich lief die ganze Hundertzwölfte ab, alles vergeblich. Ich hatte in diesem Teil des Viertels alles abgesucht und ging zu ihr nach Hause, und die Tante sagte:

»Die ist ständig auf Achse.«

Ich trottete in meine Klitsche zurück, und als ich die Treppe hochkomme, höre ich Celias Stimme.

»Gerade noch rechtzeitig«, kam mir *Méxica* entgegen.

Ich glaube nicht an *Orishas,* wohl aber an Wunder. Alles in allem war ich doch ein Glückspilz. Celia war meinetwegen gekommen, sie mußte mit mir reden. Ich fuhr mit der Hand in die Tasche, um ihr das Parfüm zu überreichen, als sie sagte:

»Ich möchte gern wo arbeiten, ob du mir wohl helfen könntest?«

Ich drückte ihr das Flakon in die Hand und sah sie unverwandt an.

»Daran ist so schnell nicht zu denken. Komm, unterhalten wir uns erst einmal.«

Sklavenarbeit in Fabriken, die gab es. Aber dafür taugten Maschinen und nicht Mädchen wie Celia. In den Fabriken ging es zu wie im Zuchthaus. Die *Floor Ladies* führten ein Regiment wie die Aufseher auf den Zuckerrohrplantagen. Manche waren richtige Dragonerweiber und Despoten.

Wollte eine Arbeiterin einmal austreten, mußte sie die Hand heben wie in der Schule. Händeklatschen bedeutete dann, ja, sie durfte.
»Back to work!« brüllten die *Ladies,* wenn ein Mädchen einnickte oder nicht bei der Sache war, aus welchen Gründen auch immer.
Ein so zierliches Geschöpf wie Celia konnte ich mir in einer Fabrik nicht vorstellen. Ich redete ihr die Idee also aus. Ihre Tante zog Celias kleine Geschwister auf und bezog *Welfare.* Sie mußten bei sich zu Hause jeden Pfennig umdrehen, und gelegentlich knurrte ihnen auch der Magen.
Jeder Mensch ist eine Welt für sich. Meine Frau hat eine harte Geschichte hinter sich, härter noch als meine. Ich bin zwar allein von zu Hause fort und hatte es schwer in Havanna, ich bin dann in die Staaten weitergezogen und habe mein Leben in einem Land zugebracht, das ich nie mochte, aber wenigstens war das alles mein eigener Wille und ich habe damit nur getan, was ich mir in den Kopf gesetzt hatte. Celia hingegen wußte, als ich sie kennenlernte, nicht, wo es langging, und sie hatte weder Vater noch Mutter. Ein echter Romanstoff, für eine Radioserie. Das reale Leben stellt eben jeden Roman in den Schatten. Ich kann nicht behaupten, daß ich viele Bücher gelesen habe, ich bin nicht dazu gekommen. Ich habe Bücher gekauft, um damit zu handeln, nicht um sie zu lesen. Aber es gibt keine Seite des Lebens, die mir entgangen wäre. Das Leben ist, wie ein chinesischer Philosoph sagt, ein Buch, das nicht endet. Wenn die Menschen die Dinge nur öfters überdenken würden. Aber sie sehen ja nicht über den Tellerrand hinaus, sie leben ja nur im Heute. Sie sind aufs Geldverdienen aus, aufs Abspecken, auf den Kauf einer Unze Rauschgift oder einer Wohnung, und die wenigsten von ihnen denken die Dinge zu Ende. Ich selber wäre, wenn ich vorausgedacht hätte, statt mich hier tausendfach zu verstricken, 1959 nach Kuba gezogen. Aber was geschehen ist, ist geschehen, nun muß ich das Beste daraus machen.

Meine Frau hatte wie gesagt ein schlimmes Schicksal. Darum sagte ich ihr, daß ich sie vom Fleck weg heiraten würde.

»Du bist der Mann, entscheide du.«

»Also morgen.«

Miguelito und die anderen halfen mir. Sie drängten mich, zwei Trauzeugen zu benennen, und ich nahm José Díaz und Plácido, denn Miguelito war so gut wie mein Bruder, dem mußte ich meine Freundschaft nicht beweisen. Celia nahm Durangos Eltern zu ihren Trauzeugen, wir fuhren zur *City Hall,* und als wir rauskamen, zack, waren wir Mann und Frau. Gott, waren wir glücklich! Man sieht es auf den Fotos, die wir auf dem Battery Place machen ließen. Im Hintergrund die vielen Blumen, besonders auf dem hier. Das Datum steht auf der Rückseite: Zwölfter März 1953. Da wütete in Kuba schon Batista. Celia war amerikanische Staatsbürgerin, also suchte ich einen Notar auf, und mit seiner Hilfe hatte ich die unbefristete Aufenthaltsgenehmigung im Handumdrehen. Dadurch war meine Existenz in den USA sicherer, obwohl ich weder mehr Geld verdiente noch glücklicher wurde. Celia war die Idealfrau. Sie hat etwas von Emerlina, aber das kann ich ihr natürlich nicht sagen. Puertorikaner sind sehr hochherzige Menschen, darin kam Celia ganz nach den Ihren. Zumindest nach ihrem Vater, denn ihre Mutter ist einfach von zu Hause weggelaufen, um kurz danach an einer schlimmen Krankheit zu sterben. Die Mutter stammte aus San Juan, aus einem bitterarmen Vorort, war allerdings schon als ganz junges Mädchen von einem Mann nach New York mitgenommen und dann dort von ihm sitzengelassen worden. Später war sie mit einem Mann namens Benjamín, Celias Vater, zusammengezogen. Der soll ein tüchtiger Arbeiter gewesen sein, und sie hatten vier Kinder zusammen. Um die zu ernähren, ging er für eine amerikanische Firma nach Panama und überwies Geld nach Hause. Dann aber kam er bei einem Streit unter Männern ums Leben. Celias Mutter goß sich Petroleum auf den Kopf und brannte sich alle Haare ab, um sich nicht die Pulsadern aufschneiden zu müssen.

Damals war Celia etwa acht Jahre alt, und ihre Geschwister waren noch kleiner. Sie hat böse Erinnerungen, die Arme. Ihre Tante zum Beispiel, die uns heute umsorgt, wo sie alt ist und ich etwas für die übrigen Geschwister zuschieße, hat, als Celia noch klein war, wenn sie Essen haben wollte, bedrängt von all den Gören, die sie in Pflege hatte, grüne Bohnen auf Celias Teller geschüttet und gesagt:

»Leck sie ab, und sieh zu, daß du davon satt wirst!«

So was vergißt man nicht. Und erst recht nicht, daß einem die Mutter davongelaufen ist und sich nie mehr gemeldet hat. Das war ein starkes Stück gewesen. Darum verzeiht Celia ihrer Tante, und darum hat sie sie so gern. Weil sie mit einem Mal ganz allein mit einer Horde Kinder dastand.

»Esperanza«, hatte Celias Mutter gesagt, »paß bitte mal kurz auf die Kleinen auf; ich bin gleich wieder da, ich hole nur etwas Geld ab.«

Sie verschwand mit einem älteren Mann, und es ward nie wieder etwas von ihr gehört. Später kam die Meldung, sie sei, am ganzen Körper blau angelaufen, in Queens in einer Klinik gestorben.

Esperanza lebt allein, weil sie mit spiritistischem Heilen etwas dazuverdient. An allen Wänden in ihrem Zimmer hängen Heiligenbilder. Sie verkauft Bittgebete, blickt in die Zukunft, liest aus der Hand und sogar aus den Fußsohlen. Auf ihre Wohnungstür in der Hundertsechsten sind das Jesuskind von Atocha und die Heilige Martha gemalt. Wir besuchen sie, wenn sie etwas braucht, wir tun ihr die Liebe. Meine Frau ist ihr trotz allem, was geschehen ist, dankbar. Nur liegt sie uns jedesmal damit in den Ohren, daß »solche Wesen« sie aufsuchen und ihr das gesparte Geld aus den Rocksäumen stehlen. Ich habe das jedes Mal bald so über, daß ich ihr immer die Frage stelle, bei der sie aus der Haut fährt:

»Esperanza, wozu *carajo* brauchen die Toten deine Piepen?«

Wenn wir uns verabschieden, gießt sie, um die »bösen Geister« wegzuspülen, dann doch tatsächlich ein Glas Wasser ins

Klobecken. Auch aus diesem Grund habe ich Celia geheiratet und bin sofort mir ihr nach Chelsea weggezogen.
Unser *Honeymoon* fand zu Hause statt. So sparten wir Geld und hatten gleichzeitig mehr davon. Mit Miguelito und Carmen machten wir bald auch einen Wochenendausflug an den Strand von New Jersey, aber da waren unsere Flitterwochen schon vorüber. Unsere Wohnung stand, wie es Celias Geschmack war, schnell voll Papierblumen und Porzellanfiguren. Überhaupt wurde in meinem Leben nun alles anders. Nie wieder mußte ich einen Knopf annähen oder eine Banane fritieren. Ich habe fürwahr eine mustergültige Frau, der einzige störende Gast war Sankt Wenzel. Den hatten wir natürlich ihrer Tante zu verdanken. Sie muß Celia ihre Absonderlichkeiten schon vor unserer Heirat eingeredet haben. Alles drehte sich um diesen Patron, Wenzel wußte alles besser. Bis ich sagte: »Basta!« Eines Tages kam ich ziemlich miserabel gelaunt nach Hause, und da gab diese Tante doch angebliche Ratschläge dieses Wenzel an Celia weiter.
»Denk daran, Kindchen, Wenzel hat dir verboten, zwei Besucher auf einmal zu haben!«
Da fuhr ich aus der Haut:
»Nun sagen Sie einmal, wer ist das eigentlich, dieser Wenzel?«
Ich bin zwar nicht übermäßig kontaktfreudig, ich beschränke mich aufs gelegentliche Einladen von Freunden, mit denen ich gern Kaffee trinke oder einfach so schwatze, aber mit Wenzel kamen wir nicht vorwärts und nicht rückwärts. Alles bei uns richtete sich nach Wenzel.
»Celia«, flüsterte die Tante, »er, du weißt schon, wer, hat verboten ...«
Die beiden nannten schon nicht einmal mehr seinen Namen, er hieß jetzt *Du-weißt-schon-wer.* Ich bekam es satt. Irgendwann einmal bekommt der Mensch alles satt. Außerdem, warum hatte ich den Namen vorher nie von Celia gehört?

»Falls ich noch einmal von diesem Wenzel reden höre, verschwinde ich von zu Hause! Dann könnt ihr Vermißtenmeldung erstatten!«
Das war's auch. Wie sie es arrangiert haben, weiß ich nicht, jedenfalls ward Wenzeslaus nicht mehr gesehen. Wo hat es das denn auch schon mal gegeben, daß ein Schutzgeist einer Frau das Schlafen mit ihrem Mann verbietet? Das ist nun doch wirklich zuviel des Guten!

Meine letzten Medaillons, eine Jungfrau von Guadalupe und einen mit zwei Rubinen geschmückten Drachen, habe ich verkauft, an meinen Partner, den Mexikaner, und an einen chinesischen Delis-Inhaber in der Sechsten Avenue. Der Fast-Food-Vertreiber war ganz vernarrt in die Anhänger, eine Seltenheit bei Chinesen, und er bezahlte *cash*. Auf Raten hätte ich sie ihm auch nicht ausgehändigt, dazu sind die Chinesen zu seltsam. Chinatown ist der einzige New Yorker Stadtteil, in den ich nie einen Fuß setze. Das ist einfach eine zu andere Welt. Wer dort auf die Idee kommt, jemanden nach einer Straße zu fragen, der ist geliefert. Von Chinesen bekommt man immer »Don't know« zur Antwort. Einmal wollte ich zu einer bestimmten *Bakery* und sprach einen Chinesen an:
»Hey, Sir, do you know where Sweet Dove Bakery is?«
»I don't know Bakery«, entgegnete er und wandte sich ab.
Aber Rache ist Blutwurst. Ich rächte mich wenige Tage später, als in der Dreiundzwanzigsten ein Chinese wissen wollte:
»Train downtown, please?«
»Du kannst mich mal!« brüllte ich und kehrte ihm den Rücken zu.
In den USA darf man in der Metro niemandem seinen Platz anbieten und keinen Blinden über die Straße führen. Man muß zuerst höflich fragen, ob sie überhaupt Hilfe wollen. Sonst sind die Leute leicht beleidigt. Das ist hier anders als in Kuba, für die Zuvorkommenheit gelten hier *anyhow* andere

Regeln. In die habe ich mich immer noch nicht richtig finden können. Die Kubaner sind querköpfige Einwanderer, würde ich sagen. Sie können nicht vergessen, wie es bei ihnen zu Hause gehandhabt wurde, sie sehnen sich immer nach Kuba. Macht ein kubanisches Eßlokal auf, gehen sie hin, wird ein lateinamerikanischer Film gespielt, sind sie zur Stelle, kommt eine Theatertruppe aus Lateinamerika oder mit spanischem Repertoire, lassen sie es sich nicht entgehen. Kubaner vergessen nicht, wo sie herkommen. Spreche ich von Kuba, so ist mir oft, als ob ich tatsächlich dort wäre. Warum, kann ich nicht erklären, aber nur unter Kubanern fühle ich mich heimisch. Darum bin ich im *House of Americas* Stammgast. Wir spielen da Domino, sehen uns Filme an, diskutieren über Politik und essen echt lateinamerikanische Küche. Auch Silvester feiere ich dort mit meiner Frau, näher können wir uns Kuba nicht fühlen. Celia ist zwar eine geborene Newyorkerin, da sie von mir aber soviel über Kuba gehört hat, liebt sie die Insel schon, als ob sie zu ihr gehörte. Den Puertorikanern ergeht es ähnlich. Selbst die hier Geborenen und Aufgewachsenen fühlen sich als Bürger Puerto Ricos. Aber sie sind weniger spontan, als man auf den ersten Blick meinen sollte. Puertorikaner sind skeptisch, sie überlegen es sich dreimal, ehe sie sich einem anderen Menschen erschließen. Und sind damit gut beraten. Die Geschichte Puerto Ricos ist ein Trauerspiel, wie oft ist das Land unter die Räuber gefallen! Die alles, was nicht niet- und nagelfest war, mitgehen ließen! Woher soll da Vertrauen kommen? Freundschaft entwickelt sich mit ihnen nur langsam, trotz aller Ähnlichkeit bestehen zwischen unseren beiden Völkern auch Barrieren. Eine puertorikanische Großmutter ist die personifizierte Güte. Darum kann einer die halbe Welt über die Klinge springen lassen, aber eine Großmutter wird er schonen. Darum führen Puertorikaner ungeachtet aller Nachteile im Barrio ein relativ *safes* Leben. Wer bricht schon in eine Wohnung ein, in der eine Großmutter wohnt? Wer verwickelt eine Großmutter in Drogengeschäfte oder gar in ein Kapitalverbrechen? Niemand. Die Großmutter steht davor wie ein Wall. In der Altstadt von Havanna galt dasselbe, in Jesús María und Atarés. Wir sind schon ein ähnlicher Menschenschlag, na klar!

Es wäre mir lieb gewesen, wenn Celia ganz hätte zu Hause bleiben können. Aber das Schmuckgeschäft war im Eimer, und ich mußte dem Mexikaner kündigen. So hatte geschäftlicher Niedergang auch wieder sein Gutes, denn durch den Burschen war mein Laden schon ins Zwielicht geraten. Der war durch und durch *Shit.* Ständig brachte er *Bums* mit, solche Schnorrer, solche ... Die hockten bei mir in den Ecken, schlugen die Zeit tot, wärmten sich auf. Dieser feine Kerl, dieser lustige Junge, er wurde zum Ganoven, er glitt ab. Nicht einmal bei der Musiktruppe konnte er mehr mitsingen, weil er ständig im Suff war. Das Komischste war, wie er reagierte, als ich ihn auf die freundlichste Art ansprach:
»Also, Junge, du bekommst zwanzig Dollar von mir, und damit sind wir quitt.«
»Ich geh hier nicht weg, der Laden gehört zur Hälfte mir!«
Er hatte tatsächlich hier und da Bücher aufgetrieben und bei mir reingestellt, darum sagte ich:
»Die kannst du alle wiederhaben, nimm sie meinetwegen mit.«
Es half nichts, er hörte nur auf die Ratschläge seiner *Cuates* und nahm sich einen Anwalt. Der Anwalt wollte meinen Steuerbescheid sehen, und ich packte ihm all meinen Papierkram auf den Tisch. Der Name des Mexikaners tauchte nirgends auf. Da suchte der Anwalt, schlotternd vor Angst, daß ihm im Barrio jemand den Bauch aufschlitzen könnte, unter vielen Entschuldigungen das Weite. Wie ein Jammerlappen sah der aus und nicht wie ein Anwalt. Am Sonntag darauf stand der Mexie wieder bei mir in der Bude. Ich räumte mit Celia gerade auf.
»Julián, du willst mich wohl in die *Tombs* bringen.«
Ich machte einen Buckel wie eine Katze.

»Pack deine Bücher ein und verschwinde!«
Er fing, angetrunken, wie er war, zu heulen an und sich über Miguelito bei mir zu beklagen. Er war der letzte Penner. Ich habe gelegentlich Menschen einbrechen sehen, aber so erbärmlich wie diesen noch keinen.
Zwei oder drei Monate später suchte Durango mich auf: »*Méxica* ist verhaftet. Wegen *Gift*. Er sitzt in den *Tombs*.« Dachte wohl, daß ich gleich einen Luftsprung machen würde. Meine Frau warf mir einen Blick zu, der besagte: ›Sowas war doch vorauszusehen.‹

Da Celia im Englischen firm war, konnte sie die Buchtitel lesen, während ich mir kurz den Erhaltungszustand der Bücher ansah und auf gut Glück einen Preis festsetzte. Zack, war ich fertig! Nicht so Celia. Sie ordnete die Bände nach Sachgruppen, band manche auch neu und begann in Chinatown und in der Church Street zum Weiterverkauf in unserem Laden allerlei modischen Krimskrams zu kaufen. Als sie sich gerade ein paar Monate um den Betrieb gekümmert hatte und es geschäftlich langsam wieder bergauf ging, wurde sie schwanger. Wir wünschten uns beide ein Kind, aber so holterdipolter hatten wir nicht damit gerechnet. Miguelito erbot sich, für sie im Laden zu stehen, weil die Musik eine brotlose Kunst blieb. Ich wollte seine Freundschaft aber nicht ausnutzen und blickte den Tatsachen ins Auge. Wir hatten ja beide weiter das Restaurant. Vor die Wahl zwischen Fabrik und *Liborio* gestellt, war uns das *Liborio* lieber.
Celia brachte ein Mädchen zur Welt, das sechseinhalb Pfund wog. Es glich ihr aufs Haar, es war nur noch eine Spur dunkler. Wir nannten es Yara, nach meiner Schwester, der Name hatte Celia vom ersten Moment an gefallen. Meiner Schwester hatte ich stolz von den Ereignissen der letzten Zeit geschrieben, und in ihrem Antwortbrief bat sie mich um Aufnahmen von unserer Hochzeit und von dem Baby. Celia und ich waren glücklich. Solange es Sommer war, gingen wir sonntags in den Central Park, schauten in die Bäume und auf

die Weiher und besahen uns die Gesichter der Leute. Bigbands spielten die aktuellen Hits im Freien, solche wie die von Benny Goodman. Trompeten war mittlerweile so beliebt wie Gitarren. Busfahren machte ebenfalls Spaß. Wir stiegen an der Kreuzung Sechste Avenue/Neunzehnte Straße ein und fuhren in bester Stimmung zur *Uptown*. Oder wir kochten mit Miguelito und Carmencita zusammen echt karibisches Essen, mit *Mofongo*, roten Bohnen, Reispudding und Kaffee kubanisch.

Eines Tages, das darf ich nicht auslassen, war ein amerikanischer Bandmusiker bei uns zum Essen. Beim Anblick des *Mofongo* fragte er:

»What is this?«

Miguelito war wohl der Meinung, daß der Amerikaner seine Erklärung verstehen müßte:

»It is a sort of *Fufú*.«

Worauf der Amerikaner weiterfragte:

»What ist *Fufú*?«

Und Miguelito zurückgab:

»It is a sort of *Mofongo*.«

Wir lachten Tränen. So verbrachten wir Stunden. Allerdings war nicht alles nur Friede, Freude, Eierkuchen. Unser Baby verursachte Kosten und Mühen. Ich mußte den Laden dichtmachen. Celia konnte sich nicht mehr darum kümmern, und ich hatte nicht vor, meinen Job im Restaurant aufzugeben, wo ich nun schon einige Jahre als *Waiter* arbeitete. Etwas Schönes gab es aber auch, und es kam aus heiterem Himmel. Plácido hielt im dritten Stock eine bessere Wohnung für uns frei, mit Badezimmer, eigener Küche und einer Abstellkammer, die wir für die kleine Yara herrichteten. Daß ich mich endlich verbessern konnte, hatte ich der Zeit, die ich nun schon in der Gegend wohnte, und natürlich meinem Landsmann Plácido zu verdanken. Für eine solche Wohnung muß man heute, je nach Laune des Besitzers, zwischen fünf- und sechshundert Dollar bezahlen. Ich zahle als langjähriger Mieter, so will es das Gesetz, noch immer einhundertneunzig. Anders könnte

ich mich auch nicht über Wasser halten. In New York sind die Mieten nämlich mindestens so hoch wie die Häuser. Wucherei ist das, von der miesesten Sorte!
Überall ziehen sie einem heute das Fell über die Ohren. Darum fühle ich mich ja auch betrogen. Als ich herkam, hatte ich viele fromme Wünsche, die wenigsten sind Realität geworden. Ich bestreite nicht, daß andere Kubaner ihre Träume wahrgemacht haben. New York gleicht einem Kampfhahn im verhängten Käfig. Sicher, manche haben es zu Wohlstand gebracht, sei es durch einen ordentlichen Beruf oder durch Glücksspiel und Drogen. Solche Leute konnten sich, nachdem sie zwölf Stunden täglich gearbeitet und ein halbes Leben fern von Kuba zugebracht haben, ein Eigenheim in Queens oder in Union City leisten. Aber zu welchem Preis! Sie sind Fremde für ihre Kinder, die in den USA aufgewachsen und also Amerikaner sind und damit völlig andere Gepflogenheiten haben als ihre Eltern. Ein solches Leben habe ich mir für mich nicht gewünscht, das habe ich mir nicht erträumt, und dennoch ist es auch mir nicht erspart geblieben. Irgendwie ist man eben ein Kieselstein, der rollt und rollt, ohne zu wissen, wohin die Reise geht.
Einsamer als das Leben von Emigranten kann ein Leben nicht sein. Dabei will ich über das amerikanische Volk gar nichts Nachteiliges sagen, im Gegenteil, es ist ein arbeitsamer und sehr auf seine Unabhängigkeit bedachter Menschenschlag. Sie stecken die Nase nicht in Dinge, die sie nichts angehen. Und trotzdem, da ist noch etwas anderes. Amerikaner können einen Koffer *full* großer Scheine mit sich herumschleppen, und kein Mensch bekommt es mit. Unsereins würde auch das gleich in alle Himmelsrichtungen hinausposaunen. Wir sind mehr freiheraus, wir tragen das Herz auf der Zunge. Die Amerikaner leben in ihren vier Wänden, die *Hispanics* im Barrio, wo sie, die Juke-Box voll aufgedreht, auf dem Gehweg tanzen oder Domino spielen. Einem Latino braucht bloß der Zahn wehzutun, schon ist jeder im Bilde. Ein Amerikaner verrät so etwas keinem Menschen. Er geht, wenn er sich's

leisten kann, einfach zum Zahnarzt. Meine Frau hingegen, wieviel die für Aspirintabletten ausgibt!

»Oh shit, oh God!« ächzt sie, denn jammern tut sie auf Englisch.

»Geh doch zum Arzt, Kind.«

Nichts ist schlimmer als Zahnweh. Aber Celia bekommen keine zehn Pferde zum Zahnarzt. Sie weiß darauf die Antwort:

»Es sind die Nerven, Julián.«

Also schleppe ich sie zum Psychiater, lasse sie auf Herz und Nieren prüfen, blättere ein Heidengeld hin, nur um die immer gleich lautende Diagnose zu bekommen:

»A nervous breakdown, Sir. It's fifty dollars.«

Beim letzten Besuch hat mir der Arzt selbst den Weg aus der Misere gewiesen:

»Sagen Sie bitte Ihrer Frau, sie soll eventuelle schädliche Faktoren in ihrem Leben eliminieren.«

Ich half ihr dabei, indem ich nämlich den Arzt eliminierte.

Latinos von den Antillen verarzten sich selber, mit Tilo-Tee und mit Aspirin. Psychiater sind etwas für reiche Müßiggänger. Obwohl, in New York sollte man nicht vorschnell urteilen, da kann bei jedem die Sicherung rausfliegen. Es ist einfach zuviel Hektik, zuviel Lärm, zuviel Smog, zuviel Angst. Es ist riskant, abends noch auszugehen. Wer wagt sich nach Mitternacht durch den Washington Square Park, der in einer vornehmen Gegend liegt? Wer setzt sich noch in die Anlagen des Union Square oder des Central Park? Diese Stadt besitzt, das stimmt wohl, zahlreiche Attraktionen. Manchen gilt sie sogar als die Hauptstadt der Welt; die nennen sie den *Big Apple*. Doch vor ihr hüten muß man sich auch. Ich habe erlebt, wie harmlose junge Leute, die lediglich auf Arbeitssuche nach New York kamen und mit Spiel und Drogen nichts im Sinn hatten, von dieser Stadt verschlungen wurden. Konnten sie hier gerade noch einmal entwischen, so erwischte sie an der nächsten Stelle einer ihrer vielen Krakenarme, denn New York ist ein Moloch.

»Im Krieg geht mehr verloren, Julián«, tröstete mich Celia. Aber ich kam nicht darüber hinweg. Ich hatte meinen Laden verloren, und ob König Faruk abdankte oder nicht, war mir im Moment schnurzegal. Ich hatte immer noch die Hoffnung, mich eines Tages hochhangeln zu können. Ich gab nicht klein bei. So sind Kubaner nun einmal. Celia war da anders, sie resignierte, sie nahm sowas hin. Das Kind wurde unser Lebensmittelpunkt, nur reichte das Geld nicht. König Faruk war ein triefäugiger Knacker, der Millionen zurückließ, und wir hatten kaum das Notwendigste zum Leben. Doch wie meine Großmutter immer sagte: »Wir armen Leute sind nicht totzukriegen.« Also mußte ich mich wohl oder übel weiter durchschlagen.

Zunächst mal kaufte ich monatelang keine Zeitung. Ich konnte mich schwarz ärgern über diese strohdumme Berichterstattung. Ständig hieß es: »Herr Soundso und Herr Soundso in Washington eingetroffen.« »Mister und Mistress X. von der Präsidentengattin zum Dinner geladen.« »XY beim Fallschirmspringen über Mount Grove hops gegangen.« *Bullshit!* sagt man hier dazu, oder anders gesagt: Katzenkacke! Nur die *New York Times* war eine ganz ordentliche Zeitung, und auch die hatte ihre Schattenseiten. Zum Lesen der *Times* ist erstklassiges Englisch nötig, vor allem für die *Headlines.* Sonst guckt man in die Röhre. Spanischsprachler lasen in dieser Stadt das *Diario de Nueva York* oder *La Prensa.* Beides eher regierungsnahe und leicht reißerische Blätter. Inzwischen haben sie fusioniert, zum *Diario de la Prensa.* Derselbe Hund, nur mit einem anderen Halsband. Auf dem Höhepunkt des Koreakrieges fabelten die das krauseste Zeug zusammen. Die Amerikaner hatten den Sieg natürlich schon in der Tasche. Und die Geschütze und Panzer der UN-Truppen zerfetzten und zerquetschten jeden Tag regimenterweise Rote. Leichenbedeckte Berghänge wurden da beschrieben, desolate Verhältnisse im Süden, Hungersnöte, Massendesertionen. Auf die gleiche Art wurde später dann noch einmal aus Vietnam berichtet. Alles erstunken und

erlogen. Nur gab es damals keine andere spanischsprachige Zeitung. *No choice.*
Trumans festlicher Empfang für Anastasio Somoza im Weißen Haus machte mehr Schlagzeilen als der Abschluß des Waffenstillstands zwischen UN-Truppen und Kommunisten. Es stank zum Himmel. Um ein solches Schmierentheater zu durchschauen, mußte man nicht auf der Universität studiert haben. Halb Lateinamerika war in den Koreakrieg hineingezogen, Tausende Kolumbianer, Puertorikaner, Kubaner und amerikanische Neger wurden zur Schlachtbank geführt, in der Stahlindustrie herrschte eine nie dagewesene Krise, über sechshunderttausend Arbeiter streikten, und die Regierung versuchte die Situation mit dem Versprechen neuer Arbeitsplätze und neuer Wahlen in den Griff zu kriegen. Viel wurde auch über den Tod Evita Peróns berichtet. Die Menschen waren wirklich betroffen. In Saint Patrick und in der Guadalupekirche wurden mehrere Messen für sie gelesen. Das war nun allerdings auch wieder übertrieben. Obwohl Perón sich damals zur Arbeiterklasse bekannte. Vielleicht wurde er bei uns darum so leidenschaftlich in Schutz genommen. Lateinamerikaner existierten ja hierzulande sonst praktisch gar nicht. Wir hatten hier nichts zu melden und nichts zu bestimmen. Wir wurden am laufenden Band übergangen und überfahren. Wir fühlten uns vollkommen im Stich gelassen. Geldscheffeln war schließlich nicht alles, wir wollten auch zur Gesellschaft gehören, aber das ging nicht. Deswegen geben es die Latinos nach einer Anzahl Jahren regelmäßig auf und bleiben fortan unter sich. In den Vierteln der Armen schafft zum Beispiel niemand den Schnee beiseite. Da kommen keine *Trucas* hin, keine Räumfahrzeuge, da gibt es gar nichts. Geht man dem Schnee nicht selber mit Streusalz und Spaten zu Leibe, kommt man aus seinem zugeschneiten Haus nicht mehr auf die Straße. Die Stadtverwaltung interessiert sich dafür nicht die Bohne. Einem Freund von Carmencitas Patentante wurde in Brooklyn, jetzt erinnere

ich mich, einmal die Wohnung demoliert, weil er laut rufend ins Freie gestürmt war:
»Öl! Bei mir ist Öl!«
Irgendwo im Haus lief in einem dünnen Strahl tatsächlich Öl aus, sicher aus einer undichten Stelle in der Leitung, aber von einem Erdölvorkommen konnte natürlich keine Rede sein. Und Emilio Morfi war danach mehrere Monate ohne Obdach. Er machte Eingaben an die Stadt, damit seine Wohnung wieder bewohnbar gemacht würde, aber erfolglos. Schließlich stellte er selber aus Freunden eine Baubrigade zusammen. Erst so kam er wieder zu einer Bleibe. Alles andere wäre gelogen.
Man mag für die Menschheit noch so viel Mitgefühl übrighaben, wenn man das Erworbene verliert und dazu ein Kind ernähren muß, kann die restliche Welt untergehen, es rührt einen nicht sehr.
So oft meine Frau auch ihr Sprüchlein »Im Krieg geht mehr verloren« aufsagte, ich grübelte, wie ich nur wieder Tritt fassen könnte, denn ich stand anscheinend unter einem schlimmeren Unstern als Judas. Miguelito zog nach Red Hook, eine Brooklyner Puertorikanergegend, und trat da einen Job bei irgendwelchen Verwandten von Carmencita an. Da war er eine Zeitlang Kfz-Schlosser; er baute alte Autos auseinander und verkaufte die Teile, eine seltsame Arbeit. Celia redete mir zu, auch dorthin zu ziehen, in Brooklyn wohnten ihre Landsleute, da fühlte sie sich heimisch. Aber ich konnte mich beherrschen. Red Hook war eine kaputte Gegend, ebenso wie *Los Sures.* Da passierten die schlimmsten Dinge.
»Du, Julián, heute nacht habe ich von Hunden geträumt.«
»Ja, na und?«
»Das bedeutet Umzug, und daß wir zu Geld kommen.«
Es bedeutete keins von beidem.
Um uns bei Laune zu halten, machten wir sonntags Besuche bei Freunden und Bekannten in Red Hook. Das Viertel ist dem Barrio ähnlich, nur noch verwahrloster. Lohnend

mochte es wegen der Mieten sein, ansonsten war das Wohnen dort qualvoll.

Am gleichen Tag, da in Korea das Feuer eingestellt und in Panmunjong der Waffenstillstand unterzeichnet wurde, war in der Zeitung auch ein Bild von Batista und eine Meldung vom Angriff auf die Moncada-Kaserne. Es war die Ausgabe vom siebenundzwanzigsten Juli 1953. Am Abend des Siebenundzwanzigsten verabschiedeten wir uns in seiner Brooklyner Wohnung von Miguelito. Der Bursche hatte bei der Handelsmarine angeheuert und wollte zur See fahren, als Schiffskoch auf dem ehemaligen Kreuzer *America.* Ich selbst hatte mich nicht dazu durchringen und Seemann werden können. Die Gewerkschaft hätte mich schon genommen, aber es trieb mich weniger in die Ferne als Miguelito. Die Rumreiserei liegt mir nicht, ich bilde mir ein, das kommt von meinen bäuerlichen Ursprüngen. Miguelito, dieser Luftikus, ist da anders. Der lacht auch noch in den schlimmsten Momenten quer über beide Backen. Als seine Wohnung in der C-Avenue, auf der *Lower East,* ausgeraubt wurde und er wie ein gerupftes Huhn nur noch gackern konnte, kam er zu mir und sagte:
»Julián, ich muß nach Brooklyn ziehen.«
Aber er sagte es so vergnügt und optimistisch, als hätte er im Lotto gewonnen. Ein solches Naturell kann nicht genug gefeiert werden. Dann erzählte er mir, wie es ihm in den Ornato Studios, einer Brooklyner Gesangsakademie, ergangen war.
»Nicht der Rede wert, Julián, ich habe da vorgesprochen. Da mir sonst alle Türen schon verschlossen waren, errechnete ich mir in den Ornato Studios eine letzte Chance. Ich bat um einen Termin, ich bekam ihn, aber dann wurde mir gesagt: ›Ihr lateinamerikanischer Akzent ist zu stark. Der fällt zu sehr auf.‹ Und einen Ablehnungsbescheid bekam ich schon gar nicht mehr. Darum ziehe ich jetzt nach Brooklyn. Und mache auch mit dem Kellnern Schluß, ich bediene niemanden mehr.

Ab jetzt handle ich mit Autoersatzteilen, das bringt mehr Geld, und ich bin mein eigener Herr. Hast du nicht auch Lust? Mach mit.«
Er wollte mich nach Red Hook lotsen, aber da sagte ich nein. Ich war ja wohl noch bei Verstand. Schließlich war nicht ich es, der jahrelang der Illusion nachgejagt war, ein William Fox oder ein Desi Arnaz zu werden. Die beiden Stars mochten meinetwegen als Hosenbügler und Kellner angefangen haben, aber eine Portion Glück müssen sie auch gehabt haben. Was man von Miguelito nicht behaupten konnte. Jemandes guter Stern ist ein nicht zu unterschätzender Faktor, und Miguelitos Stern war leider nie aufgegangen. In der Autoschlosserei blieb er auch nicht lange, schon kurz danach heuerte er auf dem Schiff an, und dazu verleitet hatten ihn Freunde von José Díaz, Sozialisten und ehemalige Mitglieder des Vereins *Mella*. Viele von denen hatten im spanischen Bürgerkrieg in der Lincoln-Brigade gekämpft, und jetzt waren sie dominierend in der *National Merchants Marine Union*. Beziehungen mußte man haben!
Miguelito ging es nicht schlecht als Seemann, aber seine Freundin wurde, typisch Puertorikanerin, immer eifersüchtiger, und schließlich wurde sie nervenkrank. Ihre Tante trieb sie an den Rand des Wahnsinns mit ihren Gebeten und Gebräuen. Am Todestag Jorge Negretes band Carmencita sich eine schwarze Schleife ins Haar und weigerte sich zu essen. Da war Miguelito schon auf See; sein Weggang stürzte die Frau ins Verderben. Celia und ich fuhren sie gelegentlich besuchen, um sie aufzumuntern. Wenn wir bei ihr waren, bekamen wir ein einziges langes Klagelied zu hören. Celia fuhr ungern nach Red Hook, nach Einbruch der Dunkelheit wirkte die Gegend selbst im Sommer gespenstisch. Das einzige Lebenszeichen war das Rattern der Metrozüge. Aber da Carmencita allein wohnte, hatte ich von Miguelito den Auftrag, mich, wenn er auf See sei, um sie zu kümmern.
Wenn man in der damaligen Zeit nach Red Hook kam, stockte einem der Atem. Inzwischen ist es, wegen Drogen

und Glücksspiel, noch schlimmer. Doch auch in den fünfziger Jahren war es schon das dem Barrio ähnlichste Viertel. Ich muß immer an den Ausspruch eines puertorikanischen Politikers auf einer Kundgebung am Manhattan Center denken. »Lateinamerika«, sagte er, »beginnt in New York.« Wie wahr! Auf den Lateinamerikanerstraßen Brooklyns herrscht ein Ameisengewimmel, vor allem in Red Hook und *Los Sures.* Dort roch Miguelito Stalldunst. Auf Schritt und Tritt Trommlergruppen und freie Bands, die Rumba, Bomba und Chachacha spielten. Man kann dort ebenso einem Chor pfingstbewegter Hallelujahsänger begegnen wie einer Salsagruppe oder einem Schwarm nach der neuesten Musik tanzender Jugendlicher. *Break Dance* – die reinste Akrobatik, etwas für ganz junge, gelenkige Leute. Das war die Atmosphäre in Brooklyn, und an den Häuserwänden massenhaft Kreuze, gesprayt von denselben Grünschnäbeln, die auch die *Subway* mit ihren Graffiti verzieren. Red Hook und *Los Sures* waren von einer ganz anderen »Freizeitkultur« geprägt als andere New Yorker Bezirke. Es bedeutet eine Heidenarbeit und grenzt an ein Wunder, wenn dort wohnende Jugendliche mal an einen Job herankommen. So stehlen sie eben Autos und schlachten sie aus und verscherbeln die Teile. Bis sie eines Tages gleich in Scharen von der Polizei abgeräumt werden. Dann kommt die Reue, wenn es zu spät ist. Die geistlichen Chöre versuchen mit Klarinetten, Pauken, Klampfen und ihren Hallelujahgesängen pausenlos verirrte Seelen zu retten. Damit weisen sie aber natürlich keinen Weg aus der Misere von Arbeitslosigkeit und Mangel. Neben der puertorikanischen Fahne sprayt man in Red Hook und *Los Sures* weiterhin Kreuze an die Wände und aufs Pflaster. Wird jemand erschossen oder erstochen, so bekommt er ein Kreuz gesprayt. Davor stehen dann die Menschen und erwarten sich von dem Toten Fürbitte im Himmel. Sowas ist tröstlich, es macht einem Mut zum Weiterleben. In Lateinamerikanervierteln ist das seit jeher üblich. Über das Kreuz kommen die Buchstaben *R.I.P., Rest in Peace,* was einige auch als *Repú-*

blica Independiente de Puerto Rico interpretieren. Da keine Arbeit aufzutreiben ist, leben die meisten, vor allem die kinderreichen Familien vom *Welfare* und von den *Food Stamps.* Und geben, was sie haben, für die unglaublichsten Dinge aus. Zum Beispiel für seine Hochzeit haut ein Latino mir nichts, dir nichts sein ganzes Geld auf den Kopf. Er leiht sich für die Trauung einen schwarzen Cadillac samt livriertem Fahrer mit Mütze, er packt noch den letzten Winkel der Wohnung voll Blumen, und er kauft im Laden den gesamten *Stock* Schnaps leer, und sei es Fusel oder besseres *Rattengift,* wie die Latinos von den Antillen dazu sagen. Wenn das Geld reicht, mieten sie sogar die *Saint Nicholas Arena* oder das *Palladium* und geben dort einen drei oder vier Stunden dauernden Ball mit allen Schikanen. Das ist das Gute an den Latinos, Geld soll schließlich rollen und nicht hecken.
Hat ein Lateinamerikaner eine Glückssträhne, geht er als erstes zum Fleischer. In einen richtigen Fleischerladen, nicht in so ein Plastik- und Zellophanlabor, wie es die Fleischabteilungen in den amerikanischen *Delis* sind. Einen Laden, in dem Frischfleisch und lebendes Geflügel statt Gefrierfleisch verkauft wird. Ragout, Keulen, Haxen, Innereien, sowas schmeckt uns. Oder man gibt sein Geld fürs Kino aus, und sei es das Pißkino an der Ecke. Kino ist Kino.
Früher gab es hier spanischsprachige Kinos die Menge. Inzwischen sind viele eingegangen. Ihr Programm steht nicht im *New York Magazine* und nicht in den Filmzeitschriften, sie gelten als Kinos vierter Klasse. Dabei bringen sie manchmal sehr gute Filme. Ich gehe noch heute in so ein *Meadito* in der Hundertsiebten und sehe mir Streifen aus meiner Zeit an. »Mädchen im Zuchthaus« mit María Antonieta Pons und »Hecht im fremden Teich« mit Jorge Negrete und Gloria Marín sind in regelmäßigen Abständen immer mal wieder zu sehen. Mexikanerfilme kommen immer gut an. Deswegen sind sie auch in das Programm des spanischsprachigen Fernsehens aufgenommen. Früher, als das Fernsehen noch in den Kinderschuhen steckte, ging man viel öfter ins Kino. Im Saal

wurde, das weiß ich noch, immer Erdnußkrokant, echtes Kokoseis und Fleischtaschen verkauft. Miguelito und ich waren auch oft im Theaterzentrum *Puerto Rico* in der Hundertachtunddreißigsten Straße, Ecke Brooklyn Avenue. Berühmte Sänger traten da auf wie der kolumbianische Bariton Carlos Ramírez oder Mirta Silva, Daniel Santos und die berühmteste Kubanerin im mexikanischen Film, Ninón Sevilla. Die jungen Leute von heute geben ihr Geld überwiegend an Spielautomaten und für Drogen aus. Ein Jammer, weil sie auf diese Weise so viel angenehmere Seiten des Lebens verpassen. Das ist ja einer der Gründe, warum die Menschen heute durch solche Gräben voneinander getrennt sind. Früher stand man sich näher. Freundschaften waren belastbarer, sie gingen tiefer. Durch die Drogen geht auch das alles in die Brüche. Die Menschen werden zu Egoisten, es reißen die charakterlichen Dämme. Auch dieses *rushede* Gehen auf der Straße ist manchmal eine direkte Folge von Drogen. Was die Puertorikaner rettet, ist ihre gegenseitige Solidarität, ihr Familienzusammenhalt. Ich erlebe es an meiner Frau. Am süßesten schmeckt Honig eben zu Hause. Eine Puertorikanerfamilie ist wie eine Kubanerfamilie, wenn nicht noch besser. Der entfernteste Cousin gilt als Familienmitglied, wenn man kann, greift man ihm unter die Arme. In den Latinovierteln läßt sich das beobachten. Von einem Teller Bohnen essen dann eben drei Leute, und fertig. Wenn sich einer nicht in die Familie flüchten kann, wo soll er denn dann hin? Mittlerweile predigen sogar die städtischen Sozialarbeiterinnen: »Ihr müßt zusammenhalten!« Wer nämlich Absicherung vom System erwartet, ist *fucked up,* das heißt erledigt. Die geben einem nämlich nicht mehr als das Existenzminimum und in Form von Almosen. Wonach sich der Puertorikaner am meisten sehnt, das für ihn Wichtigste und Wesentliche aber ist Arbeit, und die gibt es schon lange nicht mehr. Neulich hat mir eine alte Kämpferin, eine Frau an die neunzig, praktisch ein altes Weibchen, ein Foto von sich und Albizú Campos gezeigt und dazu gesagt:

»Da trage ich eine fünfundvierziger Pistole, so ging es damals zu, und so müßte es auch heute zugehen.«

Carmencitas schlechte Verfassung rührte hauptsächlich daher, daß Miguel nicht bei ihr war. Sie war irgendwie daneben, und auch meine Frau konnte daran leider nichts ändern. Wenn ein Mensch nicht mehr richtig im Kopf ist und nicht mehr über den Tellerrand hinaussieht, so daß ihn das Leben nicht mehr interessiert und er alles von der Religion erwartet, dann ist es um ihn geschehen. Und so stand es um Carmencita. Ihre Patentante machte es noch schlimmer. Ich verstehe Carmencitas Verhalten nicht, es war mir immer unverständlich. Sie hatte eben einen Narren an Miguelito gefressen, und wenn eine Puertorikanerin ihr Herz verliert, dann klammert sie sich an den Mann wie die Garnele an den Felsen. Dann ist sie ums Verrecken nicht davon abzubringen. Carmencita kam dabei aber zusehends von Kräften. Und sie wollte überhaupt nicht mehr ans Licht des Tages. Wenn wir zu Besuch kamen, lagen Miguelitos Briefe auf dem Eßtisch. Zärtliche Briefe, aber ungelesen. An nichts hatte sie mehr Interesse. Nicht einmal unsere kleine Tochter konnte sie aufmuntern. Miguelito schilderte ihr, was er auf See alles an Spaßhaftem erlebte, welche Länder sie anliefen und wie ausgelassen es in der Küche herging, wobei er der Vorsänger war, und sie machte sich nicht einmal die Mühe, seine Briefe zu lesen. Wenn ich nicht gekommen wäre …
»Julián, lies doch mal vor. Bin gespannt, wie es meinem Mann geht.«
Und ich griff mir den Packen ungeöffneter Briefe und las:

»Liebster Schatz: Gestern lagen wir im Hafen von Bergen. Eine Eiseskälte hier, kälter als bei euch drüben. Aber der Sanitäter vom *First Aid* leiht uns für den Landgang die dicken Mäntel. Diese Hafenstadt wird von Riesen bewohnt, die verkaufen in gewaltigen Holzbottichen lebende Fische. Und die Flüsse, Schatz, sind wie von Eismauern eingefaßte Kanäle. Bergen ist voller Fjorde. Die norwegischen Matrosen tragen zum Schutz vor dem Frost fast ausnahmslos Bärte. Du fehlst mir sehr, und in den Nächten komponiere ich Lieder, die ich dir widme. Am Dreizehnten laufen wir hier aus und steuern dann Liverpool an. Die Fahrt dauert neunzehn Tage, und für diese Zeit bin ich als Decksmann eingesetzt, die schlimmste Arbeit, für die aber auch das höchste *Overtime* bezahlt wird. Schreib mir und erzähl bitte auch, wie es den anderen allen geht. Paß gut auf dich auf und vergiß mich nicht, dein

dich liebender Miguelito.«

Oder er erzählte ihr Abenteuer von der *Flight Enterprise*, einem mit Essensvorräten beladenen Frachter, auf dem er, als er beschlossen hatte, sein Leben umzukrempeln und Seemann zu werden, am Ende des Koreakrieges seine erste Tour gemacht hatte, nach Japan. Die *Flight Enterprise* war kein Luxusliner gewesen wie die *America* oder die *Constitution*. Es war ein Frachter, der auch Jeeps und Lastwagen transportierte und der in den Häfen, wo er anlegte, überall von fremden Seeleuten belagert wurde, die bei der Besatzung um Zigaretten bettelten oder Armbanduhren oder Plattenspielerersatzteile gegen Souvenirs eintauschen wollten. Vom *Attendant* bekamen die Matrosen für weniger als zehn Dollar jeweils sechs Schachteln Zigaretten, und sie konnten jede einzelne Schachtel für fünf Dollar weiterverkaufen. Sie verdienten sich dumm und dämlich. Wenn Miguelito zu Hause war, erzählte er, welche Not damals in Europa herrschte. Die Menschen durchwühlten in den Häfen die *Zafacones* der *Flight Enterprise* nach dem Kaffeesatz, den die Besatzung täglich wegwarf. Sie bettelten um Kaugummi und getragene Kleider, und im Vergleich mit diesen Völkern, über die der Zweite Weltkrieg hingegangen war, fühlte sich Miguelito wie ein Krösus. Es waren furchtbare Geschichten aus dem Seemannsleben. Aber immerhin war es interessanter, als im *Liborio* zu kellnern. Darum ließ ich mir keinen von Miguelitos Briefen entgehen. Wenn ich annahm, daß er demnächst mal wieder von einer Tour nach New York zurückkommen mußte, kaufte ich mir *La Prensa* und sah auf Seite zwei unter »Hafendepeschen« nach, welche Schiffe einlaufen und an welchen Kais sie anlegen sollten. Von Miguelitos Geschichten war eine blühender als die andere. Ich frage mich noch heute manchmal: Hat er da nicht auch sein Seemannsgarn gesponnen? Eine Story ist mir unvergeßlich. Da ging es um einen Matrosen, mit dem Miguelito sich angefreundet hatte, einen Marcel Milliard aus Marseille. Der Mann war völlig übergeschnappt. Fünfzehntausend Francs blätterte er für die behördliche Erlaubnis hin, seine Frau von Kopf bis Fuß tätowieren und ihr sämtliche Zähne ziehen zu dürfen. Diese Seefahrer – ein eigenes Völkchen! Miguelito war beliebt auf den Schiffen. Er sang ja auch unentwegt, er tanzte, er flachste.

Daß er heute hinkt, ist die Schuld eines wüsten Kerls, eines Decksmanns. Der Kolumbianer provozierte ihn, sich wie er an einem dicken Lasttau von Mast zu Mast zu schwingen.

»Faß zu, hat doch keine Dornen!«

Und die beiden sprangen und schwangen vor versammelter Mannschaft wie im Varieté um die Wette. Dabei platzten Miguelitos Hände auf, er stürzte und krachte auf ein Lukensüll, eine stählerne Kante. Obwohl sein Bein dreifach gebrochen war, wurde es nicht eingegipst, und er lief damit noch zwei oder drei Tage herum. Im nächsten Hafen war sein Bein ein Klumpen, und es wurde nie mehr gerade. Berufsrisiko, gepaart mit sogenannten Selbstheilungskräften. In Brooklyn hieß er fortan der *Stelzfuß*, weil er angetockt kam wie im Film die Piraten, aber Miguelito ließ sich nicht unterkriegen. Kaum in New York zurück, ging er daran, seiner Freundin Mut zu machen. So oft er konnte, schleppte er sie aus ihrer Höhle, aber keine Reaktion, Fehlanzeige. Sie war nicht mehr ansprechbar. Mit der Seefahrererei war es aus. Miguelito ist für den Rest seines Lebens invalid. Auch waren die großen Ozeanliner wie die *America*, die *Independent* und die *Consti-*

tution veraltet und wurden ausrangiert. Die Fliegerei setzte sich im Fernreisegeschäft durch. Robert McNamara ließ nichts unversucht, um dem Schiffsverkehr den Garaus zu machen, und er hatte Erfolg. Die Seeleutegewerkschaft mochte noch so laut protestieren und noch so viele Märsche auf Washington organisieren, dagegen kam sie nicht an. Der Flugverkehr existierte und gewann unaufhaltsam Terrain. Passagierschiffe wurden für Fernreisen kaum noch gebucht. Und auf Frachtern war es zu riskant, außerdem wurde man da nur schwarz eingestellt. Miguelitos Abstecher in die Seefahrt war ins Auge gegangen. Nicht einmal eine Rente zahlte ihm die Reederei, weil er nicht mehr als fünf Jahre zur See gefahren war. Er ging wieder in die Gastronomiebranche, diesmal als *Part-timer*, und er handelte in der Dreiundzwanzigsten mit *Junk*.
Um in New York weiterzukommen, braucht man gute Kontakte und Schneid. Und selbst dann sind die tollen Tage kurz. Es war zum Haareausraufen, wenn man zusehen mußte, wie Carmencita verfiel. Sie war schlicht und einfach nicht mehr richtig bei Verstand. Miguelito wollte es nur nicht einsehen. Er nahm den Kampf auf, er rang über zehn Jahre mit ihr. Mit ihr und mit ihrer Patentante, denn er hatte praktisch beide geheiratet. Zu allem Überfluß war die Tante vom selben Schlag wie meine verflossene Esperanza und war gleich mit nach Red Hook gezogen, mit ihrer Beratungspraxis und allem. Sie führte Carmencita auf die Plätze zu den Hallelujahsängern, sie rieb sie mit Kräutersalben ein, sie behängte sie mit Amuletten. Und sie gab Miguelito die alleinige Schuld. Auch Celia wurde von ihr angerufen und hörte über mich die bösesten Sachen. Durchweg aus den Fingern gesogen. Zum Glück ist meiner Frau eine gesunde Skepsis eigen, sonst hätte diese Fuchtel unsere Ehe zerstört. Aber so hat sie sich umsonst angestrengt. Es gelang ihr weder Carmencita zu heilen noch Celia gegen mich aufzuhetzen. Sie haßte die ganze Menschheit. Sie ächzte: »Die Erde ist ein Jammertal«, und schuld daran waren die Männer. Sie verbreitete verleumderi-

sche Behauptungen, sie erging sich in wüsten Beschimpfungen, aber ihr Wartezimmer war gesteckt voll mit Frauen. Eine Giftschlange mit dem Nimbus der Heiligen. Sie behexte die Menschen mit Marthaölen und ausgedachten Gebeten. In Miguelitos Wohnung brannten überall Kerzen. Alles auf Anraten der Tante, denn wenn es nach Miguelito gegangen wäre ... Der hatte im Leben schon genug Unfug gesehen.
Aber seine Frau, die bestückte ihren Herzjesualtar mit Kerzen. Mit grünen, schwarzen, gelben, siebenfarbigen Kerzen.
»Was soll ich denn tun, Julián?« klagte Miguelito. »Sie steht ganz im Bann der anderen!«
Aber wir gingen nicht mehr hin, es lohnte nicht mehr die Mühe. Auch wollte ich Celia so wenig wie möglich Möglichkeiten bieten, sich anzustecken. Erste Anzeichen gab es.
Als ich eines Abends aus dem Café kam, entzündete Celia gerade schwarze Kerzen.
»Julián, die vertreiben die Mächte des Bösen.«
Ich schwieg. Aber als ich ins Bad trat, standen auf dem Kosmetikbord zwei grüne und zwei siebenfarbige Kerzen.
»Laß sie stehen, Julián. Du wirst sehn, wie wir vorwärtskommen. Durch die grünen Kerzen bringen wir es zu Geld, und durch die anderen können wir mal in Urlaub fahren.«
Ich schwieg abermals. Bis das Maß eines Tages voll war. Das war ja keine Wohnung mehr, sondern ein Mystikladen. Ich nahm sämtliche Kerzen und Kölnischwasserflaschen und warf sie in den *Chute*. Aus der Zauber! Im eigenen Haus wollte ich keine Kirche! Es flossen Tränen, das war zu erwarten. Tags darauf gewannen wir einundvierzig Dollar im Lotto. Das war zwar ein Klacks, aber es diente ihr als Lehre.
»Gott sei Dank!« atmete sie auf. Mir reichte Miguelitos Tragödie, ich brauchte nicht noch eine in der eigenen Familie. Wo bei uns außerdem ein Kind mitbetroffen gewesen wäre.
»Dem Himmel sei Dank, Julian, der Heilige Geist sucht uns heim!«
»Na klar.«

Aber es kam nie wieder zu einem derartigen Kerzenaufwand. Gelegentlich stellt Celia wohl noch frisches Wasser für die Toten auf und treibt mit Duftwasser Geister aus, aber Kerzen und Gipsheilige blieben fortan in dem Laden, wo sie verkauft wurden, und da machen sie sich auch prächtig.

Nach langem ergebnislosen Ringen war es schließlich offenkundig – Carmencita mußte in die Nervenklinik. Im Brooklyner *King County* aber ein Bett zu bekommen war eine übermenschliche Aufgabe. Wir schafften es, als Carmencita nur noch ein Häufchen Elend war. Auch heute laufen auf New Yorks Straßen haufenweise Geisteskranke herum. Über sechzigtausend vegetieren laut Statistik ohne ärztliche Behandlung in Hotels, in *Subway*-Stationen oder wohnen zur Untermiete. Man erkennt sie mit bloßem Auge. Wer Selbstgespräche führt oder die Passanten anpöbelt, ist nicht immer ein Rauschgiftsüchtiger. Nein, oft sind es unversorgte Geisteskranke. Was sonst sind denn die *Shopping Bag Ladies?* Doch hilflos umherlaufende Irre, um die sich die Fürsorge nicht kümmert. Jetzt, wo Reagan den Haushalt an allen Ecken und Enden beschneidet, ist New York erst recht eine Klapsmühle unter freiem Himmel. Seine Ruhe hat man im Grunde nur, wenn man an den Stadtrand hinauszieht. Aber das kann sich nicht jeder leisten.
Carmencita verfiel rapide, und wenige Wochen nach ihrer Aufnahme im *King County Hospital* starb sie an seelischer Erschöpfung. Die Tante tauchte mit mehreren Klageweibern in der Klinik auf, um Carmencita zu betrauern und Miguelito zu beschimpfen. Zusammen beschworen sie sämtliche afrikanischen Zaubermächte und schleuderten ihre schwärzesten Flüche gegen Miguelito. Er aber hielt aus, was kein Pferd aushält, er war hart im Nehmen. Fortan stand er auf der Abschußliste der Patentante. Sie nahm sich vor, ihn aus Red Hook zu vertreiben. Es sollte ihm grauen. Sie stellte sich vor seinen Hauseingang und blies Rafaelspulver in seine Richtung. Da Miguelito aber an nichts mehr glaubte, nicht einmal

an seinen eigenen Schatten, blieb er da wohnen. Zuletzt hetzte das Satansweib ihm eine Gang *Bums* auf den Hals.
»Dir zahle ich's heim!« hatte sie ihm im Lebensmittelladen an der Ecke einmal zugeraunt.
Die *Bums* trieben ihn in eine Kneipe unter der Brooklyn Bridge und schlugen ihn braun und blau. Miguelito geriet nie in Schlägereien, er hatte nie Streit, er war nicht von dieser Sorte. Es war die Alte, die ihm an den Kragen wollte. Da die Polizei sich in dieser Gegend kaum blicken ließ, transportierte ihn niemand ab. Danach konnte er nicht mehr laufen wie vorher. Erst jetzt zog er, nach langem Hin und Her, wegen der verfluchten Alten nach Chelsea.
»Sie hat die Hunde auf mich gehetzt, Julián.«
»Hunde ist ein harmloser Ausdruck. Wenn du willst, kannst du bei uns wohnen. Wo drei essen, wird auch ein Vierter satt.«
Ich stellte in den *Livingroom* eine Couch für ihn und hörte mich mit Plácidos Unterstützung nach einem Zimmer für ihn um. Wir steckten unsere Nase in fast jedes *Building* im Viertel. Wir klapperten die Neunzehnte Street von einem Ende zum anderen ab. Alles indiskutabel. In den *availablen* Apartments war das Bad auf der Treppe, es waren Bruchbuden, und sie waren schlecht beheizbar.
»Ich hab eine Idee, Miguelito. Wir gehen zu Bartolo in die *Bananen*. Dort kennt man mich, da werden wir was für dich finden.«
Bartolos Bananen war, so komisch es klingen mag, ein Mietshaus, das so genannt wurde, weil es ausschließlich von Kubanern bewohnt war. Die Zimmer waren nicht groß, aber das Bad war in der Wohnung, und sie hatten *Kitchenette*. Wir sprachen mit dem *Super*, einem Mann aus Baracoa, der wie ich mit einer *Newyorikanerin* verheiratet war und mich sehr mochte.
Bis wir das Zimmer, das im fünften Stock lag, leerräumen durften, mußten wir allerdings noch einige Tage warten. Der Vermieter war gestorben, und es war von der Polizei noch

nicht freigegeben. Der alte Mann, ein kubanischer Musiker von der Gruppe *Yumurí*, war ohne Erben dahingegangen. Er war in den zwanziger Jahren in die Staaten gekommen und ein eingefleischter Junggeselle gewesen. Miguelito behielt die Möbel und die Kartons voller Kleider, weil die Polizei beim Anblick des vielen Plunders verfügt hatte, daß alles auf den Müll geworfen werden sollte. Er strich das Zimmer neu und zog ein. In der Achten Avenue begannen sich damals viele Latino-Restaurants und Bars anzusiedeln. Dem Barrio blieb Miguelito dennoch treu, er setzte dort auf Hähne. Hahnenkämpfe waren und sind in den Staaten eigentlich verboten. Wegen der vielen Keilereien und wegen der Tierschutzvereine. Im Barrio und in Brooklyn errichteten Latinos dennoch in *Basements* heimlich ihre Arenen. Ich war oft da, und auch heute gehe ich noch ab und zu hin. Bei Hahnenkämpfen ist allerhand los, auch wenn dabei Blut fließt. Ich habe erlebt, wie sich enge Freunde in hitzigem Streit in der Arena die Gesichter aufschlitzten. Wer verliert schon gern? Und wenn einem ein Tier lädiert wird, ist es, als ginge jemand vor aller Augen der eigenen Frau an die Wäsche. Wir *Hispanics* bewahren nicht kühlen Kopf, wir verstehen nicht zu verlieren, das *Sportsmanship* ist mehr Sache der Amerikaner, oder?

Durch Carmencitas Tod hatte auch Miguelito für eine Weile einen Knacks weg. Aber die Zeit heilt alle Wunden. Sie ist eine Art Mammutpflaster. Nach seinem Umzug kellnerte Miguelito weiter *part-time* in diversen Restaurants der Umgebung und in seiner Freizeit, vor allem samstags vormittags und sonntags, baute er seinen Trödeltisch auf dem *Flea Market* in der Dreiundzwanzigsten auf. An den übrigen Tagen teilten wir uns den Tisch. An den Nachmittagen verkaufte Celia mit der Kleinen alles, was uns aus den Dörfern um New York angeschleppt wurde. Professionelle *Junkeros* reisen viel. Sie sind es, die das Gros des Warenangebots vom Land besorgen. Sie klappern die Häuser ab, sie entrümpeln. Die Ausbeute bringen sie zu *Wholesale*-Preisen an den Mann. Wir hingegen

spezialisierten uns gewissermaßen, auf Lampen mit Kunststoffschirmen und auf Schmuck. Weil ich nie einen Wagen hatte, konnte ich nicht zum Einkauf in die Provinz. Gute Kontakte hatte ich dank Miguelito *anyway* immer. Miguelito schlüpfte noch durch die engste Ritze. Er hat zwar einen leichten Schatten, aber verkaufen, das kann er. Nur sparen nicht. Ich hielt, was ich einnahm, so gut es ging beisammen, er hingegen verjubelte alles. Celia machte mir daraus einmal einen Vorwurf:
»He, Miguelito mag dein Freund sein – dein Protegé ist er nicht!«
»Liebe Frau«, stellte ich klar, »misch dich da bitte nicht ein. Oder kommt die Familie etwa zu kurz?«
»Das nicht. Aber er macht Verluste. Und er schießt nichts zu.«
Miguelito hatte eben eine Pechsträhne. Aber wir waren einfach zusammen über zu viele Steine gestolpert, als daß ich ihn jetzt hätte alleinlassen können. Das sah meine Frau denn auch ein, sie ist ein Engel auf Erden. Noch heute schanze ich Miguelito ab und zu kleinere Beträge zu. Es ist schlimm, sich als Künstler zu fühlen und keiner sein zu dürfen. Da kann ich mich hineinversetzen, da brauche ich weder Pfarrer zu sein noch Psychologe.

Von meiner Familie in Kuba hörte ich selten. Gelegentlich schrieb mir Yara, aber auch nur sie. Mein Bruder arbeitete, um seine Kinder großzukriegen, nach Yaras Worten wie ein Muli. Und unsere Mutter wich, immer in derselben Hütte, nicht vom Herd und wurde so alt, ohne noch etwas vom Leben zu erhoffen. Ich schickte ihr hin und wieder kleinere Summen, für größere reichte es nie. Und meine Schwester sagte mir in ihren Briefen dann Dank.
Fotos von meiner kleinen Tochter im Central Park schickte ich hingegen stapelweise nach Kuba. Meine Schwester war versessen darauf. Yarita war auch das einzige, worauf ich trotz allem stolz war. Da sie in Amerika aufgewachsen ist,

spricht sie, obwohl sie eine ausländische Mutter hat, allerdings höchstens mit mir Spanisch, und von Kuba weiß sie herzlich wenig. Mir sind die Hände gebunden, dagegen komme ich nicht an. Manchmal sehe ich mir im Fernsehen die *Case Histories* an und kann nur lachen. Leute wie ich kommen da nicht vor, nicht einmal etwas annähernd Ähnliches. Da werden Ehekonflikte ausgebreitet, verfrühter Sex oder Unfruchtbarkeit bei der Frau, aber die Geschichte eines Mannes, den tausend Meilen breite Gräben von seinem Kind trennen, die gibt es nicht.

Ich habe Yara auf eine staatliche Schule geschickt, und zu Hause habe ich sie zum Spanischsprechen gezwungen. Doch sobald sie die Tür hinter sich zuzog, war jedes Wort Englisch.

»Okay, Pa«, hielt sie mir entgegen, »nur sag mir, warum sprichst du dann nicht ordentlich Englisch?«

Das kann man meiner Tochter nicht absprechen – ein fixes Kerlchen ist sie. Und soweit es ihre Belange betrifft, ist sie auch zielstrebig. Ihre Gleichgültigkeit allem anderen gegenüber kann ich ihr nicht zum Vorwurf machen, darin ist sie ein Produkt ihrer Umgebung. Von Politik will das Kind nichts wissen, da will sie schlicht nichts begreifen.

»I am very busy, Pa.«

Meine Frau ist darin zum Glück anders. Bei den Märschen auf Washington, während des Vietnamkriegs, hat sie mich als erste zum Mitmachen überredet. Sie wartete nicht einmal ab, bis Miguelito mitkam.

»Los, Julián, da sterben zu viele Menschen auf beiden Seiten, für nichts und wieder nichts, komm!«

Wir marschierten in Kolonnen. Oft starteten wir am *House of Americas*. Das *House* befand sich damals noch auf dem Broadway und nicht in der Vierzehnten wie heute. Schlimmer als auf diesen Demonstrationen habe ich in meinem Leben nicht gefroren. Ob das von diesem Washingtoner Fluß kam, dem Potomac, von den Windböen, die einen dort peitschen, oder von dem stundenlangen Stehen im Freien, nichts als ein

kubanisches Sandwich oder einen Teller Linsensuppe im Magen? Meine Tochter war damals Schülerin, und die New Yorker *Colleges* protestierten auch mit, Lehrer, Schüler, Angestellte. Yara trottete mit, aber aus purer Neugier. Ihre Klassenkameraden holten sie bei uns zu den *Meetings* auf dem Union Square ab. So hat sie ihren Freund kennengelernt, einen Amerikaner von ein Meter neunzig, sehr anständiger Junge, nur ein bißchen vertrottelt. Der war es, der sie uns entfremdet hat, die beiden verliebten sich ernsthaft. Wohin sie auch ging, er trabte ihr hinterher. Ein milchweißer blonder Lulatsch, für den mußte so eine Brünette, noch dazu mit den schwarzen Augen meiner Schwester Yara, der Hauptgewinn im Lotto sein. Meine Tochter war erst sechzehn, konnte sich aber wie eine erwachsene Frau benehmen. Bei mir war der Junge stumm, überhaupt ist er etwas gehemmt und wortarm. Dafür ist er bei denen zu Hause sehr verläßlich. Nur ganz ohne Ehrgeiz. Seit die beiden geheiratet haben, macht er stets ein und dieselbe Arbeit – er ist *Bouncer* in einem Kaufhaus für Sportartikel in New Jersey, wo die beiden seit neun Jahren wohnen.
Meiner Tochter frißt er aus der Hand. Ich sage schon mal zu ihm:
»Ron, du meinst wohl, Yara gehört zu den *Jardineras.*«
Für ihn ist das natürlich Chinesisch, aber er lacht trotzdem. Von Yarita kann er nicht lassen. Wo sie hingeht, da zockelt auch er hin.
»Ronald, Politik hilft die Verhältnisse ändern.«
»No, Tony, das schafft nur Geld.«
Er nennt mich Tony, Julián zu sagen widerstrebt ihm. Ich lasse ihn gelten, wie er ist, aber wir haben in einem fort Diskussionen. Celia ebenso. Aber wir beiden stehen damit allein da. Außerdem wohnen die beiden in einem anderen Bundesstaat, in einem anderen *Ambiente*, gleichsam unter einer Plastiktüte. Zwischen meiner Tochter und mir ist, wie soll ich's sagen, irgendwie ein Vorhang zugezogen.

Trotzdem ist sie mein Ein und Alles. Das Liebste, was ich auf der Welt habe.

Wenn sie zu Christmas zu Ronalds Eltern nach Seattle fahren, geben sie die Kinder zu uns. Mein Gott, wie ich mich da freue! Mein ältestes Enkelkind, Alan, ist der reine Kubaner. Der hat nichts, aber auch gar nichts vom Vater. Das Mädchen ist blond, aber braunhäutig, das wird mal eine Schönheit. Sie heißt Alice, nach Ronalds Mutter. Die kennen wir nur von Fotos, nach New York ist sie nie gekommen. Meinen Enkelsohn habe ich auf meine Seite gezogen. Er weiß Bescheid über Kuba, er kann die Karte der Insel zeichnen, den Malecón von Havanna samt Skyline und den Leuchtturm auf dem Morro. Und er ist stolz auf seine Abstammung. Auf die kubanische wie auf die puertorikanische Linie. Das Mädchen ist noch kleiner, aber ich dirigiere sie schon in dieselbe Richtung. Die wenigen spanischen Wörter, die die beiden können, haben sie von Celia und mir gelernt. Da die Nationalhymne auf Cassette schwer aufzutreiben ist, habe ich sie ihnen noch nicht beibringen können, aber ich frage im Club herum, da gibt es welche, die haben Aufnahmen. Die Kinder sollen nicht in Unkenntnis der ihnen angestammten Kultur aufwachsen. Sie sollen wissen, woher sie kommen. Ich verleugne doch nicht das Blut in meinen Adern. Also, ich fühle mich, als ob ich aus Kuba nie weggegangen wäre.
Eine Straße in New York ist anders als andernorts die Straßen. In dieser Stadt ist eine Straße auf einem Abschnitt womöglich heiter und auf dem nächsten bedrückend. Oder sie ist feudal wie die Park Avenue auf der Höhe der *Midtown*, die dann in Richtung *Uptown* und quer durchs Barrio zunehmend ins Elend absinkt. Wer vom Großmarkt auf die Park Avenue blickt, kann sich nicht vorstellen, wie sie später an der Grand Central Station aussieht. Die Wall Street ist die brodelnde Börsenmeile. Dort begegnet man dem eigentlichen *Mainstream* des Landes. Die Wall Street ist Uncle Sams Registrierkasse.

Es gibt Straßen, die mal bessere Zeiten gesehen haben. Regelrecht glorreiche Zeiten, so breit und bevölkert sind manche noch heute und wie Boulevards so voller Geschäfte. Andere erwerben sich, wie die Christopher Street oder die Zweiundvierzigste, durch Extravaganz oder durch Pornographie einen Namen. Der Broadway ist New Yorks längste und wegen ihrer Kinosäle und Bühnen New Yorks berühmteste Straße. Die Siebenundvierzigste glitzert vor Gold. Alle prominenten Juweliere sind dort angesiedelt, großenteils Juden. Die Dreiundzwanzigste aber, zu meiner Zeit meine Straße, kenne ich am besten; es ist die Straße in Chelsea mit den billigsten Geschäften. So breit wie ein Boulevard und verteufelt kalt. Sämtliche Winde aus der Sechsten, Siebten und Achten fegen da im Februar durch. Sie kommen vom Hudson River, und von den Sturmböen wird man umgeblasen. Das Hotel *Chelsea* steht noch da, in dem viele Bühnenkünstler, Leinwandstars und berühmte Schriftsteller gewohnt haben. Das Hotel ist natürlich auch nicht mehr, was es einmal war, sondern inzwischen okkupiert von Dealern. Obwohl noch immer einige anständige Menschen darin wohnen – ehemalige Künstler und Schriftsteller der zweiten Garnitur, die damit prunken wollen, sagen zu können: »Ich wohne im *Chelsea.*« Denn seinen Nimbus kann dem Hotel niemand nehmen. Die Dreiundzwanzigste war seinerzeit in Chelsea die lebendigste Straße, und die steinernen Häuser vom Typ des Hotels mit den schmiedeeisernen Balkonen an den Fassaden sind noch erhalten. Die alten Iren, die Nachkommen der ersten Bewohner dieser Gegend, nennen die Kreuzung der Dreiundzwanzigsten und der Sechsten den New Yorker *Times Square der Jahrhundertwende.* Sie war in der damaligen Aufbruchstimmung der Mittelpunkt großer Betriebsamkeit. Noch heute sieht man dort alte Iren ihre Hunde Gassi führen und in den Cafés auf der Achten ihre Pfeife rauchen. Der süßliche Tabak verrät sie. Iren sind wandernde Schlote.
Auf der Dreiundzwanzigsten arbeiten viele Kubaner. Die Gebrüder Ortuño hatten dort, auf der Zeile zwischen der

Sechsten und der Siebten, eine Fabrik für *Metal Shelvings*, das heißt metallene Büroregale. Mit vielen dieser Kubaner habe ich mich noch angefreundet. Wir trafen uns an der Sechsten Avenue im Eckcafé *Stewart*. Die Kneipe war gut besucht, vor allem ab sechs Uhr abends. Man sprach von Gott und der Welt und brachte sich vor oder nach der Schicht auf andere Gedanken. Das *Stewart* war stark lateinamerikanisch geprägt, darum waren dort kaum Frauen. In dem Café herrschte unsere heimische Atmosphäre, schade, daß es verschwunden ist.
Früher bin ich überhaupt öfter draußen gewesen. Aber jetzt ist alles so anders. Die Straßen sind voller *Joloperos*, Italienern und Latinos, und an jeder Ecke riskiert man, überfallen zu werden. *Jolope* nennen wir einen Raubüberfall. Das kommt von englisch *hold up* und ist ziemlich gebräuchlich. Jedermann führt dieses Wort hier im Mund. Einer der berüchtigsten *Joloperos* in Manhattan war Bognano. Mittlerweile ist er hinter Schloß und Riegel. Er war Italiener, und er hatte es in sich. Er hat eine ganze Brut von *Joloperos* hinterlassen, die New York in Furcht und Schrecken versetzen und sich laufend weiter vermehren. Mal machen sie die eine, mal die andere Gegend unsicher. Doch ihr Lieblingsrevier ist der Bahnhof mit den Unterführungen und den dazugehörigen Treppen. Auf der Neunzehnten Straße ist es abermals anders. Ich wohne seit über dreißig Jahren dort, ich kenne sie wie meine Westentasche. Die Straße ist friedlich, obwohl in jüngster Zeit ein paar Lokale mit lateinamerikanischer Küche aufgemacht haben, in denen mit *Pot* gedealt wird. Hinter einer solchen Fassade vermutet man kein Marihuana. Von dem Mieter im Erdgeschoß meines Hauses geht auch die Rede, daß er jede Art *Stoff* verkauft, obwohl, mit Sicherheit kann ich es nicht behaupten. Es sind Ekuadorianer, und zu mir halten sie Abstand. Um der Wahrheit die Ehre zu geben, bisher habe ich im Haus nichts Auffälliges beobachtet. Allerdings esse ich in dem Lokal sicherheitshalber nicht mehr meine Blutsuppe. Die Polizei könnte schließlich plötzlich

aufkreuzen und alles einkassieren. Solchem Ärger gehe ich lieber aus dem Wege. Ansonsten ist die Neunzehnte eine harmlose Straße – viele Lager für Karton und Pappe, ein paar Schnittmusterläden und *Real-Estate*-Firmen. Der eigentliche Arbeitertreffpunkt New Yorks ist der Union Square, relativ nah bei mir gelegen. Im Winter ist es ein Park wie andere auch, mit überfrorenen Bänken. Und dennoch haben die Jointverkäufer ihn sich auserkoren. Ebenso wie den Washington Square. Autos drehen dort zuhauf ihre Runden, und mancher Kunde macht sich nicht einmal die Mühe auszusteigen. Der Union Square ist eine historische Stätte, und alltags wimmelt er von jedwedes Zeug anbietenden *Hawkern,* von Bettlern, Zeitungsverkäufern, von Händlern, die allerlei Schnickschnack und Knabberzeug anbieten. Sogar Komponisten offerieren dort ihre Nummern. Hinzu kommen Soldaten der Heilsarmee, jüdische Flüchtlinge, streikende Arbeiter. Dieses Bild bietet der Union Square jedenfalls samstags und sonntags. Sein Nimbus aber kommt daher, daß sich seit Jahren die linken Bewegungen und radikalen Gruppierungen dort sammeln. Die New Yorker Demonstrationen zum Ersten Mai nehmen dort Aufstellung. Jede politische Demonstration startet praktisch auf dem Union Square, besonders auf der Nordseite der Anlagen. So daß es den Anschein erweckt, als habe der Platz seinen Namen *Union* nach seinem Gebrauch bekommen. Tatsächlich paßt er ja ausgezeichnet. Er führt nicht nur Straßen wie unter anderem den Broadway, die Vierzehnte und die Vierte Avenue zusammen, sondern auch Menschen aller politischen Parteien, aller Konfessionen und aller Rassen.

Die Straßen New Yorks versetzen einen oft in Erstaunen. Manchmal verändern sie ihr Gesicht von einem Tag auf den anderen. Gebäude wie das Metropolitan Opera House sind abgerissen worden um irgendeinem Einheitsklotz Platz zu machen. Die Besitzenden empfinden keine Ehrfurcht vor historischen Denkmälern. Ist ein Haus alt, wird es kurzerhand abgerissen, und statt seiner wird irgendein grünes Glas-

und Metallding hochgezogen. So ist es in New York vielen alten Hotels und Theatern ergangen. Geld legitimiert eben alles.

Das Flair eines Viertels, das Kolorit einer Straße können ruckzuck von der Bildfläche verschwinden. Es braucht nur jemand auf die Idee zu kommen, ein Grundstück zu kaufen oder ein Unternehmen zu gründen. Wolkenkratzer kennen da gar nichts. Gottseidank steht wenigstens noch die Staatsbibliothek, die *City Hall,* das *Post Office* und die Cooper Union, in der einst José Martí gesprochen hat. Früher haben all solche Bauten mich schwer beeindruckt. Sogar ein wenig Angst hatte ich vor ihnen. Sie stehen so großmächtig vor einem, gleichsam dreidimensional, daß man lieber nicht eintritt. Mit meiner Tochter war ich im Metropolitan Museum of Art und im Museum für Naturgeschichte. Doch trotz der vielen Jahre, die ich nun schon hier lebe, war ich noch nie auf der Plattform des Empire State Building. Meiner Frau graust vor Fahrstühlen, mir nicht. Wenn ich nicht oben war, dann weil ich auch ungern fliege. Höhe finde ich gräßlich. Das *Empire State* ist ja viel höher als der Eiffelturm, eintausendzweihundertfünfzig Fuß hoch, und jahrelang war es das welthöchste Bauwerk. Jetzt haben sie das *World Trade* hingestellt, zwei himmelhohe Wolkenkratzer im hintersten *Downtown.* Und damit ist das *Empire State* aus dem Rennen geworfen. Geld legitimiert eben alles. Historische Monumente werden nicht respektiert, weil auch die historischen Figuren nicht respektiert werden. George Washington muß neuerdings für eine Kühlschrankwerbung herhalten. In Perücke und Gehrock wird da ein Statist vor die Kameras postiert, und dieser Frechling preist als George Washington seine Ware an. Er macht die Kühlschranktür auf, er zeigt die Fächer, die Eiswürfel – in diesem Stil. Wieder einer von den Witzen, die Kanal Siebenundvierzig sich leistet.

Früher war ein Stadtbummel gemütlicher, weil man dabei sicherer war. Es gab weniger Verkommenheit, weniger Kriminalität. Früher ging man als Mann in Dunkelblau oder

Grau. Heute ist der Respekt vor Eleganz verlorengegangen. Nach der Kleidung läßt sich das Profil eines New Yorker Stadtteils bestimmen: Sogar ins Lincoln Center darf man heutzutage in Anorak und Turnschuhen. Meine Tochter kann ohne das Zeug nicht leben. Ich bin darin konservativ eingestellt. Doch die Jugend verschafft sich ihr Recht. In Saint Marks, einer Punkergegend im East Village, betreten die jungen Leute mit grüngefärbten Haaren und schwarzgeschminkten Lippen die ukrainischen orthodoxen Kirchen. Das junge Volk rasiert sich auch die Köpfe und läßt nur einen Irokesenkamm oder ein mit einem bunten Band zusammengehaltenes Schwänzchen am Hinterkopf stehen. Die läßt alles kalt. Manche sehen verheerender aus als eine Baumratte mit Wasserkopf. Eine seltsame Zeit. Zum Glück gibt es auch noch Atomkriegsgegner unter den Jungen. Gott sei's gedankt, denn das Leben ist trotz allem ja immer noch schön. Man erlebt Ungemach, man macht Fehler, zwei- und sogar dreimal den gleichen, man hat tausenderlei zu bereuen, aber man behält doch immer den Willen zu leben. Darum sind mir viele der Emigranten unbegreiflich. Ich lerne sie hier kennen, in Gaststätten, in Fabriken, in *Dancing Halls,* in Supermärkten. Sie opfern sich auf, Jahre über Jahre, um sich einmal in Puerto Rico, Kolumbien und Ekuador ein Häuschen zu kaufen oder um ihren Kindern Geld überweisen zu können. Aber sie sehen ihre Kinder nie. Über Jahre hinweg erleben sie nicht mit, wie ihre Kinder aufwachsen, und das in einem so wichtigen Alter wie dem der Fünf- oder Zehnjährigen. Solche Fälle kenne ich viele. Für mich sind das verkrüppelte, schwer in die Irre gegangene Menschen. Wie kann einer sein fünfjähriges Kind in Cochabamba nicht besuchen, bloß weil er sein Geld für den Kauf einer fünftausend Dollar teuren Schlafzimmereinrichtung bei *Bergen Line* ausgibt? Die er dann viele Jahre lang abzahlt. Und über all diese Jahre wachsen seine Kinder in einem anderen Land und bei anderen Menschen auf – es sind schon gar nicht mehr die eigenen Kinder. Sicher, vielerorts gibt es keine

Arbeit. Doch was ist da wohl schlimmer, kein Kind haben oder keine Arbeit?
Ich würde nicht durch Ländergrenzen getrennt von meiner Tochter leben. Sie ist wie gesagt von den USA geprägt, sie spricht besser Englisch als Spanisch. Sie ist Amerikanerin, so sehr ich ihr das Kubanische auch auf die Seele gebunden habe. Aber wenn sie mit ihrem Mann streitet, ist sie Kubanerin vom Scheitel bis zur Sohle. Dann bricht es aus allen Poren. Ohne meine Tochter könnte ich nicht leben. Darum sind mir Menschen, deren Glück sich an materiellem Besitz mißt, unbegreiflich. Sicher, viele Kubaner haben es in den USA zu Wohlstand gebracht, das ist unleugbar. Kubaner ergreifen die Initiative, und sie sind arbeitsame Menschen. Doch Geld ist nicht alles im Leben. Was nützt ihnen das Geld, wenn sie sich im Winter mit der fürchterlichen Kälte herumschlagen müssen, wenn sie weitab von ihrer Familie wohnen und keinen Zugang zum *Mainstream* der Gesellschaft haben? Sie mögen sich einen Cadillac leisten und damit auf den Straßen herumprotzen können, sie mögen sich Luxusroben ausleihen oder ihre *Sweet-Sixteen*-Bälle in maßgeschneiderten Kleidern und Anzügen veranstalten, und sie mögen sich in den Studios von *Bergen Line* fotografieren lassen und die Bilder nach Kuba schicken – das ändert doch nichts daran, daß sie niemanden haben, der ihnen beispringt.
Die Amerikaner kritisiere ich nicht, bei denen ist das so Sitte, die sind eben Individualisten. Die Kubaner aber sind gesellige Menschen, die müssen sich verbrüdern. Darum finde ich das Leben in den Staaten einsam, obwohl ich meine Frau, meine Tochter und zwei, drei Freunde habe. Möchte man Domino spielen, kann man sonntags ins *House of Americas,* das ist aber auch alles. Und selbst das tut man unter Stress, ständig steht man unter Strom. Pausenlos denkt man an die Arbeit und an die langen Fahrtstrecken. Wer fährt nach sieben Uhr abends denn noch Metro? Vor allem die Alten. Wer möchte schon überfallen werden, wer von einem *Jolopero* den Schädel zertrümmert kriegen? Es sind schon Frauen in der Metro

angesprungen oder beim Aufschließen der Haustür vergewaltigt worden. Es ist zu gefährlich. Der Bürgermeister von New York droht jeden Tag Razzien gegen Mörder und Rauschgiftsüchtige an. Manchmal finden ja auch welche statt, aber auf der Lower East Side. Chelsea, die *Midtown* und die Zweiundvierzigste werden stets ausgelassen. Auch die Polizei fürchtet sich vor diesen Kerlen. Ich weiß nicht, wie sie das Problem je bewältigen wollen.
New York ist so dynamisch, womöglich ist es ja die Achse der Welt, das will ich nicht bezweifeln. Aber zum Leben ist es ausgesprochen gefährlich. Mich hat es hierher verschlagen, daran kann ich jetzt nichts mehr ändern. Die Würfel fallen nur einmal. Auch riskiert in meinem Alter niemand mehr eine falsche Bewegung. In Kuba, das weiß ich, würde ich friedvoller, glücklicher leben. Aber ich darf auch nicht nur an mich denken, meine Frau, meine Tochter und meine Enkelkinder sind letzten Endes Hiesige, sie fühlen sich in erster Linie hier zu Hause.
»Pa, you're crazy«, meint Yara María, wenn ich kubanische Zeitungen lese oder ihr von meinen Enkelkindern in Havanna oder von der Sierra Maestra erzähle. Ich bin immer aktuell informiert über Kuba. Ich lasse mir keine Nachricht entgehen. Ich bin der Revolution auf den Fersen. Meine Schwester schreibt mir, aber da die Post einen Monat unterwegs ist, antworte ich ihr immer schon vorher. Worüber sie mich informieren kann, weiß ich ja im voraus. Es ist, als ob ich in Kuba lebte.

Ich gehörte zu den ersten, die von dem Angriff auf die Moncada-Kaserne erfuhren. Und da ich von Fidel schon ein wenig wußte, sagte ich hier zu allen:
»Das war nicht Prío Socarrás und auch nicht Millo Ochoa, die haben dazu nicht die Courage. Die Angreifer waren Fidel und seine Männer.«
Am dreißigsten Juli erschien dann in *La Prensa* erstmals sein Name. Unter der Schlagzeile: »Rädelsführer in den Bergen

ermordet.« Für mich war es eine klare Sache. Von da an wuchs hier bei uns Fidel Castros Beliebtheit. Und als er herkam und im *Palm Garden* sprach, war er schon eine Autorität für die hiesige Kubanergemeinde. *Palm Garden* war ein Tanzlokal in der Einundfünfzigsten, in der Nähe der Achten Avenue. Ob es noch existiert, weiß ich nicht, aber für unsereinen ist es ein Schauplatz der Geschichte. Fidel Castro und Juan Manuel Márquez haben da gesprochen. Beide schenkten den Zuhörern reinen Wein ein und kündigten in aller Klarheit das Programm der Revolution an. Juan Manuel verlor seinen Koffer, und wir sammelten und überreichten ihm einen neuen Koffer voll neuer Kleidung. Juan Manuel freute sich riesig, ja, er war richtig ergriffen. Von New York fuhren die beiden nach Mexiko und von dort in die Sierra Maestra. Durch den amerikanischen Reporter Herbert Matthews erfuhr man 1957 dann in der hiesigen Presse von der Existenz der Guerrilla in der *Sierra.* Wer nichts besaß, wer in den Fabriken und der Gastronomie arbeitete, der unterstützte die *Bewegung des sechsundzwanzigsten Juli* auf Anhieb. Damals begannen die Sammlungen zum Einkauf von Waffen und Versorgungsgütern für die Guerrilla.

In New York kann die Bewegung des sechsundzwanzigsten Juli auf eine lange Geschichte zurückblicken. Von New York spreche ich aber nur, weil die Bewegung dort so stark wurde. Ihre eigentliche Wiege stand in Bridgeport, Connecticut. Dort bestand eine für diesen Bundesstaat sehr starke Kolonie von Kubanern. Das Ganze ist Geschichte und müßte eigentlich einmal festgehalten werden. Die Häuser, in denen wir uns trafen, die Örtlichkeiten, an denen Fidel sprach oder Camilo Cienfuegos wohnte – es gibt sie alle noch, aber niemand unternimmt etwas zu ihrer Erhaltung. Das gleiche gilt für José Martís Wohnungen in der Front Street und in der Neunundzwanzigsten, aber das kümmert ja keinen Menschen. Martí hat zum Beispiel in der *Cooper Union* auf der Gedenkfeier für Karl Marx gesprochen. Die *Tablet* an der Hauswand in der Saint Marks Street erwähnt viele Redner, unter anderem Abraham

Lincoln, von Martí aber ist, obwohl er jahrelang in New York war, keine Rede. Im südlichen Central Park, an der Neunundfünfzigsten, steht ein Martí-Denkmal, und davor legt ein Häuflein Unerschrockener, darunter ich, seit Jahren Kränze nieder. Es ist nämlich nicht ungefährlich. Am Jahrestag besetzen die konterrevolutionären Organisationen den Platz schon am frühen Morgen. Sie wollen Martí für sich vereinnahmen, und schon öfters flogen die Fetzen, will sagen, es kam zu fürchterlichen Schlachten mit Beschimpfungen, Fäusten und Knüppeln. Trotzdem sind wir an jedem achtundzwanzigsten Januar, egal ob Frost- oder Tauwetter, um vier Uhr nachmittags zur Stelle.

Mit jedem revolutionären Engagement sind hier in den Staaten auch Risiken verbunden. Wir sind nicht illegal, aber auch nicht zugelassen. Die *Bewegung des sechsundzwanzigsten Juli* hat viel zum Bewußtwerdungsprozeß der Auslandskubaner beigetragen. Das war hier ein Minenfeld, man wußte nicht, wohin man seinen Fuß setzen sollte. Die Politikergrüppchen und Emigrantenvereine waren mitgliederstärker als die Revolutionäre. Und viele pendelten mal hierhin, mal dahin. Ich hatte nie eine Funktion inne, ja, ich bin, um bei der Wahrheit zu bleiben, überhaupt erst durch Miguelito zur Bewegung des sechsundzwanzigsten Juli gestoßen. Der wollte von den hiesigen Kubanern nichts mehr wissen. Zu Recht – die Besten von ihnen stießen zum *M 26-7*, zumindest die Jüngsten und Beherztesten, die Unverdorbensten, die am wenigsten auf Karriere Versessenen. Es engagierten sich viele Organisationen, unter anderem das *Athenäum der Kubaner*, der *Interamerikanische Club* in der Bronx, das *Kubanische Lyzeum*, das *Haus Cuba* und der Verein »José Martí«. Manche mit weichen Knien, denn Batistas Konsulat übte ziemlichen Druck aus. Wenn man mich fragt so ist die *Bewegung des sechsundzwanzigsten Juli* in Kuba aus den besten Anhängern der Orthodoxen Partei, vor allem der jüngeren Jahrgänge, und aus Teilen der *Acción Cívica* hervorgegangen. Nicht nur aus solchen Vereinen. Einer der herausragenden

Organisatoren der Bewegung hier in den USA war José Llanusa. »Schluß mit dem Grüppchensalat!« sagte der. »In New York gibt es nur eine Organisation, die *M 26-7!*« Und so geschah es. Um Fidel scharte sich alles. Das Problem war, daß einige dieser Gruppen mit Rassisten und andere mit Drohnen durchsetzt waren. Worum es also ging, war, die Massen zu vereinen. Kommunisten gab es damals, bis auf die im José-Martí-Verein, praktisch keine. Alle übrigen sympathisierten mit irgendwelchen anderen Tendenzen, es war ein heilloses Durcheinander. Erst Fidel hat da Ordnung reinbringen können. Klarer als er konnte man sich nicht ausdrücken. Wenn er trotzdem nicht verstanden wurde, so lag es daran, daß die Leute zu sehr an miese Festredner, an Schmierenkomödianten und Gesinnungslumpen gewöhnt waren. An nichts weiter. Er sagte nämlich an: »Wenn ich losfahre, lande ich auch; wenn ich lande, komme ich auch rein; und wenn ich drin bin, werde ich auch Sieger.« So kam es. Als er an dem Las Coloradas genannten Küstenabschnitt von der *Granma* an Land ging, hatte er uns weniger Bemittelte in New York schon auf seiner Seite.

Das Feuergefecht bei Alegrías de Pío erschien in *La Prensa* als tödlicher Schlag für die Rebellen. Ich kann mich noch erinnern, wie ein russischstämmiger jüdischer Kommunist, der der *M 26-7* sehr nahestand, eines Abends im *Haus Cuba* voraussagte:

»Kinder, das sind Guerrilleros, die verstecken sich selbst unter Baumwurzeln. Und sie kommen wieder zum Vorschein, macht euch da mal keine Sorgen.«

Der Jude hieß Baker. Mit seinem Namen scherzte er immer, natürlich sagte er, er sei Bäcker. Er hat eine Menge Geld für die Sierra Maestra gespendet. Es gab noch mehr solche nichtkubanischen Unterstützer, aber an Baker erinnern wir uns am liebsten. Als Ägypten wegen des Suezkanals von Israel überfallen wurde, schämte sich Baker. Mit diesem Mann konnte man durchs Feuer gehen. 1960 war er Vorsitzender der

Gesellschaft der Freunde der Kubanischen Revolution in den USA. Abraham G. Baker.
Die *M 26-7* scharte hervorragende Menschen um sich. Und zum ersten Mal auch wirklich einfache Menschen. Für diese Sache schlossen sich Fabrikarbeiter, Elektriker, *Waiter* und Intellektuelle zusammen. Nicht im Traum hätte Batista sich so etwas vorstellen können. Er dachte sicher, mit Hilfe seiner Kettenhunde würde sein Konsulat uns schon unter Kontrolle bekommen. Aber da hatte er sich geschnitten.
Viele feinen Leute bekamen es mit der Angst zu tun, als sie sahen, wie die Welt Kopf stand. Vor allem, als Neger mit dem Hauptmanns- oder Majorsrang aus der Sierra heruntergestiegen kamen. Der Schreck fuhr ihnen in die Glieder, das war alles, und so wechselten sie mit dem Hemd auch ihre Gesinnung. Das Athenäum der Kubaner spendete zwar einiges an Geld, als sie aber Fidels Reden hörten und als sie Juan Almeida als Helden des Krieges auf den Titelseiten der Zeitungen erblickten, da sauste ihnen der Frack, denn viele von ihnen waren Bourgeois und Rassisten. Aber das Gros der Anhänger der *M 26-7* bildeten die Besten unter den Emigranten. Ich war nur ein einfacher Helfer an der Basis, ebenso wie Miguelito. Für mehr reichte unsere Zeit nicht. Neben unserer Arbeit als Kellner und als Trödler auf dem *Flea Market* war an mehr nicht zu denken. Wir hatten eben jeder nur zwei Hände. Aber frisch informiert waren wir täglich, brandaktuell aus der Sierra Maestra. Jede Unterorganisation der *M 26-7* – von denen gab es in New York und Jersey City an die vierzig – brachte fast täglich ein Informationsblatt über die Aktionen der Guerrilla heraus. Es wurde viel Werbung gemacht und Medizin und Munition nach Kuba geschmuggelt.
Einmal, es steht mir noch heute vor Augen, kam eine Bestellung direkt aus der Sierra. Sie wollten Bazookageschosse. Gott, löste das einen Betrieb aus! Die ganze Mannschaft setzte sich in Gang, um das Geld und die Geschosse zu organisieren. Es war nicht leicht, denn bei amerikanischer

Bazookamunition herrschte strengste Kontrolle. Dennoch konnte die Solidaritätsbewegung tausend Schuß organisieren und auf geheimen Wegen in die Sierra schaffen. Unsere Genugtuung war groß, hatten wir doch praktisch das Unmögliche möglich gemacht. Weitere Waffenkäufe gingen ans *Mambí,* ein Speiselokal auf der West Side an der Ecke Einundsechzigste und Saint Nicholas Street. Wie es von dort weiterging? Wer soll das wissen? Heute versuchen die Konterrevolutionäre der Julibewegung darin nachzueifern, haben aber weder eine ebenbürtige Strategie, noch sind sie so integer wie die Rebellen. Sie stoßen ins Leere. Einzig Ideale, wie wir sie damals hatten, befähigen zu einer solchen Leistung. Ich hebe noch meinen M 26-7-Mitgliedsausweis auf, in den ich alle wöchentlichen Spendenmarken fein säuberlich eingeklebt habe. Manche dieser Ausweise sind von Fidel signiert. Die meisten liegen in Havanna im Revolutionsmuseum. Das möchte ich einmal besuchen, es zeigt schließlich einen Teil meines Lebens. Des Lebens kubanischer Gastarbeiter, aber auch Celias Lebens.

Celia hat für die *Sierra* halb New York mit der Spendenbüchse abgeklappert. Und wie sie noch viele andere puertorikanische Frauen. Das muß einmal gesagt werden. Wenn auf *Postern* steht, Kuba und Puerto Rico seien zwei Fittiche eines Vogels, so ist das nicht bloß so ein Einfall. Es gibt mancherlei Parallelen in der Geschichte unserer Völker, und hier in den USA halten wir zusammen. Bis nach Washington Heights fuhren die Frauen mit ihren Büchsen. Und dort kam auch ordentlich Geld zusammen. In Washington Heights wohnte ebenfalls eine starke Kubanerkolonie. Die ganze Gegend von der Hundertfünfunddreißigsten bis zur Hundertfünfundvierzigsten, zehn Straßenzüge auf der Upper West Side, wird, weil damals von dort so hohe Spendenbeträge in die Berge gingen, noch heute *Escambray* genannt.
In der letzten Guerrillakriegsperiode lebten wir nach einer Art selbstauferlegter Trauerregeln. Keine Feste und Partys,

kein Trinkspaß, keine Kneipenbesuche. Unser einziger Gedanke war der Krieg, in allen Gesprächen ging es um gefallene Guerrilleros und gewonnene Schlachten. Nichts wirkte einigender als die Revolution auf die Kubaner. Unsere Gespräche über Kuba bekamen dadurch einen konkreten Anlaß. Ich fühle mich sofort wieder jung, wenn ich daran zurückdenke. Auch am einunddreißigsten Dezember 1958 schwärmte so ein Trupp Mädchen zum Spendensammeln in die Restaurants, Kneipen und Cafés aus. Ich habe Celia auf der gesamten Tour begleitet. In *La Nueva Rumba* machten wir Feierabend, das liegt in der Hundertsechzehnten, Ecke Broadway. Das Lokal war gesteckt voll. Auf jedem Tisch eine volle Sammelbüchse. An diesem Tag spendete jeder. Erst nachdem wir den Jahreswechsel mit dem Singen der Nationalhymne, alle im Stehen, gefeiert hatten – denn das war eine politische Versammlung und keine Party –, gaben wir, um drei Uhr früh, unsere Büchsen beim Wirt ab und gingen schlafen. Doch schon um sechs, ich bekam die Augen nicht auf, klingelte ganz aufgeregt Miguelito an unserer Türe und meldete, daß Batista sich aus Kuba abgesetzt habe.

»Ich bin nicht zu Scherzen aufgelegt«, knurrte ich. Doch meine Frau, typisch weibliches Gespür, meinte:

»Es stimmt, Julián, es stimmt! Ich habe es die ganzen letzten Stunden geahnt!«

Ich zog mich an, holte Plácido dazu, und wie übergeschnappt stürmten wir auf die Straße. In der Dreiundzwanzigsten, Ecke Sechste, palaverten schon Kubaner. Zu diesem Zeitpunkt wußte noch niemand etwas Genaues. Erst im Laufe des Vormittags wurde die Nachricht vom Sieg der Rebellen bestätigt. Da zerschlugen wir Rumflaschen an der Wand, fielen uns in die Arme und ließen die Revolution, die Julibewegung und Fidel aus vollem Hals hochleben. Die Amerikaner tippten sich bestimmt an die Stirn, uns interessierte das aber nicht die Bohne. Wir waren im Freudentaumel. Und alles wollte sofort nach Kuba. Einige fuhren tatsächlich. In diesen ersten Tagen hätte ich mich entschließen sollen. Anscheinend kann man aber nicht über seinen Schatten springen. Celia war, wieder zu Hause, in Tränen aufgelöst wie ein kleines Mädchen. Die meisten Puertorikaner haben den Sieg der kubanischen Revolution wie ihren eigenen empfunden. Sogar solche, die wie Celia in New York aufgewachsen waren.

Wer uns damals am meisten präsent war, war Camilo Cienfuegos. Von ihm war viel im Rundfunk die Rede gewesen. Besonders als er gegen Ende des Krieges die Kolonne Maceo bei ihrem Marsch auf Las Villas anführte. Damit war er in aller Munde. Obwohl wir ihn schon vorher geliebt hatten. Wir hatten ihn in New York kennengelernt, er hat hier eine Zeitlang gearbeitet. Übrigens wohnte er damals ganz in der Nähe, in Chelsea, und war sehr still und arbeitete ständig. Zweimal habe ich ihn reden hören, beide Male über José Martí. Die Kubanerkinder gehen, wenn sie Kinder von Revolutionären sind, jedes Jahr im Oktober an den Hudson River und werfen für Camilo Blumen ins Wasser. Das ist auch hier wie in Kuba zur Tradition geworden. Menschen wie er, die so schlicht und so lauter sind, kann man nicht vergessen.

Der Tod meiner Mutter und die Ankunft der Libanesin Eva in New York waren für mich die bedeutungsvollsten Ereignisse des neuen Jahres. 1964 stand ich dann allerdings ohne Arbeit da, weil der Wirt des *Liborio* zu hoch hinaus gewollt hatte und in den Konkurs abstürzte. Doch mit Hilfe des Trödelhandels und gelegentlicher *Part-times* als *Bartender* kam ich einigermaßen über die Runden.

Mein Bruder Pascual war nach Havanna gezogen und hatte es da offensichtlich gut getroffen; so schrieb meine Schwester Yara. Von ihm selbst habe ich allerdings nie eine Zeile erhalten. Es ist, als ob er vom Erdboden verschluckt wäre.

Von Evas Erkrankung erfuhr ich gleich zu Anfang, behielt es aber erst mal für mich. Schließlich hatte mich Eva mehrmals, als ich halb ertrunken war, aus dem Wasser gezogen. Meine

Frau brachte sie in die Klinik. Eva war schon mit zerstörten Lungen hier angekommen. Sie hörte nicht auf zu husten. Und wollte nichtsdestotrotz arbeiten. Geldverdienen war ihr auf die Stirn geschrieben. In den USA so gut wie ohne Beziehungen, beabsichtigte sie, ein Café zu eröffnen. Zumindest redete sie von nichts anderem. Sie zog zu Landsleuten in der Neunundzwanzigsten Street, lud uns aber nie zu sich. Es war alles ein großes Geheimnis. Nach ihren Worten betrieben ihre Landsleute ein kleines *Falaffel*-Lokal im Village. Eva bekam von ihnen ein *Basement* mit Badezimmer zum Wohnen. Die Revolution verstand Eva nicht, sie verlor aber auch kein Wort darüber. Sie war unpolitisch. In den USA wollte sie nur Geld verdienen. Aber leider hatte sie sich Löcher in die Lunge geraucht. Und beim ersten Schneefall, im Januar, mußte Celia mit ihr ins Saint-Vincent-Hospital, wo sie für unheilbar krank befunden wurde. Wenn sie hustete, pfiff es hinterher jedesmal zehn Sekunden lang aus ihren Bronchien. Es gruselte einen, weil sie gleichzeitig unentwegt Zukunftspläne schmiedete. Einige aus der Libanesenkolonie spendeten etwas für ihren Krankenhausaufenthalt, ein paar lumpige Dollars. Eva bekam täglich Infusionen und eine Bluttransfusion pro Woche. Miguelito und ich taten unser Möglichstes, um die Kosten zu übernehmen. Wir schufteten uns krumm für die Krankenhausrechnungen, vor allem für die Medikamente. Eva war erst kurz im Land und noch unversichert, es war eine Katastrophe. Zu allem Überfluß stand ihren Libanesen das Wasser ebenfalls bald bis zum Hals, und sie vermieteten das *Basement* weiter. So blieb mir nichts anderes übrig, als Eva zum Sterben zu mir nach Hause zu nehmen. Meine Tochter sieht sie noch häufig vor sich, wie sie hustete und wie sie paffte, und dann sagt sie zu mir:
»Mein Gott, *Pa*, war das ein Alptraum!«
Da hier in den Staaten die sonderbarsten Dinge vorkommen, war es am Ende ein evangelischer Pfarrer, ein Freund Miguelitos, der Evas Begräbnis *sponsorte*. Die Libanesen drückten sich, als es darauf ankam. Wir ließen sie in der Neunten Street,

auf der Lower East Side, wie es sich gehört, aufbahren. Sogar meine Tochter spendierte einen Strauß weiße Lilien. Noch heute bekommen wir Briefe aus Kuba von ihr nahestehenden Menschen. Die liegen hier bei uns herum, ungeöffnet natürlich; wir wissen weder, von wem sie sind, noch wem wir sie geben sollen. Weil Eva trotz ihrer vielen Freundschaften in Kuba so eine merkwürdige Person war.

In der Dreiundzwanzigsten Straße verbringe ich nun die mir verbleibenden Lebensjahre. So ist es nun einmal gekommen, warum, weiß ich auch nicht. Chelsea hat das an sich, es zieht einen in seinen Bann und läßt einen nie wieder laufen. Darin ist es einer Sucht ähnlich. Oft komme ich monatelang nicht weiter als bis zur Vierunddreißigsten. So bin schließlich auch ich in diesem Land seßhaft geworden, und ich habe mich eingeigelt, denn wer sich hier nicht in einem Viertel verkriecht, den greift sich die Krake. In New York kann man nicht wie ein Zeisig leben, heute hier und morgen woanders. Man kann auch nicht losmarschieren und sich, wo es einem paßt, einfach einquartieren. Nein, will man nicht allein dastehen, ist man gezwungen, im einmal gemachten Nest hockenzubleiben. Jahre sind es nun schon, daß ich alle Tage in ein und dasselbe Café gehe. Dort treffe ich meine Leute. Es bedient zwar ein Puertorikaner, aber für unsere Erfordernisse ist das nicht von Interesse. Der Kellner weiß, was Kubanern schmeckt, er liest kubanische Zeitungen, und eine seiner Töchter ist mit einem Mann aus Pinar del Río verheiratet. Hier liebt eben alles bunt durcheinander. Darum heißt diese Gegend bei manchen Misthunden ja auch *Korea.* Im Sommer bleibt hier keiner in seinen vier Wänden sitzen, die Straßen sind voller Menschen. Puertorikaner sind zum Beispiel gern an der Sonne, spielen im Freien Domino oder lehnen an der Ecke. Die Kubaner nicht minder. Der Winter zwingt einen leider zurück in die Stube. Darauf ist die große Beliebtheit des Fernsehens hierzulande zurückzuführen. Nach dem Aufstehen dreht man als erstes den *Weather Channel* an, und lautet

die Vorhersage auf Frost und Kälte, stellt man die Heizung höher, und plumps, geht es vor die Flimmerkiste. Eine Strafe ist es für Leute ohne Fernbedienung. Das Fernsehen ist ein Werbeträger und hat man die Fernbedienung in der Hand, kann man wenigstens auf *Mute* drücken und die Spots wegdrehen. In Musiksendungen stören sie weniger, aber in Interviews oder Filmen wird man durch die Werbung reif für den Kopfschuß. Ich kenne Leute, die den Kasten anstellen, kaum daß sie über ihre Türschwelle treten. Sie sehen nicht hin und sie hören nicht zu, aber sie haben das Ding bis vier oder fünf Uhr früh laufen. Alleinstehende in der Regel. Meiner Ansicht nach brauchen sie diese Dauerberieselung, um wenigstens irgendeine Ansprache zu haben. Es gibt auch Leute, die den Fernseher zum Einschlafen andrehen. Wenn nicht, müssen Katzen als Ersatz herhalten. In diesem Land hat so gut wie jedermann eine Katze. Die Amerikaner beinahe hundertprozentig. *Hispanics* sind oft mit Kindern oder sonstigem Anhang gesegnet, da ist eine Katze eher im Wege.
Mrs. Goodman, die jüdische Veranstalterin des Flohmarkts an der Dreiundzwanzigsten, hat bei sich zu Hause sechs Katzen. Die werden als erste gefüttert, erst danach ißt Mrs. Goodman. Jede Katze hat ihren Namen; sie heißen: Troja, Waterloo, Trafalgar, Dien Bien Phu, Ayacucho und Calabaza. Die ersten fünf Namen kommen daher, daß Mrs. Goodman eine fortschrittlich gesinnte Frau ist und sich über die großen Kriege der Geschichte informiert hat. Calabaza ist die jüngste der Katzen. Der Name gefiel ihr, weil sie das Wort häufig bei uns gehört hat. Wenn wir vom Markt kamen und ihr einen Kürbis zeigten, rief sie aus:
»Genau wie mein neues Kätzchen!«
Der Kürbis der Antillen ist nämlich von einem Kürbisgelb, das besonders hübsch ist. Ihr Kätzchen mausert sich leider jede Woche, so daß man es gar nicht anfassen kann, sonst bleibt das halbe Katzenfell an einem kleben.
Frieda Goodman hat sich den *Flea Market* auf der Dreiundzwanzigsten einfallen lassen. Und auf die Beine gestellt wegen

ihrer Verbindungen zu den *Demokraten*. Uns kam er gelegen. Miguelito verdiente damals zwar weit mehr als ich, aber keiner von beiden brachte es auf ein menschenwürdiges Einkommen. Beim Kellnern kam man erst durch ausreichend Trinkgeld auf seine Kosten. Daher profitierten wir beide von Mrs. Friedas Miniaturmarkt. Mrs. Goodman hatte ihn weniger nötig. Aber wie viele Amerikaner betätigte sie sich gern menschenfreundlich und uneigennützig.

Der *Flea Market* war eine Art Klub auf engstem Raume, in einer kleinen Halle. Die Miete kam über die Standgebühren herein. Außerdem war der Markt ein politischer Versammlungsraum und diente bei Protestmärschen nach Washington und zur UNO, gegen Vietnamkrieg und Rassendiskriminierung, als Treffpunkt. Miguelito verschrieb sich dem *Projekt,* wie so etwas hier genannt wird, sofort mit Haut und Haaren. Nach kurzer Zeit stellte die Jüdin ihn schon als *Janitor* an, und mit ihrer Erlaubnis durfte er in einem hinten neben der Toilette gelegenen kleinen Raum übernachten. Durch Miguelitos Bekanntenkreis und die bei uns herrschende Atmosphäre kam tüchtig Schwung in den Laden. Die Jüdin war hoch zufrieden. Eigentlich betrieb sie ein Restaurant auf der Columbus Avenue und leistete sich den Klub nur als zusätzlichen Luxus. Mrs. Goodman ging es um die Beschaffung von Geldern für die Demokratische Partei und für wohltätige Zwecke. Das gelang ihr auch, mittels der Standgebühren. Es kam so weit, daß sechs oder sieben *Dealer* bei ihr auf dem *Flea Market* verkauften. Wir, Miguelito, Celia und ich, blieben jedoch die Beständigsten. Da Mrs. Frieda despotisch und rechthaberisch war und alles fest im Griff haben wollte, packten die meisten Händler nach ein paar Tagen ihre Sachen und tingelten weiter. Einen so kleinlichen und nur an sich denkenden Flohmarktchef mochten sie sich nicht gefallen lassen. Da waren wir anders. Wie viele Benefizveranstaltungen zugunsten bettelarm nach New York gekommener Künstler aller Sparten Miguelito in dem Raum organisierte! Einen Prozentsatz der Einnahmen zweigten wir für uns ab,

und so gingen auch wir nicht leer aus. Wir machten aus dem Klub einen Latinotreff, wir veranstalteten Basare, und wir verkauften massenhaft Schmuck, politische Plakate, *Buttons* und Bücher. Die Jüdin war es zufrieden, wenn wir ihr nur für ihren Laden, mit dem sie für die Demokraten warb, die Miete einbrachten. Und für uns fiel auf diese Weise ebenfalls etwas Gewinn ab.
Mrs. Goodman erschien immer seltener. Sie verließ sich auf Miguelito. Zu ihm sagte sie:
»Sie sind mein Petrus. Hier haben Sie die Schlüssel zum Himmel.«
Damit fühlte Miguelito sich mit allen Vollmachten ausgestattet und inszenierte alsbald seinen eigenen Zirkus. Unser Umsatz war gut, das will ich nicht leugnen. Alter Schmuck kommt nie aus der Mode. Aber mehr als wir verdienten, wurde in Feste mit Spendencharakter investiert und in Auftritte von Musikern von der Stange.
In den sechziger Jahren war Chelsea noch ein dynamischeres Viertel als heute. Die Leute wurden süchtig nach dem Klub, und wenn Miguelito nichts einfiel, traten sie von selber an ihn heran und verlangten den Auftritt dieser oder jener Gruppe. Sie nannten bekannte Namen, Combos aus dem Bárrio oder aus Brooklyn, samt Trommeln und Gitarren. Jeder Anlaß war recht, irgendeine Band *Bombas* und *Guarachas* spielen zu lassen. Vom Musiker und Sänger wurde Miguelito zum Gastspielagenten auf Stadtteilebene. Der Jüdin wurde er nicht ohne Grund immer unentbehrlicher. Der Markt wurde zur Stammkneipe finanzschwacher Kunden, von Leuten, die nur zum Schauen kamen, und von Lebenskünstlern. Mrs. Goodman, obwohl konfessionslos, unterzog sich »reinigenden« Kuren, während deren sie tagelang nichts anderes zu sich nahm als Wasser. Damit wurde sie Pfunde los und protestierte zugleich gegen den Hunger der amerikanischen Indianer. Ihr Unterleib fiel ein, ihr Magen schrumpfte wahrscheinlich zur Dörrpflaume. Sie war stolz auf die von ihr gestarteten Aktionen. Eine Demokratin war sie, eine Liberale. Sie schlief

nicht. Um Schlaf und Appetit zu vertreiben, nahm sie Tabletten. Wenn sie auf dem *Market* war, setzte sie sich an den Eingang und beobachtete die Kunden. Fiel ihr an jemandem etwas Abweichendes auf, irgendeine Feinheit, die auf eine opponierende Haltung hindeutete, so stellte sie ihn zur Rede und hielt ihm ellenlange Predigten über Bürgerpflichten und Gesittung.
Miguelito gewann ihr Herz, weil er auf sie einging. Mitunter zog sie bei unseren Protestmärschen mit, das war dann ein schwerer Brocken. Ständig mußte sie auf sich aufmerksam machen, ständig im Mittelpunkt stehen. Wenn es kein Migräneanfall war, war es eine Grippe oder Schmerzen in den Gelenken. Verheerend! Es regnete, es fror während der Märsche, und diese Frau konnte das Profilieren nicht lassen. Damit Mrs. Goodman ihren Willen hatte, trug jeder von uns eine Thermosflasche mit Wasser. Ganz unleidlich wurde sie, wenn es Zeit war für einen kleinen Imbiß. Kaum daß sie einen Bissen anrührte. Alles war für sie Plastikessen, alles enthielt chemische Konservierungsstoffe, alles war Betrug am Verbraucher. Auf dem Rückweg mußten wir sie förmlich in der Sänfte nach Hause tragen. Ach, Frieda Goodman, wer könnte Sie je vergessen?
Celia, Miguelito und ich managten also den Flohmarkt. Die Anwohner von Chelsea fanden sich schon gewohnheitsmäßig ein, und selbst wenn sie ohne Kaufabsicht kamen, irgendetwas verlockte sie immer. Gott, brachten wir da Schmuck an den Mann, im Latinostil gearbeitet! Klunker aus Straß und aus Rheinkieseln, Aquamarinringe und Creolenohrringe aller Formate, versilbert und vergoldet! José Díaz hatte eine Bezugsquelle in Chinatown für uns aufgetan, wo wir billig en gros einkauften. Die meisten Einkäufe tätigte Celia, weil Miguelito in seiner Freizeit *Part-time-Jobs* in diversen Spanierlokalen der *Midtown* als Alleinunterhalter nachging. Wir brachten ein *Sponsoring* der Episkopalkirche zustande; das ersparte uns das Steuerzahlen. Das Finanzamt ist in den Staaten ein *Drag*, es frißt einen mit Haut und Haaren. Es gibt

dreierlei Steuern: die städtischen, die teilstaatlichen und die Bundessteuern. Die *Income Tax* wird vom Bund erhoben. Ich zahle, da ich verheiratet bin, etwas weniger, aber Miguelito muß als Lediger hohe Steuern zahlen. Was der aber auch für ein Hansguckindieluft ist! Klar, daß den niemand heiraten wollte, einen solchen Leichtsinnsknaben fürchten die Mädchen wie der Teufel das Weihwasser.
Ums Steuerzahlen drückt man sich hier mit tausenderlei Tricks und Schlichen. Manche bringen es fertig, sich als Reverend einer Pfarrgemeinde führen zu lassen, so Ex-Präsident Jimmy Carter. Andere heiraten gegen Bezahlung eine Amerikanerin. Und wieder andere wechseln die Adresse und sogar die Staatsbürgerschaft. Wenn das kein *Drag* ist!
Nach langem Drängeln haben wir bei Mrs. Goodman erreicht, daß wir im Laden Espresso und Zigaretten verkaufen dürfen. Für Instandhaltung und Reinigung brauchen wir keine Extrakraft zu entlohnen, das besorgt Miguelito. Mrs. Goodman hat montags von elf bis fünfzehn Uhr Sprechstunde. Sie empfängt arme Leute aus der Umgebung und befragt sie nach ihren Sorgen und Nöten. Manche wünschen sich eine *Mattress* oder einen Kühlschrank oder eine Beihilfe zur Rückkehr nach Puerto Rico oder Santo Domingo, den weitaus meisten aber geht es um Arbeit. Mrs. Goodmans Engagement ist karitativ und uneigennützig, aber sie bewirkt damit wenig. Trotzdem meint sie, sie tue enorm viel Gutes. In ihrem Klub kann man auch Mitglied werden. Bei Neuaufnahmen verlangt sie zwei Bürgschaften von Mitgliedern, die den Antragsteller *backuppen,* und ein Befürwortungsschreiben von seiner Arbeitsstelle. Die Mitgliedschaft bringt keine großen Vorteile. Sie ist nur ein Bekenntnis zur Mission Mrs. Goodmans, zu ihrem *Flea Market* und zu ihrer Beratungsstelle und eine Kollektivhaftung für die Miete. Mitglieder bekommen auf ihre Einkäufe einen Rabatt und dürfen ohne Unkostenbeitrag zu den Veranstaltungen. *That's it.* Wir verkaufen die *Daily World,* und wir verteilen linke Flugblätter. Nur kubanisches Werbematerial dürfen wir bisher nicht aus-

legen, das verwehrt uns Mrs. Goodman. Sie fürchtet – da macht sich ihr Alter bemerkbar – die exilkubanischen Terroristen. Die haben sich zwar bei uns bisher nicht blicken lassen, aber ins *House of Americas* haben sie vor Jahren einmal eine Bombe geworfen, die den Eingang zerstört hat.
In New York sind über dreihunderttausend Menschen ohne Arbeit. Celia und ich machen bei einer Arbeitsloseninitiative mit, die versucht, bei Mietkündigungen, Strom- und Telefonsperren und Problemen mit dem Bezug von Arbeitslosengeld und Lebensmittelgutscheinen und mit der Krankenkasse zu helfen. Angesichts eines solchen Bergs von Problemen tun wir wenig, aber immer noch besser wenig als gar nichts. Zumindest besser, als die Hände in den Schoß zu legen. Ich komme zwar aus keiner politisierten, dafür aber aus einer armen Familie, und das macht sich bei mir immer wieder bemerkbar. Ich bin unfähig, über ein Unrecht hinwegzusehen. Darum fressen die Verhältnisse in diesem Land mir auch an der Leber. Und vom vielen Hinsehen bin ich schließlich politisch geworden. Als die *Bohemia* in New York noch zu bekommen war, habe ich für eine Nummer bis zu fünf Dollar hingeblättert. Ich wollte von der Bodenreform lesen, von den Volksbildungsprogrammen der revolutionären Regierung – und natürlich Fidels Reden. Später durfte die Zeitschrift nicht mehr vertrieben werden, aber hin und wieder ergattern wir eine übers *House of Americas* und halten uns so einigermaßen auf dem laufenden. Das ist überhaupt das einzige, was uns in den USA Kraft gibt. Das spanischsprachige Fernsehen ist nämlich miserabel. Meine Frau sieht es jeden Tag, der *Soap Operas* wegen. Ich sehe nur Nachrichten, Boxkämpfe und Baseballspiele. Celia hingegen sieht sich alles an, sogar Kochkurse auf Englisch und Anleitungen zur Schlankheitsgymnastik. Als unsere Tochter noch bei uns wohnte, durfte Celia die spanischen Programme nicht sehen, und Baseball und Boxen war vollständig ausgeschlossen. Yara María sah sich stundenlang Hitparaden an und amerikanische Filme, und die sind so schwer zu verstehen. Denn trotz der vielen Jahre – das

Filmenglisch hat sich mir noch immer nicht erschlossen. Ob das nun mit den Lautsprechern im Saal zusammenhängt oder mit dem schnellen Sprechtempo in den Filmen, Tatsache ist, daß ich manchmal aus dem Kino komme und kein Sterbenswort verstanden habe. Wenn Celia mitkommt, ist es anders, da setzen wir uns nach hinten, und die schwierigsten Dialoge flüstert sie mir auf Spanisch ins Ohr, sonst wäre für mich alles Chinesisch. Englisch ist schon eine vertrackte Sprache.

Auf dem Flohmarkt lernte Miguelito um das Jahr sechsundsechzig Mercedes Matamoros kennen. Sie war frisch verwitwet, war die Frau eines kubanischen Musikers gewesen und wohnte seit 1945 in der Amsterdamstraße. Sie war schon verheiratet hergekommen, und New York hatte ihr gefallen. Also war sie hiergeblieben. Meine Frau und Mercedes verstanden sich bestens. Mercedes hatte gewisse Einkünfte aus zwei von ihrem Mann geschriebenen Liedern, die er ihr, bevor er sich eine Kugel in den Kopf jagte, übereignet hatte. Da die Stücke von manchen Latinogruppen noch heute gespielt werden, kommen durch die Urheberrechte hin und wieder ein paar Dollar bei ihr hereingetröpfelt. Damit und mit dem Verkauf von Englischlehrbüchern an *Hispanics* hat Mercedes das Kunststück vollbracht, in New York über die Runden zu kommen. Bekanntschaft schlossen die beiden in unserem *demokratischen* Klübchen. Mercedes suchte bei Mrs. Goodman Rat, und Miguelito blieb ihr nach seiner Darstellung bis in die Lexington Avenue auf den Fersen. In einer bitter armen Gegend von Marianao aufgewachsen, hatte Mercedes während der Grau-Regierung den Mann geheiratet, der mit ihr nach New York ging. Sie waren auf dem Fährschiff *Cuba* gereist, er einen Vertrag mit dem *Chateau Madrid* in der Tasche. Doch wie es so oft geschieht, die Gruppe löste sich auf, und Mercedes' Mann stand im Regen. Für eine Rückfahrkarte nach Havanna hatte er nicht die Dollars, und dazu bekam er noch eine bösartige Wucherung an der Kehle. Erschossen hat er sich auf der Upper West Side im Keller eines *Buildings* voller Lateinamerikaner. Mercedes stand mittellos da, doch sie hatte das Glück, eine Fabrikarbeit zu finden. Und um das Glück vollständig zu machen, fand sie nun auch noch Miguelito. Sie stammten beide aus armen Verhältnissen, sie kamen gut klar miteinander. Mercedes brachte in Miguelitos Dasein ein wenig Ordnung und frischen Mut zu leben.

Mercedes ist eine *Allroundfrau*. Hat sie keine Englischbücher zu verkaufen, schneidert sie oder macht in Heimarbeit sonstwelche Auftragsjobs. Einmal habe ich miterlebt, wie sie einem Dominikaner ein Englischbuch verkauft hat. Sie ist eine ganz Schlaue, dem Burschen verging Hören und Sehen. Sie fragte ihn, ob er denn auch schon ordentlich Englisch könne. Klar, gab der Mann zur Antwort, worauf sie fragte: »Na dann. Wie sprechen Sie doch bitte mal englisch *zuhaus* aus?«

Als der Mann nach Latinoart *Homm* statt *Houm* sagte, hatte sie ihn, zack!, auch schon beim Wickel, und das Buch war auf der entsprechenden Seite aufgeschlagen. Der Dominikaner war betroffen, und sie überließ es ihm zu einem Scheinrabatt, den sie sich im Galopp ausgedacht hatte. Mit derlei Tricks unterstützte sie bis zum Sieg der Revolution ihre Mutter und zwei Schwestern in Kuba. Darum kam es ihr auch wie ein Wunder vor, als ihre Schwestern plötzlich kein Geld mehr für Medikamente brauchten. Sooft sie das Geld zusammenhat, fliegt Mercedes nach Kuba. Sie war es, die Miguelito und mir den Mund wäßrig gemacht hat, doch auch mal wieder die Insel zu besuchen. Mercedes war nie gern in den USA, aber angesichts ihrer unterhaltslosen Familie hatte sie wohl oder übel bleiben müssen. Ihre Jugend ist praktisch in den USA hingegangen. Inzwischen bezieht sie eine gewerkschaftlich bezuschußte Rente. Es ist also zu spät, um noch einmal ein neues Leben anzufangen. Miguelito und sie bilden ein perfektes Gespann. Er ist zu ihr in die Wohnung gezogen, aber seine Bude im *Flea Market* gibt er ums Verrecken nicht auf.

Wer nicht sehr gut mit Mercedes auskommt, ist Mrs. Goodman, aber die ist auch schon sehr alt. Vor ein paar Tagen war ihr achtzigster Geburtstag, und sie bereitet sich vor, den Klub aus der Hand zu geben. Mercedes geht selten hin, um der Jüdin nicht zu begegnen, obwohl Miguelito inzwischen das Warenangebot und die Tischvergabe selbständig regelt und die alte Dame nur noch einmal in der Woche ihre Vorträge über Demokratie und Altruismus hält.

So läuft der *Flea Market*, und so sieht mein Leben in Chelsea aus. Ich bin, als man hier noch Arbeit fand, vor der nackten Not aus Kuba geflohen und sitze nun in der Falle. Sicher, meinen Spaß habe ich gehabt, das Gegenteil zu behaupten wäre Lüge, aber ich bin nicht glücklich geworden. Es gibt kein Glück in der Fremde. Zu Hause bleibt zu Hause. Kubaner sind nun einmal tief in ihren Ursprüngen verwurzelt.

Ach ja, was ich noch nicht erzählt habe, ist, wie das *Liborio* Konkurs gemacht hat und ich mich auf der Straße wiederfand. Plácido hatte mich vor seinem Tod noch bei dem *Landlord* empfohlen, und so kam ich in meinem eigenen Wohnhaus als Hausmeister oder, wie man hier sagt, als *Super* unter. Anders gesagt, ich bin zuständig für einen sechsstöckigen *Brownstone*-Bau mit vierundzwanzig Mietparteien. Ich hatte nie den Tip von José Díaz vergessen und hatte gelernt, Schreiner-, Elektriker- und Klempnerarbeiten auszuführen. Das kam mir nun zugute – ich konnte mir meinen Lebensunterhalt mit Dienstleistungen für die Mieter verdienen. Ein *Super* ist ja nichts anderes als ein Arbeitssklave, er hat ständig für andere zu springen. Der einzige Vorteil ist das mietfreie Wohnen. Ein Privileg, das im Haus einzig der *Super* genießt. Man darf kostenlos wohnen, hat dafür aber keine Freiheit und kein Privatleben mehr. Jedem Spinner, dem es einfällt, an deiner Tür zu klingeln und sich einen Hammer auszuleihen oder über eine tropfende Leitung zu beschweren, hat man zu Diensten zu sein. Sehen mich meine Freunde als *Super*, so fragen sie, ob mir die Puste ausgegangen ist. Ich hätte mich doch bisher so unverdrossen durchgekämpft, was denn auf einmal mit mir los sei. So schlimm ist es nun auch wieder nicht, ich arbeite ja weiter. Für unseren Lebensunterhalt und um unseren Enkelkindern hin und wieder etwas aufs Konto zu tragen. Die Hoffnung allerdings, daß es noch einmal anders werden könnte, die habe ich verloren. In diesem Land werde ich nie wer. Es sei denn, ich kriege den Hauptgewinn im Lotto. Das gäbe einen großen Knall, dann mache ich aber Rabatz in der Presse. Dann schicke ich die Millionen nämlich in voller Höhe nach Kuba und kann dann auch sagen: »Ich habe mein Scherflein zur Revolution beigetragen.«

Ein *Super* ist wie gesagt ein Laufbursche im Würgegriff anderer Leute. Manchmal schließe ich die Augen und denke: ›Mann Gottes, Julián, warum bist du bloß nicht Ingenieur oder Anwalt oder Diplomat geworden!‹

Irgendwie bin ich, als ich *Super* wurde, zwischen die Mühlsteine des Lebens geraten. Ein *Super* muß ja ständig den Karren anderer aus dem Dreck ziehen. Und dieses *Building*, es ist ein Rattenloch! Von außen sieht es bildhübsch aus, eins der ältesten im Viertel verbliebenen Häuser aus *Brownstone*, und der Besitzer verpaßt ihm fast jedes Jahr einen neuen Anstrich. Darinnen aber geht es zu wie im Tollhaus. Bei meinem Einzug war das noch anders. Damals hatten die Mieter noch einen anderen Lebensstil, einen anderen Rhythmus, ich weiß nicht. Sie waren noch nicht so weichgeklopft wie heute; inzwischen gibt es ja mehr Irre auf den Straßen als Klinikinsassen. Dabei ist mein *Building* nicht einmal das schlimmste. Wir *Super* kennen uns gegenseitig im Viertel und erzählen einander unsere Geschichten. Was ich schon alles gehört habe, es ist unglaublich. Man würde mich der Lüge bezichtigen, wenn ich die Vorkommnisse wahrheitsgetreu erzählen würde. Zumindest würden mich viele als Märchenonkel abtun. Ich könnte ein ganzes Phantasy-Buch zusammenschreiben.

Nicht selten fungiert ein *Super* auch als Psychiater. Vor allem in Häusern wie meinem, wo so viele Alleinstehende wohnen, sonderbare Existenzen aus aller Herren Länder, Menschen ohne Angehörige und ohne Familie. Sonntags sammeln sich die Freunde bei Celia und mir in der Wohnung: Mercedes und Miguelito, Jose Díaz oder Alfred McAdams, ein Liebhaber lateinamerikanischer Musik aus Irland. Dann erzähle ich ihnen meine täglichen Mißgeschicke, sie aber lachen, als erlebten sie ein Klamaukstück. Sie nennen mich »Aufschneider« und »Hochstapler!« und was nicht alles. Doch am Ende lachen wir alle. Es ist eben wie Celia sagt: »Vorn Tragödie und hinten Komödie.«

Sie glauben es nicht, obwohl sie es eigentlich selbst wissen. Auf dem Trockenen ist eben leicht schwimmen. Aber wäre ich nicht *Super* geworden, würde ich noch heute von einem Job zum nächsten trudeln, von der Gastronomie zum Handwerk, vom Handwerk in die Fabrikhalle. Ich müßte, um zu existieren, die tollsten Verrenkungen vollführen. In meinem Alter muß ein Mann in den USA eine feste Stelle haben. Die junge Generation drängt an unsere Plätze oder bekommt sie kalkuliert zugeschanzt. Vor allem in den Fabriken. Wer über fünfundvierzig ist, hat hier ohne feste Anstellung nichts zu lachen. Die Unternehmer stellen natürlich lieber das Jungvolk ein, das nichts weiß von Gewerkschaften und Arbeitskämpfen. Sogar bei untertariflicher Bezahlung drängt sich das danach und schuftet zwölf oder vierzehn Stunden am Tag wie die Hunde. Nur um mit der Freundin ins Kino gehen zu können oder sich Drogen zu leisten. So ist es doch bei den meisten. Da werden gnadenlose Egoisten herangezüchtet. Viele geben sich zu Streikbrechern her oder sie kollaborieren mit den Schichtleitern. Sie sind *Patches*, mittels deren man sich die älteren Arbeiter und die Probleme mit den Gewerkschaften vom Hals schafft. Deswegen bleibe ich *Super* bis zu meiner Rente. Immer noch besser, sich mit Irren herumschlagen als mit Ausbeutern und krummen Hunden.

Ich stehe jeden Morgen sehr früh auf, ich mache für Celia und mich das Frühstück, ich wecke sie, und dann halten wir unseren Morgenplausch miteinander. Celia hat schon immer gern lang geschlafen. Das kommt auch daher, daß sie erst nach der Nationalhymne auf Kanal einundvierzig zu Bett geht. Sie sieht sich jeden Spielfilm an, gleich ob spanisch oder englisch. Und kommt trotzdem strahlend vor Munterkeit aus den Federn. Wir sind süchtig danach, uns miteinander zu unterhalten. In letzter Zeit rede ich nur noch vom Mietshaus, so schwer liegt es mir im Magen.

Wer hätte auch gedacht, du liebe Neune, daß ein Haus so ein Zoo ist? Das ist keine Übertreibung. Ich habe lange hin und her überlegt, ob ich den Job überhaupt annehmen soll. Schwach geworden bin ich, weil ich seit Jahren eine Nierenentzündung habe, die mir bei *Part-time-Jobs* im Weg steht. Also habe ich mir nach Plácidos Tod in der Siebzehnten Street ein Krankheitsattest geholt und bekam einen Umschulungslehrgang zum *Super*. Da wurde einem beigebracht, wie man mit der Heizungsanlage umgeht. Besser wäre gewesen, sie hätten mich gleichzeitig zum Irrenwärter ausgebildet. Nun ja, inzwischen ist es nicht mehr nötig, ich habe in der Praxis bestanden.

Der Heizungskessel ist gewissermaßen das Herz des Hauses. Und der *Super* ist sein Sklave, er muß Tag und Nacht dafür da sein. Es gibt ölbetriebene, kohlebetriebene und gasbetriebene Boiler. In meinem Haus steht ein Ölkessel. Das erspart mir das Kohleschippen, ansonsten aber ist die Fron die gleiche. Da ein *Super* als Laufbursche angesehen wird, rufen einen die *Tenants* zu jeder Tages- und Nachtzeit. Sie brüllen und sie stampfen wie wilde Tiere:

»Super, ich *erfreeze!*«

Und wenn man hinkommt, steht entweder das Fenster auf oder sie haben den Spalt unter ihren Türen nicht abgedichtet. Die reinsten Neurotiker, diese Mieter! Ich übertreibe nicht. Darum muß ich mich ja auch im Keller verschanzen. In unserem *Building* ist der Keller nicht allzu groß, aber der Platz ist ausreichend, um meinen Trödel zu stapeln, ausrangierte Möbel unterzustellen und noch selbst vor der Welt der Lebenden zu fliehen. Und sogar dort stöbern sie mich auf. Eine Mieterin hat sich, man höre, einen Universalschlüssel besorgt und auf diese Weise versucht, zu mir vorzudringen.

Ein Glück, daß ich sie noch rechtzeitig gesichtet habe! Aber dann zum *Landlord* rennen und mich in die Pfanne hauen! Der Keller soll ausschließlich zur Lagerung von Werkzeug und der für den Unterhalt des Hauses notwendigen Materialien dienen, während ich ihn auch privat nutze. Aber *after all* bin ich hier inzwischen seit dreißig Jahren Mieter!
Der Keller ist bis oben hin vollgepackt mit meinen Sachen. Mr. Waterman, der Vermieter, hat den Braten gerochen, aber ich gewähre ihm erst gar keinen Einlaß. Einmal hat er mich, die Augen vor Goldgier blitzend, gefragt, ob ich dort unten Geld verstecke. Ich habe geantwortet:
»Wenn Sie es wünschen, bitteschön, Mr. Waterman, zu Ihrer Beruhigung fahre ich gern mit Ihnen nach unten.«
Aber er traut sich nicht mit mir in den Keller. Im Grunde seines Herzens fürchtet er mich ein wenig. Womöglich hat er Angst, ich könnte da unten gewalttätig gegen ihn werden. Er ist Jude und ein cleverer Bursche und gewillt aufzusteigen. Der einzige, der mit mir in den Keller darf, ist Miguelito, und auch der nur, wenn er kommt, um die Ware für unseren *Flea Market* oder für den einmal im Jahr in der Einundzwanzigsten und der Vierundzwanzigsten Street abgehaltenen Markt abzuholen. Der Keller ist mein eigentliches Zuhause. Da habe ich Radio und Fernseher, da kann ich mich vollkommen abkapseln. Meine Frau ruft dann zu den Mietern hinaus:
»He is out!«
Und ich muß lachen. Das ist meine kleine Rache, meine Revanche.
Eines Tages tauchte Miguelito im Haus mit Durango Nieves bei mir auf. Durango war eine heruntergekommene Existenz, und Miguelito spielte bei ihm den Gönner. Ich war schon im Bild, ich wußte um Durangos Verhältnisse und seine krummen Touren. Nur war ich ihm seit Jahren nicht mehr begegnet. Was in New York keine Seltenheit ist. Ganze Familien wohnen da einen Katzensprung auseinander, und nie kreuzen sich ihre Wege. Durango war auf der Flucht, das sah man, aber ich ließ nichts verlauten. Miguelito würde mir schon

keine Unannehmlichkeiten machen. Ich ließ Durango also für ein paar Tage im Keller schlafen und stellte ihm dafür eine Matratze, eine Kommode und einen Schlüssel für das Kellervorhängeschloß zur Verfügung. Es ging auch alles gut – eine Weile. Durango hatte von mir Anweisúng, die Bettler aus dem Haus zu scheuchen und die Pfingstler und Weißkittel darauf aufmerksam zu machen, daß sie die Mieter nicht behelligen dürfen. Keiner im Haus mag sich deren Predigten anhören. Von uns kommt ohnehin niemand in den Himmel. Durango erfüllte die gestellte Aufgabe, er bewachte nebenher unseren Trödel, und gelegentlich kam er auf einen Espresso zu uns hinauf in die Wohnung. Ein ungutes Gefühl bekam ich nur, als er und Celia, beides *Newyorikaner*, ständig Englisch miteinander sprachen. Zu Celia hatte ich volles Vertrauen, dazu hatte sie mir zu konsequent die Stange gehalten. Aber Durango traute ich nicht; ich half ihm nur aus Gefälligkeit gegenüber Miguelito. Während seines gesamten Aufenthalts bei uns unternahm er keinen einzigen Versuch, Arbeit zu finden. Im Gegenteil, er schlief bis in den Mittag und wusch sich auch beim Erwachen noch nicht den Schlaf aus den Augen. Meinen Kellereingang verbaute er mit Bergen von alten Illustrierten, und was das Schlimmste war, er verletzte Celia gegenüber den Anstand. Eines Abends konnte sie nicht mehr an sich halten, sie redete es sich von der Seele.
»Setz ihn raus«, sagte sie. »Und bitte bald!«
Als ich sah, wie ihre Augen stierten, wollte ich Gründe hören. Ich wollte wissen, was vorgefallen war, erfuhr zunächst aber nur die halbe Wahrheit:
»Ach Julián, weißt du, er schleppt Tüten aus dem Keller, wenn du nicht da bist.«
Ich war wie der Blitz im Keller, und unten hätte ich fast die Tür eingetreten. Er machte mir widerwillig auf, und ich mußte ihn noch beiseiteschieben, weil er den Schlafenden spielte. Ich schaltete die Glühbirne ein und begann unsere Trödelbestände zu überprüfen, konnte aber in meiner Erregung nicht feststellen, ob etwas fehlte.

»He, Julián, wer hat dir denn diesen Bären aufgebunden? Meinetwegen schlafe ich auch in der *Subway*, aber ein Dieb war ich nie im Leben.«
Mit welcher Selbstsicherheit er das sagte, mit welcher Entrüstung! Wäre nicht meine Frau hinzugekommen und hätte erzählt, was sie alles gesehen hatte, ich hätte ihn auch diese Nacht noch dort schlafen lassen. So ein Idiot ist man manchmal.
»Julián«, forderte Celia ärgerlich, »setz den Mann vor die Türe!«
»Aber sag erst mal, was hat er dir denn getan?«
»Was er mir getan hat? Sein Ding rausgeholt, das hat er! Vor mir, in der Küche! Ein Ferkel ist das, Julián, und undankbar auch noch!«
Durango packte ein Stück Holz und drohte, mich umzubringen. Aber er war zu feige. Beim Anblick meines Messers wurde er klein.
»Das ist doch gelogen, Julián! Glaub ihr das nicht!«
Schlimmer als die Krankheit war die Kur, die ich anwenden mußte. Durango schleuderte mir das Brett an den Kopf. Aber er war unbewaffnet, und beim Kampf traf ich ihn mit dem Messer rechts unter der Achsel. Kaum sah er Blut, suchte er das Weite. Weder in unserem Haus noch in Chelsea, noch, so nehme ich an, in ganz New York ward er je wieder gesehen.
Miguelito konnte mir nicht in die Augen blicken. Dabei traf ihn keine Schuld, ebensowenig wie Mercedes, die beiden waren zu vertrauensselig gewesen. Das war der einzige unangenehme Zwischenfall in meinem Keller. Ansonsten ist und bleibt er mein Zufluchtsort vor der Welt der Lebenden. Ich bewahre dort New Yorks größte *Bohemia*-Sammlung auf. Darin lese ich, wenn die Bestien sich ruhig verhalten. Was selten genug vorkommt, denn wenn sie nicht wiederkäuen, tigern sie durch ihr Apartment und veranstalten ohne erkennbaren Grund ein Getöse. Es ist, als ob sie nach etwas suchten.

Ich habe einen *Tenant,* der *Single* ist und über zwei Meter groß. Der hat sich einen Schäferhund zugelegt, eine Hündin, und wenn er aus dem *Heartley,* einem Restaurant, wo er *Bartender* ist, heimkommt, beginnt er mit ihr zu spielen. Er pfeift ihr, er wirft Gummibälle, er neckt sie – ein Tier, das gewissermaßen ebenso groß ist wie er selber. Wenn die beiden sich müdegespielt haben, führt er das Hundchen Gassi. Und das alles von drei Uhr morgens an aufwärts. Damit andere Leute in Weißglut geraten. Dabei gehört er noch zu den Erträglicheren. Er gibt zu *Christmas,* statt sich wie die anderen zu verstecken, ordentlich Trinkgeld, er trägt seinen Müll aus der Wohnung, und er vergißt nicht zu grüßen. Wenn er allerdings mit seiner Töle in seinem Apartment herumhüpft, möchte ich ihn am liebsten erwürgen. Nicht wegen des Gepolters, sondern weil mir seine Nachbarn die Tür einrennen und bei mir das Telefon heißläuft. Sie verlangen, ich soll den Lärm abstellen. Als ob jemand das Recht und den moralischen Anspruch hätte, so etwas von mir zu fordern! Dabei ist er trotz seiner Ungezogenheiten wie gesagt noch der Ruhigste im Hause. Die anderen sind schlicht unter aller Kanone.

Ich bin *fulltime* Hausmeister. Davor habe ich es einmal als *Security Guard* versucht, wo man öffentliche Gebäude sichert. Aber von den durchwachten Nächten bekam ich furchtbare Ringe unter den Augen, so daß Celia sich ängstigte. Ich nahm ab, mir zitterten sogar die Hände. Meine Tochter schalt mich ernsthaft, und so tat ich den beiden den Willen. Ich hatte schließlich nichts davon als tagtäglich Probleme und schlaflose Nächte. Und nur, um das Geld für unseren Umzug nach Miami zusammenzusparen, wo es wärmer ist und wo Celias Freundeskreis wohnte. Ich hätte zehn Jahre gebraucht, bis ich die nötige Summe zusammengehabt hätte. Um dann als nicht mehr menschenähnliches Wrack in die Rente zu gehen. Nein danke, lieber bleibe ich hier, sagte ich mir, schon angesteckt von der Unbeweglichkeit der Newyorker. Es klingt wie Ironie, aber man kann es an sich beobachten, wenn man in

dieser Stadt wohnt. Es kriecht einem ins Gehirn wie ein verteufeltes kleines Biest, eine Mücke. Sicher spielt da auch Angst vor Verlust der Existenz mit.
Mein Verdienst ist nicht hoch, aber zum Leben reicht es. Mein Haus hat weniger als vierzig Apartments, darum kann ich nicht in die Gewerkschaft. Und darum kann wiederum mein Gehalt nicht steigen. Durch Klempnerarbeiten verdiene ich *anyway* zusätzlich ein paar Dollars. Ich bin hier in der Gegend der Klempner vom Dienst. Sogar die Palestines, eine jüdische Familie, die im Geld schwimmt, haben mich schon in Anspruch genommen. Ein guter Name ist eben die halbe Mitgift. Und ich habe beim Klempnern Unvorstellbares gesehen. Menschenknöchelchen in Abflüssen, wie ist so etwas zu erklären? Embryos im Spülkasten, im Klo begrabene Hunde ...
Was Milly Carson Puryear sich leistete, geht nämlich auf keine Kuhhaut. Milly muß schon über sechzig sein und ist nach eigenen Angaben Absolventin des Bernard College. Sie wohnt in *5-C*; das war einmal ein gutes Apartment. Jetzt ist es eine Müllkippe voller Wasserflecken. Wegen dieser guten Frau habe ich sechsmal vor dem Kadi gestanden. Sie hat mich des *Rape*, der Vergewaltigung, bezichtigt, einschließlich Deflorierung, und dabei ist sie bestimmt an keiner ihrer Körperöffnungen mehr Jungfrau. Inzwischen nimmt die Polizei sie nicht mehr ernst, aber einige Jahre lang mußte ich ihretwegen regelmäßig auf dem Revier antanzen. Was die sich alles ausdenkt – daß ich sie im Treppenhaus verprügle, daß ich sie beiße, daß ich sie in ihrer Intimität ausspioniere. Da sie aus den Bergen kommt, den *Appalachian Mountains*, spricht sie ein hinterwäldlerisches Englisch, und ich verstehe nur Brokken. Sie hat oft *Bruises*, blaue Flecke, weil sie auf der Straße im Schnee und im *Slush* dauernd ausrutscht und hinfällt. Aber damit läuft sie zur Polizeiwache und schiebt ihre Blutergüsse mir in die Schuhe. Noch vor wenigen Monaten haben drei Polizeioffizere und zwei Detektive bei mir geklingelt, um einer Anzeige nachzugehen. Sogar des Handels mit Marihu-

ana hat sie mich bezichtigt, und mein Flohmarkttisch soll nur Tarnung sein, nur Fassade. Auf dem Revier gilt sie inzwischen als unkorrigierbar, aber mit ihren Klagen und ihren Tränen, die die Anwohner gegen mich aufbringen, hat sie meinen Ruf im Viertel geschädigt. Als sie den Spleen hatte, mich einmal in der Woche polizeilich vorladen zu lassen, nahm ich mir schließlich einen Anwalt. Als Akademiker, der er war, empfahl er ihre Einweisung in eine Klinik für Geistesgestörte, stieß aber auf taube Ohren. Milly darf es ungestört weiter treiben. Zu den Verhandlungen geht sie erst gar nicht, da verliert sie mangels Beweisen. Beweise lassen sich nämlich nicht wie Anklagen einfach aus dem Ärmel schütteln. Ihretwegen schlage ich alle gerichtlichen Rekorde in puncto Mißhandlung von Frauen. Klingt wie ein Alptraum, ist aber leider Realität. Eine Schwachsinnige mit *Child Abuse* in zwei Fällen auf dem Kerbholz bezichtigt mich der Spannerei und des potentiellen Totschlags!

Der Polizei ging ein Licht auf, als ich sie selber wegen Verweigerung des Zutritts zu ihrer Wohnung anzeigte. Einen ganzen Vormittag habe ich geklingelt, ohne daß sie reagierte. Daß sie zu Hause war, wußte ich, aber sie fühlte sich nicht angesprochen. Celia ging auch hinauf und beschwor sie auf Englisch:

»Milly, please, come out!«

Doch Milly stellte sich taub. Da schaltete ich die Polizei ein. Ich tue das sonst nie, aber das ganze Haus war in Aufruhr. Aus Millys Wohnung lief nämlich Wasser, durch alle Stockwerke bis in den Keller. In mehreren Wohnungen hatten sich schon die Tapeten von den Wänden gelöst, und die Mieter waren nicht gewillt, so etwas länger mitzumachen.

»Milly Carson, open your door, please.«

Die Polizei ist da anders, die nimmt weniger Rücksicht. Sie erkannte, daß Milly drinnen war, weil einer ihrer Hunde bellte und sie ihm die Schnauze zuhielt. Milly hielt nämlich zwei *French Poodles*, einen schwarzen und einen weißen. Der weiße war grau vor Dreck, und der schwarze war kein Hund,

sondern ein Gerippe. Als der Wachtmeister mit einem letzten Fußtritt die Tür aufbekam, stolperte er in der Wohnung über abgelegte Kleider, gebündelte Zeitungen und Türme von Konservenbüchsen. Das war eine Mülldeponie und keine menschliche Behausung. Milly war, ohne daß sie es nötig gehabt hätte, zu einer *Shopping Bag Lady* geworden.
Müll aller Sorten war da gesammelt. Die leeren Dosen türmten sich bis zur Decke, der Kühlschrank war abgeschaltet und vollgestopft mit Kleidern und Schuhen, und auf dem Fußboden lag eine Matratze, auf der Milly im Stehen geschlafen haben mußte, so bepackt war sie mit Ramsch und mit Abfall. Doch das Bad bot den schlimmsten Anblick. Das Klobecken war mit Erde gefüllt, und in der Erde steckte ein Holzkreuz mit dem Namen *Loth* als Inschrift.
»Was ist das?« staunte der Wachtmeister.
»Da liegt mein ...«
Milly brach in Tränen aus. Sie hatte ihren schwarzen Pudel im Klosettbecken beerdigt. Daher ihre Weigerung aufzumachen. Die Wohnung stand unter Wasser. Milly wurde aufs Revier mitgenommen, und Celia und ich putzten. Aber sie kam, zusammen mit ihrem grauen Köter, wieder. Und hat jetzt die Marotte, im Treppenhaus zu sitzen und die Mieter zu kontrollieren. Sie sollen das Geländer putzen, sagt sie, und: »Don't touch the hand rail!« Worauf die Leute sich bei mir beschweren. Ich gehe hin und bitte sie höflich:
»Milly, begeben Sie sich doch bitte in Ihre Wohnung.«
Aber da könnte ich ebenso gut Steinen predigen. Auch eine skurrile Ekuadorianerin habe ich bei mir wohnen. Die futtert von morgens bis abends. Stets hat sie eine Tüte Popcorn in der einen Hand oder ein Eis oder ein Milky Way in der anderen. Es ist eine Plage. Sie will ihre Wohnung nicht weiß streichen, sie zahlt keine Stromrechnung, sie spült nicht nach dem Toilettengang, pfui Teufel! Ich rufe den Kontrolleur vom *Real Estate* an und muß mir auch noch einen Rüffel erteilen lassen. Das ist doch der Gipfel, oder? Miss de la Fronteras letzter Streich war der Kauf schwarzer Farbe für ihre Woh-

nungsrenovierung. Da bin ich dazwischengetreten. Sie bekam von der Hausverwaltung eine Verwarnung, und tags darauf klopfte sie lammfromm bei mir im Keller.

»Julián, da schenke ich Ihnen zwei Büchsen schwarze Farbe. Vielleicht können Sie sie zum Streichen von Rohren gebrauchen. Und außerdem hier eine Sechs-Zoll-Quaste.«

Sind von allen guten Geistern verlassen, die Leute.

Und erst die Geschichte von dem Kubaner, die wird mir keiner glauben. Der Typ des flotten, ständig zu Späßen aufgelegten Kubaners. Higinio heißt er, wird aber wie ich Tony gerufen. Nur von mir nicht; ich nenne ihn, um ihn aufzuziehen, Higinio. In die Staaten wird er so in den zwanziger Jahren gekommen sein. An Damen hat der bestimmt fünfzig auf seine Bude geschleppt, alles Flittchen. Sexkrank ist er. Oder besser, war er, denn viel mehr als das kranke Hirn und die Geilheit ist von der alten Herrlichkeit nicht geblieben. Bei tausend Dingern hat der in den USA mitgemischt, vor allem beim Glücksspiel. Nach Miguelitos Informationen ist er Musiker gewesen, aber das kann ich nicht glauben. Er wird sich, weil er Dreck am Stecken hatte, aus Kuba abgesetzt haben. Inzwischen legt er sich nicht mehr mit mir an, allerdings ist er jetzt auch so alt wie der *Morro*. Vor Jahren jedoch war er der Schrecken des Hauses. Er *sublettete* jedesmal, wenn er im Urlaub in Florida war, ohne mein Einverständnis seine Wohnung. Das übelste Gelichter Manhattans brachte er schwarz bei sich unter. Auch feierte er häufig Partys. Eines Nachts, bei einer seiner Orgien, ließ jemand seine Zigarette brennen, und die Bude stand in Flammen wie Troja. Um zwei Uhr nachts. Dicker Qualm drang durch die Türe. An dem Gestank merkte ich es schließlich. Ich klingelte die Feuerwache in der Neunzehnten an und rannte mit Lumpen und Decken nach oben. Allein war mit dem Feuer nicht fertigzuwerden, aber immerhin verschaffte ich mir Zutritt zu der Wohnung. Eine Blondine, eine blutjunge Amerikanerin, schlief da seelenruhig ihren Rausch aus. Ich kippte ihr Wasser ins Gesicht, damit sie erwachte, und als sie den Qualm sah, ging das Geschrei los.

Sie mußte nackt die Feuerwehrleiter hinuntergehievt werden, und gleich hinter ihr ich. Zum Glück zerstörte das Feuer nicht den Fußboden und die Wände. Dafür allerdings fast die komplette Wohnzimmereinrichtung.
In New York brennt es an allen Ecken und Enden. Die eisernen Leitern an den Außenwänden der Häuser sprechen Bände. Als neu Zugezogener fährt einem beim Heulen der Alarmanlagen und der Feuerwehrsirenen der Schreck in die Glieder. Manchmal entsteht so ein richtiges Piep- und Jaulkonzert, ein Tatütata folgt auf das andere. Wer soll da ruhig schlafen können? Wer kommt da zur Ruhe?
Ich bin damals ungeschoren davongekommen. Der Brand erreichte zum Glück nicht den Keller. Wenn mein Papierlager einmal Feuer fängt, überlebt es keiner im Haus, keiner!

Heute bin ich seit dem Aufstehen wund an der Hüfte. Es muß vom Schneeschippen kommen oder vom Schleppen der Müllsäcke auf den Gehweg. Womöglich auch vom langen Gebücktstehen vor dem Heizungskessel. Bei Polarfrösten, wie sie dies Jahr herrschen, darf ich den Boiler nicht aus den Augen lassen. Vielleicht kommt es auch vom ewigen Auf- und Zuschließen der Türen. Oder es sind schlicht Beschwerden, die die Jahre so mit sich bringen, obwohl ich mich immer noch nicht abfinde mit meinem Alter.
An dem Tag, an dem ich meine *Social Security* unterschrieben habe, war mir statt froh nur traurig zumute. In einer halben Stunde hatte ich alle Unterlagen in der Tasche. Das Fräulein hat mich zügig abgefertigt und war nett zu mir, nichts dagegen zu sagen. Mit Puertorikanerinnen bin ich sowieso meistens gut gefahren. Aber sie sagte:
»Da nehmen Sie, Alterchen, ist alles in Ordnung. Sie können beruhigt gehen, okay? Have a good day!«
Ich bin hinaus auf die Sixth Avenue, und obwohl ich Frau und Kind habe, fühlte ich mich sehr alleine. Ich setzte mich in ein Café, und ich begann zu grübeln. Jeder Mensch ist eine Welt für sich. Wie es in anderen aussieht, weiß keiner wirklich. So

wie kein Tropfen Wasser dem anderen gleicht, so gleicht auch kein Mensch einem zweiten. Ich habe in den Vereinigten Staaten so manche Wahrheit gelernt, die entscheidende aber ist, daß es kein Zuhause gibt in der Fremde. Das war die nachhaltigste Erkenntnis in meinem Leben. Und ich habe es am eigenen Leib erfahren.

Früher mochte ich Schnee. Jetzt ist er mir verhaßt, weil er für mich Arbeit bedeutet. Den *Flea Market* habe ich praktisch an Miguelito abgetreten. Celia geht noch weiter hin, aber ich möchte nur noch meine alte Ware loswerden. Um mein Leben hier weiterzufristen, reicht meine Vergütung als *Super*. Zum Ausgehen habe ich keine Lust mehr. Nicht daß mir die Menschheit zuwider wäre, ganz und gar nicht, ich freue mich im Gegenteil immer über neue Gesichter. In dieser Hinsicht ist New York eine Lust. Aber es sind doch fremde Menschen, und jeder ist mit sich selbst beschäftigt. Und sie haben es immer eiliger. Wenn ich im Geschiebe der *Rush Hour* in die *Subway* hinunterkomme, möchte ich am liebsten brüllen:

»Where are you going, ihr dummen Hunde?«

Die sind nämlich imstande und trampeln einen nieder, ohne sich auch nur umzudrehen. Als wäre im Bahnhof ein Feuer ausgebrochen. Dabei wollen sie lediglich zur Arbeit oder ins Kino oder zum Metzger, das Fleisch für ihr Hundchen kaufen. Keiner bedenkt, daß er morgen vielleicht schon tot ist.

Im U-Bahnhof Sixth Street, Ecke West Forth Street, sang neulich ein altes Männlein, ein Ire, die *Guantanamera* und trommelte dazu auf einen leeren Ölkanister. Es klang wie ein ganzes Orchester. Die Leute standen im Kreis um ihn, weil er so gut spielte. Ich warf einen Dollar in seine Schachtel. Und der alte Mann sah mich an. Bei kubanischer Musik bin ich immer noch ergriffen. Ich wollte gerade sagen:

»I am a Cuban, thank you«, aber da fuhr der Zug ein. Zu Hause erzählte ich es Celia, und die wollte sich ausschütten vor Lachen.

»Eh, Julián, hast du dir die *Guantanamera* denn immer noch nicht übergehört?«
Kubanische Musik höre ich mir nie über. Auch kubanische Filme bekomme ich nicht satt. Wenn ich soviel Zeit im Keller verbringe, dann wegen der Zeitungen und Zeitschriften aus Kuba. Die darf ich nicht missen. Meine Tochter kritisiert mich heftig, wenn sie uns in Chelsea besucht; sie sagt, ich bin eine Kellerassel. Sie ist eben jung, und sie ist hier aufgewachsen, da kann sie das nicht verstehen. Da es meine Tochter ist, lasse ich es ihr durchgehen.
Vor Jahren fiel mir einmal ein Band Fabeln auf Spanisch in die Hände, die habe ich von vorn bis hinten gelesen. Der Name des Autors fällt mir nicht ein, aber eine Fabel habe ich nie vergessen. Es ist wie bei allen Fabeln eine recht krude Geschichte, aber sehr aussagekräftig. Der Titel lautet »Die granitene Pampa«. Eines Abends wollte ich sie meiner Tochter vorlesen, damit sie sie meinen Enkeln weitererzählte, aber Yara sagte:
»Come on, Pa, jetzt übertreibst du es aber.«
Ich übertreibe nichts. Die Handlung ist einfach. Ein Mann hatte nichts zu essen und grub mit den Händen ein Loch in die Erde, um ein Samenkorn hineinzulegen. Es vergingen Wochen, und es fiel kein Regen. Da brach der Mann vor dem Loch in Tränen aus, weil sein Saatkorn verdorrte. Die Tränen sickerten in den Boden, und nach wenigen Tagen keimte ein wunderschönes Pflänzlein. Genauso geht es auch im Leben so vieler Menschen. Welch unendliche Mühe doch alles kostet! Meine Tochter hatte es schon etwas leichter. Darum kann sie mich nicht verstehen. Eine Reise nach Kuba hat sie mir nicht ausdrücklich verboten, mich aber auch nicht ermuntert. Celia dagegen ist ganz versessen darauf hinzufahren. Die Formulare haben wir bereits ausgefüllt, das Ticket bezahlt. Miguelito vertritt mich als Super, beide auf einmal können wir nicht reisen. Ich kann das Haus keinem Fremden überlassen. Schließlich trage ich die Verantwortung dafür und es ernährt mich und Celia.

Da wir seit eh und je von Kuba geträumt haben und der Traum bisher nie wahr wurde, fürchte ich immer noch, daß ich das alles vielleicht nur träume. Ich kann es noch nicht fassen. Gestern war unsere Tochter hier, um uns gute Reise zu wünschen. In diesem Jahr schneit es viel. Und vom Kellerfenster kann ich zusehen, wie der Schnee fällt. Yara kam zur gerade offenstehenden Tür herein und fragte:
»*Pa,* was drückst du dich denn da so ans Fenster?«
Es fiel ganz feiner Schnee, es sah aus wie Kokosraspeln. Normalerweise setzt bei mir nicht der Verstand aus, und blind bin ich auch nicht. Ich war von der bevorstehenden Reise aber so aufgewühlt, daß ich wahrheitsgemäß antwortete:
»Ich sehe mir in Havanna den Prado an.«
»Was für einen Prado, Papa?«
»Den Prado von Havanna, Kind, die Promenade, die auf den Malecón führt.«
Ich war schon in Kuba. Yara gab keine Antwort. Und ich konnte mich nicht zu ihr umdrehen, es ging nicht. Ein Mann kann doch vor seiner Tochter nicht ...

ANHANG

Nachbemerkung

Jedes Menschenleben ist bedeutungsvoll. Das eine oder andere aber zeigt Besonderheiten, die es aus den vielen herausheben. Dazu gehört unter anderem das Leben, das lateinamerikanische Einwanderer in New York führen. Mir ist bislang keine einzige Arbeit bekannt, die den Gram und die Unzufriedenheitsgefühle kubanischer Emigranten in unserem nördlichen Nachbarland thematisiert. Allzu abstrakte Kulturbegriffe und standardisierte Modelle von Leben waren bisher leider die gängigen Kriterien, nach denen das Leben der hispanoamerikanischen Auswanderer in den meisten Fällen geschildert wurde. Da ich solche Generalisierungen nicht überzeugend finde, habe ich mich entschlossen, ein Buch zu schreiben, bei dem auch das innere Leben dieser bald bedenkenlos ignorierten, bald nach Belieben zurechtmanipulierten und bunten Menschengruppe nicht zu kurz kommt.

Ich bin nicht so ehrgeizig, mit *Ein Kubaner in New York* die allgemeingültige und umfassende Darstellung der kubanischen Emigration in den vierziger und fünfziger Jahren liefern zu wollen. Innerhalb der Emigrantenpopulation bestehen zu große Unterschiede und Abweichungen, als daß ich mir hätte vornehmen können, sie ganz zu erfassen. Meine Wahl fiel darum auf eine Person unter vielen, auf einen lebenden Menschen, der eine so breite und vielschichtige gesellschaftliche Gruppe vielleicht nicht zu repräsentieren vermag, dafür aber immerhin den gleichen historischen Weg wie die anderen gegangen ist und insofern durchaus von kollektiver Aussagekraft ist.

Prägend für dieses Buch sind eines Menschen Erinnerungen – Erinnerungen verstanden als Teil der Phantasie. Wo immer ich dramatische Situationen und reale Personen umgestaltet habe, geschah es in der gleichen Herangehensweise wie in allen meinen dokumentarischen Büchern. Ich habe weder die Erzählsituation angetastet, noch bin ich von dem bekenntnishaften Sprechton meines Informanten abgewichen. Im Gegenteil, sogar unalltägliche Wendungen, wie Menschen sie oft gebrauchen, wenn sie, vor ein Mikrophon gesetzt, mit rhetorischem Impetus gleichsam einen Roman diktieren, habe ich eher stehengelassen. Ich meine nämlich, daß auch dieser gravitätische Tonfall einen unleugbaren ästhetischen Wert besitzt. Gemeinsame Arbeit steckt hingegen in unserem intimen Aufeinandereinlassen, in unserem produktiven gegenseitigen Geben und Nehmen.

Stets waren die Erzählungen meines Informanten das dokumentarische Skelett des Romans. Ich bin ohnehin, um das klarzustellen, kein Romancier, wie er im Buch steht. Daß ich zwischen Ethnologie und Belletristik hin und her pendle, hat auch mit meiner Ansicht zu tun, daß es an der Zeit ist, die beiden Disziplinen Hand in Hand gehen, anstatt sie sich weiterhin gegenseitig negieren zu lassen. Ja, mehr noch, ich bin überzeugt, sie könnten einander ergänzen. An Definitionen und Abgrenzungen bin ich nicht interessiert, und ich biete auch keine gesellschaftlichen Lösungen. Mir geht es einzig und allein um einen Blick in das Innere der Menschen. Und zwar derjenigen Menschen, die von der bürgerlichen Geschichtsschreibung mit einem sprichwörtlich gewordenen Begriff unter *Fatalisten* subsumiert und als geschichtslose Wesen abgestempelt werden. Zu ihnen gehört auch Julián Mesa, ein Kubaner, einer aus der vieltausendköpfigen Masse der Emigranten, die ihrer Insel auf der Suche nach günstigeren Lebensbedingungen den Rücken gekehrt haben. Sein Eintritt in das spanischsprachige New York, seine Ehe mit einer Frau puertorikanischer Herkunft, seine kontaktbereite Persönlichkeit und seine durchs Lesen und durch den Zusammenprall mit einer kulturell neuen Umgebung erworbene Ausdrucksweise haben dennoch nicht zur Entfremdung von seinem Ursprungsland, nicht zur Entwurzelung geführt.

Mit diesem Buch hoffe ich nachzuweisen, daß es im Leben der zur sogenannten Kultur der Armut gehörenden Menschen nicht immer am Willen zu eigenständigem Sein, an histori-

scher Bewußtheit mangelt. Und daß diese Bewußtheit, selbst wenn sie im Gefühl der Marginalität befangen bleibt, ein Flämmchen ist, das dennoch Lust auf Zukunft macht.
»Es gibt kein Zuhause in der Fremde«, schrieb José Martí, ausgehend von seinen krassen persönlichen Erfahrungen. Julián Mesa übernimmt diesen Satz, und er fügt ihm hinzu: »Wenn ich von Kuba spreche, habe ich das Gefühl, ich spreche von einem Menschen. Eigentlich bin ich nie richtig weggegangen.«
Dies ist der Kernsatz des Buches, seine zentrale Aussage. Alles andere ist, in der Formulierung von Studienräten aus der kubanischen Provinz, »Spreu des Lebens«.

M. B.

Abakuás: siehe Ñáñigos

Acción Cívica: (span.) Bürgerinitiative; 1952 aus Protest gegen Batistas Staatsstreich gegründete Partei, ging sehr bald in stärkeren Oppositionsparteien auf.

Ajiaco: kubanische Suppe (Eintopf).

Albizú Campos, Pedro: geboren 1893. Verfechter von Puerto Ricos staatlicher Unabhängigkeit von den USA. Propagierte und praktizierte dafür ab 1935 auch den bewaffneten Kampf. Aufstandsversuch 1950. Attentat auf Truman und Schußwechsel im US-Kongreß 1954. Seitdem Haft.

Alemán, José Manuel: sowohl unter Grau (ab 1946) als auch unter Prío Minister für Bildungswesen. Berüchtigt für besonders schamlose Bedienung aus der Staatskasse sowohl für private Zwecke als auch zur Parteifinanzierung.

Alhambra: Varietétheater in Havanna: brachte Komödien, Volksstücke, Musicals, Tanzrevuen.

Almeida, Juan: schwarzer Mitkämpfer in Fidel Castros Guerrilla. Heute der einzige Neger im Politbüro der KP Kubas.

Alsina, Paulina: Frau des Präsidenten Grau.

Álvarez, Lino: Bauernführer aus Realengo 18; Neger. Leitete 1934 die Widerstandsbewegung der dortigen Pächter.

Arnaz, Desi: in New York wohnender kubanischer Showman, Fernsehentertainer und Sänger. In den 40-50er Jahren berühmte Fernsehsendung »My favorite husband«.

Attendant: (engl.) Steward, hier eher Zahlmeister.

Authentische Partei, PRC-A: 1942 gegründet, definierte sich als antiimperialistisch und reformerisch. Stellte 1944-1952, unter den Präsidenten Grau und Prío, die Regierung in Kuba.

available: (engl.) erschwinglich.

Ayacucho: Stadt in Peru, bei der die südamerikanischen Unabhängigkeitstruppen (unter dem Venezolaner Sucre) 1824 die entscheidende Schlacht gegen die Spanier gewannen.

Babalao: Santería-Priester, steht im Rang über der Santera und dem Santero.

backuppen: von (engl.) *back up* = sich verbürgen für, empfehlen.

Bananen, zu Bartolo in die: scherzhafter kubanischer Ausdruck für Kubanerhaus, Kubanerkolonie. Plátano = Banane, *aplatananarse* = sich kubanisieren. Bartolo ist der Vermieter.

Banes: Dorf im Osten Kubas, Geburtsort Batistas.

Bartender: (engl.) Barkeeper.

Baracoa: Stadt und Kreis im Osten Kubas.

Barbara, Sankt: nach der Maria der Barmherzigkeit (Caridad) die meistverehrte Heilige in Kuba. Für die Santería-Gläubigen ist sie der Gott Changó.

Barral, Mario: kubanischer Schauspieler und Rundfunksprecher.

Barrio: (span.) Viertel, Stadtteil. Hier ist das von Hispanics (Spanischsprachlern) bewohnte East Harlem gemeint.

Bartolo: s. Bananen.

Basement: (engl.) Keller.

Batista, Fulgencio: Fegte an der Spitze der Unteroffiziersbewegung »4. September« 1933 durch einen Putsch die Machado-Offiziere hinweg und gelangte an die Armeespitze. In diesem Amt war er, bis er 1940 selbst an die Regierung gewählt wurde, der »Präsidentenmacher«. 1940-1944 Präsident. An seiner Koalitionsregierung waren auch kommunistische Minister beteiligt. Annahme der fortschrittlichsten Verfassung Kubas. 1952 putschte er die Armee an die Macht, setzte die Verfassung außer Kraft und etablierte eine blutige Diktatur. Ende 1958 floh er vor Castro ins Exil.

Bernard College: angesehenes staatliches Mädchencollege in New York.

Bewegung des Sechsundzwanzigsten Juli; M 26-7: von Fidel Castro gegründete revolutionäre Organisation. Übernahm nach dem Sieg der Revolution 1959 in Kuba die Macht.

Bewegung Vierter September: von Batista angeführte Gruppe Unteroffiziere, die 1933, auf dem Höhepunkt der Massenbewegung gegen Diktator Machado, die machadotreue Armeeführung und die von Sumner Welles installierte Nachfolgeregierung hinweg putschte. Infolgedessen kam die revolutionäre Regierung Grau/Guiteras zustande. Die Teilnehmer des »4. September« bildeten fortan die Armeeführungsspitze.

Bioläden: wenn von Antillenstämmigen geführt, widmen sie sich auch der Yorubareligion und befragen deren Götter.

Bloomingdale's: Herren- und Damenmoden, Kaufhauskette.

Boarding House: (engl.) Pension.

Bohemia: auflagenstärkste kubanische Wochenzeitung, illustriert.

Bohío: traditionelle Behausung der kubanischen Landbevölkerung, typische Bauweise aus Palmholz und gedeckt mit Palmstroh.

Bolero: sentimentales lateinamerikanisches Liedgenre.

Bolita: eine Art Lotto in Kuba. Die Gewinnzahlen werden mit Kugeln ermittelt, die sich in einem Sack oder in einer Trommel befinden.

Boliteros: nehmen die Bolita-Zahlen der Spieler auf.

Bomba: puertorikanischer Rhythmus, ähnlich dem der Rumba.

Bouncer: (engl.) Rausschmeißer, Hausdetektiv.

Bowery: die Gegend um die New Yorker Bowery Street.

Braune Venus: Josephine Baker. Sie trat nackt auf, einzig mit einem Lendenschurz aus Bananen bekleidet.

Brillantendiebstahl im Kapitol: Der von den Bauarbeitern des Kapitols finanzierte und dort in einer Vitrine placierte Riesenbrillant bezeichnete den Kilometer Null der Carretera Central. 1946 wurde er gestohlen, tauchte Monate später aber »rätselhafterweise« auf dem Schreibtisch Präsident Graus wieder auf.

Brownstone: (engl.) Klinker.

Building: (engl. hier) Mietshaus, Wohnblock.

Bum: (engl.) Penner, Stadtstreicher, Gammler.

Busboy: (engl.) Hilfskellner.

Caballería: kubanisches Flächenmaß, 13,4 Hektar.

Cabaña: in der Kolonialzeit erbaute Festung an der Einfahrt zum Hafen und zur Stadt Havanna. Wurde über die Jahrhunderte abwechselnd jeweils als Gefängnis und Militärgarnison benutzt.

Calabaza: (span.) Kürbis.

Camajuaní: Kleinstadt in Zentralkuba.

Candado: Seifenmarke; der Hersteller sponsorte auch ein Unterhaltungsprogramm gleichen Namens im Rundfunk.

Capó, Bobby: Bolerosänger aus Puerto Rico.

Carril, Hugo del: argentinischer Tangosänger.

Carvajal: Sonderling in Havanna, 40er Jahre, bewegte sich nur im Laufschritt.

Casablanca: Vorort Havannas auf der anderen Seite der Hafenbucht. Standort der Wetterstation.

Case Histories: (engl.) Patientengeschichten, Krankenblatt, Fallgeschichten. Name einer Sendung.

Castro, Fidel: Gründer der *Bewegung des Sechsundzwanzigsten Juli* und seit 1959 kubanischer Staats- und Parteichef.

Chelsea: vorwiegend von Angehörigen der weißen Mittelschicht bewohnter Stadtteil New Yorks.

Chibás, Eduardo: Vorsitzender der Orthodoxen Partei. Intensive Kampagnen gegen die staatliche Korruption. Sein Selbstmord 1951 während einer Rundfunkansprache wirkte als Fanal.

Child Abuse: (engl.) sexueller Mißbrauch von Kindern.

Chinesen, wie die: kubanische Redensart; kommt daher, daß chinesische Einwanderer in Kuba nicht über sich Auskunft gaben, sondern statt dessen etwas Ausgedachtes erzählten.

Chute: (engl. hier) Müllschlucker.

Cienfuegos, Camilo: populäres Mitglied der *M 26-7* und Guerrillakommandant. Kam 1959 bei einem Flugzeugunglück ums Leben.

City Hall: (engl.) Rathaus.

Clash: (engl.) Einbruch.

Clerk: (engl.) Büroangestellter.

CMQ: das größte Funkhaus Kubas. Heute ICRT.

Cobre: Wallfahrtsort im Osten Kubas, wo die Schutzpatronin des Landes, die Barmherzige Muttergottes von Cobre, erschienen ist.

Colón, Jesús: puertorikanischer Gewerkschafter und Literat.

Colorado: (span.) Rotschopf. Name des Mafioso, der auch in Regierungsauftrag morden ließ. Später von der Polizei erschossen.

Compadre: (span.) Gevatter; Anrede für den Taufpaten eines eigenen Kindes.

Comuneros: Zusammenschluß der Pächter von Staatsland.

Congo-Rituale: Rituale einer der beiden afrikanischen Religionen, die auf Kuba Fuß gefaßt haben, der Regla Conga. (Die andere ist Santería). Verwendet häufiger Schadenszauber als die Santería.

Cooper Union: prestigereiches New Yorker College, gebührenfrei. Im 19. Jahrhundert vom Erfinder und Fabrikanten Peter Cooper gestiftet.

County: (engl.) Stadtverwaltung; Verwaltungsbezirk.

CTC: kubanischer Gewerkschaftsbund. Vorsitzender war in den 40er Jahren der Kommunist Lázaro Peña, bis er 1947 mit Unterstützung der Regierung von Mujal abgelöst wurde.

Cuates: (mex.) Kumpane.

Dealer: (engl.) Händler.

Delis: von »Delikatessen«; eine Imbißkette.

Díaz, Paul: kubanischer Schauspieler und Hörspielsprecher.
Dominikaner: die Bürger der Dominikanischen Republik, nicht die Mönche des Dominikanerordens.
Einundzwanzig: (kub. Santería) Schlange. Da Santería-Gläubige den Namen der heiligen Boa nicht aussprechen dürfen, verwenden sie dafür die Scharadezahl für »Schlange«.
Drag: (engl. Slang) schwere Belastung.
El Encanto: großes Kaufhaus in Havanna.
El Imparcial: in den USA erscheinende spanischsprachige Tageszeitung.
El Mundo: kubanische Tageszeitung. In den 30ern schrieb in ihr u. a. Torriente Brau, in den 40-50ern stand sie der Authentischen Partei nahe.
El País: kubanische Tageszeitung in den 30er Jahren Batista-nah und liberal.
Encrucijada: Kleinstadt in Zentralkuba.
Enmienda Platt: 1901 von den USA aufgezwungener Zusatz in der Verfassung der jungen kubanischen Republik, der die Beziehungen zwischen Kuba und USA regelte, den USA den Flottenstützpunkt Guantanamo auf kubanischem Territorium einräumte und ihnen ein ständiges militärisches Interventionsrecht zusicherte. Unter Roosevelt 1934, bei Beibehaltung der Marinebasis, gestrichen. (An seine Stelle trat fortan der wirtschaftliche Druck auf ein mittlerweile von den USA abhängiges Kuba.)
erfreeze: ich erfriere; Verballhornung von (engl.) *freeze* = gefrieren.
Escambray: Gebirge in Mittelkuba. 1958 wurde dort die dritte Front der Guerrilla eröffnet, in der Che Guevara kämpfte. Die Spenden aus Washington Heights wurden dorthin geleitet.
even: (engl. hier) quitt.
Fab: Scheuerpulver, eine Marke wie Ajax.
Factory: (engl.) Fabrik.
Falaffel: arabische Pizza.
Fernández, Indio: eigentlich Emilio Fernández, berühmter mexikanischer Filmregisseur, drehte in Mexiko und Hollywood, Freund Hustons, auch Schauspieler. Verfilmte u. a. Steinbeck, G. Greene, Rulfo. Den Beinamen Indio bekam er, weil es in seinen Filmen um einfache mexikanische Menschen, oft um Indianer ging.
fette Jahre: die ersten waren die Jahre nach dem ersten Weltkrieg, als das zerstörte Europa Zucker brauchte.

Fidel: siehe Castro.
Flea Market: (engl.) Flohmarkt.
Food Stamps: (engl.) Lebensmittelgutscheine.
Ford, James: Amerikanischer kommunistischer Gewerkschafter.
Foreman: (engl.) Kolonnenführer.
Fox, William: eigentlich Guillermo Lobo, Kubaner; wurde in den USA in den 40-50er Jahren ein bekannter Entertainer, Tänzer und Varietésänger.
Front: (engl.) Fassade, Tarnung.
Fufú: kubanische Essensbeilage – zu einem Knödel geformtes Püree aus Kochbananen und anderen Zutaten.
Furniture: (engl.) Einrichtung, Möbel.
Galindo, Ernesto: Rundfunksprecher, beliebt wegen seiner Liebhaberrollen in Hörspielserien.
Gem: Kartonmesser aus dem Supermarkt.
Gómez, José Miguel: Präsident Kubas 1909-1913. (Ließ 1912 den Farbigenaufstand, Independientes de Color, blutig niederschlagen.)
Gómez, Manuel Mariano: Präsident Kubas 1936. Auf Druck der von Batista befehligten Armee nach einem knappen Jahr vom Kongreß abgesetzt.
Granma: Name der Yacht, auf der Castro und seine Männer 1956 das mexikanische Exil verließen, auf Kuba landeten und die Revolution begannen.
Grau San Martín, Ramón: 1933-1934 Präsident der in der Folge des Volksaufstands gegen Machado entstandenen und nach 100 Tagen gestürzten revolutionären Regierung. 1944-1948 gewählter Präsident. Unter seiner Regierung Anstieg von Glücksspiel, Prostitution und organisierter Kriminalität.
Grifa: (span.) Dope, Stoff, Marihuana.
Guajiros: (kub.) kubanische Landarbeiter oder Bauern.
Guanabacoa: Stadtteil Havannas.
Guantanamera: kubanische Volksweise. Text von José Martí.
Guaracha: kubanische Liedform und Tanz, salsaartig.
Guarachera: weites Volanthemd der Rumba- und Guarachatänzer.
Guarapo: (span.) Zuckerrohrsaft.
Guayabera: hüftlanges feines Leinenhemd mit vielen Biesen. Wurde im tropisch warmen Kuba statt Anzug und Krawatte getragen.
Guerra: (span.) Krieg; gleichzeitig Familienname.

Guiteras, Antonio: 1907-1935. 1933 Innenminister und radikalstes Mitglied der von Roosevelt nicht anerkannten und von 30 US-Kriegsschiffen belagerten revolutionären Regierung. Nach deren Sturz verfolgten er und seine Anhänger ihre Aufstandsbestrebungen mit Sabotagemethoden weiter. 1935 auf Anordnung Batistas ermordet; damit Ende der revolutionären Periode.

Guizar, Tito: mexikanischer Sänger.

Hawker: (engl.) Straßenverkäufer, Marktschreier.

Heilige: für das einfache Volk in Kuba gleichbedeutend mit Orishas.

Hoy: Zeitung der kubanischen KP. 1938 gegründet; von Prío geschlossen.

Hutia: große Baumratte.

I.D.: (US-engl.) Ausweispapier.

Jacketones: spanische Neubildung aus (engl.) *jacket* und der spanischen Endung *ones*; Halbstarke in Lederjacken.

Jams: in Kuba angebaute und beliebte Knollenfrucht, für gesalzene und süße Speisen.

Janitor: (engl.) Pförtner, Einlasser.

Jardineras: ausschließlich aus Frauen bestehender kubanischer Karnevalsverein; besonders schöne Mädchen und besonders gute Tänzerinnen, darum von jedermann bewundert.

Jibá: kubanischer Strauch der Koka-Familie.

Joloperos: spanische Verballhornung von *to hold up* = überfallen. Bedeutet Straßenräuber, Gangster.

Jolson, Al: 1886-1950; populärer amerikanischer Vaudevillesänger und Schauspieler.

Junk: (engl.) Plunder.

Junkero: spanische Verballhornung von *junk* = Trödel. Bedeutet Trödler.

Kanarier: Einwanderer von den kanarischen Inseln wurden in Kuba zu den schwersten Arbeiten herangezogen.

Kapitol: Sitz des Kongreß und des Senats in Havanna. Exakter Nachbau des Kapitols in Washington, in den 20er Jahren unter Präsident Machado erbaut.

Kitchenette: (engl.) Kochnische.

Korea: weil sich dort, wie zehn Jahre später im Saigon des Vietnamkriegs, die Völker paarten.

La Coubre: französisches Schiff, das 1960 (noch von Batista bestellte) Waffen nach Kuba brachte. Wurde während der Entladearbeiten im Hafen von Havanna von CIA-Saboteuren gesprengt. Die Explosion forderte über 100 Todesopfer und Hunderte von Verletzten.

La Cuba: Teil von Guanabo, einem Badeort an den Stränden vor Havanna.

La Lisa: Stadtteil von Havanna, Teil Marianaos.

La Prensa: in den USA erscheinende spanischsprachige Tageszeitung.

Lamarque, Libertad: berühmte argentinische Tangosängerin.

Landlord: (engl.) Hausbesitzer, Vermieter.

Laredo Bru, Federico: 1936 Vizepräsident, der Mann Bastistas in der Regierung Manuel Mariano Gómez. 1936–1940 Staatspräsident.

Las Villas: Provinz in Zentralkuba.

Latinos: Lateinamerikaner.

Lecuona, Ernesto: 1898-1963, kubanischer Komponist von Klavierstücken, Musicals und über 1000 Liedern, dic um die Welt gingen.

Liedermann: Inhaber einer Turnhalle und Vorsteher eines Turnvereins in Havanna; Deutscher.

Llanusa, José: Mitglied der *M 26-7*. Organisierte in den USA die Solidarität mit Castros Bewegung. Nach 1959 u. a. Kulturminister und führender Wirtschaftsfunktionär in der Landwirtschaft.

Loft: (engl.) Halle, Saal, großer Raum.

Lord and Taylor: Herren- und Damenausstatter, Ladenkette.

Los Sures: (span.) Süden. Hier Verballhornung von South Bronx.

Luyanó: dicht besiedelter Vorort Havannas.

Luz y Caballero, José de la: kubanischer Denker des 19. Jh., Befürworter der Unabhängigkeit von Spanien.

M 26-7: »Bewegung des 26. Juli«. So genannt nach ihrem Angriff auf die Moncada-Kaserne in Santiago de Cuba am 26. 7. 1953. Von Fidel Castro gegründet, teilweise aus der Orthodoxen Partei hervorgegangen. Errang 1959 im bewaffneten Guerrillakampf den Sieg über Batista und übernahm die Regierung.

Maceo, Antonio: Brigadier im ersten, General im zweiten kubanischen Unabhängigkeitskrieg. 1898 gefallen. War Neger. Bis heute sehr populär.

Machado, Gerardo: zweimal gewählter Präsident Kubas, regierte 1925-1933. Trat als Gegner der Korruption an, erbaute u. a. das

Kapitol und die Carretera Central, gewährte das Frauenwahlrecht, wurde aber bald zum blutigen Diktator. 1933 durch Volksaufstand gestürzt.

Machetazo: großes Konfektionsgeschäft in Havanna.

Mai: (puertorik.) Mutter.

Mainstream: (engl. hier) Querschnitt, die Repräsentativen.

Malanga: überall in Kuba angebaute, große, stark sättigende Knollenfrucht.

Malecón: Uferstraße, Küstenboulevard in Havanna.

Mamita, ich höre Trommeln: in einem Lied der Rita Montaner.

Manhattan Center: Gebäude in New York mit Räumen für Veranstaltungen jeder Art und mit Lokalen.

Manzanilla: in Kuba nicht wie in Spanien und Südamerika Kamille, sondern Chrysanthellum procumbens oder Chrysanthellum amecanum.

Manzanillo: Hafenstadt im Osten Kubas.

Marabú: schwer ausrottbares hohes Stachelgestrüpp der Akazienart; überwuchert Ackerland.

Marcantonio, Vito: amerikanischer Gewerkschaftsfunktionär und Abgeordneter der Demokratischen Partei. Setzte sich für die Puertorikaner in den USA ein.

Marianao: großer Stadtbezirk im Westen Havannas.

Marín, Gloria: Schauspielerin.

Marketa: hispanisierte Variante von (engl.) *market*, Markt.

Márquez, Juan Manuel: Adjutant Fidel Castros während des Guerrillakampfes in den Bergen der Sierra Maestra.

Marshall, Niní: argentinische Schauspielerin.

Marthaöl: geweihtes und besprochenes Öl, in ihm wirkt die heilige Martha.

Martí, José: 1853-1895; kubanischer Dichter, Journalist und Organisator des kubanischen Unabhängigkeitskampfes gegen Spanien. Fiel im Kampf.

Mattress: (engl.) Matratze.

Mazorra: die städtische Nervenklinik Havannas.

Meadito: (span.) »das kleine Bepißte«; hier Kino.

Mella, Julio Antonio: kubanischer Studentenführer und 1925 Mitbegründer der Kommunistischen Partei Kubas. 1929 im mexikanischen Exil von Agenten Machados ermordet.

Menocal, Manuel García: zweimal gewählter Präsident Kubas,

regierte von 1913-1921; 1913-1917 unterbrochen von US-Intervention und amerikanischer Militärregierung. Versprach 1934 landvertriebenen Bauern Arbeitsplätze.

Methusalem, eigentl. *Matusalén*: eine Rummarke.

Miramar: Villenviertel in Havanna.

Mofongo: (puertorik.) Knödel aus gebratenen Kochbananen und Fleisch.

Molino Rojo: Nachtbar mit Showdarbietungen in Havanna; nach Moulin Rouge.

Moncada-Kaserne: Armeegarnison in Santiago de Cuba, am 26. Juli 1953 von einer Gruppe Revolutionäre um Fidel Castro angegriffen. Der Sturm mißlang, aber war der Auftakt zu Fidel Castros Revolution.

Montaner, Rita: 1900-1958; berühmte und populäre kubanische Salsasängerin; auch Tänzerin und Schauspielerin.

Morro: Festung an der Hafeneinfahrt von Havanna.

Mujal, Eusebio: kubanischer Gewerkschafter, Vertreter des reformistischen unternehmerfreundlichen Flügels des CTC. Errang mit staatlicher, auch polizeilicher Hilfe die Vorherrschaft im Gewerkschaftsbund CTC. Ab 1947 (bis 1958) Vorsitzender des CTC.

Mujica, José: mexikanischer Sänger und Schauspieler (Kavaliersrollen). Wurde um 1950 Mönch und Prediger und sang nunmehr im Fernsehen für ein gottesfürchtiges Leben. Von ihm hieß es: »Er erkannte nie ein Weib.«

Muñoz Marín, Luis: Gouverneur Puerto Ricos 1952-1964. Erster gewählter, nicht von Washington eingesetzter Gouverneur.

Mute: (engl. hier) Ton aus.

Ñaña Seré: berühmte weise Frau und Naturheilerin im Kuba des 19. Jh.

Ñáñigos: kubanische Geheimsekte, Mitglieder größtenteils Neger. Dient der gegenseitigen Hilfe. Nimmt nur Männer auf. Beherrschte traditionell die bedeutende Hafenarbeitergewerkschaft. Wegen ihres Geheimcharakters wurde den Ñáñigos nachgesagt, sie töteten für religiöse Opferrituale Kinder.

National Merchants Marine Union: amerikanische Seeleutegewerkschaft.

Nazipartei, kubanische: Partido Nazi Cubano; gegründet 1938. 1940 verboten. 1941 erklärte Kuba Hitlerdeutschland den Krieg.

Negrete, Jorge: in ganz Lateinamerika populärer mexikanischer Filmschauspieler und Sänger; 1893-1953.
Ochoa; Millo: kubanischer Senator, in Opposition zu Batista.
Ochosi: einer der Götter der afrokubanischen Santería. Unter anderem Beschützer der Häftlinge. Die Götter senden den Gläubigen zuweilen »Nachrichten«, d. h. Voraussagen, Warnungen oder Handlungsanweisungen. Wer eine »Nachricht von Ochosi« bekommt, landet nach dieser volkstümlichen kubanischen Redewendung im Gefängnis.
Oriente: östlichste Provinz Kubas.
Orishas: die Götter der Santería.
Orthodoxe Partei, PPC-O: 1946 gegründete kubanische Reformpartei, hauptsächlich zur Bekämpfung der staatlichen Korruption. Ihr Führer war Chibás; auch der junge Castro gehörte ihr an. Die Partei hatte gute Aussichten, 1953 die Wahlen zu gewinnen.
Overtime: (engl.) Überstundenbezahlung.
Oyá: von den kubanischen Nachkommen der afrikanischen Sklaven verehrte Yorubagöttin, auch verehrt in Gestalt der christlichen Madonna von der Candelaria.
Palladium: Veranstaltungssaal in New York.
Part-timer: Teilzeitarbeiter/in.
Part-time(s): (engl.) Teilzeitarbeit.
Pascual: spanischer Heiliger, 1540-1592. War vor seinem Eintritt in den Franziskanerorden Hirt, im Kloster Pförtner oder Hüter der Vorratskammer.
Patches (engl.) Flicken, Pflaster, auch Lückenbüßer.
Petroleum über den Kopf: die traditionelle Selbstmordmethode kubanischer Frauen ist Selbstverbrennung – sie übergießen sich mit Petroleum oder Spiritus und zünden sich an.
Piece Work: (engl.) Akkordlohn.
Pik Turquino: der höchste Berg Kubas.
Piña Colada: Ananassaft mit Rum.
Pinar del Río: westlichste Provinz Kubas und deren Hauptstadt.
Pinilla: ein kubanischer Markenrum. Der Hersteller sponsorte die Hitparade.
Pipiolos: in Puerto Rico volkstümlicher Name der Kämpfer für die Unabhängigkeit Puerto Ricos im 19. Jh.
Polen: Kubaner bezeichnen als »Polen« alle – größtenteils jüdischen – Einwanderer aus Osteuropa, meist auch die Deutschen.

Ponce: Stadt in Puerto Rico.

Pons, María Antonieta: in den 50er Jahren berühmte Mambotänzerin und Schauspielerin.

Pontón: Sportplatz in Havanna, Austragungsort für Baseballwettkämpfe.

Pot: (engl.) Grass, Marihuana.

Prado: in der Kolonialzeit erbaute Prachtstraße Havannas.

Pregón: von Straßensängern gesungener Werbeslogan und das daraus entwickelte Liedgenre.

Príncipe: ein Gefängnis in Havanna.

Río Socarrás, Carlos: Als Arbeitsminister unter Präsident Grau brachte er 1947 in der Gewerkschaft den unternehmerfreundlichen, reformistischen Mujal-Flügel an die Macht. 1948–1952 Präsident Kubas. Von Batistas Armee gestürzt.

PSP, Partido Socialista Popular: In PSP benannte sich die 1925 gegründete Kommunistische Partei Kubas 1944 um und behielt diesen Namen, bis sie in Fidel Castros neugegründeter KP aufging.

Radio City Center: Musikhalle, für Popkonzerte und Shows; vermietet auch Räume.

Rafaelspulver: wird auf die Person geblasen, der man schaden will, und bewirkt nach afro-puertorikanischem Glauben dann Krankheit, Geistesstörung oder Unglück.

Ramón: siehe Grau.

Ranchera: traditionelles mexikanisches Liedgenre ländlichen Ursprungs.

Real-Estate: (engl.) Maklerbüro, Hausverwaltung.

Realengo 18: Realengos waren in der Kolonie Kronland, in der Republik Staatsländereien, die kleinen Bauern zugewiesen waren. Ab Beginn des 20. Jh. zahllose Enteignungen und Bauernvertreibungen durch Latifundisten im Verein mit Justiz und Polizei. Dagegen erhoben sich bäuerliche Widerstandsbewegungen. Die Pächter des Realengo Nr. 18 verteidigten sich 1934 auch bewaffnet.

Regla, Madonna von: Schwarze Madonna im Havannaer Vorort Regla.

Reilly, Montgomery: von Washington eingesetzter Gouverneur Puerto Ricos 1921–1923 (1923 Rücktritt).

Republica Independiente de Puerto Rico: (span.) Unabhängige (Selbständige) Republik Puerto Rico.

RHC Blaue Frequenz: Unterhaltungssender – Musik, Funkromane, Talkshowsendungen.

Rodríguez, Agustín: spanischer Bühnenautor mit eigener Theatergruppe.

»Romanze unter Palmen«: kubanischer Film von 1938 mit Rita Montaner in der Hauptrolle eines liebenden Mädchens vom Lande.

Rumbero: Rumbaspieler, -sänger und -tänzer, oft auch Schöpfer neuer Rumbas.

rushede: Verballhornung von (engl.) *to rush* = eilen, hasten, hetzen.

Saint Nicholas Arena: Festsaal in New York.

Saladrigas, Carlos: 1940-1944 Innenminister der Regierung Batista. (1944 Präsidentschaftskandidat; unterlag Grau)

Sandoval: berüchtigter Polizeibeamter.

Sandwich, kubanisches: groß, mit Schweinebraten, Käse, Schinken, Gurke, Senf.

Santera: Santería-Priesterin.

Santería: in Kuba populäre Religion afrikanischen Ursprungs; stammt von den Yorubas.

Santos, Daniel: in den 40er und 50er Jahren hochpopulärer Salsasänger aus Puerto Rico. In allem erfolgreich – Geld, Frauen, Ruhm.

Saratoga: teures Konzertcafé in Havanna.

Scharade: kubanisches Glücksspiel, bei dem unter Verwendung von Zahlen, von denen jede eine feststehende Wortbedeutung hat, Rätsel geraten werden müssen. Bei der »chinesischen Scharade« tippt man Zahlen zwischen 1 und 36, bei der »indianischen« oder »kubanischen« zwischen 1 und 100.

Schubert Alley: New Yorker Musical-Bühne.

Seconal: starke Schlaftabletten.

Security Guard: (engl.) Wachmann, Schließer.

Shopping Bag Lady: Stadtstreicherin, die mit Einkaufsbeuteln herumläuft und darin Abfälle und Fundgegenstände sammelt.

Shows: (engl.) hier Aufführungen.

Sierra Maestra: größtes und höchstes Gebirge Kubas im Osten des Landes. Dort entstand und entwickelte sich Castros Guerrillabewegung.

Silva, Mirta: kubanische Sängerin der 40er Jahre.

Slot Machines: (engl.) Spielautomaten.

Slush: (engl.) Schneematsch, Schneeregen.

Soap Operas: (engl.) Fernsehserien.

Social Security: (engl.) hier Rente, Rentenbescheid.

Spicks: in den USA abfällige Bezeichnung für Lateinamerikaner – sprechen nicht ordentlich Englisch und wollen nicht von 9–17 Uhr arbeiten.

Spiritismus, Spiritisten: Beraten in Kuba unter Zuhilfenahme christlichen wie afrikanischen Zauberglaubens auch in Lebens- und Gesundheitsfragen und verschreiben Heilmittel. Zur Tarnung nannten sich auch Anhänger der Palo- und der Santeríareligion häufig Spiritisten.

Stairway: (engl.) Treppenhaus.

Standing Room: (engl.) Stehplätze.

Stock: (engl.) Lagerbestände.

sublettete: von (engl.) *sublet* = untervermieten.

Sumner Welles, Benjamin: 1933 von US-Präsident Roosevelt als Sonderbotschafter nach Kuba entsandt, um in der dortigen aufstandsähnlichen Situation zu »vermitteln«, d.h. Diktator Machado zum Rücktritt zu bewegen und eine die Kontinuität sichernde, also amerikafreundliche Regierung zustandezubringen. Nach dem Putsch der »Bewegung 4. September« arbeitete er daran, die revolutionäre Regierung Grau/Guiteras zu stürzen.

Super: Abkürzung von Superintendent, d.h. (engl.) Hausmeister.

Sweet Sixteen: Fest für Mädchen, die 16 werden und damit in die Gesellschaft eingeführt werden.

Tablet: (engl.) Gedenktafel.

Tauben, weiße: Auf den Körper aufgelegt und alsdann geopfert, vertreiben sie nach afrokubanischem Glauben die Mächte des Bösen.

Teatro Martí: Volkstheater mit Kino.

Tenants: (engl.) Mieter.

That's it: (engl.) Das wäre es auch schon.

Thrift Shop: (engl.) Trödelladen, Second-Hand-Shop.

Tombs: New Yorker Gefängnis.

Torriente Brau, Pablo de la: fortschrittlicher kubanischer Schriftsteller und Journalist; 1901–1936; Machado-Gegner, Korrespondent im Spanienkrieg; fiel auf der republikanischen Seite.

Toyo: belebte Kreuzung im Havannaer Stadtteil La Víbora – Geschäfte, Lokale, Märkte.

Trash: (engl.) Ramsch.

Tropical: populäres Garten- und Tanzlokal in Havanna, betrieben von der Bierbrauerei gleichen Namens.

Truca: hispanisierte Form von (engl.) *truck* = LKW, schwere Maschine.

Unabhängigkeitskrieg: gemeint ist der letzte, 1895-1898, der zu Kubas Unabhängigkeit führte.

Union: (engl.) Einheit.

Valdés, Niño: kubanischer Boxer von legendärer Körpergröße.

Valero, María: Rundfunksprecherin, besonders beliebt wegen ihrer romantischen Hörspielrollen.

Vega, Bernado: bekannter Puertorikanervertreter in New York, setzte sich später für die Unabhängigkeitsbewegung in Puerto Rico ein.

Waiter: (engl.) Kellner.

Wasps: (engl.) Wespen, in den USA auch Abkürzung von »White Anglosaxon Protestants«, d. h. weiße Amerikaner angelsächsischer Herkunft und protestantischen Glaubes.

Welfare: (engl.) Sozialamt.

»Wenn ich losfahre, lande ich auch ...«: Gemeint ist: Wenn ich eine Gruppe von Revolutionären aufstellen und aus Mexiko losfahren kann, lande ich auch an Kubas Küste; dann gelange ich auch ins Landesinnere; und wenn ich dort Fuß fassen kann, besiege ich auch Batista.

Weyler, Valeriano: 1838-1930, zwei Jahre lang Spaniens Statthalter in Kuba während des letzten Unabhängigkeitskrieges (1895-1898). Berüchtigt wegen seiner »Reconcentración« genannten Methode, die kubanischen Kämpfer der Unterstützung der Zivilbevölkerung zu berauben: Er ließ die Bewohner ganzer Landstriche in Lager treiben, wo sie in Massen an Hunger oder Epidemien starben.

Wholesale: (engl.) Großeinkauf.

Yara: Dorf und Landkreis im kubanischen Oriente. Am 10. Oktober 1868 ließ Gutsbesitzer Carlos Manuel Céspedes dort seine Sklaven frei und begann mit ihnen den ersten, zehnjährigen Krieg gegen Spanien. Der Ort gilt als Symbol für Kubas Unabhängigkeit, das Datum stellt den Nationalfeiertag.

Zafacones: spanische Verballhornung von (engl.) *safety cans* = Abfallkübel.

Zayas, Alfredo: Präsident Kubas 1921-1925, hatte einen ständigen US-Regierungsberater zur Seite.

»1010«: Rundfunksender der Kommunistischen Partei Kubas, nach der Sendefrequenz benannt. Ließ Talente aus dem Volk auftreten, von denen etliche, z. B. Benny Moré, bekannte Künstler wurden.

»zünde ich mich an«: siehe Petroleum.

INHALT

Lateinamerikanische Literatur in der edition suhrkamp und in den suhrkamp taschenbüchern

»Imagination, Sensibilität, Liebenswürdigkeit, Sinnlichkeit, Melancholie, eine gewisse Religiosität und ein gwisser Stoizismus gegenüber dem Leben und dem Tode, ein tiefes Gefühl für das Jenseitige und ein nicht weniger ausgeprägter Sinn für das Hier und Jetzt ... Lateinamerika ist eine Kultur.« *Octavio Paz*

Ciro Alegría: Die hungrigen Hunde. Roman. Deutsch von Wolfgang A. Luchting. Mit einem Nachwort von Walter Boehlich. st 447

Isabel Allende: Eva Luna. Roman. Aus dem Spanischen von Lieselotte Kolanoske. st 1897

– Das Geisterhaus. Roman. Aus dem Spanischen von Anneliese Botond. st 1676 und st 1901

– Von Liebe und Schatten. Roman. Aus dem Spanischen von Dagmar Ploetz. st 1735

Reinaldo Arenas: Wahnwitzige Welt. Ein Abenteuerroman. Aus dem Spanischen von Monika López. st 1350

José María Arguedas: Die tiefen Flüsse. Roman. Aus dem Spanischen von Suzanne Heintz. st 588

Miguel Barnet: Alle träumten von Cuba. Die Lebensgeschichte eines galicischen Auswanderers. Roman. Aus dem Spanischen von Anneliese Botond. st 1577

Der Cimarrón. Die Lebensgeschichte eines entflohenen Negersklaven aus Cuba, von ihm selbst erzählt. Nach Tonbandaufnahmen herausgegeben von Miguel Barnet. Aus dem Spanischen von Hildegard Baumgart. Mit einem Nachwort von Heinz Rudolf Sonntag und Alfredo Chacón. st 346

– Das Lied der Rahel. Mit einem Nachwort von Miguel Barnet. Aus dem Spanischen von Wilhelm Plackmeyer. st 966

Adolfo Bioy Casares: Fluchtplan. Roman. Aus dem Spanischen von Joachim A. Frank. st 378

– Die fremde Dienerin. Phantastische Erzählungen. Aus dem Spanischen von Joachim A. Frank. PhB 113. st 962

– Liebesgeschichten. Aus dem Spanischen von René Strien. st 1701

– Morels Erfindung. Roman. Mit einem Nachwort von Jorge Luis Borges. Aus dem Spanischen von Karl August Horst. PhB 106. st 939

– Schlaf in der Sonne. Roman. Aus dem Spanischen von Joachim A. Frank. st 691

– Tagebuch des Schweinekriegs. Roman. Aus dem Spanischen von Karl August Horst. st 469

112/1/9.91

Lateinamerikanische Literatur
in der edition suhrkamp und
in den suhrkamp taschenbüchern

Adolfo Bioy Casares: Der Traum der Helden. Roman. Aus dem Spanischen von Joachim A. Frank. st 1185

Ignácio de Loyola Brandão: Kein Land wie dieses. Aufzeichnungen aus der Zukunft. Aus dem brasilianischen Portugiesisch von Ray-Güde Mertin. es 1236

– Null. Prähistorischer Roman. Aus dem Brasilianischen und mit einem Nachwort von Curt Meyer-Clason. st 777

Guillermo Cabrera Infante: Drei traurige Tiger. Roman. Aus dem kubanischen Spanisch von Wilfried Böhringer. st 1714

– Rauchzeichen. Aus dem Englischen von Joachim Kalka. st 1750

Alejo Carpentier: Explosion in der Kathedrale. Roman. Aus dem Spanischen von Hermann Stiehl. st 370

– Die Harfe und der Schatten. Roman. Aus dem Spanischen von Anneliese Botond. st 1024

– Stegreif und Kunstgriffe. Essays zur Literatur, Musik und Architektur in Lateinamerika. Aus dem Spanischen von Anneliese Botond. es 1033

– Die verlorenen Spuren. Roman. Aus dem Spanischen von Anneliese Botond. st 808

José Cândido de Carvalho: Der Oberst und der Werwolf. Roman. Aus dem Brasilianischen von Curt Meyer-Clason. st 1092

Gregorio Condori Mamani: »Sie wollen nur, daß man ihnen dient ...« Autobiographie. Aus dem Spanischen von Karin Schmidt. es 1230

Julio Cortázar: Alle lieben Glenda. Erzählungen. Aus dem Spanischen von Rudolf Wittkopf. st 1576

– Bestiarium. Erzählungen. Aus dem Spanischen von Rudolf Wittkopf. st 543

– Ende des Spiels. Erzählungen. Aus dem Spanischen von Wolfgang Promies. st 373

– Das Feuer aller Feuer. Erzählungen. Aus dem Spanischen von Fritz Rudolf Fries. st 298

– Die geheimen Waffen. Erzählungen. Aus dem Spanischen von Rudolf Wittkopf. st 672

– Die Gewinner. Roman. Aus dem Spanischen von Christa Wegen. st 1761

– Ein gewisser Lukas. Aus dem Spanischen von Rudolf Wittkopf. st 1937

– Letzte Runde. Aus dem Spanischen von Rudolf Wittkopf. es 1140

– Das Observatorium. Aus dem Spanischen von Rudolf Wittkopf. Mit Fotos von Julio Cortázar unter Mitarbeit von Antonio Gálvez. es 1527

112/2/9.91

Lateinamerikanische Literatur in der edition suhrkamp und in den suhrkamp taschenbüchern

Julio Cortázar: Oktaeder. Erzählungen. Aus dem Spanischen von Rudolf Wittkopf. st 1295
– Passatwinde. Erzählungen. Aus dem Spanischen von Rudolf Wittkopf. st 1370
– Rayuela. Himmel und Hölle. Roman. Aus dem argentinischen Spanisch von Fritz Rudolf Fries. st 1462
– Reise um den Tag in 80 Welten. Aus dem Spanischen von Rudolf Wittkopf. es 1045

Der Frauenheld. Geschichten der Liebe aus Lateinamerika. Herausgegeben und mit einem Nachwort versehen von Michi Strausfeld. st 1296

Carlos Fuentes: Nichts als das Leben. Roman. Deutsch von Christa Wegen. st 343

Fernando Gabeira: Die Guerilleros sind müde. Aus dem brasilianischen Portugiesisch übersetzt und herausgegeben von Henry Thorau und Marina Spinu. Nachwort von Hans Füchtner. st 737

Rómulo Gallegos: Canaima. Roman. Aus dem Spanischen übertragen von Doris Deinhard. st 1639

Elena Garro: Erinnerungen an die Zukunft. Roman. Aus dem mexikanischen Spanisch von Konrad Schrögendorfer. Mit einem Nachwort von Michi Strausfeld. st 1647

Oswaldo França Junior: Jorge, der Brasilianer. Roman. Aus dem brasilianischen Portugiesisch von Inés Koebel. es 1571

Lateinamerikaner über Europa. Herausgegeben von Curt Meyer-Clason. es 1428

José Lezama Lima: Die amerikanische Ausdruckswelt. Aus dem kubanischen Spanisch von Gerhard Poppenberg. es 1457
– Paradiso. Roman. Aus dem Spanischen von Curt Meyer-Clason unter Mitwirkung von Anneliese Botond. st 1005

Osman Lins: Die Königin der Kerker Griechenlands. Roman. Aus dem brasilianischen Portugiesisch von Marianne Jolowicz. st 1431

Clarice Lispector: Die Passion nach G. H. Roman. Aus dem brasilianischen Portugiesisch von Christiane Schrübbers und Sarita Brandt. st 1724

Angeles Mastretta: Mexikanischer Tango. Roman. Aus dem Spanischen von Monika López. st 1787 und st 1913

Pablo Neruda: Liebesbriefe an Albertina Rosa. Zusammengestellt, eingeleitet und mit Anmerkungen versehen von Sergio Fernández Larrain. Aus dem Spanischen von Curt Meyer-Clason. st 829

112/3/9.91

Lateinamerikanische Literatur in der edition suhrkamp und in den suhrkamp taschenbüchern

Juan Carlos Onetti: Das kurze Leben. Roman. Aus dem Spanischen von Curt Meyer-Clason. st 661

– Lassen wir den Wind sprechen. Roman. Aus dem Spanischen von Anneliese Botond. st 1763

– So traurig wie sie. Erzählungen. Aus dem Spanischen von Wilhelm Muster. st 1601

Octavio Paz: Essays I/II. 2 Bände. Aus dem Spanischen von Carl Heupel und Rudolf Wittkopf. st 1036

– Gedichte. Spanisch und deutsch. Übertragung von Fritz Vogelgsang. st 1832

– Der menschenfreundliche Menschenfresser. Geschichte und Politik 1971-1980. Aus dem Spanischen von Rudolf Wittkopf und Carl Heupel. es 1064

– Nackte Erscheinung. Das Werk von Marcel Duchamp. Aus dem Spanischen von Rudolf Wittkopf. st 1833

– Suche nach einer Mitte. Die großen Gedichte. Spanisch und deutsch. Übersetzung Fritz Vogelgsang. Nachwort Pere Gimferrer. es 1008

– Zwiesprache. Essays zu Kunst und Literatur. Aus dem Spanischen von Elke Wehr und Rudolf Wittkopf. es 1290

Elena Poniatowska: Lieber Diego. Aus dem mexikanischen Spanisch von Astrid Schmitt. st 1592

– Stark ist das Schweigen. Vier Reportagen aus Mexiko. Übersetzt von Anna Jonas und Gerhard Poppenberg. Mit Abbildungen. st 1438

Manuel Puig: Die Engel von Hollywood. Roman. Aus dem Spanischen von Anneliese Botond. st 1165

– Herzblut erwiderter Liebe. Roman. Aus dem brasilianischen Portugiesisch von Karin von Schweder-Schreiner. st 1469

– Der Kuß der Spinnenfrau. Roman. Aus dem Spanischen von Anneliese Botond. st 869

– Der schönste Tango der Welt. Ein Fortsetzungsroman. Deutsch von Adelheid Hanke-Schaefer. st 474

– Verraten von Rita Hayworth. Roman. st 344

Horacio Quiroga: Geschichten von Liebe, Irrsinn und Tod. Aus dem Spanischen von Wilfried Böhringer, Hans-Otto Dill, Astrid Schmitt und Erna Stoldt. PhB 248. st 1711

Graciliano Ramos: Karges Leben. Aus dem Brasilianischen von Willy Keller. st 667

José Revueltas: Die Schwester, die Feindin. Erzählungen. Aus dem Spanischen von Monika López. es 1155

112/4/9.91

Lateinamerikanische Literatur in der edition suhrkamp und in den suhrkamp taschenbüchern

112/5/9.91

Lateinamerikanische Literatur
in der edition suhrkamp und
in den suhrkamp taschenbüchern

Mario Vargas Llosa: Maytas Geschichte. Roman. Aus dem Spanischen von Elke Wehr. st 1605
– Die Stadt und die Hunde. Roman. Aus dem Spanischen von Wolfgang A. Luchting. st 622
– Tante Julia und der Kunstschreiber. Roman. Aus den Spanischen von Heidrun Adler. st 1520
– Wer hat Palomino Molero umgebracht? Roman. Aus dem Spanischen von Elke Wehr. st 1786

112/6/9.91

Kunst und Musik
in den suhrkamp taschenbüchern

Barthes, Roland: Die helle Kammer. Bemerkungen zur Photographie. Übersetzt von Dietrich Leube. st 1642

Brassens, Georges: Ich bitte nicht nach deiner Hand. Chansons. Herausgegeben und aus dem Französischen übersetzt von Peter Blaikner. st 1632

Christo: Der Reichstag. st 960

Franke, Herbert W.: Leonardo 2000. Kunst im Zeitalter des Computers. st 1351

Franke, Herbert W. / Michael Weisser: DEA ALBA. Eine phantastisch klingende Geschichte mit Computermusik von SOFTWARE. Buch und Kassette. PhB 207. st 1509

Grassi, Ernesto: Kunst und Mythos. st 1385

Hart Nibbrig, Christiaan L.: Spiegelschrift. Spekulationen über Malerei und Literatur. Mit Abbildungen. st 1464

Hesse, Hermann: Musik. Betrachtungen, Gedichte, Rezensionen und Briefe. Mit einem Essay von Hermann Kasack. Herausgegeben von Volker Michels. st 1217

Johnen, Kurt / Carlferdinand Zech: Allgemeine Musiklehre. Mit 233 Notenbeispielen. st 1218

Lindlar, Heinrich: Wörterbuch der Musik. st 1452

Mayer, Hans: Richard Wagner in Bayreuth. 1876-1978. st 480

Piper, Ernst: Nationalsozialistische Kunstpolitik. Ernst Barlach und die ›entartete Kunst‹. Eine Dokumentation. st 1458

Platschek, Hans: Engel bringt das Gewünschte. Kunst, Neukunst, Kunstmarktkunst. Mit Abbildungen. st 1399

– Über die Dummheit in der Malerei. st 1139

– Von Dada zu SmartArt. Aufsätze zum Kunstgeschehen. Mit Abbildungen. st 1657

Stuckenschmidt, H. H.: Neue Musik. Mit einem Vorwort von Carl Dahlhaus. st 657

261/1/8.90